Scarlet
스칼렛

www.bbulmedia.com

Scarlet
스칼렛
www.bbulmedia.com

대숲을
흔드는
바람

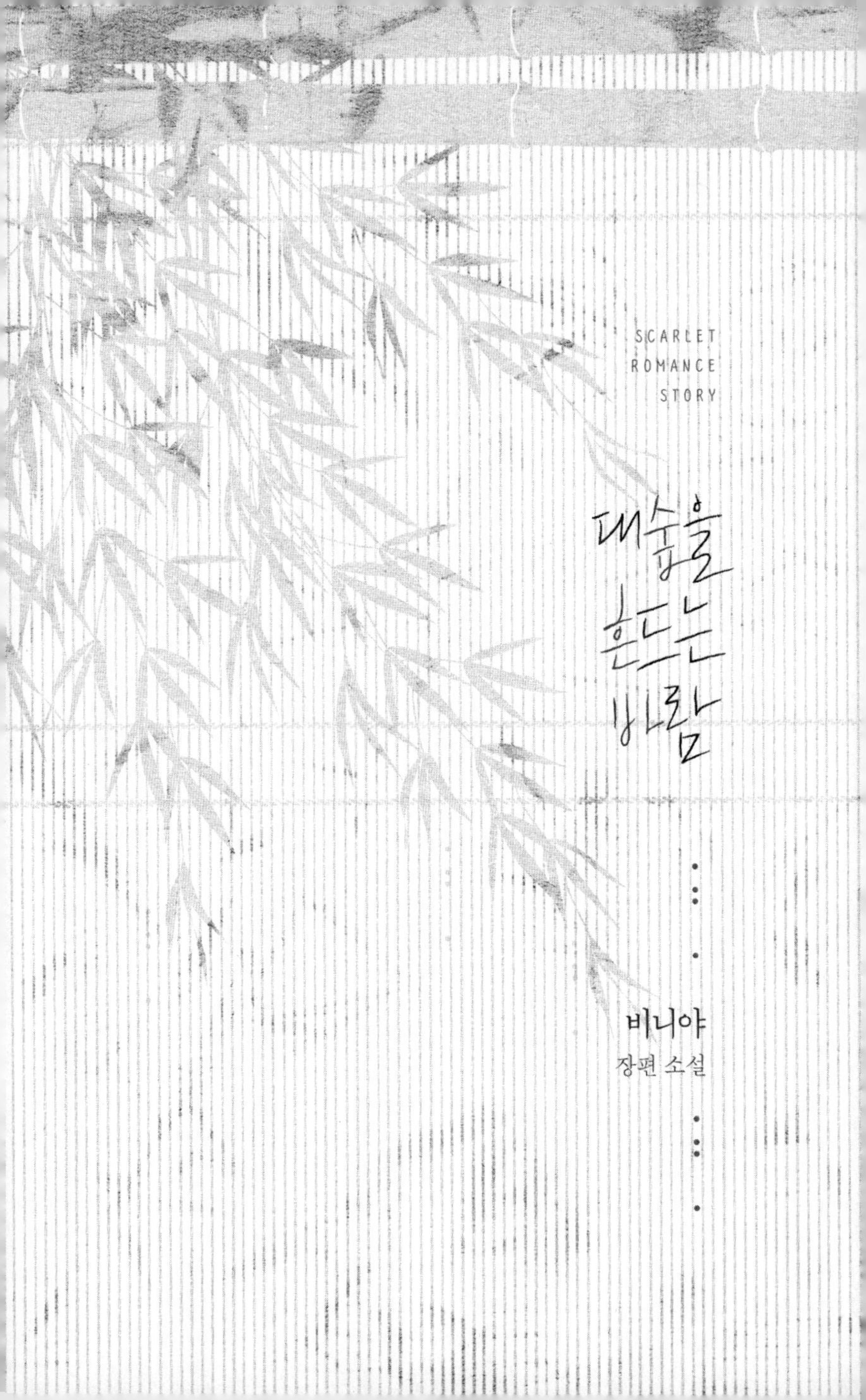
SCARLET
ROMANCE
STORY
대숲을
흔드는
바람
비니야
장편 소설

contents

prologue

쿨럭쿨럭.

벌어진 문설주 틈으로 차가운 냉기가 스며들자, 간헐적으로 흘러나오는 기침 소리가 점점 심해졌다. 계속되는 가래 섞인 기침 소리가 혜원의 신경을 자극했다. 낡고 허름한 단칸방은 열여덟 살의 혜원과 그녀의 아버지가 사용하는 방이었다. 가구라고는 좌식 책상과 간이 옷장, 배가 불룩한 오래된 텔레비전 한 대가 전부였지만, 그마저도 세월과 함께 낡고 바래서 초라한 모양새를 하고 있었다.

"야!"

희미한 스탠드 등에 의지하여 책을 읽던 혜원이 고개를 돌렸다. 온기조차 없는 차가운 방에서 이불을 돌돌 말고 누워 있던 그녀의 아버지가 부스럭대며 몸을 일으켰다.

"부엌에 가서 소주 남은 거 있으면 좀 가져와라."

"소주가 어디 있어? 어젯밤에 다 마셨잖아."

혜원의 앙칼진 대꾸에 그녀의 아버지 만호가 인상을 찌푸렸다.

"이년 말투 좀 보게. 제 어미 딸 아니랄까 봐, 독하기가 이루 말할 수 없네."

"술이 마시고 싶으면 돈을 주든가. 집에 쌀도 떨어졌는데, 나보고 어쩌라고."

"구걸하든, 옆집에서 꾸든 그건 알아서 하고 어쨌든 만들어서라도 가져와. 어서!"

늘 반복되는 일상이지만, 혜원은 당할 때마다 화가 치밀었다.

엄동설한, 한파가 몰려오는 날씨에 돈도 안 주면서 술을 사 오라는 아버지란 인간이 끔찍하게 싫었기 때문이다.

혜원이 숨을 쌕쌕 고르며 아버지를 노려보자, 험상궂은 얼굴의 만호가 제 옆에 놓인 플라스틱 재떨이를 집어서 혜원에게 던졌다. 담뱃재와 가래가 섞인 재떨이가 혜원의 어깨를 스쳐 바닥으로 굴러떨어졌다. 그래도 분이 안 풀리는지, 그가 잡아 던질 것을 찾으며 고래고래 고함을 쳤다.

"눈 똑바로 안 떠! 어린 것이 벌써 아비를 무시하려 들어! 지금 병신이라고 무시하는 거야, 뭐야!"

덤빌 듯이 다리를 끌며 다가오는 제 아비의 모습에 놀란 혜원이 자리에서 벌떡 일어났다. 험한 말 뒤에 거친 폭력이 쏟아진다는 것을 이미 경험으로 알기 때문이다.

"이, 쌍년! 거기 안 서!"

혜원이 창호지를 바른 미닫이를 재빠르게 열고 나왔다. 나오는 동안에도 온갖 욕설에 잡히는 대로 무언가를 던졌지만, 정작 그는 혜원을 따라 나오지 못했다. 오래전 사고로 다리를 잃어서 거동이 쉽지 않은 까닭이다.

비탈진 산동네는 새로운 아파트가 들어선 아랫동네보다 겨울이 더 빨리 찾아들었다. 문을 열고 밖으로 나오자, 매서운 바람이 혜원의 얇은 티셔츠로 스며들어 왔다. 어두운 골목길에 몸을 잔뜩 웅크리고 앉았지만, 살을 에는 날씨에 이가 딱딱 부딪치고 전신이 바들바들 떨려 왔다. 집으로 들어가면 아버지에게 흠씬 얻어맞을 테고, 이대로 있으면 금방이라도 얼어 죽을 것 같았다. 추위 피할 곳을 이리저리 궁리해 보니, 그나마 떠오르는 곳이 한 군데 있었다.

자리에서 일어난 혜원이 골목길을 빠져나와 모퉁이를 돌았다.

낡은 판자 지붕에 꽂힌 붉은 깃발을 보니 늘 그렇듯이 주저하며 망설여졌다. 하지만 때리는 세찬 바람이 그녀의 등을 거칠게 떠밀었다.

삐거덕대는 대문을 열고 마당 안으로 들어서자, 댓돌 앞에 웅크리고 있던 누렁이가 눈꺼풀을 들어 올렸다. 늙어서 눈곱이 잔뜩 낀 개가 자신만큼이나 처량해 보였다.

혜원이 툇마루에 오르며 누군가를 불렀다.

"보살님. 안에 계세요?"

부스럭대는 기척과 함께 여닫이문이 열리자, 혜원이 기다렸다는 듯이 방 안으로 뛰어들었다.

한 올도 남김없이 단정하게 머리를 빗어 올린 쪽 찐 머리와 성성하게 빛나는 눈동자가 혜원을 물끄러미 응시했다.

어색한 기분에 혜원이 시선을 피하며 말했다.

"아이, 추워. 뭐 하고 계셨어요?"

방 안에 들어선 혜원이 안을 휘휘 둘러보았다. 강한 향냄새와 온갖 기이한 그림이 붙여진 방은 만신인 화옥이 법당으로 사용하는 방이었다. 온기가 도는 방으로 들어왔지만, 아직도 오한이 들린 것처럼 몸이 오싹오싹 떨려 왔다. 추위 때문인지, 묘한 향냄새 때문인지 알 수 없었다.

"이런 날씨에 또 쫓겨 온 게야? 하여튼 짐승이 인두겁을 쓰고 나왔나, 아비란 놈이, 참."

혀를 끌끌 차던 화옥이 다시 말을 이었다.

"밥은 먹었고?"

혜원이 부끄러움도 잊고 고개를 저었다. 학교에서 주는 점심이 그녀의 하루 식사량의 전부였다. 한창 커 가는 나이에 늘 허기가 져서 지내다 보니 이제는 염치조차 없어졌다. 아르바이트라도 하고 싶지만, 공부 욕심이 많아서 그마저도 쉽지 않았다. 어떻게 해서든 대학을 갈 때까지는 버텨야 했다.

밖으로 나간 화옥이 무언가를 주섬주섬 챙겨 왔다.

"어서 먹어라."

굿하고 남은 음식인지, 쟁반에는 떡과 수육과 과일이 수북하게 담겨 있었다. 쟁반을 받아 든 혜원이 먹음직스럽게 음식을 먹었다. 그런 혜원을 화옥이 뚫어질 듯이 바라보았다. 한참을 바라보던 그녀가 방구석에 놓인 담배를 꺼내 물었다.

"내 온갖 사람 다 만나 보았지만, 너처럼 음기가 강한 계집아이는 처음이다."

늘 이상한 말을 늘어놓는 화옥은 사실 허름한 산동네에는 어울리지 않는 사람이었다. 소문에 의하면 명문 대학을 나와서 결혼까지 했지만, 30대 후반에 신병이 와서 내림굿을 받고 무당이 되었다고 한다. 전국을 이리저리 떠돌다가 쉰이 가까워진 나이에 외진 산동네에 숨어들었지만, 어디서 소문을 들었는지 화려한 차림새의 사람들이 그녀를 만나기 위해 여기저기에서 찾아왔다. 나라 굿까지 하는 큰 무당으로, 용하기로 소문이 났지만, 혜원에게는 그저 가까운 이웃일 뿐이었다.

멀뚱하게 쳐다보는 혜원을 위아래로 훑던 화옥이 다시 말을 이었다.

"아직은 어리지만, 사내놈 여럿 잡게 생겼다는 뜻이야. 부모 복을 타고났으면, 좋은 남자를 만나 평생 사랑받고 살았을 텐데, 부모 복이 없으니 앞으로 어찌 될는지 알 수 없지. 팔자가 좋게 풀리면 괜찮겠지만, 그렇지 않으면……."

말을 흐리던 화옥이 담배 연기를 훅 하고 뿜어냈다.

아직 덜 여문 몸이지만, 열여덟 살이라는 나이가 믿기지 않을 만큼 성숙한 몸에 화옥의 시선이 저절로 따라갔다. 치켜뜬 눈꼬리와 선이 고운 콧대, 오물거리는 윤곽이 뚜렷한 입술에는 붉은 기운이 선연하다. 갸름한 턱선을 지나 유난히 가는 목이 둥근 어깨로 이어졌다. 얇은 티셔츠를 뚫고 나올 듯이 탄력 있게 솟은 젖가슴 사이로 선명한 가슴골이 보였다. 가느다란 허리와 부드럽게 벌어진 골반이 어린 소녀의 것이라고는 도무지 믿기지 않았다. 팔자도 팔자지만, 관상이나 몸상만으로도 단번에 아이의 운명이 꿰뚫어졌다.

“혜원아.”

화옥의 부름에 혜원이 고개를 들었다.

“지금 사는 게 어떠냐? 만족스럽니?”

느닷없는 질문에 혜원이 미간을 찌푸렸다.

끼니도 잇지 못하는 삶이 만족스러울 리 없었다. 가래 섞인 기침과 술 냄새가 진동하는 냉기가 도는 방이 떠오르자, 혜원은 우울한 기분에 사로잡혔다. 또래 친구들은 지금 이 시각이면 훈기가 도는 집에서 부모의 사랑을 받으며 조금의 의심도 없이 행복한 미래를 꿈꾸고 있을 것이다. 가혹한 매질과 추위와 배고픔을 그들이 알 리 없었다.

“만족스러울 리 없잖아요. 어서 빨리 시간이 가서 이곳을 벗어났으면 좋겠어요.”

“착각하지 마라. 단지 몸만 커질 뿐, 시간이 가도 아무것도 달라지지 않아.”

“그럼 어떻게 하면 되는데요? 이대로 계속 지옥 같은 삶을 살아야 한다는 말인가요?”

“아니. 나쁜 팔자라면, 그것을 뒤집으면 되지. 너는 생기가 강한 아이야. 마음만 먹으면 얼마든지 바꿀 수 있단다.”

수수께끼 같은 말에 혜원이 화옥을 물끄러미 바라보았다. 번뜩이는 눈동자가 등골이 오싹할 만큼 요기로웠다. 매끄러운 피부와 선이 뚜렷한 이목구비가 입고 있는 붉은 적삼과 어우러져 쉰이라는 나이를 무색하게 했다. 난봉꾼으로 소문난 혜원의 아버지조차 화옥 앞에서는 늙은 누렁이처럼 잔뜩 꼬리를 내리며 눈치를 살피고는 했다.

"여기에서 벗어나고 싶다니, 벗어나게 해 주랴? 위험한 모험이지만 네가 원한다면 기꺼이 도와주겠다."

"어떻게요?"

"혹시 윗방아기라고 들어 봤니?"

혜원이 고개를 저었다.

"기력이 쇠한 노인의 회춘을 위해 어린 소녀를 동침시켰던 풍습이 있었지. 지금도 암암리에 그런 일이 벌어지고는 있지만……."

"그럼 저보고 윗방아기가 되란 말씀이세요?"

혜원의 말에 화옥이 소리 없이 웃었다.

"그럴 리가. 너 같은 아이를 늙은이의 노리개로 줄 수는 없지."

"……."

"이렇게 외진 산동네에서 나고 자란, 네가 감히 상상조차 할 수 없는 세상이 있다. 최고의 자리에서 최상의 것을 누리는 진짜배기들이지. 하지만 그들조차 하늘의 이치 앞에서 무력할 수밖에 없단다."

열여덟 살의 혜원이 알아듣기 힘든 말이었지만, 그래도 애써 집중하려고 노력했다.

"이 년 전, 아주 유명한 기업의 젊은 후계자가 사고로 의식을 잃었다. 좋다는 온갖 치료를 다 해 보았지만, 아직도 식물인간 상태로 누워 있지. 생기를 불어넣어 줄 상대를 찾고 있기에 내가 알아보겠다고 대답했단다."

"……."

"혜원아. 위험하지만, 해 볼 만한 도박이 아니니? 인생을 저당 잡혀야 하지만, 그가 깨어나기만 한다면 한순간에 팔자를 뒤집을 수 있다 이거야. 어떠냐? 네가 해 보겠다면 내가 도와주마."

"어떻게요?"

"그가 깨어난다면, 당연히 안방을 내놓아야지. 어차피 아쉬운 쪽은 그쪽이니, 순순히 허락할 거다."

"하지만 생기를 불어넣는다는 게, 어떤 거죠?"

혜원이 이맛살을 찌푸리자, 화옥이 안심하라는 듯이 웃었다.

"깨어 있는 사람 대하듯이 하면 된단다. 이야기도 해 주고 곁에서 밥도 먹고 함께 잠자리에 들면 되지. 굳은 몸을 정성껏 마사지하고 닦는 일도 마다치 않아야 해. 하지만 따로 돌보는 간호인이 있으니 그다지 힘든 일은 아닐 거야."

"그럼 학교는 다닐 수 있나요?"

"당연하지. 그가 깨어날 때를 학수고대하고 있으니, 너를 허투루 대하지는 않을 거다. 재력 있는 집안이라 네가 공부하겠다면 사람을 붙여 줄 거야. 대학은 물론 평생 아쉬움 없이 지낼 테니, 아무런 걱정하지 말아라."

꿈만 같은 이야기였다. 낯선 사람, 그것도 의식이 없는 사람과 이야기를 나누고 곁에서 밥을 먹는다. 게다가 모르는 남자 곁에서 잠이 들고 몸까지 씻겨야 한다. 두려운 마음도 없지 않았지만, 지금 상황에 비하면 오히려 꿈만 같은 이야기였다. 배불리 먹고 따뜻한 방에서 마음껏 공부할 수 있다. 대학도 가고 돈 걱정 없이, 아쉬움 없이 살 수 있다.

"당장 결정할 필요는 없으니, 신중하게 생각하고 결정하렴."

"아니요. 지금 당장 결정할래요. 보살님 말대로 하고 싶어요."

혜원의 당돌한 대답에 화옥이 씁쓸하게 웃었다.

세상 물정을 모르지만, 혜원은 똑똑하고 당찬 아이였다. 정한그룹의 안주인이 누추한 이곳까지 찾아와서 그런 은밀한 부탁을 했을 때, 화옥은 처음부터 열여덟 살의 혜원을 떠올렸다. 사심이 있는 것은 아니었다. 다만 자신만큼이나 기구한 팔자를 지닌 어린 혜원이 가여웠다. 아직은 모든 것이 불확실했다. 그런데도 굳이 혜원을 떠올린 이유는 아이를 큰물에 보내고 싶은 까닭이었다. 사람의 눈을 단숨에 홀리는 아이였다. 타고난 음기와 색기, 그리고 탐욕스럽고 독한 구석까지 있었다. 천운만 따라 준다면, 정한그룹의 안주인 정도는 충분히 꿈꿀 수 있었다.

"알았다. 내 따로 연락하마."

혜원의 모양 좋은 입술이 환하게 올라갔다. 도화와 화개살이 겹친 색기가 강한 미소에 화옥이 속으로 혀를 끌끌 찼다.

1

서울 도심을 벗어난 승용차가 산비탈을 돌았다. 빽빽한 잡목 숲을 지나 얼마를 달려가니 호수를 끼고 있는 너른 평지가 모습을 드러냈다. 병풍처럼 둘린 산을 배경으로, 단순한 형태의 넓은 직사각형 건물이 시야에 들어왔다. 천 평 가까이 되어 보이는 넓은 정원에는 갖가지 조경수가 잘 손질된 채로 가꾸어져 있었다. 아직은 추운 겨울이지만, 새싹이 돋아나는 봄이 오면 넓은 정원에는 짙은 녹음과 꽃향기로 가득할 것이다. 코로 스미는 숲의 향기가 혜원의 어린 마음을 더욱 들뜨게 했다. 목을 빼고 정원을 바라보는 혜원과 달리 화옥은 깊은 생각에 잠긴 채 앞을 응시할 뿐이었다. 기사의 안내를 받고 현관 입구에 막 들어섰을 때, 두 사람을 기다리던 정 비서가 빠른 걸음으로 다가왔다.

"어서 오세요. 윤 보살님. 힘든 걸음 하셨습니다."

화옥을 향해 인사를 인사하면서도 정 비서의 눈은 내내 혜원에게 향해 있었다. 30대 후반으로 보이는 여자는 날카롭고 까다로워 보이는 인상의 소유자였다. 혜원에게 가벼운 눈인사를 전한 정 비서가 두 사람을 재촉하고 나섰다.

"사모님께서 아까부터 기다리고 계세요. 일단 안으로 좀 들어가시죠."

두 개의 층을 합한 높은 천장의 거실 중앙에는 2층으로 이어진 나선형의 계단이 정중앙에 놓여 있었다. 고급스러운 가구와 미술품으로 장식된 실내는 사람이 사는 곳이라기보다는, 미술관이나 전시관처럼 단순한 구조를 하고 있었다.

정 비서를 따라 두 사람이 계단을 올랐다. 긴 복도를 지나 방문 앞에 다다랐을 때, 정 비서가 문을 두드렸다.

"사모님. 들어가겠습니다."

문이 열리고 두 사람이 안으로 들어가자, 정 비서가 문을 닫고 어디론가 사라졌다. 소파에 앉아 있던 중년의 여자와 눈이 마주치자, 혜원은 낯선 긴장감에 목이 바짝 타들어 갔다. 단정하게 말아 올린 머리와 단순한 디자인의 원피스가 우아하고 기품 있는 외모에 잘 어울렸다. 어딘가 범접할 수 없는 인상을 풍기는 여자가 화옥이 말했던 유명한 기업의 안주인인 모양이었다. 선뜻 들어가지 못하고 문 앞에서 주춤거리고 있을 때, 앞서가던 화옥이 혜원을 향해 말했다.

"어서 인사드려라. 정한그룹의 장영화 여사님이시다."

혜원이 고개 숙여 인사를 했다. 목이 잠겨서 차마 말이 나오지 않았다.

“와서 앉아라.”

차분하면서도 단호한 명령에 몸이 무의식적으로 반응했다. 혜원이 소파에 다가가 앉았다. 꿰뚫듯이 바라보는 시선에 몸이 잘게 떨려 왔다.

“열여덟이라는 나이가 믿기지 않구나. 언뜻 보면, 스무 살은 되어 보이는 데 말이야.”

혜원의 풍만한 가슴과 굴곡진 몸을 훑던 장 여사의 입술에 묘한 미소가 떠올랐다. 학생답게 교복을 입고 왔지만, 이미 낡고 작아진 옷은 터질 듯이 성숙한 몸을 감추기에는 무리가 있었다. 아직은 앳된 이목구비를 하고 있지만, 그조차도 어딘가 아슬아슬해 보였다. 티 없이 깨끗한 피부와 오목조목한 이목구비가 보면 볼수록 시선을 사로잡았다. 홀아비 밑에서 배를 곯고 살았다는 게 믿기지 않을 만큼 묘한 귀태까지 흘렀다. 제대로 먹이고 입힌다면, 더욱 빛을 발할 아이라는 생각이 들었다.

“그래. 이름이 뭐라고?”

“강혜원입니다.”

“네 이야기는 윤 보살에게 전해 들었다. 기꺼이 이곳으로 오겠다고 해서, 내심 어떤 아이인가 궁금했지. 생각했던 것보다 훨씬 더 예쁘구나. 눈매도 아주 또렷하고…….”

장 여사가 만족스러운 듯이 입매를 끌어 올렸다. 말없이 두 사람을 주시하던 화옥이 끼어들었다.

“생각은 해 보셨습니까. 지난번에 말씀드린 거 말입니다.”

"지금 상황에서 못 할 게 뭐가 있습니까. 다행히 아이가 영민해 보이고 이렇게 인물도 출중하니, 나중을 위해서 제대로 공부시키고 꾸미는 것도 나쁘지 않겠지요."

"생기는 물론 음기도 남다른 아이입니다. 이 아이의 강한 음기가 강준 도련님의 양기를 깨울 겁니다. 치성을 드리고 정성을 쏟는다면 머지않아 좋은 소식이 있을 겁니다. 그리고 좋은 소식이 있다면 이 아이에게도 그만큼의 상을 주셔야 합니다."

"당연하지요. 이 아이는 강준이 약혼녀로 이 집에 들인 겁니다. 깨어나기만 한다면 호적에도 올리고 온전한 내 집사람으로 받아들일 생각입니다."

단호한 말에서 간절한 염원이 느껴졌다. 장 여사가 혜원을 향해 말했다.

"그리고 혹시라도 괜한 구설에 휘말릴 수 있으니, 네 아비는 시설 좋은 요양 시설에 보낼 생각이다. 학교는 인근의 고등학교로 통학하고 대학 갈 때까지 실력 있는 가정교사를 붙여 주마. 대신 밤에는 강준이 곁에 꼭 붙어 있어야 한다."

그래도 아버지라고 혜원은 자기 일보다는 아버지를 요양 시설에 보낸다는 말이 더 기뻤다.

잠시 후, 누군가 차를 내오자, 사소한 대화가 이어졌다. 대화 내용으로 보아 두 사람은 오랫동안 친분이 있었던 모양이다.

"참, 유학 가신 둘째 아드님은 어떻게 지내세요. 아직도 여전합니까?"

화옥의 물음에, 장 여사의 입술이 일그러졌다. 새로운 화제가 불편해 보였다.

"그 아이야 늘 그렇죠. 제멋대로에 천방지축, 도무지 무슨 생각을 하는지 알 수 없다니까요. 게다가 제 형이 저렇게 누워 있는데, 생전 안부를 묻는 법이 없어요."

"말씀드렸죠? 강혁 도련님은 지배자의 사주를 타고났습니다. 강압적이기보다는 부드럽게 대하셔야 합니다."

"무슨 소리. 그 아이 때문에 강준이가 저렇게 누워 있어요. 제 아무리 날뛰어도 정한그룹은 강준이 겁니다. 어디 제 놈이 함부로!"

말을 끊은 장 여사가 감정을 다스리려는 듯이 잠시 숨을 골랐다. 차고 매서운 말투에 흠칫 놀란 혜원이 장 여사를 바라보았다.

이곳에 출발하기 전에 화옥이 했던 말이 떠올랐다. 화옥은 가진 것이 많은 사람을 조심하라고 했다. 가진 것이 많다는 것은 생각이 많다는 것이고, 생각이 많다는 것은 마음을 쉬지 못하는 것이라 했다. 쉬지 못하는 마음이 행복할 리 없으며 더불어 남의 행복을 자신의 불행으로 여긴다는 것이다.

돌연 강혁이라는 남자의 존재가 궁금했다. 지배자의 사주를 지녔지만, 자신을 낳은 모친에게조차 외면받는 존재. 어쩐지 쫓기듯이 집을 나온 자신의 처지와 조금도 다를 바 없어 보였다. 하지만 허황한 생각이었다. 가진 게 아무것도 없는 자신과 그를 비교한다는 자체가 말이 안 되었기 때문이다.

해가 서쪽 산으로 넘어갈 즈음, 근심 어린 얼굴로 당부를 잊지 않던 화옥이 서울로 돌아갔다. 혜원은 막상 혼자 남게 되니 두렵고 어색한 기분이 들었다. 앉지도 못하고 넓은 거실을 서성이고 있을 때, 2층 계단을 내려오던 정 비서가 혜원을 불렀다.

"짐은 별채로 옮겨 두었습니다. 별채로 안내할 테니 따라오세요."

꼬박꼬박 존대하는 말투가 어색한 기분을 더욱 부추겼다. 앞서 가는 정 비서를 따라, 혜원이 걸음을 옮겼다.

저택의 뒷문을 열고 나가자, 좁은 오솔길이 나타났다. 두 사람이 겨우 걸을 수 있는 좁은 폭의 길 양옆으로 높다랗게 솟은 대나무가 군락을 이루었다. 습기를 머금은 바람이 지나가자, 마른 대나무 잎이 푸석이며 이리저리 흔들렸다. 오다가 보았던 잘 가꾸어진 서양식 정원과 달리, 뒤뜰은 어딘가 폐쇄적이고 적막한 기운이 감돌았다.

얼마를 걸어가니 한옥 형태로 지은 고풍스러운 별채가 모습을 드러냈다. 대청을 사이에 둔 기역 자 구조의 개량 한옥 앞에 다다르자, 정 비서가 혜원을 돌아보며 말했다.

"잠시 당부할 말이 있으니, 이리 올라오세요."

전통 한옥과는 달리 대청에 유리를 달아 찬 기운을 차단한 개량 한옥에는 여러 개의 방이 있었다. 나이 지긋해 보이는 중년의 여자가 안방 문을 열고 나오다가, 두 사람을 발견하고 걸음을 멈추었다.

"마침 잘되었네요. 한 간호사님. 사모님께 이야기 들었죠? 혜원 아기씨, 이쪽은 강준 도련님을 돌보는 수간호사입니다. 앞으로 자주 보게 될 테니, 서로 의지하며 지내시면 됩니다."

아기씨란 호칭에 놀란 혜원이 어리둥절한 표정을 짓자, 간호사 정숙의 입매가 부드럽게 올라갔다. 50대 중반으로 보이는 정숙은 차분하고 수더분한 인상으로 혜원을 살피는 눈길이 몹시 조심스러워 보였다.

"상의할 일이 있으니, 잠시 안으로 들어오세요."

작은방으로 들어간 세 사람이 둥근 테이블을 마주 보고 앉았다.

"한 간호사님. 이곳 별채는 앞으로 강준 도련님과 아기씨만이 머무르게 될 겁니다. 도련님 돌보는 일은 예전과 다름없지만, 목욕이나 마사지는 아기씨와 함께하도록 하세요. 낮에는 한 간호사님이 곁을 지키고 밤에는 아기씨가 도련님의 곁을 지키면 됩니다. 그리고 주무실 때는……."

정 비서가 불편한 기분이 들었는지, 잠시 말을 끊었다.

"한 이불에서 도련님을 꼭 안고 주무셔야 합니다."

느닷없는 말에 혜원이 낯을 붉혔다. 화옥에게 언질은 받았지만, 막상 귀로 들으니 실감 나는 현실로 다가왔기 때문이다. 어쩐지 덜컥 겁이 나고 심장박동이 빨라졌다. 환자의 기운을 북돋는 행위라고 들었지만, 낯선 남자와 누워 있는 제 모습이 상상이 되지 않았기 때문이다.

"처음 며칠은 한 간호사님이 별채에서 머무르면서 두 분을 살펴 주세요."

"그러죠."

말을 아끼는 성품인지, 정숙의 짧은 대답이 이어졌다.

"사모님은 여러 일로 바빠서 자주 오시지 못할 겁니다. 하지만 출퇴근하는 주치의와 집안일을 거드는 분들이 있으니 힘든 일이 있으면 언제든지 상의하시고요."

장 여사는 물론 정 비서까지 서울로 올라가자, 혜원이 있는 별채까지 적막한 기운이 감돌았다. 저녁 식사를 마친 혜원이 한 간호사가 시키는 대로 목욕을 하고 자신의 짐이 있는 작은방으로 들어갔다. 대충 꾸린 가방에는 낡은 옷가지와 책 몇 권이 전부였다. 초라한 짐을 풀다 보니, 제아무리 화려한 옷도 몸에 맞지 않으면 소용없다는 말이 떠올랐다. 호화로운 집도 따스한 방도 마치 자신에게 걸맞지 않은 옷처럼 느껴졌기 때문이다. 지긋지긋하게 싫었던 아버지와 머문 단칸방, 하지만 막상 그곳을 떠나오니 거짓말처럼 다시 돌아가고 싶은 기분이 들었다.

"잠시 들어가도 되니?"

문밖에서 들리는 기척 소리에 혜원이 벌떡 몸을 일으켰다. 미닫이문이 스르르 열리고 정숙이 문지방을 넘었다.

"혜원이라고 불러도 되지?"

"네. 그럼요."

"강준이를 보러 가기 전에, 잠시 너에게 할 말이 있단다."

정 비서와 달리 정숙은 혜원을 격식 없이 대했다. 강준이라고 서슴없이 부르는 걸 보니, 오랫동안 그를 알아 온 듯했다. 차분한 시선으로 혜원을 응시하던 정숙이 물었다.

"나이가 열여덟이라고?"

"네."

"한창 예쁠 나이지만, 듣던 대로 유달리 예쁜 아이구나."

갑작스러운 칭찬에 혜원이 고개를 숙였다.

어렸을 때부터 늘 들어온 칭찬이지만, 사춘기가 지나고 몸이 달라지면서 갈수록 듣기 거북해진 말. 언제부터인가, 자신을 바라보는 동네 남학생의 시선이 달라지기 시작했다. 학교 친구는 물론 선배까지 좋아한다고 고백하는 횟수가 점점 늘어났다. 노골적으로 달라붙는 끈적한 시선을 느낄 때마다, 어디론가 숨고 싶은 생각이 들었다.

"솔직히 사모님께 네 이야기를 듣고 도무지 믿기지 않았다. 나 역시 강준이가 깨어나기를 누구보다 바라지만, 이런 경우는 어떻게 받아들여야 할지 몹시 고민이 되었거든."

"……."

"나는 강준이를 오랫동안 지켜봐 왔다. 질긴 인연으로 그 아이를 돌보고 있지만, 아무 인연도 없는 너는 다르겠지. 어린 나이에 많이 힘들 텐데, 정말 괜찮겠니?"

다정한 말만큼이나, 따스한 시선이 돌아왔다. 어쩐지 울컥하는 기분이 들어서 혜원이 고개를 숙였다.

"도움이 될는지 모르겠지만, 그래도 최선을 다해 볼 생각이에요."

혜원의 다부진 대답에 정숙이 희미하게 웃었다. 어린 나이에 이런 결심을 했을 때는 제 나름의 각오가 있었을 것이다. 우려한 것과는 달리, 반듯해 보이는 인상과 또렷한 눈빛을 가진 아이였다. 외모 또한 남달라서 강준이 깨어나기만 한다면 좋은 짝을 이룰 수 있을 것 같았다.

"하긴, 남다른 사정이 있으니 이런 결정을 했겠지. 곁에서 힘껏 도울 테니, 힘들면 언제든지 상의해라."

"감사합니다."

혜원의 진심 어린 말에 따스한 미소가 돌아왔다.

"강준이가 기다릴 테니, 어서 인사하러 가자."

예상과는 전혀 달랐다. 잠든 듯이 누워 있는 남자를 보는 순간, 문을 열 때 느꼈던 긴장감이 순식간에 빠져나갔다. 그리고 제멋대로 뛰던 심장박동이 차츰차츰 잦아들었다. 하얗고 깨끗한 피부에 단정한 이목구비, 이마 위로 흘러내리는 머리카락까지 맑고 정갈한 느낌을 주는 남자였다.

혜원은 처음 강준의 이야기를 들었을 때, 죽은 엄마에 대한 기억이 떠올랐다. 오랜 투병 끝에 세상을 떠난 엄마도 병석에 누운 채, 고요히 숨을 거두었다. 의식이 없다는 것이 죽음과 같은 의미로 받아들여졌다. 그래서일까, 강준을 떠올리면 두려운 마음이 앞섰다.

"다가와 앉아라."

혜원이 침대 옆에 놓인 소파에 다가가 앉자, 정숙이 흘러내린 강준의 앞머리를 쓸어 올리고 시트를 정리했다. 익숙한 손길이 더

없이 자연스러워 보였다.

"이렇게 깊이 잠든 사람을 보았니?"

갑작스러운 말에 혜원이 고개를 저었다.

"보통 식물인간 하면 뇌사 상태에 빠진 환자를 생각하지만, 강준이 같은 경우는 자가 호흡이 가능한 상태란다. 그래서 인공호흡기가 따로 필요 없지. 마치 곰이 추운 겨울을 피해 동면하듯이 강준이도 아주 깊은 잠에 빠진 것뿐이란다."

정숙이 혜원의 손을 끌어다가, 강준의 심장 부근에 가져다 대었다. 오르내리는 가슴 위로 힘차게 뛰는 심장박동이 느껴졌다.

"어때, 내 말이 맞지?"

고개를 끄덕이자, 이번에는 강준의 손등을 뒤집어 손바닥을 보이게 하여 서로 마주 잡게 했다. 따스하게 전해지는 온기에 혜원은 까닭 모를 기묘한 기분을 느꼈다.

"이런 강준이를 내가 처음 받았단다. 숨죽이다가 터트린 울음조차 사랑스러운 아이였지. 생김새만큼이나 타고난 성품이 온화하고 사려 깊은 아이였어. 모두가 이 아이를 사랑했지만, 받은 사랑이 부담스러워서일까, 좀처럼 깨어날 생각을 않는구나."

정숙은 정말 이상한 여자였다. 그녀의 말 한 마디, 한 마디가 강준에 대한 경계심을 사정없이 부숴 버렸다. 그녀의 말이 맞았다. 이렇게 맑고 깨끗한 남자를 앞에 두고 죽음을 상상하다니, 자신이 어리석었다.

"강준이는 올해 스물아홉이란다. 침착하고 차분한 성격에 책 읽는 것을 좋아했지. 클래식 음악을 좋아하고 오래된 영화를 즐겼단다. 뭐든 가리지 않고 잘 먹지만 그중에서 신선한 과일을 가장 좋아했어."

혜원이 불안한 눈으로 정숙을 올려다보았다.

"한 간호사님. ……제가 잘할 수 있을까요?"

"잘하려고 노력할 필요는 없어. 그냥 나처럼 강준이를 좋아하면 된단다. 아니, 함께 있다 보면 저절로 좋아질 거야. 사람 간의 인연이 쉬운 듯 보이지만, 결코 쉬운 게 아니란다. 지금은 이렇게 누워 있지만, 강준이가 깨어나기만 한다면 곁을 지켜 준 너를 아끼고 사랑할 거야."

아이처럼 평온하게 잠든 남자. 이렇게 아름다운 사람이 자신이 약혼자라니, 혜원은 어쩐지 믿기지 않았다. 고요한 심장박동과 따스한 몸의 온기를 지닌 사람, 아버지처럼 고함을 치지도 매질도 하지 않는 사람, 다른 남자들처럼 음흉한 눈으로 몸을 훑지 않는 사람. 불안의 그림자가 걷히자, 혜원은 돌연 남자의 모든 것이 사랑스럽게 느껴졌다.

그날 밤, 혜원은 강준의 곁에서 잠을 청했다. 처음 들었던 생각처럼 무섭지도 두렵지도 않았다. 그의 몸에서 풍기는 은은한 솔향과 따스한 온기가 좋아서 바로 누운 몸을 더욱 끌어당겨 안았다. 그리고 깊은 꿈속에 빠져들었다. 꿈속의 강준은 다정했다. 그의 손을 잡고 꽃이 만발한 넓은 정원을 걸었다. 빽빽한 잡목 숲을 지나, 푸른 호수에 다다를 때에도 그는 말이 없었다. 돌아보는 눈동자가 지나치게 맑고 투명하여 혜원은 눈물이 날 것 같았다.

아주 오랜 시간이 지난 후에 혜원은 깨달았다. 달콤한 꿈은 짧아서 더욱 슬프다는 것을, 상상 속의 사랑은 허무가 주는 짧은 유희라는 것을. 그 모든 것이 진실과 맞닥뜨리는 순간, 산산이 부서져서 흔적도 없이 사라진다는 것을…….

2

하�գ고 굵은 눈송이가 혜원의 작은 어깨 위로 나부꼈다. 교문 앞에 차를 대기하고 있던 진성이 눈을 맞고 달려오는 혜원을 발견하고 보조석 문을 급히 열어 주었다.

"우산이라도 좀 쓰고 오지. 뭐가 그리 급하다고 이리 달려와."

"아저씨. 어서 출발해요. 강준 오빠 기다려요."

어깨 위에 쌓인 눈을 털어 내며 혜원이 재촉했다.

고된 공부를 마치고 서울 유명 의대에 입학 허가를 받은 혜원은 어느덧 스물이라는 나이를 바라보고 있었다. 공부와 함께 여러 가지 일을 병행하다 보니 요즘 들어 얼굴이 많이 여위었다. 통통하던 볼살은 거짓말처럼 사라지고 선이 고운 이목구비에 아스라하고 고혹적인 분위기까지 더해졌다.

"이런저런 일로 힘들 텐데, 감기라도 들면 어쩌려고."

“괜찮아요. 그보다 한 간호사님은 서울에서 돌아오셨어요?”

“그래. 네 덕분에 그 사람이 마음 놓고 외출도 하는구나.”

청평 별장 살림을 도맡아 하는 진성은 정숙의 남편이었다. 얼마 전까지 정한그룹 기획실에서 근무했던 그는 최근 퇴직하면서 정숙이 있는 별장으로 거처를 옮겼다.

“김 박사님도 다녀가셨고요?”

“그럼.”

진성이 빙긋 웃었다. 제아무리 바빠도 강준에 대한 일만큼은 야무지게 챙기는 혜원이였다. 별장 일을 거드는 사람들이 농을 섞어 작은 마님이라 부르는 것도 허튼소리가 아니었다. 여전히 의식 없이 누워 있지만, 혜원의 정성 탓인지 강준은 점점 화색이 돌고 마른 몸에도 살이 붙었다. 수액으로 영양을 공급받는 환자라는 사실이 믿기지 않을 만큼 달라진 모습에 그를 진료하는 의사조차 혀를 내두를 정도였다.

“그보다, 별장에 손님이 와 있단다.”

“손님이요?”

“사모님께 들었지? 미국에서 공부 중이던, 강혁이 귀국했다고. 지금 별장에 와 있어.”

느닷없는 말에 혜원의 표정이 어두워졌다. 장 여사나 주변 사람들을 통해 늘 강혁의 이야기를 들었다. 장 여사가 끔찍하게 증오하는 아들이자, 그가 낸 사고로 의식을 잃은 강준의 하나밖에 없는 동생. 오만하고 냉정한 성격 탓에 늘 강준과 비교 대상이 되어 사람들의 입에 오르내리는 존재. 강준을 향한 마음 탓일까. 잡힐 듯이 가까이 느껴지는 그의 존재가 늘 두려움과 함께 불편한 기분을 끌어냈다.

"그분은 어떤 분이세요?"

"누구, 강혁이?"

"네."

"사내 중의 사내지. 인물도 출중하고 똑똑한 데다 성격까지 딱 부러지고. 돌아가신 전 회장님을 그대로 빼닮은 녀석이야."

강준 아버지의 소문은 익히 들어 알고 있다. 남다른 카리스마와 리더십을 지녔다는 정한그룹의 창립자 겸 전 총수. 몇 년 전 지병으로 별세했지만, 두고두고 사람들의 입에 오르는 인물이었다.

"정말 그분이 낸 사고로 강준 오빠가 저렇게 된 거예요?"

내내 품었던 궁금증이었다. 결국, 참지 못하고 혜원이 물었다.

"그건 단순한 사고였어. 강혁이도 당시 외상이 꽤 깊었단다."

"하지만, 사모님 말씀으로는……."

"강혁이가 고집스럽고 못된 구석이 있긴 했어. 게다가 전 회장님은 일밖에 모르는 사람이라, 일찌감치 강혁이를 그룹 후계자로 점찍고 매몰차게 몰아붙였지. 어린 나이에 부친의 지나친 기대와 모친의 따가운 외면을 받고 자랐으니, 당연히 성격이 비뚤어질 수밖에. 사실 나는 강준이보다 강혁이가 더 마음 쓰이고 안타깝게 느껴졌어."

"그래도 저는 이해할 수 없어요. 저렇게 누워 있는 형을 한 번도 찾지 않고 안부조차 묻지 않는다는 것이."

"글쎄다. 사람 속을 다 어찌 알겠냐만은. 강혁이도 나름의 상처가 있겠지."

앙상한 가지를 드러낸 잡목 숲이 솜이불을 두른 것처럼 하얀 눈으로 소복하게 덮였다. 혜원이 현관 입구에 주차된 검은색 승용차를 바라보았다. 날렵한 느낌의 낯선 차를 보자, 강준이 있는 별채로 숨어들고 싶었다. 평화롭고 고요한 별장에 찾아 든 낯선 손님, 까닭 모를 두려움에 사로잡히는 것은 직감이 주는 경고인지도 모른다. 그런 마음을 눈치라도 챘는지, 차에서 내린 진성이 혜원을 향해 말했다.

"나는 먼저 별채로 갈 테니, 어서 들어가서 인사부터 해라."

혜원이 현관문을 열고 안으로 들어섰다. 감색 투피스 차림의 장 여사가 테라스를 바라보며 난 높다란 창 앞에서 이리저리 서성이고 있었다. 평소답지 않게 어딘가 초조하고 불안해 보이는 안색이었다.

"그래서, 오자마자 네 멋대로 회사를 휘두르겠다고?"

금속성과 같은 날카로운 목소리에 안으로 들어가려던 혜원이 흠칫 놀라 뒤로 물러났다.

"이미 이사회에서 결정 난 일입니다. 어머니가 아무리 반대하셔도 소용없어요."

나지막한 중저음이 한껏 고조된 장 여사의 목소리와 대조되어 넓은 실내를 무겁게 울렸다.

혜원의 시선이 단호하고 냉정한 목소리를 자연스럽게 따라갔다. 그리고 등을 보이며 앉아 있는 넓은 어깨에서 멈추었다. 가죽 의자 손잡이에 팔을 걸친 남자의 뒷모습을 보자, 까닭도 없이 심장이 두근거렸다.

습관인지, 다른 이유 때문인지 의자 팔걸이를 톡톡 두드리는 남자다운 손과 긴 다리를 지나서 검은색 구두에 그녀의 시선이 옮겨 갔다. 커다란 발을 감싼 클래식한 디자인의 수제화를 보니, 남자의 까다로운 취향이 단번에 파악되었다.

"내가 가지고 있는 지분이 얼마인지나 알고서 하는 소리야?"

달칵하며 찻잔을 들어 올리는 소리가 들렸다.

등을 보여서 표정은 알 수 없지만, 찻잔을 들어 올린 남자가 느긋하게 차를 마시고 그것을 테이블에 내려놓았다. 우아하고 느긋한 동작이었지만, 그의 뒷모습에서 팽팽한 긴장감이 느껴졌다. 마치 먹잇감을 눈앞에 두고 있는 맹수처럼 느껴져서 혜원이 저도 모르게 침을 꿀꺽 삼켰다.

"순순히 받아들이세요. 어차피 처음부터 제 것이었습니다. 당연한 순리를 거스르다가, 자칫 가진 것 모두를 잃을 수도 있어요."

오만할 정도로 싸늘한 대꾸였다. 장 여사가 금방이라도 달려들 듯이 남자를 쏘아보았다.

"뭐라고? 감히 나를 협박하는 거니!"

"사실이 그렇다는 말입니다."

모자지간의 대화라고는 도무지 믿기지 않았다. 살벌한 분위기에 놀라서 뒤돌아 나가려는 찰나, 장 여사가 멀찌감치 서 있는 혜원을 발견하고 시선을 돌렸다.

"뭐 하니? 왔으면 들어오지 않고."

당황한 표정의 혜원이 어색하게 고개를 숙였다.

"오셨어요. 사모님."

인사를 마친 혜원이 막 고개를 들었을 때, 등을 지고 있던 남자가 천천히 몸을 돌렸다. 날카로운 시선과 마주한 순간, 혜원이 저도 모르게 뒤로 주춤 물러났다.

자연스러운 윤기로 빛나는 까무잡잡한 피부와 짙고 선명한 눈썹, 쭉 뻗은 코와 날카로운 턱선. 주름 하나 없이 잘 손질된 슈트가 탄탄한 몸을 죄듯이 감쌌다. 사내다운 강렬한 매력과 아름다움에 혜원이 헉하고 숨을 들이켰다.

어린 나이의 혜원은 살아오면서 많은 남자를 만나지 못했다. 또래의 친구들이나 껄렁한 동네 남학생이 전부였지만, 강준을 만나면서 다른 꿈을 꾸게 되었다. 비록 의식 없이 누워 있지만, 가까이 지내다 보니 그에 대한 마음이 저절로 깊어졌다. 즐거운 일이 있으면 한껏 달려가서 저 혼자 수다를 떨고 우울한 날이면 그의 품에 기대어 울었다. 따스한 가슴에 기대어 있으면 미래에 대한 걱정은 씻긴 듯이 사라졌다. 어딘가 비뚤어지고 기괴한 감정이라는 것은 알고 있다.

하지만 불행했던 과거가 강준에 의해 점점 잊혀져 갔다. 또한, 보잘것없고 초라한 저 자신이 그에게 없어서는 안 될 존재처럼 여겨졌다. 서로가 서로에게 든든한 버팀목이며 안전한 울타리였다. 하지만 앞에 있는 남자는 달랐다. 강준이 젖어 드는 가랑비라면 강혁은 휘몰아치는 폭풍우였다. 강준이 따스한 봄 햇살이라면, 강혁은 내리쬐는 한여름의 태양이었다.

순수한 칠흑의 눈동자와 끝이 올라간 나른한 눈매가 혜원의 몸을 천천히 훑고 지나갔다. 물결치듯이 흘러내리는 긴 머리를 지나 선이 고운 턱선으로, 가는 목을 지나 부풀어 오른 가슴으로, 잘록한 허리와 골반을 따라 가늘고 매끈한 다리까지. 그래도 모자란 듯이 진득한 시선이 지나왔던 곳을 다시 거슬러 올라갔다. 굳게 다문 붉은 입술을 배회하던 눈동자가 봉긋 솟은 가슴 쪽을 더듬었다. 순간, 풀어 헤쳐진 그의 셔츠 깃 사이로 꿀꺽하며 목울대가 움직였다.

혜원은 직감했다. 그는 천 길 낭떠러지였다. 사정 따위 두지 않는 사냥꾼이었다. 날카로운 이를 드러낸 짐승이었다. 그의 과녁이 되는 순간, 자신은 갈가리 찢겨서 흔적도 없이 사라질 것이다. 맹렬하게 뛰어오르는 심장박동이 그것을 증명했다.

“인사해라. 내가 말했지? 강준이 동생 강혁이다.”

장 여사의 목소리에 번쩍 정신이 들었다. 휘청거리는 걸음을 옮겨서 소파로 다가가 앉았다. 혜원이 그의 시선을 피하며 가벼운 묵례로 인사를 대신했다.

다리를 꼰 자세로 비스듬하게 앉아 있던 그가 소파에 깊숙이 몸을 기대었다. 그리고 무심한 표정으로 찻잔을 들어 올렸다. 짐작은 했지만, 인사는커녕 없는 사람 취급하는 오만한 태도에 지독한 수치심이 몰려왔다. 그런 혜원의 기분을 눈치챘는지, 장 여사가 소파로 다가가 앉았다.

"인사 안 하니? 비록 나이는 어리지만, 혜원이는 앞으로 네 형수가 될 사람이다."

장 여사의 말에 찻물을 머금은 윤곽 뚜렷한 입술 끝이 천천히 올라갔다.

"시답지 않은 이야기는 집어치우고, 하던 이야기나 계속하시죠?"

혜원이 자리에서 일어나며 말했다. 끝까지 없는 사람 취급하는 사람 앞에 앉아 있을 이유가 없었다.

"저는 이만 별채로 가 보겠습니다."

"앉아라. 별채로 들인 이상, 너도 우리 집안사람이다. 미친개 한 마리가 집안을 쑥대밭으로 만드는데, 잘 지켜보고 강준이 깨어나면 그대로 전해 줘야지."

지독할 정도로 차가운 말에 과연 강혁이 그녀의 친자식이 맞을까 하는 의심이 들었다. 하지만 혜원은 그것이 괜한 의구심이라는 것을 알았다. 오히려 별채에 누워 있는 강준보다 강혁이 장 여사를 더 닮아 있었다. 선이 분명한 이목구비와 냉정해 보이는 분위기, 상대를 잡고 흔들려는 지배자의 눈빛이 그랬다.

"잘 들어라. 곧 이 아이를 강준이 호적에 올릴 생각이다. 그렇게 되면 설사 강준이가 깨어나지 않아도 강준이가 가진 회사 지분이 이 아이에게 넘어오겠지."

혜원은 어리벙벙했다. 숨겨진 의도가 있다는 것은 알았지만, 어린 혜원이 자세한 내막까지는 알 수 없었다.

"얕은수를 쓰시겠다, 하긴 그것도 나쁘지 않겠군요."

고저 없던 중저음이 한 톤 올라갔다.

"한 번에 죄다 박살 내 버리면 그만이니까."

장 여사가 자리에서 벌떡 일어났다. 곁에 앉은 혜원이 놀라서 장 여사를 올려다보았다. 그녀의 몸이 발작적으로 떨리고 있었기 때문이다. 파들파들 떨던 장 여사가 쥐어짜는 듯이 중얼거렸다.

"처음부터 너 따위 짐승 새끼는 낳는 게 아니었어. 그때, 강준이 대신 네놈이 죽었어야 했는데……."

길고 긴 침묵이 흘렀다. 날 선 긴장감에 숨조차 쉴 수 없을 지경이었다.

"이해합니다. 그게 어머니 최대의 실수였죠."

강혁이 말을 마치는 것과 동시에 자리에서 벌떡 일어났다.

길게 드리워진 그림자가 잡아먹을 듯이 두 사람을 내려다보았다. 185cm 이상은 되어 보이는 키와 운동으로 다져진 날렵한 몸에서 풍기는 위험한 분위기가 주위를 압도했다. 그가 입은 도회적이고 세련된 슈트조차 숨겨진 야생성을 희석하지 못했다.

몸을 돌려 밖으로 나가려던 그가 다시 뒤를 돌아보았다.

"참, 잊은 말이 있군요. 당분간 이곳에서 출퇴근하겠습니다."

소스라치게 놀란 혜원이 멍하니 그를 바라보았다. 그 어떤 말보다 지금의 말이 두렵게 느껴졌다.

"널린 게 호텔이고 집이잖니. 여러 계집이랑 뒹굴기에 그마저도 부족한 모양이지."

장 여사의 조롱을 그가 맞받아쳤다.

"이 집이 제 소유라는 것을 잊으신 건 아니겠죠? 선친이 자손에게 물려주는 조상 대대로 전해 내려오는 땅, 감히 서씨가 아닌 사내가 누워 있을 땅이 아니란 말입니다."

차가운 일갈에 장 여사가 하얗게 질린 안색으로 무너지듯이 소파에 주저앉았다. 동시에 내내 없는 사람 취급하던 강혁의 시선이 혜원에게 돌아왔다. 그리고 한 꺼풀 한 꺼풀 벗기듯이 나른한 시선으로 떨리는 몸을 더듬어 갔다.

"또 한 가지, 온갖 계집들과 굴러먹은 몸이 도무지 성에 안 차더군요. 아무리 생각해도 원인을 알 수 없었는데 이제야 깨달았어요. 제 발로 여우 굴로 들어온 요망한 새끼 여우를 보니 군침이 돌아서 환장할 지경입니다. 그래서 제 입맛에 맞게 제대로 길들여 보려고요."

선전포고와 같은 말을 남기고 강혁이 사라졌다.

전부를 이해할 수 없지만, 그의 마지막 말은 자신을 겨냥한 것이었다. 혜원은 예감했다. 자신은 이미 맹렬한 짐승의 먹잇감이자, 잔혹한 사냥꾼이 표적의 되었다는 사실을…….

❋ ❋ ❋

다음 날, 본가에 있던 강혁의 짐이 청평 별장으로 옮겨졌다. 서 회장이 쓰던 서재의 책장에는 새로운 책이 채워지고 1층 침실에는 새로운 침대가 놓였다. 그리고 성북동 본가에서 키우던 개, 검은색 핏불테리어가 그를 따라 별장으로 왔다. 덕분에 혜원이 일 년 전에 주워 온 고양이 '하루'가 양지바른 본채를 두고 별채 툇마루 밑으로 숨어들었다.

혜원이 강준이 있는 안방으로 들어갔다. 잠든 듯이 누워 있는 강준을 보니 우울한 기분이 저절로 누그러졌다. 창으로 스며드는 저녁 해가 청결해 보이는 뺨을 부드럽게 어루만졌다. 물이 담긴 대야를 바닥에 내려놓고 하얀 시트를 걷어 냈다. 그리고 강준이 입은 잠옷의 단추를 벗겨 냈다. 부지런히 닦고 만져 주지만, 늘 신경이 쓰이는 건 어쩔 수 없었다. 깨끗하게 소독한 가제 수건을 물에 적셨다. 적당히 짜서 톡톡 두드려 보니, 온도가 알맞았다. 이마에서 코, 입술을 조심스럽게 닦아 나갔다. 까슬한 느낌이 드는 턱에 다다르자, 언뜻 웃음이 나왔다.

"벌써 수염이 이렇게 자랐네."

강준은 자극을 주면 가끔 반사적으로 움직일 때가 있었다. 눈을 깜빡이거나 입술을 달싹이거나 손을 움칠거리기도 했다. 그럴 때마다 혜원은 금방이라고 강준이 깨어날 것만 같아서 가슴이 설레고는 했다.

"오빠. 곧 대학생이 된다는 사실이 어쩐지 믿기지 않아. 가고 싶은 의대에 원서를 넣었는데 합격할 거라곤 생각지 못했거든. 참, 그리고 사모님이 통학하라고 차도 사 주셨어. 빨간색 소형차인데, 정말 예뻐. 어제는 운전해서 시내까지 가 봤는데 어찌나 떨리는지, 몸이 바싹 얼어붙었다니까."

종알종알, 혼자만의 대화가 끝없이 이어졌다. 익숙한 대화만큼이나 노련한 손놀림으로 혜원이 그의 팔과 가슴을 부드럽게 닦아 내었다. 그의 몸을 돌린 뒤에 수건을 갈아 더욱 세심하고 꼼꼼하게 문질렀다. 등은 욕창이 생기기 쉬운 부분이라서 더욱 신경 써야 했다.

"운전에 익숙해지면, 오빠와 함께 이곳저곳을 다니고 싶어. 한 간호사님에게 들었어. 오빠가 유달리 바다를 좋아했다고. 우리 봄이 되면 일단 동해안부터 놀러 가자. 해안선을 따라 드라이브를 하면 정말 멋질 거야."

강준의 상체를 모두 닦고 파자마와 속옷까지 벗겨 냈다. 그동안 간호사인 정숙을 도와 가벼운 목욕만을 도왔다. 그러나 최근 서울에 볼일이 잦아진 정숙을 대신하여 혜원이 강준을 돌보는 일이 잦아졌다. 처음에는 꺼려지고 망설여지던 일이 시간이 갈수록 자연스럽게 받아들여졌다. 강준을 돌보다 보면 제대로 된 치료도 받지 못하고 병석에 누워 세상을 떠난 엄마의 모습이 떠올랐다. 당시는 어려서 아무것도 할 수 없었지만, 지금은 아니었다. 소중한 누군가를 다시는 허무하게 떠나보내지 않을 생각이다. 의사가 되려는 이유도 그런 까닭이었다.

드러난 남성과 엉덩이 부분을 신경 써서 닦고 털이 성성한 다리와 발가락까지 세심하게 닦아 내었다. 수액으로 영양을 공급받는 강준은 살집이 없는 편이지만 그에 비해 키가 크고 뼈대 또한 굵직했다. 선천적으로 희고 깨끗한 피부는 병석에 오래 누워서도 탄력을 잃지 않았다. 정숙과 혜원이 부지런히 닦고 마사지해 준 덕분이었다.

길고 긴 목욕이 끝나갈 무렵, 밖에서 인기척이 들리고 정숙이 안으로 들어왔다.

"저런, 힘들 텐데, 기다렸다가 같이 하지."

깨끗이 손질한 파자마를 갈아입히던 혜원이 뒤를 돌아보았다. 추운 겨울인데도, 혜원의 이마에는 땀이 송송 맺혀 있었다. 정숙이 안쓰러운 마음에 서둘러 뒷정리를 도왔다.

"나머지는 내가 할 테니, 혜원이 너는 좀 쉬어라. 아직 저녁도 안 먹었지?"

"천천히 먹을게요."

"저녁은 본채에 가서 먹으렴. 강혁이가 너에게 할 말이 있다더라."

"저한테요. 왜요?"

반사적으로 이맛살을 찌푸리자, 정숙이 소리 없이 웃었다.

"그거야 나도 모르지. 고양이처럼 요리조리 숨어 다닌다고, 아까는 네 안부까지 묻더라."

강혁이 자신의 안부를 묻는 것 자체가 기묘하게 느껴졌다. 그가 이곳에 온 지도, 벌써 한 달 가까이 되었다. 그의 말대로, 혜원이 강혁의 얼굴을 본 것은 손에 꼽을 정도였다. 특별한 일이 아니면 본채 출입을 삼가고 별채에만 머무르는 까닭이다. 그 역시 마찬가지였다. 장 여사는 그를 두고 난봉꾼에 미친개라는 말을 서슴지 않지만, 혜원이 보기에 그는 지독한 워커홀릭 같았다. 항상 정해진 시간에 출근하고 칼같이 퇴근했다. 그리고 서재에 틀어박혀 일만 하는 눈치였다. 주말에는 정장을 입은 남자들이 수시로 드나들며 그의 일을 돕는 듯했다.

강준의 침실을 나온 혜원이 욕실로 들어가 가벼운 샤워를 했다. 강혁을 마주 보고 식사할 생각을 하니, 까닭 모를 긴장감에 몸이 떨려 왔다. 제 방으로 들어가 입을 만한 옷을 찾아보았다. 옷장을 가득 메운 옷은 대부분 장 여사가 사 준 것이었다. 냉정한 성격이지만, 딸이 없는 장 여사는 혜원이 마치 인형이라도 되는 듯이 생각지도 못한 것을 사 들고 왔다. 주로 고급스러운 옷과 가방, 액세서리들이었다. 학교와 집을 오가는 단조로운 생활에 어울리지 않는 것들이지만, 혜원은 그 모든 것이 싫지 않았다. 가끔 답답할 때마다, 장 여사가 사 준 옷을 입고 강준 앞에서 웃고 떠들었다. 그리고 그의 귓가에 가만히 속삭이고는 했다. 어서 빨리 일어나서 화려한 옷을 입은 자신을 당신이 속한 세계로 데려가 달라고. 혜원은 알고 있었다. 그것은 그녀 마음속의 작은 악마가 속삭이는 소리였다.

혜원이 몸의 윤곽이 드러나는 살구색 원피스를 꺼내 들었다. 가슴 부분이 과할 정도로 깊게 파인 원피스는 스무 살의 혜원에게 어울리지 않는 옷이지만, 강혁에게만은 스무 살의 어린 여자로 보이고 싶지 않았다. 원피스 위에 크림색 캐시미어 카디건을 걸친 혜원이 문을 열고 밖으로 나갔다.

"이게 누구야? 한 지붕 아래 살면서 우리 작은 마님 얼굴도 잊어버리겠어."

넉살이 좋은 함평댁이 주방으로 들어서는 혜원을 향해 농을 걸었다. 원피스를 입은 혜원을 아래위로 훑어보던 그녀가 다시 말을 이었다.

"세상에. 선녀가 따로 없네. 갈수록 얼굴이 피어나니, 누가 업어 갈까 무섭다니까."

"아이, 농담 좀 그만하세요."

"농담은 무슨. 강준이가 어서 빨리 깨어나야 할 텐데. 이렇게 예쁜 각시를 곁에 두고 저리 누워 있으니, 지켜보기 애가 타서 그러지."

허물없지만 은근한 말에 혜원의 뺨이 붉게 달아올랐다.

"모르긴 몰라도 깨어나기만 한다면 팔자 피는 건 시간문제지. 사고 전에도 그런 남자가 없었다니까. 훤칠한 미남에 머리도 똑똑하고 얼마나 인정이 많았는데."

함평댁의 말에 혜원이 화사하게 웃었다. 잘난 강준이 자신이 약혼자라는 사실을 상기시킬 때마다 절로 뿌듯한 기분이 들었다. 혜원을 딸처럼 허물없이 대하는 함평댁이 옆구리를 쿡쿡 찌르며 장난을 걸어왔다.

"이런, 좋아서 눈웃음치는 것 좀 봐라."

"아이, 참. 그만하세요."

옆구리를 간질이는 장난에 혜원이 구슬 굴러가는 목소리로 까르르 웃었다. 한참을 웃고 있을 때, 갑자기 등골이 오싹할 만큼 강한 시선이 느껴졌다. 혜원이 반사적으로 고개를 돌렸다. 언제 왔는지 주방 입구에 우두커니 서 있는 강혁과 시선이 마주치자, 그녀의 웃음기가 씻긴 듯이 사라졌다. 함평댁 역시 당황했는지 슬금슬금 눈치를 보며 우물거렸다.

"……저 식사는 어찌할까요?"

"일을 마쳤으면 퇴근하세요."

차가운 대꾸에 함평댁이 긴장한 얼굴로 말을 더듬었다. 본채에서 상주하며 집안일을 거들던 함평댁은 강혁이 오면서 최근 아랫마을에서 출퇴근했다. 그녀뿐 아니라, 정원 일이나 잡일을 하던 몇몇 사람들도 비슷한 처지였다. 별장 옆 작은 터에 조그마한 집을 지어 사는 정숙과 진성만이 별장을 오가며 수시로 집안을 돌보았다.

"하지만 아직 식사 전이고…… 설거지도 해야 하는데……."

"이곳에 사람이 없습니까? 별채에 처박혀서 뭘 하는지도 모르는 사람이, 적어도 설거지 정도는 할 수 있겠지요."

혜원은 사지가 벌벌 떨릴 정도로 지독한 수치심이 밀려왔다. 그가 자신을 강준의 약혼녀로 인정하지 않는 것은 알았지만, 밥만 축내는 사람으로 비약할 줄은 몰랐다. 그는 자신과 식사하고 싶은 게 아니라, 식사를 준비시킬 요량이었다.

"아주머니. 제가 할 테니 그만 돌아가 보세요."

혜원의 말에 곤란한 표정을 짓던 함평댁이 한참을 우왕좌왕 망설이다가 밖으로 나갔다.

둘만 남게 되자, 무거운 침묵이 감돌았다. 알 수 없는 오기가 생긴 혜원이 국과 밥을 덜어서 식탁에 내려놓았다. 싸늘한 시선이 혜원의 일거수일투족에 따라붙었다.

"드세요. 식사를 마치면 와서 뒷정리할게요."

식탁을 차리고 막 뒤돌아 서려는 찰나, 강혁이 혜원을 불러 세웠다.

"앉아."

짧은 명령에 혜원의 다리가 휘청거렸다. 예상은 했지만, 서슴없이 나오는 반말에 기분이 상하는 것은 어쩔 수 없었다.

"저는 밥 생각이 없어요. 먼저 드세요."

"앉으라고 했을 텐데?"

고압적인 말에 흠칫 놀란 혜원이 강혁을 물끄러미 바라보았다. 그가 자신을 싫어하는 것은 알지만, 이런 대접까지 받을 이유가 없었다. 사실 그의 얼굴을 마주 보며 이야기하는 것도 지금이 처음이었다. 첫 만남부터 경멸을 서슴지 않던 그는 혜원을 없는 사람 취급했기 때문이다.

"너 따위와 감정놀음할 생각 없어. 할 이야기가 있으니 밥 생각이 없어도 앉아서 들어."

크게 숨을 들이켠 혜원이 마지못해 자리에 앉았다. 이윽고 맞은편에 앉은 강혁이 말과는 달리 묵묵히 식사에 열중했다. 시선 둘 곳이 없어진 혜원이 멍하니 테이블 끝을 바라보았다. 언뜻 스치는 남자다운 손이 어쩐지 시야를 어지럽혔다. 움직임 없는 강준의 손에 익숙해서인지, 살아 움직이는 손이 엉뚱한 상상을 불러일으켰다. 가끔 외로운 밤이면 강준의 손을 잡고 제 볼에 갖다 대며 어루만지고 쓰다듬게 했다. 그럴 때마다, 채워지지 않는 갈증이 밀려오곤 했다. 눈앞에 보이는 손이 강준의 손이었다면 부드럽게 혹은 강하게 자신을 만져 주고 쓰다듬고 어루만져 주었을 텐데…….

"곧 스무 살이라고?"

나지막한 중저음 때문인지, 아니면 조금 전의 상상 때문인지 소스라치게 놀란 혜원이 고개를 번쩍 들었다.

"아…… 네."

"그래서 언제까지 이곳에 있을 셈이야?"

느닷없는 질문에 혜원은 어떤 대답도 할 수 없었다. 이곳을 떠난다는 생각은 상상조차 못 했기 때문이다.

"어째서 그런 질문을 하시는 거죠? 저는 강준 오빠와……."

혜원의 말을 끊으며 그가 불쑥 끼어들었다.

"정말 강준 형이 깨어날 거라 생각해?"

"무슨……."

"의대에 간다는 사람이, 적어도 그가 어떤 상태인지는 알고 있을 거 아니야. 설마 기적이나 요행을 바라는 건 아니겠지?"

"그렇지 않아요. 지금 상태가 점점 좋아지고 있어요. 김 박사님께서 희망을 품어도 좋다고 하셨어요."

강혁이 피식하며 웃었다. 수저를 내려놓은 그가 나른한 눈길로 혜원을 바라보았다.

"충고하는데, 병신춤에 놀아나지 마. 강준 형이 깨어날 리 없고 설사 깨어난다고 해도 너 따위가 넘볼 상대가 아니야."

"……."

"뭐, 네 아래가 죽여준다면 세컨드 정도는 가능하겠지."

적나라한 말에 혜원의 눈동자가 흔들렸다. 그야말로 심장을 후벼 파는데 일가견이 있는 남자였다. 이제 겨우 스무 살에 접어든 혜원이였다. 그가 어디까지 자신을 몰아세울지 두려운 마음이 앞섰다.

"말해 봐. 도대체 얼마를 받기로 했지. 깨어난다면 안방에 앉혀 준다고 했어?"

"그런 거, 저는 몰라요."

"순진한 척하지 마. 네가 순진했다면 이곳에 제 발로 걸어왔을 리 없어. 잘 들어. 무엇을 기대하든 네가 가질 수 있는 것은 아무것도 없어. 기대하던 모든 것이 나의 소유가 될 테니까."

인내심이 바닥난 혜원이 자리에서 벌떡 일어났다.

"제가 이곳에 있는 것이 싫으시다면, 장 여사님께 따로 말씀드려 볼게요. 하지만 강준 오빠와 헤어질 수는 없어요."

막 돌아서려는 찰나, 강혁이 혜원의 손목을 거칠게 움켜잡았다. 코앞까지 바싹 다가온 그가 날카로운 송곳니를 부드득 갈며 내뱉듯이 말했다.

"못된 여우 같으니. 아직 말이 안 끝났어. 그러니 함부로 움직이지 마."

마치 제 소유물처럼 대하는 태도가 기가 막힐 지경이었다. 그의 손을 뿌리치며 혜원이 격양된 목소리로 소리쳤다.

"당신 말이 맞아요. 저 순진하지 않아요. 온기 없는 싸늘한 방과 술주정뱅이 아버지가 끔찍해서 이곳에 왔어요. 남들처럼 맛있는 음식도 먹고 싶고 예쁜 옷도 입고 싶었어요. 하고 싶은 공부는 많은데, 참고서 살 돈이 없어서 화가 났어요. 그게 당신에게 비난받을 이유인가요? 이렇게 함부로 취급받을 만큼 잘못한 일이에요?"

묵묵히 혜원을 바라보던 시선에 여과되지 않은 온갖 감정이 휩쓸고 지나갔다.

"왜 강준 오빠의 곁에 있느냐고요? 강준 오빠 덕분에 맛있는 음식도 먹고 따뜻한 방에서 잘 수 있었어요. 좋은 옷을 입고 늦은 밤까지 공부도 맘껏 할 수 있고요. 강준 오빠는 화를 내거나 함부로 때리지 않아요. 저속한 욕설과 음탕한 시선으로 저를 바라보는 법도 없어요. 안아 주지 않지만, 그렇다고 밀어내지도 않아요. 이유도 없이 슬퍼지는 날, 그의 몸에 기대고 있으면 규칙적인 심장 소리가 들려요. 그때마다 저는 생각해요. 아, 힘겨워도 이 사람은 삶을 포기하지 않는구나. 나처럼 죽음 따위 생각하지 않는구나. 이 사람이 사는 세상이라면 나도 한번 살아 보는 것도 나쁘지 않겠구나, 하며 늘 저 자신을 타일렀어요."

돌연 눈시울이 먹먹하고 목 안쪽에서 뜨끈한 물기가 올라왔다.

혜원이 몸을 돌려 뒷문으로 달려 나왔다. 그리고 대나무가 늘어선 뒷마당 구석에 몸을 숨겼다. 자신을 모욕하고 조롱하는 남자 앞에서 눈물을 보였다는 사실이 견딜 수 없을 만큼 화가 났기 때문이다.

3

"번잡한 도시와 달리, 어쩐지 이곳은 시간이 멈춘 것 같아."

서재의 긴 창을 통해 정원의 풍경을 바라보던 진욱이 말했다. 그는 강혁의 오랜 친구로 현재 정한그룹 비서실에서 근무하고 있었다.

"……저기 강준 형이지? 휠체어 탄 사람……."

기획안에서 시선을 떼지 않던 강혁이 고개를 들었다.

"옆에는 소문의 약혼녀인 모양이야? 꽤 어려 보이는데?"

봄을 바라보는 계절이지만, 제법 추운 날씨였다. 천천히 굴러가던 휠체어 바퀴가 햇볕이 드는 정원 한가운데서 멈추었다. 강준 앞에 다가선 혜원이 자상한 손길로 담요를 여며 주었다. 강준을 바라보는 그녀의 눈빛이 더없이 부드러웠다. 흘러내린 머리카락을 쓸어 올려 주는 손길 역시 마찬가지였다. 강혁의 미간이 저절로 찌푸려졌다. 지난 저녁, 자신에게 보이던 표정과 딴판인 모습에 어쩐지 화가 치밀어 올랐다.

"약혼녀는 무슨. 이제 겨우 스무 살인데, 당돌하기 짝이 없는 아이야."

"근데, 소문과는 좀 다르네. 강준 형을 대하는 모습이 진심으로 보여."

"눈으로 보이는 게 다 믿을 만한 것은 못 돼. 저 혼자 깨끗한 척, 고고하게 굴던 강준 형도 욕망 앞에서 본색을 드러내고 말았어. 저 아이 역시 마찬가지야. 원하는 것을 가지기 위해 생면부지의 의식도 없는 남자의 약혼녀 노릇을 자처하고 나섰어. 그 속이 훤히 보이는데, 그게 진심이라고?"

말과는 달리 강혁의 시선이 혜원에게서 떨어지지 않았다. 따라붙는 눈빛에서 집요할 정도의 흥미가 읽혔다. 직선적이고 냉정한 성격의 강혁은 근본적으로 타인에게 관심이 없었다. 그런 그가 서울에서 거리가 한참 떨어진 청평 별장으로 거처를 옮겼다. 그리고 주말에는 별장을 떠나지 않았다.

"……너 좀 이상하다?"

"뭐가?"

"너답지 않게, 지나치게 관심을 보이는 것 같아서."

"까닭도 없이 자꾸 눈에 거슬려."

강준을 바라보며 저 혼자 이야기를 나누던 혜원이 어디선가 고양이가 나타나자 눈매를 휘며 환하게 웃었다. 그런 그녀를 뚫어지게 바라보던 강혁이 서재 창을 열고 테라스로 나갔다. 그리고 애완견인 벤을 향해 날카로운 휘파람을 불었다. 순간, 녹을 듯이 웃던 눈매가 순식간에 얼어붙었다. 그리고 강혁이 있는 서재 창을 물끄러미 올려 보았다. 그제야 만족했는지, 강혁의 입술 끝이 천천히 올라갔다.

"그래서 내가 가지려고. ……저 앙큼한 고양이."

"뭐?"

"상대가 도발한다면 받아 줘야지. 그리고 자신의 처지를 사무치도록 깨닫게 해야지. 의식 없이 누워 있는 강준 형처럼 말이야."

강혁이 빙긋 웃었다. 그러나 그의 눈동자에는 약간의 웃음기도 묻어나지 않았다.

※ ※ ※

청평 별장은 강혁이 오고부터 원인 모를 팽팽한 긴장감이 감돌았다. 주말이면 별장을 찾던 장 여사와 정 비서는 발걸음이 뜸해지고 언제부터인가, 집안일을 거드는 사람들의 일상적인 대화조차 점점 들리지 않게 되었다. 혜원은 알 수 있었다. 그것은 숨죽인 평화였다. 마치 언제 터질지 모를 활화산을 지켜보는 기분이었다. 잠시라도 한눈을 팔면 주변 모든 것이 활활 타서 흔적도 없이 사라질 것만 같았다.

그렇게 겨울이 지나고 봄이 시작되었다.

"혜원아."

막 강의실을 빠져나오려는 혜원을 누군가 불러 세웠다. 같은 과 친구인 수연이였다. 보이시한 외모와 털털한 성격을 지닌 수연은 청평에서 혜원과 같은 고등학교에 다녔다.

"다음 주에 과 엠티 있는 거 알지?"

"엠티?"

"또 잊은 거야? 내 그럴 줄 알았다니까. 선배들이 빵빵한 펜션 잡아 놓았다고 기대하고 있으란다."

"당일이 아니면 곤란한데."

새 학기가 시작되면서 혜원은 여러 가지 일로 분주했다. 그동안 입시 때문에 바빴지만, 늘 강준의 곁에서 공부했기에 그에게 소홀한 적은 없었다. 하지만 대학 입학 후에는 잡다한 일이 많다 보니, 강준에게 늘 미안한 마음이 앞섰다.

"혹시 강준 오빠 때문에 그래?"

유일하게 혜원의 사정을 알고 있는 수연이 걱정스러운 듯이 물었다.

"힘들어도 이번에는 꼭 참석해야 해. 미꾸라지처럼 빠진다고 선배들이 너 잔뜩 벼르고 있어. 게다가 우리는 다른 학과랑 다르잖아. 밉보이면 두고두고 힘들어져."

"그래. 알았어. 챙겨 줘서 고마워."

늘 가까이에서 자신을 챙기는 수연이였다. 고마우면서도 함께하지 못하는 시간이 아쉽기만 했다.

"친구끼리 인사치레는. 그건 그렇고 오전 강의 끝났는데, 홍대로 공연 보러 가자. 주영 선배가 알바하는 클럽인데, 너 데리고 오면 확실히 쏜다고 했어."

"미안. 바로 가야 해."

혜원이 곤란한 표정을 짓자, 수연이 어쩔 수 없다는 듯이 빙긋 웃었다.

"주영 선배 너 때문에 요즘 애태우는데, 많이 서운하겠다. 하지만 어쩔 수 없지, 뭐."

신입생 환영회부터 주목받은 혜원은 학과 내에서 여러모로 입에 오르내리고 있었다. 남다른 외모도 그렇지만, 강의 외에는 모임이나 어떤 다른 활동도 하지 않고 집과 학교만을 오가는 일과 때문이었다. 그런 혜원을 두고 생각지도 않은 소문까지 나돌았다. 외제 차에 고급스러운 명품 차림의 그녀를 두고 재벌 집안의 상속녀라느니, 누군가의 숨겨진 딸이라느니 하며 뒤에서 수군거리는 무리들이 많아졌다. 하지만 혜원은 그런 수군거림 따위는 아무래도 상관없었다. 가고자 하는 길이 있고 지켜 주고 싶은 사람이 곁에 있기 때문이었다.

수연과 헤어지고 강의실을 나온 혜원이 학교 주차장으로 향했다. 그리고 장 여사가 입학 선물로 사 주었던 차에 올라 서둘러 시동을 걸었다. 그러곤 서울의 외곽 도로를 빠져나와 별장으로 이어진 좁은 아스팔트길을 달렸다.

봄은 혜원이 가장 좋아하는 계절이었다. 이맘때, 청평 별장은 연한 푸름과 함께 바람결에 실려 온 아카시아 향이 산 전체를 뒤덮었다. 그리고 늦가을에 정숙과 함께 심어 놓은 알뿌리 식물들이 정원 한쪽에서 빼곡하게 고개를 내밀었다. 겨우내 땅속 깊이 숨죽여 있던 튤립과 수선화, 아이리스와 무스카리가 튼실한 이파리와 함께 수줍은 꽃봉오리를 내밀면 따스한 봄 햇살 아래서 강준을 휠체어에 태우고 정원을 산책했다. 그러나 최근 혜원의 사정은 예전과 사뭇 달랐다.

산책하다가 강한 시선이 느껴져 뒤를 돌아보면 번번이 칠흑의 눈동자와 시선이 마주쳤다. 정원이 훤히 내다보이는 2층 서재의 베란다 창에서 담배를 피워 물고 있는 강혁의 시선을 의식할 때마다, 심장이 제멋대로 뛰고 원인 모를 짜릿한 감각이 등줄기를 타고 올라왔다. 그를 넋 놓고 바라보는 자신을 발견하고 흠칫 놀라서 쫓기듯이 별채로 들어간 적이 한두 번이 아니었다. 같은 날이 반복되다 보니, 이제는 어떤 아름다운 꽃이 피어도 정원을 산책할 엄두가 나지 않았다.

즐기듯이 조롱하고 끊임없이 모욕감을 주는 남자였다. 끔찍하게 싫고 두려우면서도 어째서 그가 자꾸 의식되는지 모를 일이었다. 노골적인 시선에 쫓기듯이 어디론가 몸을 숨기지만, 다른 한편으로는 그가 보이지 않으면 까닭도 없이 초조해졌다.

아스팔트 포장이 되었지만, 급커브가 많은 산길이었다. 가속페달을 무작정 밟다가 몸이 쏠렸다. 놀란 혜원이 속도를 급히 줄였다. 자신을 바라보던 강혁의 모습이 떠오르자, 운전대를 잡은 혜원의 손이 잘게 떨려 왔다. 긴 상념에 잠겨 있던 혜원이 휴대전화 벨소리에 정신이 번쩍 들었다. 차에 장착된 블루투스 이어폰을 꽂자, 정숙의 차분한 목소리가 흘러나왔다.

— 어디, 집으로 가는 길이니?

"거의 도착해 가요."

— 내일이 주말이라 우리는 서울로 출발했어. 목욕이나 잡다한 일을 다 해 놓았는데, 너 혼자 괜찮겠지?

정숙과 진성은 최근 주말에는 서울에서 지내고 있었다. 지병이 있는 친정 모친을 돌보기 위함이었다. 이제는 혜원이 정숙만큼이나 강준 돌보는 일이 익숙해진 탓도 있지만, 평일엔 바쁜 혜원이기에 주말에는 최대한 그녀를 배려하고 싶었다.

"그럼요. 아무 걱정 하지 마세요. 날씨가 좋으니 이번 주말에는 강준 오빠하고 호수까지 산책할 생각이에요."

— 너 혼자 강준이를 어떻게 휠체어에 옮기려고? 힘들면 강혁이 불러서 도와 달라고 해.

강혁에게 도움을 청하다니, 감히 상상조차 할 수 없는 일이었다. 강준만큼이나 강혁을 아끼는 정숙이 혜원의 마음을 알 리 없었다.

"제가 알아서 할게요."

— 주말에는 거들어 주는 사람이 없는데 어쩌니. 강혁이가 사람들과 부대끼는 것을 워낙 싫어해서 그래. 참, 함평댁이 식사 준비는 다 해 놓았다고 데워만 먹으라더라.

정숙의 말대로 최근 달라진 별장의 일상이었다. 평일과 달리 주말에 별장에는 강준과 강혁, 그리고 혜원밖에 없었다. 주말 식사 준비는 늘 혜원의 몫이 되었지만, 그와 마주 보고 식사하는 일은 거의 없었다. 전화를 끊은 혜원이 머릿속에 떠오른 생각을 지우려는 듯 운전석의 차창 문을 열었다.

미풍이 섞인 꽃향기가 코로 스며들자, 머릿속 상념이 차츰차츰 사라져 갔다. 국도에서 산 쪽으로 얼마를 달려가자, 익숙한 광경이 시야로 들어왔다. 별장 옆 공터 주차장에 막 들어섰을 때, 낯선 차 한 대가 눈에 들어왔다. 흰색의 고급스러운 승용차는 흔히 볼 수 있는 차종이 아니었다. 차창 전체에 선팅이 된 외제 차는 일부 부유층만이 탈 수 있는 브랜드로 유명했다. 아기자기하게 꾸민 장식으로 보아 차의 주인은 젊은 여자인 것 같았다.

혜원이 서둘러 주차하고 별채로 향하려 할 때, 강혁이 아끼는 개가 목줄조차 하지 않고 그녀를 향해 어슬렁대며 다가왔다. 핏불테리어, 개에 관한 기사를 어디선가 본 기억이 있다. 한번 물면 절대 놓지 않는 잔인한 습성을 가진 개는 살인견으로도 유명했다. 제 주인만큼이나 사나워 보이는 개는 맹렬하고 용감한 사냥개답게 강혁 외에는 누구의 말도 듣지 않았다. 가까이 다가온 개가 으르렁대며 날카로운 이를 드러냈다. 놀란 혜원이 뒤로 주춤 물러나며 소리쳤다.

"저리 가!"

개가 금방이라도 달려들 것처럼 공격적으로 짖어 댔다. 몰려오는 공포심에 사지가 부들부들 떨리며 오금이 저려 왔다.

"당장 물러나! 어서!"

외마디 외침에도 개는 물러설 기색이 없어 보였다. 날카로운 이에 벌건 잇몸까지 드러났다. 개가 덤벼들려는지 한껏 몸을 낮추었을 때, 공포에 질린 혜원의 무릎이 휙 꺾이며 자리에 풀썩 주저앉았다.

"꺅!"

혜원이 질끈 눈을 감고 비명을 내질렀다. 동시에 어디선가 날카로운 휘파람 소리가 공기를 갈랐다. 휘파람 소리에 개가 뒤로 물러났지만, 이미 사지가 풀린 혜원은 눈을 뜰 수도 몸을 일으킬 수도 없었다. 거꾸로 솟은 피가 아래로 쑥 내려가며 까마득한 현기증이 몰려왔다. 꺼져 가는 의식을 잡아 보려 했지만, 축 늘어진 몸만큼이나 정신이 아득해졌다.

자갈을 밟는 소리와 함께 남자다운 스킨 향이 코로 스며들었다. 묵직하고 단단한 팔에 들어 올려진 것 같지만, 혜원은 그 후로 아무 기억이 없었다.

❈ ❈ ❈

오래전에 떠나온 신림동 산동네가 보였다. 낡아서 색이 바랜 슬레이트 지붕이 삐걱대며 덜컹거렸다. 틈이 벌어진 허술한 판자문을 열고 들어가자, 좁은 부엌이 시야에 들어왔다. 두 칸짜리 싱크대 위해 먹다 남은 빈 그릇들이 수북하게 쌓여 있었다. 여기저기 굴러다니는 소주병과 바닥이 검게 그을린 양은 냄비. 방으로 들어가려는 혜원을 붙잡는 것은 중문 틈에서 흘러나오는 걸걸거리는 가래 섞인 기침 소리였다.

뒷걸음쳐서 밖으로 나온 혜원이 좁고 어두운 골목길을 허겁지

겁 달렸다. 사방이 좁고 어두운 골목은 아무리 달려도 그 끝이 보이지 않았다. 이마에서 식은땀이 흐르고 숨이 점점 가빠졌다. 갈 곳도 기다려 주는 사람도 없는 자신의 처지가 떠오르자, 혜원이 자리에서 우뚝 멈춰 섰다. 어디론가 가야 하는데 가고자 하는 목적지를 도무지 알 수 없었기 때문이다.

그때였다. 어두운 골목길이 숨통을 죄일 듯이 점점 좁혀 들고 길 맞은편에서 검은 그림자가 자신을 향해 걸어왔다. 사람인지, 짐승인지 분간하기 힘든 묘연한 그림자가 덮칠 듯이 자신을 노려보았다. 순간, 까마득하게 몰려오는 공포에 사지가 떨리고 눈에서 눈물이 차올랐다.

"으…… 으흐흑…… 싫어…… 저리 가. 싫어……."

혜원이 자는 것도 깨어 있는 것도 아닌 렘수면 상태에서 몸을 떨었다. 그리고 가슴을 들썩이며 흐느껴 울었다. 뜨거운 눈물이 속눈썹을 흠뻑 적시고 관자놀이를 타고 목덜미를 적셨다.

"쉬이……, 그만……."

누군가가 속삭였다. 귀 안쪽에 쏟아지던 뜨거운 입김이 관자놀이 부근에서 멈추었다. 관자놀이를 배회하던 부드럽고 매끈한 감촉이 눈물로 범벅된 혜원의 젖은 뺨을 핥아 내었다.

"괜찮아……, 그만…… 괜찮아."

가위에 눌린 것처럼 몸을 움직일 수 없지만, 다정한 속삭임과 볼에 닿는 따스한 느낌이 너무나도 좋았다. 이 사람은 누구일까. 현실의 꿈이 꿈속에서 나타난 것일까.

"강…… 강준 오빠……."

눈조차 뜨지 않고 혜원이 잠꼬대처럼 중얼거리자, 혜원을 감싼 팔이 순식간에 빠져나갔다. 어쩐지 아쉽고 서글픈 생각이 들었지만, 또다시 까무러치듯이 깊은 잠 속에 빠져들었다.

혜원이 천천히 눈꺼풀을 들어 올렸다. 과거와 현재를 종횡무진 오가던 꿈의 기억 때문일까, 머릿속이 텅 빈 것처럼 정신을 차릴 수 없었다. 멍한 시선으로 하얀 천장을 물끄러미 올려다보니 공포에 질려 정신을 잃고 쓰러졌던 마지막 기억이 떠올랐다. 쓰러진 자신을 누가 이곳까지 옮긴 것일까. 단단한 팔의 감촉과 남자다운 체향이 섞인 스킨 향. 강혁의 모습이 떠올랐지만, 어쩐지 그의 품에 안겨서 이곳까지 왔다는 사실이 믿기지 않았다.

창으로 흘러드는 달빛에 반사된 실내를 둘러보던 혜원이 시트를 걷어 내고 몸을 일으켰다. 고급스러운 가구와 장식품은 장 여사의 취향으로 꾸며진 공간이었다. 장 여사의 침실에서 잠들었다고 생각하니, 불편한 기분을 지울 수 없었다.

혜원이 문을 열고 나와 막 걸음을 옮기려 할 때, 복도 쪽에서 이상한 소리가 들렸다. 흐느끼는 것 같으면서도 고양이 하루가 발정 났을 때 울던 소리 같기도 했다.

복도 끝, 장 여사의 침실과 계단 사이에는 강혁의 침실이 있었다. 계단으로 내려가려면 그의 침실 문을 지나쳐야 했다. 하지만 혜원은 복도로 흘러드는 오렌지 조명과 앓는 소리에 차마 걸음을 옮길 수 없었다. 불이 훤히 켜진 그의 침실 문은 반쯤 열린 채였고 강혁은 누군가와 함께 있는 듯했다. 주차장에 주차된 하얀 외제 차를 떠올렸다. 오도 가도 못한 혜원이 복도 중간에 서 있을 때, 희미하게 앓던 소리가 세기를 더해 가며 복도 밖까지 흘러나왔다.

"으아…… 아아앙…… 좋아……."

혜원은 낯선 소리의 정체가 그제야 파악되었다. 강혁이 여자와 섹스를 하는 것이다. 머릿속이 빙글빙글 돌고 다리가 휘청거렸다. 어디로든 가야 하지만, 도무지 몸이 말을 듣지 않았다. 자신이 움직이면 당장에라도 강혁이 침실에서 튀어나올 것만 같았다.

"하학…… 너무 깊어…… 아…… 아팟!"

적나라할 정도로 생생하게 들려오는 소리에 혜원이 두 귀를 틀어막았다. 누군가 그에게 안겨서 저런 소리를 낸다고 생각하니 까닭 모를 온갖 감정이 휩쓸고 지났다.

얼음장처럼 차가운 눈빛과 싸늘한 표정, 말도 섞기 싫다는 듯이 무시하는 태도와 조롱기 섞인 비뚜름한 미소. 하지만 혜원은 알고 있었다. 일거수일투족을 따라붙는 섬뜩한 시선은 한 올도 남기지 않고 자신의 몸을 발가벗기리란 걸. 그리고 혜원을 욕망하는 저 자신을 끔찍하게 혐오하고 있다는 것을 저절로 느낄 수 있었다. 그런 남자가 다른 여자를 안다니, 심장이 날카로운 갈고리로 찢기는 기분이었다.

"흐흣…… 아, 너무 좋아. 이대로 죽을 거 같아."

"……입 좀 다물어!"

"으흣…… 자기 오늘따라 이상해. 무엇 때문에 이렇게 조급해하는 거야."

"젠장! 헛소리 말고 좀 더 조여 보라고!"

잔뜩 가라앉은 목소리가 못마땅하다는 듯이 으르렁거렸다. 적나라한 신음 못지않게 저급한 말에 돌연 웃음을 참을 수 없었다. 그는 자신뿐 아니라, 연인에게도 자비가 없는 파트너였다. 어쩐지 우물쭈물 서 있는 제 모습이 한심해 보였다.

문득 별채에 홀로 있는 강준이 생각났다. 혜원이 천천히 걸음을 옮겼다. 되도록 소리를 줄이려 했지만, 강혁이 자신을 발견한다 해도 별 상관 없을 것 같았다. 막 그의 침실 문을 지나치려는 찰나, 퍽퍽 살이 부딪치는 소리와 함께 치달아 오르는 신음 소리가 절정에 다다랐다. 순간, 안 된다는 것은 알았지만, 혜원이 저도 모르게 문 쪽으로 시선을 돌렸다.

강혁의 잘 짜인 근육질 몸이 빨려 들듯이 시야로 들어왔다. 엎드린 여자 위에서 삽입하던 그가 기다렸다는 듯이 시선을 마주쳐 왔다. 흐려진 잿빛 눈동자와 시선이 마주친 순간, 강혁이 이맛살을 잔뜩 찌푸려지며 억눌린 신음을 뱉어 냈다.

"헉!"

활처럼 젖혀진 근육 잡힌 가슴이 요동치듯이 흔들렸다. 짐승의 포효와 같은 거친 신음이었다. 그는 여자의 몸에 사정했지만, 사정을 이끈 것은 여자가 아닌 혜원이였다. 잠시도 떠나지 않는 그의 눈동자가 그것을 증명했다.

강혁을 받아들이던 여자가 침대 시트에 힘없이 풀썩 엎드리자, 후회를 느낄 겨를도 없이 곧바로 그녀의 몸에서 빠져나온 강혁이 콘돔을 벗겨 내고 흘러내린 제 앞머리를 거칠게 쓸어 올렸다. 그러나 일련의 움직임에도 그의 시선은 혜원에게서 한시도 떠나지 않았다. 특유의 나른하고 느긋한 시선이 혜원의 몸을 천천히 훑고 지났다. 언제나처럼 조롱기 섞인 미소가 선이 분명한 입술에 떠올랐다.

"……누구?"

여자의 날카로운 목소리에 정신이 번쩍 들었다. 흠칫 놀란 혜원이 대답도 잊고 급히 몸을 돌렸다.

"큭…… 엿보기 좋아하는 발정 난 여우……."

강혁이 대답을 대신했다. 즐거운 듯이 쿡쿡대는 웃음소리가 혜원의 뒤통수를 때렸다. 이제는 화조차 나지 않았다. 어서 빨리 별채로 달려가서 쉬고 싶은 생각밖에 없었다.

도망치듯이 별채로 들어온 혜원이 누워 있는 강준의 품에 뛰어들었다. 고요한 심장박동 소리를 들으니 그제야 떨리는 몸이 가라앉았다. 혜원이 희미한 조명등에 반사된 강준의 옆모습을 물끄러미 바라보았다. 고요한 침묵만이 가득한 세상, 강준이 있는 세상은 그런 세상이었다.

적막한 밤, 이렇게 함께 누워 있으면 이상할 정도로 그가 가깝게 느껴지고는 했다. 그래서 그에게 자신의 전부를 털어놓을 수 있었다. 지금의 소소하고 작은 행복과는 반대로 끔찍하게 달라붙는 불행의 흔적들. 그리고 마음속의 작은 악마에 관한 이야기까지.

"오빠. 어서 일어나. 어서 일어나서 꿈속에서처럼 귓가에 속삭여 줘. 괜찮다고, 무엇도 두려워할 것 없다고……."

"……."

"더는 이런 고요한 평화가 싫어. 가난이 싫어서 아버지를 버리고 단칸방에서 도망쳤지만, 오빠가 깨어나지 않으면 이곳 역시 잠깐의 도피처에 불과할 뿐이야."

"……."

"그 사람이 무서워서 볼 때마다 몸이 떨려 와. 근데 더 이상한 게 뭔지 알아? 그 사람에게서 눈을 뗄 수가 없어. 다른 여자를 안고 몸을 떠는 그 사람을 보니 갑자기 이유도 없이 화가 났어. 시선을 떼지 못하는 나 자신에게 화가 나고 이렇게 바보처럼 누워 있는 오빠에게도 화가 나."

"……."

"마치 뇌에 들어온 벌레가 오빠에 대한 기억을 지우고 그 사람을 향한 생각으로 가득 채우는 기분이야. 오빠를 휠체어를 태우고 화려한 꽃으로 만발한 정원을 걸어도 내 머릿속은 그 사람에 대한 생각으로 가득 차 있어. 그 사람이 봐 주지 않으면 세상 모든 게 시들해져. 이상하지. 그렇지?"

"……."

"하지만 안심해. 그저 잠시 지나가는 바람 같은 거야. 난 오빠뿐이야. 그 사람에게서 꼭 오빠를 지켜 줄 거야. 그러니까 오빠는 아무 걱정 하지 마. 알았지?"

강준의 고른 숨소리가 대답을 대신했다. 그의 품에 기대어 잠을 청했지만, 달아난 잠은 돌아올 생각을 하지 않았다.

잔뜩 흐려진 그윽한 눈동자와 요동치며 오르내리는 남자다운 탄탄한 가슴, 핏줄이 파랗게 선 팔과 선명하게 드러난 장골. 살과 살이 마찰하는 끈적한 소리와 뜨겁게 토정하며 뱉어 내던 억눌린 신음. 그 모든 광경이 선명한 이미지와 소리로 남아 혜원의 시야를 어지럽히고 귓가를 간질였다. 이어지는 이미지가 상상을 낳고 상상이 또 다른 상상을 낳아 혜원을 끊임없이 괴롭혔다. 지금도 함께 엉켜 있을 두 사람의 모습이 떠오르자, 목구멍 안쪽이 꽉 죄어 오고 위장이 쥐어짜듯이 비틀리는 것 같았다.

혜원이 자리에서 벌떡 일어났다. 초조한 감정 탓인지, 금방이라도 욕지기가 올라올 것 같았다. 욕실로 들어가서 변기에 머리를 처박았다. 하지만 먹은 것이 없어서인지, 헛구역질만 나올 뿐이었다. 축축하게 배어나는 식은땀이 불쾌한 기분을 끌어냈다. 혜원이 입고 있는 옷을 훌훌 벗고 샤워기 앞에 우두커니 섰다.

뿜어내는 차가운 물줄기를 맞으니 오싹하며 몸이 떨려 왔다. 탱탱하게 부풀어 오른 제 가슴을 내려다보던 그녀가 두 손으로 그것을 모아 쥐었다. 손바닥에 다 들어가지 않는 가슴 사이로 연한 분홍색 유두가 삐죽하게 튀어나왔다. 오돌토돌한 유륜 주변을 손끝으로 어루만졌다. 짜릿한 감각이 훑고 지났지만, 오히려 갈증만 더할 뿐이었다.

자신이 원하는 손은 이렇게 연약하고 작은 손이 아니었다. 좀 더 남자답고 단단하고 커다란 손이었다. 혜원이 눈을 지그시 감고 푸른 힘줄이 솟은 남자답고 기다란 손을 떠올렸다. 가슴에서 배꼽을 지나 골반으로 강한 손이 더듬어 내려갔다. 무성한 검은 숲에서 멈춘 손이 흠뻑 젖은 여린 속살을 더듬었다. 여자의 몸에서 빠져나온 애액으로 범벅된 크고 단단한 기둥을 떠올렸다. 순간, 등골이 오싹하며 강한 쾌감이 몰려왔다. 커다란 기둥이 여린 속살을 헤집고 거침없이 들어왔다. 그리고 뿌옇게 흐려진 눈으로 빠르고 강하게 안을 휘저어 댔다.

"으흐흑…… 아흑……."

상상 속의 남자에게 정복당한 속살이 수치심도 없이 움칠대며 반복적인 경련을 계속했다. 다리가 풀린 혜원이 샤워 부스에 등을 기대었다. 상상이 주는 향락이었지만, 마치 강혁이 눈앞에 있는 것처럼 온몸이 뜨겁게 달아오르고 거친 숨이 쏟아졌다.

순간, 혜원은 별장에 처음 오던 날, 화옥이 했던 말이 떠올랐다.

'한없이 복잡해 보이는 세상이지만, 돌이켜 보면 세상의 이치는 단순하기 짝이 없단다. 아랫도리를 가진 사내들이 지배하는 세상이다. 그 아랫도리를 녹이는 계집이 사내를 지배하고 또한 원하는 세상을 가질 수 있지. 너는 태생적으로 사내를 홀리는 아이다. 언젠가 네 몸의 성성한 기운을 주체할 수 없을 때가 오겠지만, 함부로 몸을 굴리진 마라. 너를 세상 꼭대기에 올려 줄 남자라고 느꼈을 때, 그때 움직이는 거야. 과감하게 유혹해도 괜찮다. 하지만 절대 마음마저 허락하지는 마라. 남자가 네 앞에 무릎 꿇고 너 아니면 안 된다고 울며 매달릴 때까지는 절대 네 마음을 드러내서는 안 돼. 모든 것을 얻은 후에, 그를 가져도 상관없다. 또한, 버려도 상관없겠지. 어차피 이미 세상은 네 손 안에 들어와 있을 테니.'

❈ ❈ ❈

일찌감치 일어난 혜원이 강준을 서둘러 씻기고 잠자리를 정리했다. 강혁이 여자와 함께 있다는 것이 꺼림칙했지만, 식사 준비를 할 사람이 자신밖에 없다는 사실이 떠올랐다.

혜원이 한참을 망설이다가 본채로 걸음을 옮겼다. 함평댁 아줌마가 여러 가지 밑반찬을 준비해 놓았지만, 식사 준비를 할 때마다 늘 신경 쓰이고 망설여졌다.

밥을 안치고 준비해 둔 재료로 된장찌개를 끓이려 할 때, 부스럭대며 인기척이 들렸다. 잔뜩 긴장하여 고개를 돌리니, 강혁이 아닌 낯선 여자가 주방으로 걸어 들어오고 있었다.

"물 한 잔만 줄래?"

스스럼없는 말투의 여자는 속옷도 안 입은 채 크림색 슬립만 걸치고 있었다. 어제는 스치듯이 보아서 잘 몰랐지만, 가까이서 보니 마치 잘 꾸민 인형처럼 화사한 외모를 지닌 여자였다. 슬립의 가는 끈이 흘러내릴 듯이 아슬아슬하게 걸려 있고 탄력 있게 솟은 젖가슴이 움직일 때마다 고스란히 보였다. 몸 여기저기 남아 있는 정사의 흔적이 여자의 농염한 분위기를 한껏 부추겼다. 혜원이 물을 따라 식탁에 내려놓자, 여자가 목이 마른지 벌컥벌컥 들이켰다.

여자가 한참이나 주방 여기저기를 살피다가 의자에 다리를 꼬고 앉았다. 아래위로 훑어보는 모습이 혜원에게 따로 할 말이 있는 모양이었다.

"으음…… 역시 소문 듣던 대로네."

느닷없는 말에 채소를 썰던 혜원이 뒤를 돌아보았다. 지난밤 그의 아래에서 짐승처럼 울부짖던 여자라고는 믿기지 않을 만큼 차가운 시선이었다.

"겨우 스무 살인데, 풍기는 분위기가 묘하기도 하고. 어쩐지 어제 이상하다 했어."

"……."

"이 산골까지 불러낼 때부터 알아봤다니까. 그닥지 않게 더티한 플레이까지 하고 말이야. 얼마나 해 댔는지, 몸 여기저기가 욱신거려. 그간에 많이 쌓여서 너를 자극하고 싶은 모양인데, 적당히 넘어가 주지 그래?"

도무지 이해할 수 없는 말에 혜원이 물끄러미 여자를 바라보았다.

"다른 욕심은 부리지 마. 네가 아무리 발버둥 쳐도 저 남잔 절대 못 가져. 그러니까 기회가 닿았을 때, 적당히 즐기는 게 좋아. 저렇게 흥미를 보이는 것도 아주 잠깐일 테니까."

여자의 말이 대충 이해가 되었지만, 딱히 대답할 말이 없었다. 더는 그들에게 놀아나고 싶지 않았기 때문이다.

썰어 놓은 감자와 채소를 찌개에 넣고 있을 때, 뒤에 있던 여자가 자리에서 일어났다.

"근데 아까부터 뭐 하니?"

"아침 식사 준비하고 있어요."

"저 사람, 아침 잘 안 먹어. 먹어도 간단한 빵에 샐러드 정도로 그치는데……."

혜원의 눈살이 찌푸려졌다. 혜원이 아는 강혁은 차려 준 아침을 묵묵히 먹는 남자였다. 다른 건 몰라도 식성만은 까다롭지 않았다. 어쩐지 강혁의 전부를 안다는 듯이 말하는 여자의 말에 기분이 가라앉았다.

"그보다 요즘 강준 오빠는 어때?"

강준까지 아는 것일까, 궁금증을 참지 못하고 혜원이 물었다.

"강준 오빠를 아세요?"

혜원의 말에 여자가 재미있다는 듯이 눈을 빛냈다.

"물론, 서강준의 전 약혼녀 주은영, 그게 내 이름인걸."

은영의 말에 혜원의 시선이 요동치듯이 흔들렸다.

"놀랄 거 없어. 집안끼리의 정략적인 관계였을 뿐이니까. 강준 오빠가 재미없는 사람이라, 손도 잡아 보지 못했어. 사실 내가 처음부터 탐낸 것은 2층에 있는 저 남자뿐이었지."

전 약혼자의 동생에게 몸을 허락하는 사이라니, 엉킨 실타래처럼 온갖 생각이 섞여 들었다.

"강준 오빠가 약혼했었다는 건 오늘 처음 알았어요."

"알아서 좋을 게 없으니 아무도 말을 안 했겠지. 그보다 좀 위험하지 않니? 지금처럼 지내는 거."

"……."

"저 남자, 원하는 게 있으면 절대 놓치지 않아. 하지만 이미 갖고 나면 단번에 흥미를 잃어버리지. 여기 있는 나처럼 말이야."

"그래서요?"

혜원이 또렷한 시선으로 올려다보자, 은영의 요염한 눈꼬리가 앙칼지게 올라갔다.

"보기보다 꽤 당돌하구나. 진심 어린 충고도 허투루 듣고."

바싹 다가온 은영이 혜원의 귓가에 가만히 속삭였다.

"그가 탐내는 것은 스무 살 풋내기 계집이 아니야. 강준 오빠의 약혼녀라는 무시무시한 타이틀이지."

순간, 혜원의 손에 들린 국자가 바닥으로 굴렀다. 그리고 등골을 스치는 익숙하고 싸늘한 시선이 뒤에서 느껴졌다. 아벨을 단칼에 찌르고 에덴동산에서 추방당한 카인의 눈동자가 혜원을 좇고 있었다.

"좀 더 자지 않고 왜 일어났어."

불쑥 끼어든 중저음에 은영의 매서운 눈동자가 순한 양처럼 변했다. 강혁에게 다가간 그녀가 단단한 팔에 매달리며 애교 띤 목소리로 말했다.

"나이 때문인가, 애가 좀 어리숙한 면이 있네. 재미있는 이야기를 들려주었더니, 병든 아기 새처럼 파들파들 떨지 뭐야."

돌아보지 않는 혜원의 뒷모습을 찬찬히 훑어보던 강혁이 말없이 자리에 앉았다. 혜원이 바닥에 떨어진 국자를 개수대에 넣고 말없이 식탁을 차렸다.

"게다가 된장찌개라니? 자기가 아침부터 이런 걸 먹을 리 없잖아. 얼마나 입맛이 까다로운 사람인데."

혜원이 바글바글 끓고 있는 찌개를 물끄러미 내려다보았다. 평소 아무렇지 않게 식탁에 올려놓았지만, 은영의 말을 들으니 어쩐지 망설여졌다. 그래도 혜원은 찌개를 들어 식탁에 내려놓았다. 지금 상황에서 그의 눈치를 살필 이유가 없었다.

말없이 수저를 든 강혁이 언제나처럼 묵묵히 식사에 집중했다.

"자기 식성이 변했나 봐."

은영의 미간이 잔뜩 찌푸려졌다. 찌개를 오가는 수저를 보자, 혜원의 가슴속에서 무언가가 뿌듯하게 올라왔다.

한참이나 말없이 강혁을 바라보던 은영이 혜원을 향해 말했다.

"얘. 나는 아침 생각 없으니까 커피나 한 잔 줘. 진한 거 싫으니까, 연하게."

오만한 명령조에 혜원이 고개를 돌렸다. 순간, 은영이 아닌 강혁의 눈동자와 시선이 마주쳤다. 짧게 스친 시선이 혜원을 지나서 마주 앉은 은영에게 다시 돌아갔다. 그리고 특유의 나른한 미소를 보이며 은영에게 말했다.

"주말에는 시간을 비워 둬."

"왜?"

환한 미소를 머금은 은영이 그를 향해 몸을 숙였다. 아슬아슬하게 걸려 있던 그녀의 슬립 끈이 기어이 어깨 아래로 흘러내렸다. 터질 듯이 부풀어 오른 가슴이 온전히 드러나고 진한 분홍색 유두 주변으로 날카로운 잇자국이 보였다.

"하던 짓, 마저 해야지. 그동안 여러 여자 만났지만, 너만큼 잘하는 여자는 없었어."

"어머, 그렇게 좋았어? 살다 보니, 당신 입에서 그런 칭찬을 다 들어 보네."

강혁의 의도적인 도발이라는 것은 알았다. 그러나 한 몸으로 엉켜 있던 두 사람의 기억이 떠오르자, 그를 은영에게서 떼어 놓고 싶은 강한 충동이 일었다.

커피 머신이 있는 아일랜드 식탁으로 다가간 혜원이 익숙한 손길로 커피를 내렸다. 하얗게 김이 오르는 잔을 보자, 작은 악마가 속삭였다. 어서 달려가서 원하는 대로 여자를 그에게서 떼어 놓으라고.

혜원이 은영이 앉은 테이블 앞에 뜨거운 커피 잔을 내려놓았다. 그리고 강혁에게 시선을 떼지 않은 은영이 잔을 집어 들려는 찰나, 잔을 툭 건드렸다.

"꺅!"

날카로운 비명과 함께 커피 잔이 바닥으로 굴렀다. 반사적으로 몸을 일으킨 강혁이 물에 흠뻑 적신 행주를 은영의 허벅지에 내려놓았다. 그리고 차분한 눈으로 상처 부위를 살폈다. 튕기듯이 허벅지를 스쳤기에 다행히 큰 상처는 없어 보였다.

"일어나. 일단 병원으로 가 보는 게 좋겠어."

기다렸다는 듯이 그의 목에 팔을 두른 은영이 애원하듯이 매달렸다.

"싫어. 모처럼 당신과 둘만의 시간이잖아. 잠시 쉬면 괜찮아질 거야. 어서 2층으로 데려다줘."

은영을 번쩍 안아 든 강혁이 뒤도 돌아보지 않고 2층 계단을 올라갔다. 그의 목에 팔을 두른 은영과 시선이 마주쳤다. 비뚜름하게 올라간 입술에는 승리자의 오만과 혜원을 향한 강한 적의가 드러나 있었다.

일련의 모든 일이 일어날 동안에도 혜원은 움직임이 없었다. 자신을 업신여기고 끊임없이 도발하는 강혁과 그 못지않게 자신을 조롱하는 여자. 그저 피하면 그만이었다. 강준을 홀로 남겨 두고 그를 위해 식사를 준비할 이유도, 이런 모욕을 받을 이유도 없었다. 오히려 장 여사가 이런 자신의 모습을 본다면 자신보다 더 화를 내고 격분할 것이다. 하지만 그에게 끌리는 자신을 이해할 수 없었다. 하루라도 그를 안 보면 미칠 것만 같았다. 그가 다른 여자와 함께 있는 모습을 상상하면 머리가 텅 비고 피가 싸늘하게 식는 기분이었다.

우두커니 서 있던 혜원이 커피 잔을 집어서 올리고 바닥에 흘린 커피를 닦아 내었다. 식탁에 있는 반찬을 정리하고 설거지까지 마쳤다. 그러나 혜원의 온 신경은 두 사람이 함께 있는 침실에 가 있었다. 어젯밤과 같은 신음이 들릴까 봐 예민하게 신경이 곤두섰다.

얼마나 시간이 흘렀을까, 별채로 가지 못하고 우왕좌왕 주방을 서성이고 있을 때, 뒤에서 인기척 소리가 들렸다. 말끔하게 치워진 바닥을 내려다보던 강혁이 멍하니 서 있는 혜원에게 다가왔다.

"없이 자랐다는 것은 알았지만, 심성까지 제멋대로 비뚤어졌어."

자신을 책망하는 말에도 혜원은 더 이상 상처를 입지 않았다. 지난밤에 떠올렸던 화옥의 말이 이제야 분명하게 이해되었기 때문이다.

차갑고 오만한 남자를 가질 것이다. 그리고 자신이 받은 수치심과 모욕 전부를 돌려줄 것이다. 뛰는 남자의 심장을 끄집어내고 자신의 발아래 무릎 꿇게 하겠다. 성난 기둥을 꽉 물고 그만하라고 매달릴 때까지 그를 자신 안에서 흠뻑 녹여 줄 생각이다.

"혹시 대숲에 이는 바람 소리를 들어 보셨어요?"

혜원의 물음에 물을 마시던 강혁이 고개를 돌렸다.

"저는 별채 툇마루 앞에 앉아 그 소리를 듣고 있으면 까닭도 없이 가슴이 두근거려요. 휘이익, 휘이익…… 아주 가벼운 바람에도 높다란 대나무가 이리저리 흔들려요. 그리고 가련하게 울면서 한껏 몸을 떨어요. 그때마다 저는 상상해요. 내가 바람이 되어 우뚝 솟은 대나무를 흔드는 상상……."

"……."

"저만 아는 비밀을 알려 줄까요? 당신이 죽은 사람 취급하는 강준 오빠는 제가 만져 주면 정말 좋아해요. 깨끗하게 몸을 씻기고 좋은 향수를 몸에 뿌려 주고 까슬한 턱에 입맞춤해요. 단단한 목덜미와 움푹 파인 가슴을 부드러운 혀로 핥아 주면 움칠하며 몸을 떨어요. 그뿐인 줄 아세요? 깊은 밤, 강준 오빠와의 미래를 상상하면 저절로 몸이 달아올라요. 거추장스러운 옷 따위 벗어 던지고 한껏 달아오른 몸을 그 사람의 몸에 갖다 붙이며 어서 깨어나서 안아 달라고 속삭여요. ……그리고 마지막이 어떻게 끝나는지 아세요?"

거짓말. 새빨간 거짓말이었다. 혜원에게 강준은 욕망의 대상이 아니었다. 마지막까지 지켜 주고 싶은 또 다른 자신이었다. 누구도 침범해서는 안 될 자신만의 이상향이었다. 강혁을 욕정 하는 몸이 있다면 강준을 사랑하는 마음이 있다. 어서 눈앞의 남자를 유혹하여 원하는 것을 가지라고 속삭이는 마음속의 악마가 있다면, 뒤도 돌아보지 말고 강준의 곁으로 돌아가라고 속삭이는 작은 천사가 있다.

두 마음 사이에서 오가는 혜원의 상념을 끊어 놓으며 강혁이 천천히 다가왔다. 이마에 푸른 힘줄이 튀어나오고 금방이라도 집어삼킬 듯이 노려보는 눈동자에서 아슬아슬할 정도의 위험이 감지되었다. 하지만 혜원은 한번 시작한 불장난을 도무지 멈출 수 없었다. 남자를 태우고 자신을 태울 뜨거운 불꽃, 이것이 화옥이 말했던 음심과 색기로 가득 찬 자신의 팔자였다.

"말해 봐. 어떻게 끝나는지."

강혁이 날카로운 송곳니를 드러내며 잇새로 말을 뱉어 냈다. 혜원이 지지 않고 그의 앞에 바짝 다가가서 나른하게 속삭였다.

"궁금하면 밤에 별채로 오세요. 말 대신 눈으로 직접 보여 줄 테니."

마지막 말을 남긴 혜원이 강혁을 지나쳐 별채로 걸음을 옮겼다.

4

혜원이 별채 툇마루에 무너지듯이 주저앉았다. 양지바른 구석에 몸을 웅크리고 있던 고양이 하루가 슬금슬금 걸어왔다. 혜원 앞에서 몸을 옹그리고 바닥에서 한바탕 구르더니, 복숭아뼈 부근에 제 몸을 갖다 붙이고 이리저리 비벼 댔다. 저를 만지고 사랑해 달라는 무언의 표현이었다. 거짓됨 없이 솔직한 행위에 불현듯 쓴웃음이 나왔다. 마치 자신의 자화상을 들여다보는 것 같아 씁쓸한 기분을 지울 수 없었다. 혜원이 하루의 등을 가만히 쓰다듬었다.

"하루야. 이 집 정말 좋지? 예전에 네가 살던 길거리에 비하면 천국 같은 곳이야. 배를 곯을 일도 없고 추워서 몸이 굳지도 않고 꽃도 만발하고 좋은 향기가 떠나지 않아."

"……."

"나는 무슨 일이 있어도 예전으로 돌아가지 않을 거야. 그러니까 너도 이곳에 마음 편히 있어도 돼."

"……야 ……야옹."

하루가 혜원의 말에 반응하듯이 연한 갈색 눈을 치켜뜨며 요염하게 울었다.

"알아? 만약 오늘 밤 그가 온다면 나도 너처럼 울 거야. 너처럼 눈꼬리를 추어올리고 잔뜩 웅크린 채 몸을 비비며 그를 유혹할 거야. 그리고 원하는 것을 가질 때까지 그를 절대 놓지 않을 거야."

"……야옹."

"그가 용서해 달라고 애원해도 절대 용서하지 않을 거야. 받은 수치심과 모욕감을 그대로 돌려주고 내 앞에 무릎 꿇게 할 거야."

"야옹……."

오전 내내 별채를 서성이던 혜원이 저녁 무렵이 되어서야 강준이 있는 침실로 들어갔다. 눈부신 오후의 햇살이 핏기 없는 뺨에 닿아 투명한 빛으로 빛났다. 혜원이 강준의 가슴에 머리를 기대고 천천히 눈을 감았다. 한참이나 그렇게 있던 그녀를 깨운 것은 고양이 하루였다. 산책길의 길동무를 자처하는 하루가 어서 나오라고 마루 밖에서 울었다.

"오빠. 우리 산책하러 갈까. 햇볕이 정말 따뜻해."

키가 큰 사내를 휠체어에 옮기는 일이 쉬운 일은 아니지만, 요령만 있으면 얼마든지 가능했다. 사용하기 좋도록 맞춤 제작한 휠체어를 침대 높이로 올리고 강준의 몸을 천천히 옮겼다. 편하게 앉을 수 있도록 휠체어의 등받이를 뒤로 당기고 담요를 가져다가 꼼꼼하게 덮어 주었다. 휠체어 전용 통로인 옆문을 지나서 대나무 숲으로 둘러싸인 오솔길로 들어갔다. 고양이 하루가 두 사람을 따라붙었다.

오솔길을 따라, 저택 옆길로 난 산책길을 천천히 걸었다. 잣나무 숲길을 따라 십여 분을 걸어가니 드넓게 펼쳐진 인공 호수가 보였다. 해 질 녘이 특히 아름다운 곳으로 기울어 가는 서쪽 해가 호수 수면에 떠오르면 황금빛 물결이 부드러운 띠를 두르며 눈부신 빛을 뿜어내고는 했다.

호수 가장자리에서 휠체어 바퀴가 멈추었다. 혜원이 힘없이 기울어진 강준의 몸을 바로 해 주고 무릎을 꿇고 앉아 가만히 그를 올려다보았다.

저택 여기저기 놓인 그의 사진을 틈만 나면 이렇게 바라보고는 했었다. 부드럽게 눈매를 휘며 웃고 있는 사진은 아무리 봐도 싫증나는 법이 없었다. 강혁의 말대로 이런 몸이 아니었다면 감히 꿈조차 꿀 수 없는 남자였다.

혜원이 흘러내리는 강준의 앞머리를 쓸어 넘겨 주었다. 그리고 반듯한 이마를 지나 감긴 눈꺼풀을 가만히 어루만졌다. 파르르 하며 반사적으로 떨리는 속눈썹을 보니 어쩐지 슬픈 기분이 들었다. 한참을 올려다보던 혜원이 그의 무릎에 머리를 기대고 기울어 가는 붉은 저녁 해를 바라보았다.

"오빠. 나는 이렇게 평화로운 세상이 있다는 것을 상상조차 못 했어. 내가 아는 세상은 이곳과는 전혀 다른 세상이었거든."

호수 부근에 있던 작은 새들이 파드닥 날갯짓하며 서쪽 해를 향해 날아갔다. 무리 지어서 날아가는 모습에 까닭도 없이 코끝이 시큰거렸다.

"열 살 때, 병석에 누워 있던 엄마가 병원 한번 못 가 보고 허망하게 세상을 떠났어. 돈만 있었다면 충분히 살 수 있는 병이었는데, 유일한 버팀목이었던 엄마를 그렇게 보내고 만 거야. 근데 더 우스운 게 뭔지 알아. 생전에 엄마가 입버릇처럼 하던 말이 있어. 송충이는 솔잎을 먹어야 한다고, 과한 욕심을 부리면 화를 부른다고 했어."

"……."

"송충이처럼 솔잎만 먹고 부지런히 살아왔는데, 어째서 평생을 단칸방에서 벗어나지 못하고 약조차 쓰지 못한 채 그렇게 허무하게 죽었을까. 그렇게 죽을 바에는 좋은 걸 먹고 좋은 걸 가지려는 욕심을 내어도 되었잖아. 어차피 한 번뿐인 인생인데 말이야."

"……."

"나는 보기 흉한 송충이인데, 솔잎이 끔찍하게 싫어. 그래서 이제는 다른 걸 먹을 생각이야. 죽어 가는 엄마를 보고 넋 놓고 우는 아이가 아니라, 훌륭한 의사가 되어서 소중한 사람을 지켜 줄 거야. 원하는 것이 있다면 수단과 방법을 가리지 않고 다 가질 거야. 그리고 누구라도 나를 모욕하면 그 모욕감을 그대로 돌려줄 거야."

"……."

"그러니까 오빠만이라도 나를 이해해 줘. 그리고 언제까지나

내 곁을 지켜 줘. 내게는 오빠밖에 없어. 나쁜 마음을 품고 나쁜 짓을 저질러도 결국 내가 돌아올 곳은 따스한 온기를 지닌 오빠 곁이 될 거야."

얼마나 시간이 흘렀을까. 해가 산허리를 넘어가자, 휠체어 바퀴 밑에서 웅크리고 있던 하루가 돌아가자고 졸라 댔다. 왔던 길을 다시 거슬러 올라가고 있을 때, 낯익은 하얀 승용차가 포장한 도로를 마주 보며 달려왔다.

순간, 혜원의 걸음이 우뚝 멈추었다. 날렵하게 잘빠진 승용차 역시 휠체어 옆에 미끄러지듯이 멈추었다. 차창이 스르르 열리며 은영이 고개를 내밀었다. 강준에게 한참 머물러 있던 시선이 혜원에게 다시 돌아왔다.

"보기 좋네. 두 사람."

"……."

"이런 몸이 아니었다면 언감생심 꿈도 못 꿀 남자인데 말이야."

혜원의 마음을 읽기라도 한 듯 은영이 한쪽 눈썹을 추켜세우며 말했다.

"오늘 밤 주무시고 가시는 거 아니었어요?"

혜원이 빙긋 웃으며 물었다. 대답 대신 미간을 찌푸린 은영을 보자, 혜원은 자신의 승리를 예감했다.

"영악한 건 알았지만, 너 보통내기가 아니더라? 도대체 강혁 씨를 어떻게 꼬드긴 거야?"

"별거 없어요. 그냥 받은 만큼 돌려주려는 것뿐이에요."
은영이 어이없다는 듯이 쓰게 웃었다.
"그렇게 일러 줘도 뭘 모르네. 너 서강혁이 누군지 알고 그딴 소리를 지껄이니? 지금까지 혼자 싸워서 여기까지 올라온 남자야. 저를 낳은 모친조차 원수처럼 여기는 아들이라고. 그뿐인 줄 아니? 감히 장관의 외동딸인 나를 헌신짝처럼 버린 남자야. 한번 물면 목숨 줄을 끊을 때까지 절대 놓지 않는 개새끼라고!"
흥분한 듯이 가쁜 숨을 몰아쉬던 은영의 시선이 강준에게로 돌아왔다. 어딘가 복잡한 표정의 그녀가 조용히 한숨을 내쉬었다.
"좋아. 이왕 할 거면 제대로 해 봐. 대신 강준 오빠 곁으로 돌아올 생각은 꿈도 꾸지 마. 그건 내가 절대 용서하지 않을 테니까."
은영이 대답도 듣지 않고 가속페달을 강하게 밟았다. 멀어지는 차를 우두커니 바라보는 혜원의 입술에 희미한 미소가 떠올랐다.

산책 후, 강준을 깨끗이 씻긴 혜원이 일찌감치 잠자리를 정리했다. 저녁을 준비해야 하지만, 강혁을 자극해 놓은 터라 본채에 들어갈 엄두가 나지 않았다. 이상한 오기와 분노, 집착 같은 감정이 하나로 어우러져 온종일 넋을 잃고 지냈다. 하지만 해가 지고 사방이 어두워지자, 불안하고 초조한 기분이 엄습해 왔다. 강혁이 과연 자신의 도발에 반응해 올까. 그가 오기를 바라는 마음과 오지 않기를 바라는 두 가지 마음이 충돌했다.
초조하게 방을 서성이던 혜원이 휴대전화를 집어 들었다. 그리고 단축키를 찾아 눌렀다.

— 혜원이냐? 이 시간에 어쩐 일이야?

허스키한 목소리의 화옥이였다.

“보살님. 궁금한 게 있어서 전화를 드렸어요.”

— 그래. 말해 보렴.

“지난번에 그러셨죠? 나쁜 팔자를 얼마든지 뒤집을 수 있다고. 원하기만 하면 뭐든지 가질 수 있다고.”

— 그래. 그랬지.

“어떤 사람이 죽도록 미워요. 그런데 그런 강렬한 감정만큼이나 그를 가지고 싶어요.”

짧은 침묵이 흘렀다.

— 네가 말한 사람이 너를 최고의 자리에 앉혀 줄 수 있는 사람이니?

“네. 그런 거 같아요.”

혜원의 또렷한 대답에 짧은 웃음이 돌아왔다.

— 그렇다면 망설일 거 없잖니. 네가 원하기만 한다면 이미 그 사람은 네 것이야. 하지만…….

“…….”

— 지금 곁에 있는 사람은 어찌할 셈이니?

“보살님이 말씀하셨잖아요. 원하는 동안만 갖고, 가지고 나면 버려도 상관없다고. 잠깐의 일탈일 뿐이에요. 그의 것을 빼앗아서 강준 오빠에게 돌려줄 셈이에요.”

한참이나 대답이 없던 화옥이 가라앉은 목소리로 말했다.

— 설마 네가 말한 상대가 서강혁은 아니겠지?

혜원이 대답이 없자, 그녀가 다시 말을 이었다.

— 네가 말한 상대가 서강혁이라면 이야기가 달라진다.

"어째서요?"

— 너무 위험한 상대야. 태생적으로 제왕 사주를 타고나서 모든 이를 제 발밑에 두어야 만족하는 사람이다. 너 또한 느꼈겠지? 성정이 평범한 사람과 달라서 지독하게 잔혹한 면이 있지. …… 그러나 너라면 가능할지도 모르겠구나.

"……."

— 사주 여덟 팔 자에 불 火만 다섯 개인 남자다. 작은 불이 아니, 온 세상을 태울 만한 거대한 불길이지. 하지만 불을 제압하는 것이 물, 너는 강한 물의 기운과 불을 살리는 흙의 기운까지 가졌으니 그를 소멸하게도 하고 또한 생하게도 할 수 있지.

"……."

— 하지만 쉽지 않을 거다. 너를 탐하겠지만, 워낙 그렇게 자라왔으니 최고의 것만을 가져야 하는 남자란다. 그를 가진다 하여도 자신의 옆자리만은 허락하지 않을 거야.

"옆자리라니, 그런 거 관심 없어요. 그냥 지금처럼만 지내고 싶어요."

— 과연 그럴까? 너는 욕심 많은 아이야. 그걸로 만족하지 못하니, 그를 유혹하려는 것이 아니니?

"……하지만 이대로 쫓겨나기는 싫어요. 없는 사람 취급당하는 것도, 저를 업신여기는 것도 참을 수 없어요."

— 그런 이유로 그를 가지려는 것은 아닐 텐데?

화옥 앞에서 거짓말을 할 수 없었다. 혜원 마음속의 악마를 누구보다 먼저 발견하고 이곳으로 보낸 화옥이였다.

— 이제 진짜 싸움이 시작되었구나. 하지만 절대 마음마저 주어서는 안 된다. 설사 싸움에 지더라도 마지막 탈출구 정도는 마련해 놓으려면 말이다.

"그럴 일 없어요. 제가 돌아갈 곳이 어디인지, 누구보다 잘 아니까요."

전화를 끊은 혜원이 주말 내내 쌓아 놓은 과제물을 가지고 안방으로 들어갔다. 그리고 평소처럼 강준의 곁에서 과제물을 정리했다.

째깍째깍.

얼마나 시간이 흘렀을까. 규칙적이고 반복적인 시계 소리가 점점 세기를 더해 갔다. 벽시계를 올려다보니 자정이 가까워져 오는 시각이었다. 자리에서 일어난 혜원이 긴 창에 쳐진 우드 블라인드를 걷어 냈다. 본채에서 흘러나오는 조명이 뒤뜰과 오솔길을 희미하게 밝히고 있었다.

혜원이 무언가를 결심한 듯이 욕실로 향했다. 산책 후에 샤워했지만, 찝찝한 기분을 지울 수 없었다. 샤워 물줄기 아래서 몸을 꼼꼼히 씻고 세면대 거울 앞에서 제 모습을 바라보았다. 모두가 입에 침이 마르도록 예쁘다고 칭찬하지만, 혜원은 한 번도 자신을 예쁘다고 생각한 적이 없었다. 또래보다 성숙했던 몸이 부끄럽고 타인의 시선을 느낄 때마다 불편한 기분이 들었다. 하지만 지금은 아니었다. 화옥이 했던 말 전부를 이해할 수 없지만, 이제는 어렴풋하게나마 알 수 있었다.

유달리 하얀 피부와 선명한 붉은색의 입술, 길게 찢어진 속 쌍꺼풀과 끝이 살짝 올라간 눈매. 긴 목선과 탄력 있게 솟은 젖가슴 그리고 약간의 자극에도 잔뜩 오므리는 분홍색 유두. 아슬아슬할 만큼 가는 허리와 무성한 비밀의 숲.

거울 속의 자신을 한참이나 바라보던 혜원이 옷을 입는 대신에 수건으로 말아 올린 머리를 단번에 풀어내었다. 젖은 머리가 물결치듯이 어깨 위로 흘러내리자, 웨이브 진 머리를 정성 들여 손질했다.

욕실을 나온 혜원이 강준이 있는 안방 침실로 들어갔다. 밝은 실내조명을 끄고 수면등을 켰다. 잠자리를 정리하고 언제나처럼 책을 꺼내 왔다. 잠자리에 들기 전에 시와 수필, 가끔 혜원 자신이 좋아하는 소설을 강준에게 읽어 주는 것이 습관처럼 당연한 일이 되었지만, 이런 날조차 신경을 잔뜩 곤두세운 채 책을 읽고 있는 제 모습에 쓴웃음이 나왔다. 책의 마지막 장을 덮고 입고 있는 샤워 가운을 벗었다. 그리고 새하얀 침대 시트를 걷어 올리고 강준과 나란히 누웠다.

늘 함께 잠들지만, 지금처럼 알몸인 적은 없었다. 또한, 강준을 상대로 성적인 상상을 해 본 적도 없었다. 어째서 강혁에게 그런 거짓말을 했을까. 자신을 업신여기는 그를 도발하고 자극하고 싶었다. 그러나 그것은 강혁과 자신, 둘만의 문제였다. 적어도 잠든 강준을 끌어들여서는 안 되는 일이었다. 하지만 은영의 말이 비뚤어진 마음속의 악마를 끌어냈다.

제 형의 것이라면 무엇이든 탐하는 남자였다. 이미 강준의 몫까지 다 가진 남자였다. 맹렬하게 달려가는 그의 속도를 저지할 이는 아무도 없었다. 쫓겨나지 않기 위해서 그를 쫓아내야 했다. 이제는 가진 판돈을 모두 내어놓고 마지막 도박을 할 수밖에 없었다.

맨몸으로 닿는 시트의 서늘한 감촉에 전신이 부르르 떨렸다. 바로 누운 강준의 파자마와 속옷까지 모두 벗겨 냈다. 그리고 그의 몸을 바싹 끌어안았다. 정성껏 무대를 준비했으니, 최후에 등장할 배우를 기다리면 되었다.

혜원이 밖에서 들려오는 소리에 온 신경을 집중했다. 대나무 흔들리는 소리가 마치 죽은 이를 위한 진혼곡처럼 처연하게 들려왔다. 어딘가에서 고양이가 애절하게 울었다. 발정기에 들어선 하루가 제 짝을 찾아 울부짖는 소리였다. 들리는 온갖 소리 가운데에서 저벅저벅, 자갈 밟는 소리가 섞여 들었다.

순간, 혜원의 동공이 크게 확장하고 전신이 바들바들 떨려 왔다. 눈을 질끈 감은 혜원이 강준의 품속으로 깊이 파고들었다. 대청마루 유리 미닫이문이 열리는 소리에 감은 눈이 번쩍 떠졌다. 순간적으로 몸을 일으킨 그녀가 덮치듯이 강준의 입술에 제 입술을 비볐다. 동시에 안방 문이 벌컥 열리고 찬 기운이 훅 하고 방 안으로 스며들었다. 사지가 떨리고 등골이 오싹했다. 성큼성큼 걸어온 커다란 발이 침대 머리맡에서 우뚝 멈추었다. 이윽고 인간

핏불테리어가 잇몸을 드러내고 으르렁댔다.

"이런 발정 난 여우 같으니!"

"아악!"

뒷머리를 잡힌 혜원이 침대에서 그대로 끌려 내려왔다. 흘러내린 홑겹의 시트는 혜원은 물론 강준의 발가벗겨진 몸조차 가려 주지 못했다. 그녀의 가는 허리를 한 손으로 감아 당긴 거친 손이 끌듯이 혜원을 안고 대청마루로 나왔다. 그리고 안방이 마주 보는 작은방으로 던지듯이 밀어 넣었다.

"자, 말해 봐. 언제부터 이 짓을 했어! 응? 어디까지 해 준 거야!"

맘껏 조롱하고 경멸하지만 좀처럼 흥분하는 법이 없는 남자였다. 하지만 지금의 그는 완전히 다른 사람 같았다. 격앙된 목소리와 질투심에 사로잡힌 칠흑의 눈동자가 목줄을 틀어쥘 듯이 혜원을 노려보았다. 두려운 동시에 그를 변화시킨 게 자신이라는 것이 끔찍하리만큼 강한 희열로 다가왔다. 숨죽인 웃음이 새어 나오려 하자, 혜원이 입술을 깨물고 가까스로 참았다. 차가운 바닥에 몸을 웅크리고 고양이 하루처럼 몸을 비틀며 제 가슴을 엑스 자로 감싸 안았다. 그의 눈에 자신이 어찌 보일까. 아마도 수컷에 환장한 암고양이처럼 보일 것이다.

긴 침묵이 흐르고 혜원 앞에 성큼 다가온 맨발이 그녀의 허리를 단번에 끌어 올리고 침대에 던지듯이 밀어 넣었다. 그리고 엎드린 자세로 있는 혜원의 뒷머리를 틀어잡고 턱을 들어 올렸다. 코앞까지 다가온 눈동자가 혜원의 눈동자를 만나자, 요동치듯이 흔들렸다.

"내가 어리석었어. 스물도 안 된 계집아이를 뒷방에 처넣었다는 이야기를 듣고도 혹시나 했지. 아무리 미친 집구석이라도, 체면치레만은 끝내주었거든."

"……."

"하나부터 열까지 빠짐없이 말해 봐. 어디까지 했어. 펠라치오도 직접 해 줬어? 서지도 못하는 물건으로 네 젖은 곳을 즐겁게 하지 못했을 텐데, 지금처럼 달아오르면 어떻게 해결을 했어? 패팅이나 마스터베이션으로 해결하는 거야?"

노골적이고 저속한 말이 이어졌다. 씹어 뱉듯이 으르렁대는 말과는 달리 그의 손이 밀착된 혜원의 몸을 천천히 더듬어 갔다. 터질 듯이 짓눌린 젖가슴 사이로 뜨거운 입김이 쏟아졌다. 등을 어루만지던 손길이 점점 아래로 내려가고 있었다.

"첫눈에 보고 알았어. 제법 놀아 봐서 여자를 보면 한눈에 그 맛을 알지. 솔직히 말해. 서강준 이전에 다른 남자가 있었지? 그래서 이런 짓도 서슴지 않는 거지?"

"……으흑!"

유륜 주변을 맴돌며 지분거리던 입술이 기어이 이를 세워 단단히 솟은 유두를 희롱했다. 날카로운 송곳니가 터트리듯이 유두를 깨문 순간, 몸이 파르르 하며 저절로 퉁겨 올랐다. 혜원이 대답이 없자, 유두에 머물던 입술이 목덜미 깊은 곳으로 자리를 옮기고 그녀의 대답을 종용했다.

"괜찮아. 네가 닳고 닳은 여자라도 상관없어. 가지고 놀기에는 오히려 그 편이 더 부담 없을 테니까. 그러니까 어서 말해 봐."

엉덩이 부근을 배회하던 손이 방향을 틀어 무성한 숲을 헤치고 은밀한 속살 주변을 더듬었다. 마치 고장 난 장난감처럼 그의 움직임에 반응하는 제 몸이 두려울 지경이었다. 그를 상대로 수음까지 했지만, 실제 느낌은 상상과 전혀 달랐다. 그의 손과 입술이 지나가는 자리마다 뜨거운 횃불을 붙인 듯이 무섭도록 몸이 달궈졌다. 끓어오를 듯이 솟구치는 맥박과 심장박동에 정신까지 아득해졌다.

질 입구를 더듬던 손가락이 찰박이는 민망한 소리를 냈다. 흠씬 녹아내린 다리를 움츠리며 혜원이 애원했다.

"……하아 ……그만해요. ……제발."

시선을 피하려고 고개를 돌리자, 그가 혜원의 턱을 단단히 고정하고 꽉 다문 입술에 혀를 밀어 넣으려 했다. 있는 힘껏 고개를 비튼 순간, 애액이 잔뜩 묻은 손가락을 입술로 쭉 빨아 당기며 그가 속삭였다.

"네 거기 맛이 어떤지 알아? 시큼하면서도 달콤해. 흠뻑 젖어서 어서 들어와서 휘저어 달라고 아우성치고 있어. 못 믿겠으면 너도 맛 좀 보여 줄까?"

"아흡!"

앙다문 입술을 가르고 기어이 손가락이 들어왔다. 입 안을 휘저어 대던 손가락이 순식간에 물러나자, 그 자리에 물컹한 혀가 채워졌다. 손가락만큼이나 무자비한 혀가 입 안 점막을 훑고 잇몸 사이사이를 훑었다. 그리고 달아나는 혜원의 혀를 질척하게 감아 당기고 목구멍 안쪽까지 간질였다. 거칠고 야만적인 키스에 숨도 쉬지 못할 지경이었다. 흘러내린 끈적한 타액이 입가로 흘러내리자, 혜원이 밀착된 그의 가슴을 밀어냈다. 하지만 단단한 가슴은 박힌 돌처럼 꿈쩍도 하지 않았다.

입술과 입술이 부딪치고 가슴과 가슴이 만났다. 그마저도 부족한지, 엉덩이를 부여잡은 손이 혜원의 젖은 여성을 제 하반신에 틈 없이 갖다 붙였다. 아래를 희롱하는 손이 감질나게 질 주변을 배회했다. 안으로 좁혀 오던 기다란 손가락이 쿡 하고 혜원의 질 안으로 밀려 들어왔다.

"……으흑!"

낯선 이물감에 놀란 혜원이 한껏 몸을 움츠리자, 무슨 이유에 신지 그가 미간을 잔뜩 찌푸리며 혜원의 귓불을 깨물었다.

"젠장! 말해 보라니까. 어떤 새끼들이 이곳을 들락거렸지? 끔찍하게 조여 대는 이곳을 도대체 몇 놈이나 아는 거냐고!"

그가 펄펄 끓어오르면 오를수록 혜원은 더욱 강한 희열을 느꼈다. 그를 더욱 흔들고 싶었다. 흔들고 또 흔들어서 천 길 끝없는 낭떠러지로 몰아붙이고 싶었다.

혜원이 여전히 말이 없자, 가쁜 숨을 몰아쉬던 그가 흥분을 가라앉히려는 듯이 그녀의 귓가에 속삭였다.

"그래, 네가 어떤 새끼들에게 몸을 허락했든 어차피 상관없어."

손가락을 세워 내벽을 긁어내며 그가 다시 말을 이었다.

"끈적하게 달라붙는 여기 말이야. 과거야 어떻든, 내 몸에 딱 맞게 길들일 거야. 내가 주는 기쁨에 흠뻑 녹아서 다른 놈의 기억

따윈 깨끗하게 잊게 할 생각이야."

밑도 끝도 없는 소유욕에 소름이 돋았다. 그는 강준의 여자를 모두 이런 식으로 안았을까.

"좋아. 말을 못 하겠다면 직접 확인해 보지."

틈 없이 제 몸을 혜원에게 갖다 붙인 강혁이 입고 있는 바지의 지퍼를 거칠게 내렸다. 바들바들 떠는 혜원만큼이나 초조한 손길이었다. 믿을 수 없을 만큼 높이 솟아 정액을 뿜어내는 거대한 페니스가 눈에 들어온 순간 혜원이 질겁하여 몸을 허우적거렸다.

"잘 들어. 내가 미친 개자식이지만, 한 번도 억지로 여자를 안은 적은 없어. 그러니 네가 싫다면 안 해. 싫으면 싫다고 분명히 말해."

강준의 침실에서 뒷머리를 잡고 끌어낸 남자였다. 짐짝처럼 패대기치고 강제로 입술을 벌리게 한 남자였다. 있지도 않은 상대를 질투하며 진득한 소유욕을 드러내는 남자였다. 그런데 싫다고 하면 끝까지 안 한다니, 혜원은 말도 안 되는 억지가 우스웠다. 도망가고 싶은 생각과 비뚤어진 자긍심과 오만으로 똘똘 뭉쳐 있는 남자를 달구고 싶은 삿된 생각에 혜원 역시 미칠 지경이었다. 하지만 녹신하게 풀린 몸은 머릿속만큼 복잡하지 않았다. 어서 그를 가지고 싶다고 아우성치고 있었다.

혜원이 있는 힘껏 그를 밀어내고 자리에서 벌떡 일어났다. 굴곡진 알몸이 달빛에 반사되어 더욱 처연하고 요염한 분위기를 끌어냈다.

"싫다면 안 한다고요?"

혜원이 눈꼬리를 추켜세우며 누운 강혁을 내려다보았다. 순간, 당황한 눈동자가 잔뜩 흐려진 채 요동치며 흔들렸다. 그의 내적 갈등이 고스란히 느껴졌다. 자신만큼이나 그 역시 혼란스러운 것이다.

"물론."

"싫어요. 그러니까 이만 돌아가세요."

또렷하고 분명한 대답에 강혁이 멍하니 혜원을 올려다보았다. 처음 보는 표정에 혜원의 입매가 나른하게 올라갔다. 강혁은 원하는 것이면 무엇이든 거머쥐었기에 거절과 상실을 경험하지 못한 사람이었다.

혜원이 흐트러진 긴 머리를 뒤로 넘기고 막 일어서려는 찰나, 그가 혜원의 손목을 틀어쥐고 제 몸에 끌어당기듯이 갖다 붙였다. 역시나 예상했던 행동이었다.

"도대체 뭐 하자는 수작이야."

"당신이야말로 뭐 하는 짓이에요. 싫으면 거절해도 상관없다면서요?"

"이곳까지 불러들일 때는 언제고, 감히 머리 꼭대기에서 나를 갖고 놀아? 좋아. 내가 돌아가면 그다음에는 어쩔 셈이지? 흥건하게 젖은 네 그곳에 서지도 않는 물건을 구겨 넣을 셈이야?"

"서지 않는다고 어떻게 장담하죠?"

"뭐라고!"

혜원의 도발에 그의 동공이 크게 확장되었다.

"강준 오빠가 깨어 있다면 내가 이런 꼴로 당하는 것을 가만히 보고 있을 거 같아요?"

당돌한 혜원의 말에 강혁의 눈썹이 한쪽으로 날카롭게 올라갔다. 냉담한 표정과는 달리 팽팽하게 부풀어 오른 페니스는 좌절된 욕구로 잔뜩 치솟아서 꿈틀거렸다.

"그래서 이대로 강준 형에게 돌아가서 남은 욕구를 채우시겠다?"

"왜요? 그러면 안 되나요? 강준 오빠는 제 약혼자예요. 무엇을 해도 이상한 관계가 아니란 말이에요."

이미 한계까지 왔는지, 자제심을 잃은 강혁이 혜원의 손목을 틀어쥔 자세로 덮치듯이 침대 위로 엎어졌다. 혜원의 벌어진 다리 사이에 페니스를 갖다 붙이며 그가 다시 속삭였다.

"내가 그 꼴을 볼 것 같아?"

"그래서 저를 강제로 안겠다는 말인가요?"

"속셈이 있는 거 알아. 뜸 들이지 말고 원하는 게 있으면 바로 말해."

냉정하고 차분한 말과는 달리, 커다란 페니스는 이미 혜원의 젖은 입구에 자리를 잡았다. 그 역시 몸이 마음보다 정직한 모양이었다. 혜원이 몸을 한껏 비틀며 그의 성난 분신을 희롱했다. 그리고 그의 귓가에 달콤하게 속삭였다.

"……이 집과 주변의 땅을 제 명의로 해 주세요."

강혁이 황당하다는 듯이 웃음을 터트렸다. 정말 재미있다는 듯이 어깨까지 들썩이는 웃음소리가 방 안을 크게 울렸다. 그런 반응이 당연했다. 이곳은 그의 선친과 조상의 묘가 있는 종중 땅이고, 그와 강준이 태어난 곳이기도 했다. 그러나 강혁이 몸을 뒤흔들며 웃음을 터트릴 때에도 혜원은 차분한 시선으로 그를 응시할 뿐이었다. 강혁은 자신의 요구를 받아들일 것이다. 한 치의 의심도 없이 자신할 수 있다.

"그리고 또 한 가지, 강준 오빠가 깨어나면 우리의 관계는 깨끗하게 정리하는 것으로 해요."

순간 거짓말처럼 강혁의 입술에서 웃음기가 사라졌다.

"나와 진탕 뒹굴고 강준 형 옆자리까지 노리겠다는 건가? 지금까지 온갖 여자를 만났지만, 너 같은 애는 처음이야. 닳고 닳은 계집도 너같이 노골적으로 탐욕을 드러내는 법이 없었지. 하지만 하나만 알고 둘은 모르는 모양인데, 지금까지 나를 만족하게 했던 여자는 아무도 없었어. 고자 하룻밤 상대에게 종종 땅을 내줄 거 같아?"

하룻밤이라는 말에 혜원의 입매가 슬며시 올라갔다. 그에게 자신의 가치는 고작 그 정도였다. 혜원이 교태스럽게 허리를 비틀며 거대한 페니스를 비볐다. 그리고 몸을 뒤로 빼며 속삭였다.

"그렇다면 어쩔 수 없네요. 어차피 저는 잃을 것이 아무것도 없어요. 가진 게 몸뚱이 하나뿐인데, 그만한 가치가 없다면 다른 상대를 찾을 수밖에요."

강혁은 지독한 냉혈한이지만, 자존감이 대단한 남자였다. 지금까지 힘으로 내리눌러서 상대를 가진 적도, 가질 필요도 없었다. 강한 욕망을 숨기지 못하고 강제로 안지도 못한다면 그는 원하는 것을 얻기 위해 최대한 자신과 타협할 것이다. 혜원이 그를 도발하는 이유도 그런 성격을 일찌감치 파악했기 때문이다.

한참이나 혜원을 노려보던 강혁이 자리에서 벌떡 일어났다. 포기한 그가 돌아 나갈 거라고 생각하여 몸을 일으키려는 순간, 갑자기 그가 입고 있는 옷을 거칠게 벗어 던지고 혜원을 뚫어지게 응시했다.

"좋아. 몸뚱이 하나밖에 없다고 했으니, 제대로 몸을 놀려서 나를 만족하게 해 봐. 정확히 삼 개월 뒤에 명의를 넘기지. 잘만 하면 종종 땅이 아니라, 더한 것이라도 줄 생각이니까."

마침내 승리를 거머쥐었다. 하지만 혜원은 조금도 기쁘지 않았다. 강혁이 나타나지 않았다면 제 마음속의 욕망을 몰랐을 것이다. 그저 강준과 함께 고요한 일상 속에서 작은 행복으로 만족했을 것이다.

강혁이 천천히 다가왔다. 근육 잡힌 사내다운 몸이 눈앞에 다가들자, 갑자기 아스라한 현기증이 몰려왔다.

5

"혜원아. 뭘 그렇게 넋 놓고 보고 있어?"

대청마루에 앉아 멍하니 하늘을 올려다보던 혜원이 고개를 돌렸다. 주말을 서울에서 보내고 월요일 이른 아침에 별장으로 돌아온 정숙은 부지런한 성격답게 강준을 돌보기에 여념 없었다.

"주말에는 별일 없었지?"

"늘 그렇죠. 뭐."

정숙의 물음에 혜원이 시선을 피하며 나지막한 목소리로 대답했다. 어딘가 초췌한 안색의 혜원이 마음에 걸렸는지, 정숙이 다시 말을 이었다.

"많이 피곤했나 보구나. 하긴, 주말 내내 거들어 주는 사람도 없이 혼자 강준이를 돌보는 게 쉬운 일은 아니지. 그보다 오늘 학교 수업은?"

"……오늘은 쉬려고요."

수건을 빨아 말리던 정숙이 의외라는 듯이 혜원을 바라보았다.

혜원은 아무리 바빠도 제 할 일은 미루는 법이 없었다. 어린 나이에 강준을 돌보면서도 유명 의대에 입학할 만큼 지독한 구석이 있는 아이였다. 그러나 세월과 함께 지쳐 간 것일까. 흐린 눈동자만큼이나 창백한 안색이 오늘따라 더욱 마음이 쓰였다.

"강혁이가 많이 힘들게 하니?"

혜원의 눈동자가 폭풍우를 만난 바다처럼 쉼 없이 흔들렸다. 그리고 동요하는 제 모습을 보이기 싫은지, 먼 하늘로 다시 시선을 돌렸다.

"강혁이가 보기에는 저래도 알고 나면 괜찮은 구석이 많단다. 쌀쌀맞아 보여도 속정이 깊은 아이였어."

두 형제를 제 손으로 받고 키우다시피 한 정숙이였다. 그간의 자세한 내막을 말할 수 없지만, 강혁을 지나치게 경계하고 두려워하는 혜원을 보니 안타까운 기분이 들었다.

"……그래도 저는 그 사람을 영원히 좋아할 수 없을 것 같아요."

독백과도 같은 말에 정숙이 가만히 웃었다.

"누구나 처음에는 그런 소리를 하지. 하지만 강혁이가 제힘으로 자리까지 올라간 건 그럴 만한 이유가 있는 거란다. 사람의 마음을 움직이지 못했다면 불가능한 일이었어."

정숙은 좋은 사람이었다. 스무 해를 살아오면서 이렇게 좋은 사람을 만나 본 적이 없다. 삶을 희망하게 하고 사람을 신뢰하는 법을 가르쳐 주었다. 지금까지 이곳에서 버틸 수 있던 것도 그녀가 있기에 가능했던 일이었다. 하지만 정숙에게 지난 이틀간의 일을 말한다면 과연 어떤 반응을 보일까. 강준을 배반하고 강혁의 품에서 고통과 쾌락 사이를 오가며 짐승처럼 울부짖었다고 말해도 지금처럼 따스한 시선으로 바라봐 줄까.

"아무래도 안 되겠다. 그만 들어가 쉬어라."

정숙의 말에 혜원이 마지못해 자리에서 일어났다. 잠깐의 움직임에도 하체가 눅신하게 풀리며 다리가 휘청거렸다. 비틀거리며 제 방으로 들어가는 혜원을 정숙이 걱정스러운 눈으로 바라보았다.

❊ ❊ ❊

오전부터 시작된 전략 회의가 늦은 오후까지 이어졌다. 열띤 공방이 이어지고 팽팽한 긴장감이 감돌았다. 긴 시간 계속된 회의로 모두가 피곤한 기색이었지만, 누구도 자리를 뜰 생각을 하지 못했다.

전자와 유통, 두 가지 사업을 주력으로 하는 정한그룹은 최근 많은 변화를 겪고 있었다. 오 년 전, 강혁의 부친인 서 회장이 지병으로 사망하면서 그룹을 총괄하는 대표 자리를 전문 경영인이 대신했다. 하지만 업계 1위, 2위를 다투던 그룹의 영업 실적이 마이너스 성장을 지속하고 하락세를 면치 못하자, 주변의 반발이 거세졌다. 결국, 장 여사의 반대에도 불구하고 새로운 피의 수혈을 위해 이사진과 임원이 합심하여 미국에 있는 강혁을 끌어올렸다.

새로운 본부장으로 투입된 강혁에 대한 기대와 평판은 분분했다. 새로운 사업 전략과 파격적인 인사로 일부에서 반발이 심했지만, 시간이 갈수록 그에 대한 기대치는 커지고 있었다. 비록 짧은 기간이었지만, 하락을 지속하던 영업 실적이 점차 상승하고 있었기 때문이다.

톡. 톡.

평소답지 않게 딴생각에 잠긴 강혁이 무표정한 얼굴로 테이블 끝을 두드렸다. 초조할 때마다 나오는 그 특유의 버릇이었다. 평소라면 각 부서에서 준비한 PT 자료를 보고 날 선 질문과 반박을 서슴지 않았을 텐데, 마치 불구경하듯이 열띤 토론을 물끄러미 바라보는 모습이 어쩐지 평소 그답지 않았다. 강혁의 표정을 살피던 진욱이 몸을 숙이며 나지막하게 물었다.

"본부장님. 피곤하시면 먼저 일어나시죠."

거절할 거라고 생각했지만, 순순히 자리에서 일어난 강혁이 회의실을 빠져나왔다. 강혁의 뒤를 진욱이 뒤따랐다.

"오늘 남은 일정은 어떻게 돼?"

강혁이 물었다.

"착공식을 앞두고 이천 공장을 둘러보기로 했어."

"그건 다음으로 미루자. 오늘은 일찍 퇴근하고 싶어."

역시나 평소답지 않은 말이었다. 강혁이 정해진 일정을 미루는 일은 거의 없었다. 빡빡한 일정 탓도 있었지만, 철두철미한 성격답게 일을 미루는 것을 못 참는 성격이기 때문이었다. 어던가 들떠 보이는 모습에 진욱이 살피는 눈으로 강혁을 바라보았다.

"오늘 좀 이상하다. 무슨 좋은 일이라도 있어?"

앞서가는 강혁이 희미하게 웃었다.

"좋은 일은, 무슨."

진욱과 헤어져 사무실로 들어온 강혁이 푹신한 의자에 털썩 주저앉았다. 노곤하지만 기분 좋은 피로감에 지그시 눈을 감고 머리를 뒤로 젖혔다. 온종일 뇌를 파먹던 선명한 이미지가 잡힐 듯이 눈에 그려졌다. 살쾡이처럼 치켜뜬 눈꼬리와 자근자근 질겅거리던 붉은 입술을 떠올리자, 또다시 바지 아래 물건이 잔뜩 성내며 치솟아 올라왔다.

"처녀라……."

독백처럼 중얼거리는 입술에 기분 좋은 미소가 떠올랐다.

강혁은 마치 무언가에 홀린 기분이었다. 지난 이틀간의 폭주로 온몸에 나른한 피로감이 몰려왔다. 자신이 이럴진대, 처녀의 몸으로 자신을 받아 낸 혜원의 상태는 잡힐 듯이 뻔한 상황이었다. 흥분으로 치달은 몸에 자제심 따위는 없었다. 아니, 잔뜩 도발하며 흔들어 대는 여자를 위해 자제심을 가질 이유가 없었다.

그녀가 처음이라는 자각은 아주 나중에 찾아왔다. 그만큼 다급했고 그만큼 강렬했다. 다리 사이를 무참히 찢고 거대하게 솟은 기둥을 단번에 박아 넣었다. 뿌리까지 쑤셔 넣고 마음껏 휘저어 댔다. 통기듯이 비트는 몸과 꽉 다문 입술 사이로 흘러나오는 억눌린 신음이 쾌락 때문이 아니라, 고통 때문이라는 것을 알았을 때는 이미 한계치에 다다른 몸을 제어할 수 없는 상태였다. 콘돔조차 끼우지 않고 자궁 깊숙한 곳에 자신의 모든 것을 털어 넣었다. 그리고 섹스가 다 같은 섹스가 아니란 사실을 처음으로 깨달았다. 이토록 끔찍한 즐거움을 주는 여자라면 자신의 아이는 물론, 전부를 주어도 아깝지 않다는 정신 나간 생각마저 했다.

이틀 내내 방에 틀어박혀 혜원을 탐했다. 자다 깨기를 반복하는 숱 많은 짙은 눈꺼풀이 꺼질 듯이 내려앉고 가느다란 다리가 힘없이 덜컹거렸다. 그러나 안으면 안을수록 마른 갈증이 몰려왔다. 처음 여자를 알게 된 풋내기 시절처럼 안달이 났다. 자신을 품고 경련하며 수축을 반복하는 내벽이 환장할 만큼 좋았다. 놓아주기 싫어서 삽입을 한 채로 잠이 들었다.

스무 살의 그녀를 처음 만났을 때부터 이미 예감했었다. 나이답지 않은 성숙한 몸에서 풍기는 여자 특유의 향취에 몸살 앓듯이 온몸이 들쑤시고 아래가 지끈거렸다. 박아 넣고 샅샅이 맛보지 않고는 만족할 수 없는 야수 같은 욕망이 꿈틀거렸다.

얼마나 시간이 지났을까. 강혁이 지그시 감은 눈을 뜨고 책상에 놓인 휴대전화를 들었다. 그리고 오늘 아침 처음 입력한 번호를 눌렀다. 긴 신호에도 받지 않는 전화가 어쩐지 초조했다.

몇 차례의 신호에도 대답이 없자, 강혁이 자리에서 일어나며 사무실을 빠져나왔다.

❋ ❋ ❋

사경을 헤매듯이 깊은 잠에 빠져들었다. 꿈속에서조차 그는 자신을 놓아주지 않았다. 여러 차례의 삽입으로 고통조차 잊은 몸이 기계적으로 흔들렸다. 두껍고 거대한 기둥을 받아들이는 몸이 제 것 같지 않다고 느낀 순간, 갑자기 척추를 관통하며 상상조차 할 수 없던 강한 쾌감이 찾아왔다. 몸이 비틀리고 살이 떨리는 경련이 지속되었다. 고통의 신음을 참을 수 있었지만, 쾌락의 신음을 참을 수 없었다. 땀에 젖은 등에 손톱을 세우고 발정 난 암컷처럼 울부짖었다. 숨소리까지 울릴 듯이 적막한 공간에 살과 살이 부딪치는 질퍽한 소리로 가득 찼다. 마루를 사이에 두고 있는 강준의 귀에도 들릴 만큼 저속한 소리였다. 바람에 흔들리는 대숲처럼 소름 끼치는 소리였다.

혜원은 그 후로 모든 것을 잊었다. 의도했던 노력 따윈 아무 필요 없었다. 강혁의 목에 팔을 두르고 그의 리듬에 맞추어 허리를 흔들었다. 탄탄한 복부에 올라타서 엉덩이를 들썩이며 깊은 삽입을 유도했다. 그에게 받은 모멸감 따위 까맣게 잊고 더욱 깊이 넣어 달라고 애원했다. 질펀한 정액이 아래를 가득 채웠지만, 아무 두려움 없이 그를 받아들였다. 강준을 잊고 미래에 대한 두려움도 까맣게 잊었다.

그렇게 짐승의 밤과 야수의 낮이 이어졌다.

시트를 돌돌 말고 누워 있는 혜원을 깨운 것은 문밖에서 들리는 나지막한 중저음이었다. 순간 흐린 의식이 거짓말처럼 걷히고 정신이 번쩍 들었다. 식은땀이 축축하게 배어 나오는 몸을 잔뜩 웅크리고 밖에서 들리는 소리에 귀를 세웠다.

"오늘은 일찍 왔구나. 네가 별채를 다 오고 별일이네. 강준이 보러 온 거야?"

차분하고 다정한 정숙의 목소리였다.

"잠시 드릴 말씀이 있어요."

이빨을 드러내지 않는 목소리는 저렇게 듣기 좋구나. 떠오른 제 생각이 어이없어서 혜원은 저도 모르게 시트를 움켜쥐었다.

"제가 모르는 그간의 일들을 들어야겠어요."

"혹시 혜원이를 두고 하는 질문이니?"

혜원이 바짝 긴장하며 몸을 움츠렸다.

"장소가 적당하지 않은데, 다른 곳으로 갈까?"

"아니요. 여기서 듣겠습니다."

짧은 침묵이 이어지고 희미한 한숨 소리가 문지방을 타고 넘어왔다.

"특별한 일은 없었다. 강준이가 저렇게 누워 있으니, 사모님이 고민이 많으셨어. 자세한 내막은 알 수 없지만, 혜원이를 통해 강준이 기운을 북돋으려 하셨지."

"어디까지 말입니까?"

집요할 정도로 혜원을 추궁하던 그는 원하는 대답을 듣지 못하자, 이번에는 정숙에게 방향을 틀어 원하는 대답을 들으려 했다.

"늘 함께 지내는 거지. 기운을 잃지 않도록 몸도 씻기고 마사지도 해 주며 곁에서 잠들었어. 혜원이가 그동안 고생이 많았단다. 덕분에 의식은 없지만, 강준이가 저렇게 생기를 잃지 않았고."

"이 년 동안 한 이불에서 잠을 잤다고요?"

심사가 꼬인 듯이 날카로운 질문이 이어졌다.

"나쁘게만 볼 거 없어. 강준이 못지않게 혜원이도 외로운 아이였다. 서로 버팀목이 되어 주고 좋은 짝이 되어 주었어."

"빌어먹을!"

"……."

"의식도 없는 환자 방에 열여덟 살의 어린 소녀를 처박아 두고 서로 버팀목이 되어 주었다고요. 좋은 짝이라고요? 그게 말이 된다고 생각하세요?"

정숙은 강혁에게도 특별한 사람이었다. 오히려 장 여사보다 더 어머니 같은 존재였다. 격양된 목소리가 정숙을 겨냥한 것은 아니지만, 말없이 지켜보았던 그녀에 대한 원망도 없지 않았다. 하지만 혜원은 조금도 기쁘지 않았다. 당장 뛰쳐나가서 정숙 대신에 대답하고 싶었다. 당신이 어떻게 생각하든 강준은 자신의 버팀목이며 평생을 함께하고 싶은 좋은 짝이라고. 열여덟 살에 강준을 통해 삶의 희망을 발견했지만, 스무 살에 당신을 만나면서 지독한 절망을 맛보았다고. 지난밤 거침없이 몸을 탐했던 당신이 그런 말을 할 자격이 있느냐고. 하지만 그를 도발한 것은 자신이었다. 그토록 강혁이 혐오스러운 것은 그가 스스로를 비추는 거울이기 때문이었다.

"목소리를 낮추렴. 혜원이가 몸이 안 좋은지, 안에서 잠들었어."

또다시 침묵이 이어지고 강혁이 가라앉은 목소리로 말했다.

"지금까지 어땠는지 모르지만, 앞으로는 절대 안 됩니다. 혜원이는 본채에서 지내게 하고 별채는 가끔 둘러보는 정도로 하게 하세요. 형 돌볼 사람은 제가 따로 구하겠습니다."

"하지만 사모님께서 반대하실 텐데."

"앞으로 어머니는 외국에서 지낼 겁니다. 그리고 제가 알게 된 이상, 이런 미친 놀음은 절대 용납할 수 없어요. 외부에 알려진다면 두고두고 입에 오르내리게 될 겁니다."

혜원이 입술을 자근자근 씹었다. 그의 생각이 빤하게 읽혔기 때문이다. 자신을 강준에게서 떼어 놓고 마음대로 가지고 놀려는 속셈이었다. 하지만 혜원 역시 강준을 가까이 두고 그와 이런 짓을 계속할 수는 없었다. 어차피 약속한 기간은 삼 개월이었다. 그를 만족하게 하고 이 집을 얻을 수만 있다면 설사 강준이 깨어나지 않아도 비참하게 이곳에서 쫓겨나지는 않을 것이다.

"혜원이가 깨어나면 본채로 보내 주세요. 따로 전할 말이 있습니다."

늘 새끼 여우라고 부르며 사람 취급도 않던 남자였다. 단 하룻밤 사이에 그의 입에서 나오는 제 이름이 우스운 한편, 씁쓸한 기분을 끌어냈다.

강혁이 돌아가고 또다시 익숙한 고요가 찾아들었다. 자리에서 일어난 혜원이 욕실로 들어가서 입고 있는 셔츠의 단추를 풀었다. 하얀 속살과 대조되는 붉은 흔적이 목덜미에서 발끝까지 이어졌다.

스칠 때마다 고통을 호소하는 예민한 젖꼭지 부근에는 날카로운 잇자국이 선명하게 남아 있었다. 혜원이 다리 사이를 더듬어 보았다. 꿈틀대던 커다란 기둥과 미끈한 혀와 손가락이 번갈아 드나들며 희롱하던 곳은 이미 탱탱 부어서 부드러운 속옷조차 예민하게 쓸리며 욱신거렸다.

관계 후에 정신을 차리고 가장 처음 한 일은 욕실로 들어가서 그가 남긴 정액을 마지막 한 방울까지 짜내는 것이었다. 그는 콘돔조차 사용하지 않고 끊임없이 들락거리며 사정했지만, 어떤 거리낌도 없었다. 다행히 가임기가 아니지만, 앞으로는 자신이 철저히 대비해야 했다.

샤워를 마치고 욕실을 나온 혜원이 안방으로 들어갔다. 아이처럼 잠든 강준 앞에 무릎을 꿇고 앉아 언제나처럼 그를 바라보았다. 깨끗하게 다린 면 파자마에서 푸릇한 햇살 냄새가 났다. 아무리 씻어도 씻기지 않는 비릿한 정액 냄새와 대조되는 정갈하고 맑은 냄새였다.

"정말 미안……."

염치없는 혜원 대신에 작은 악마가 기어코 말을 꺼냈다.

"하지만 이게 다 오빠와 함께 있기 위해서야. 내가 이곳에서 쫓겨나고 사모님까지 외국에서 지내시면 아무도 오빠를 지켜 줄 사람이 없잖아."

"……."

"삼 개월은 아주 금방 갈 거야. 그때가 되면 다시 돌아와서 오빠 곁에서 편히 잠을 청할 거야."

해가 기울고 강준을 돌보던 정숙이 아랫집으로 내려갔다. 혜원이 빈틈없이 강준을 챙기고 본채로 이어진 오솔길을 걸었다. 찬 기운이 엷은 옷깃으로 스미자, 잘게 몸이 떨려 왔다. 선뜻 들어가지 못하고 본채에서 흘러드는 불빛을 물끄러미 올려다보았다.

얼마나 시간이 흘렀을까. 바스락거리는 소리와 함께 어두운 그림자가 혜원을 향해 걸어왔다.

"기어코 사람을 끌어내는군."

코앞까지 다가온 그림자가 말했다. 짙은 음영이 드리운 얼굴에서는 어떤 표정도 읽을 수 없었다. 강혁이 입은 새하얀 셔츠가 조명을 받아 청결한 인상을 끄집어냈다. 봄기운과 함께 스며 오는 익숙한 향수에 새삼 가슴이 두근거렸다.

"아까 들었지? 앞으로는 본채에서 지내도록 해."

용의주도한 남자였다. 깨어 있는 것을 알고 자신을 대신하여 정숙에게 못을 박은 것이다.

"저를 어떻게 하든 상관없어요. 하지만 강준 오빠 돌보는 일은 제 손으로 직접 할 거예요."

"오버하지 마. 개수작은 이 정도로 충분하니까. 원하는 걸 얻고 싶으면 내가 시키는 대로 해."

혜원은 조롱 섞인 말투에 안심하는 자신을 발견했다. 아무리 몸을 섞고 신음을 내질러도 그와는 영원히 만날 수 없는 평행선이어야 했다.

"적어도 산책만은 함께할 수 있도록 해 주세요."

혜원이 한 걸음 물러나자, 싸늘한 눈동자가 그녀를 주시했다.

"좋아. 하지만 예전처럼 몸을 만지는 것은 절대 안 돼. 어떤 신체적인 접촉도 용서하지 않을 거야."

말을 마친 강혁이 대답도 듣지 않고 본채로 걸음을 옮겼다. 혜원이 우두커니 서서 땅을 내려다보자, 다시 돌아온 그가 혜원의 허리를 한 손으로 끌어안고 성마른 입술을 거칠게 부딪쳐 왔다. 혜원 역시 남자다운 목에 팔을 두르며 미끈한 혀를 옹골차게 감아 당겼다. 혜원의 반응에 그가 기다렸다는 듯이 제 입 안의 타액을 끌어 모아 목젖 속에 가득 부었다. 이리저리 휘젓는 질척한 혀의 움직임에 숨이 넘어갈 지경이었다. 참다못해 그의 어깨를 밀어내자, 입 안에서 빠져나온 혀가 목덜미 안쪽을 더듬으며 거친 입김을 쏟아 냈다.

"착한 아이는 말을 잘 들어야 해. 그래야 제대로 된 상을 주지."

소름 끼치도록 다정한 말투에 다리가 휘청거렸다.

"자, 상을 줄 테니, 어서 침실로 들어가자."

들어 올리듯이 감싼 팔에 이끌려 혜원이 본채로 걸음을 옮겼다.

그의 침실로 가는 동안에도 지분거리는 손은 혜원의 몸을 끊임없이 희롱했다. 목덜미와 가슴 사이를 오가는 뜨거운 혀가 달궈진 몸을 한껏 달아오르게 했다. 혜원을 벽에 붙인 강혁이 그녀의 두 손을 하나로 모아 쥐고 머리 위로 추어올렸다. 그리고 그녀가 입은 스웨터를 위로 말아 올렸다. 밀려 올라간 브래지어 사이로 탄력 있게 부풀어 오른 가슴과 분홍빛 유두가 반쯤 삐져나오자, 그의 눈동자가 장난스럽게 빛났다.

"이제 겨우 스무 살이라는 사실이 믿기지 않아. 꽉꽉 조이는 여기 다음으로 예쁜 곳이야."

못 참겠다는 듯이 드러난 유두를 무는 동시에 스커트를 걷어 낸 손이 아래를 움켜잡았다. 숱 많은 머리카락 사이에 손가락을 집어넣고 부드럽게 어루만져 주자, 유두를 빨아 당기는 입술 끝이 만족스러운 듯이 위로 올라갔다. 마치 잃어버린 제 것을 찾는 듯이 단단한 남성이 혜원의 아랫배를 쿡쿡 찔렀다. 손을 내려 바지 위로 솟은 분신을 어루만지자, 그의 목젖에서 묵직한 신음이 쏟아졌다.

"하아…… 아직은 안 돼."

강혁이 자제심을 잃지 않으려는 듯이 그녀의 손을 떼어 내었다. 잔뜩 흐려진 눈으로 혜원을 침대 위에 눕힌 강혁이 스커트를 말아 올리고 짧게 명령했다.

"다리 벌려 봐."

그가 시키는 대로 다리를 한껏 벌렸다. 가까이 다가온 그가 팬티를 벗겨 내고 드러난 치부를 뚫어지게 바라보았다. 혜원이 물끄러미 천장을 올려다보았다. 이틀간 한 몸으로 뒤엉켰던 탓일까.

당연히 느껴야 할 부끄러움조차 느껴지지 않았다. 숲을 더듬던 기다란 손가락이 여러 차례의 삽입으로 잔뜩 부어오른 여린 속살을 부드럽게 어루만졌다.

"미치긴 정말 미쳤었군. 이렇게까지 만든 것을 보면."

미끈한 혀가 어루만지듯이 상처를 더듬어 갔다. 혜원이 지그시 눈을 감고 기분 좋은 감촉을 음미했다. 그가 이렇게 헤집어 놓았으니 당연히 자신은 위로를 받아야 한다. 사실 이보다 더한 짓이라도 시키고 싶은 심정이었다.

"오늘 뭐 했어?"

안타까워하며 아래를 배회하던 입술이 물었다.

"온종일 누워 있었어요."

"누워서 무슨 생각을 했는데?"

"……당신과 이 짓 하는 상상을 했어요."

목울대를 통해 만족스러운 웃음이 흘러나왔다.

"이 짓이라니? 구체적으로 말을 해야지."

"당신의 페니스를 질 안에 꽉 물고 놓아주지 않는 상상. 더 깊이 받아들이기 위해 허리를 흔드는 상상."

"솔직한 네가 아주 마음에 들어. 정직하게 반응하는 이곳도 말이야."

감질나게 핥던 혀가 질 입구를 간질이며 파고들 준비를 했다.

"하아…… 정말요?"

"물론."

안을 들쑤시는 혀의 움직임에 허리가 뒤틀렸다. 질척거리며 마찰하는 소리가 공기를 가르자, 혜원이 그의 머리카락을 움켜잡고 더 깊은 곳으로 밀어 넣었다.

"……있잖아요."

"……."

"며칠 전 백화점을 지나다가 마음에 드는 가방을 발견했어요. 예뻐서 가격표를 보았더니, 오십만 원이라고 적혀 있지 않겠어요. 사모님이 주시는 용돈을 꼬박꼬박 모으고 있으니 이 정도는 괜찮겠지 하고 점원에게 포장해 달라고 했어요."

"……."

"점원에게 값을 치르려는 순간, 숫자에 영이 하나 빠져 있는 것을 뒤늦게야 발견했어요. 아무리 사모님께 용돈을 받아도 오백만 원은 감히 상상할 수 없는 돈이잖아요."

"……."

"쫓기듯이 백화점을 나왔는데, 계속 그 가방이 눈앞에 아른거려요."

그의 모든 동작이 일순 멈추었다. 짧고도 무거운 침묵이 흘렀다. 잠시 후, 몸을 일으킨 강혁이 자세를 고쳐 앉았다. 바지 지퍼를 내리자, 브리프 사이로 부풀어 오른 두툼한 기둥이 불쑥 튀어나왔다. 타액과 애액으로 범벅된 질 입구에 성난 페니스를 갖다 붙이며 그가 빨아들일 듯이 강렬한 눈동자로 혜원을 응시했다. 매력적인 입매에 또다시 싸늘한 미소가 걸렸다.

조금 전, 안타까운 혀의 애무로 그의 마음을 단번에 읽어 냈다. 아마도 남자의 본능으로 상처 입은 자신을 위로하고 싶었을 것이다. 하지만 혜원은 그런 행위조차 역겹게 느껴졌다. 어차피 몸뿐인 관계였다. 어떤 감정으로도 그와 엮이고 싶지 않았다. 그는 형의 여자를 능욕하는 개자식이고 자신 역시 그의 밑에 깔려서 세상을 욕망하는 발정 난 여우여야 했다. 그래야 모든 것이 정당하다. 그와의 비뚤어진 관계를 정당화하는 유일한 정답이었다.

"……이 짓 하는 대가로 그걸 사 달라?"

강혁이 물었다. 혜원이 대답 대신에 눈웃음을 치며 고개를 끄덕였다. 동시에 꿈틀거리는 페니스가 부은 살점을 가르고 거칠게 밀려 들어왔다. 반밖에 넣지 않았는데, 질 안까지 꽉 차는 느낌이었다. 그저 삽입만 했을 뿐인데, 내벽이 움칠거리며 경련을 반복했다. 끊임없이 수축하는 그곳을 못 견디겠단 듯이 그가 이를 악물고 중얼거렸다.

"도대체 넌 누구야. 왜 이렇게 환장하게 좋은 거냐고."

혜원이 허리를 뒤로 물렸다가 튕기듯이 몸을 밀착했다. 불완전한 삽입이 그녀의 움직임으로 뿌리 끝까지 밀려 들어왔다.

"그만! 헉!"

"으아앗!"

강혁이 아무런 피스톤 운동도 없이 그대로 사정했다. 눈을 꽉 감고 긴 후희를 즐기던 그가 척추를 곧추세우고 마지막 한 방울의 정액까지 제 몸에서 짜냈다. 결합된 부분에서 말간 정액이 흘러나오자, 그 역시 당황한 눈치였다. 무너지듯이 혜원의 가슴에 얼굴을 묻은 그가 가쁜 숨을 몰아쉬며 중얼거렸다.

"……제멋대로 굴지 마. 아무리 너라도 이런 짓은 용서 못 해."

군림을 원하는 잔혹한 남자가 말했다. 혜원이 대답 없이 시선을 내리자, 그가 못마땅하다는 듯이 턱을 들어 올렸다.

"그리고 어떤 상황에서도 시선을 피하지 마."

작은 바람결에도 제멋대로 흔들리는 높다란 대나무가 말했다. 단단히 맞물려 있던 기둥이 꿈틀대며 또다시 일어섰다. 삽입한 상태 그대로 혜원을 일으켜 앉히며 강혁이 귓가에 속삭였다.

"지난밤처럼 허리를 흔들어 봐."

허리를 퉁기며 치받듯이 밀려오는 거대한 기둥의 움직임에 속까지 울렁거렸다. 천둥처럼 밀려온 그에게 반응하며 움칠움칠 내벽이 경련을 계속했다. 그녀의 가장 깊고 가장 은밀한 곳을 훤히 꿰뚫어 버린 솟은 불기둥이 긁어내듯 그곳을 자극하며 휘저어 댔다.

"아흐흑…… 흐아아앙."

엉덩이를 흔들고 허리를 들썩였다. 마찰한 부분이 흥건히 젖어서 말간 액이 시트를 타고 흘러내렸다. 혜원의 목덜미에 입술을 묻은 그가 사정감을 억누르며 속삭였다.

"……하아, 예쁜 내 고양이……."

"으흐흑…… 아앙…… 좋아…… 너무 좋아요."

리듬을 타듯이 흔들리는 젖가슴을 한 손으로 끌어 모으며 그가 장난스럽게 웃었다. 살과 살이 만나는 곳이 끔찍하게 좋았다. 아래에서 느껴지는 열락이 척추를 훑고 정수리까지 치솟았다. 혜원이 숨이 넘어갈 듯이 흐느끼며 그의 목에 매달리자, 그가 흠뻑 젖은 등을 다독이듯이 어루만졌다. 사정을 자제하려는 듯이 아래를 들쑤시던 기둥이 잠시 뒤로 물러났다. 짜릿한 쾌감이 물러가자, 깊은 피로감이 몰려왔다. 무너지는 혜원을 눕히고 자세를 바꾼 강혁이 위로 올라왔다.

강한 자극으로 절정에 도달한 혜원의 내벽은 이미 예민해질 대로 예민한 상태였다. 아직도 물러나지 않는 거대한 기둥이 안에서 다시 움직이자, 두려운 기분마저 들었다. 목덜미에 쏟아지는 뜨거운 입김에 혜원이 힘없이 눈을 감았다.

❈ ❈ ❈

이른 아침 햇살이 창문으로 새어 들었다. 어딘가 생경하고 낯선 풍경이었다. 혜원이 내부에서 느껴지는 묵직한 이물감에 시트를 내리고 아래를 내려다보았다. 새벽까지 진탕 해 대고도 만족하지 못했는지, 강혁은 혜원 안에 자신을 묻고 있었다. 맞물린 부분을 조심스럽게 빼내었다. 정액으로 범벅된 페니스가 튀어나오는 동시에 그녀의 입구에서 진한 액체가 흘러나왔다. 허벅지를 흥건히 적시며 흘러나오는 정액을 보자, 또다시 씁쓸한 기분에 사로잡혔다.

시트를 걷어 내고 욕실로 들어온 혜원이 흐느적거리는 몸을 가까스로 벽에 기대었다. 서둘러 샤워해야 했다. 부지런한 정숙은 아침 7시면 별채로 건너온다. 함평댁 역시 아침 준비를 위해 비슷한 시각에 본채로 넘어올 것이다.

쫓기듯이 별채로 건너온 혜원이 안방으로 들어가는 대신에 자신의 방에 가서 가방을 챙겼다. 이런 몸으로 강준을 본다는 것은 제 몸에 들어 있는 강혁의 흔적을 확인하는 것만큼이나 끔찍한 기분이었다. 얼마나 시간이 흘렀을까. 미닫이문이 밀리는 소리가 들렸다.

"혜원이 일어났니?"

"네."

제 방문을 열며 혜원이 대답했다.

"아직도 안색이 좋지 않네. 차라리 푹 쉬고 김 박사님 오시면 진료를 좀 받아 보는 게 어떻겠니?"

"하루 쉬었더니, 이젠 괜찮아요."

혜원이 애써 웃자, 부드러운 미소가 돌아왔다.

"참, 오늘부터는 본채에서 식사하렴. 강혁이가 저리 고집을 부리니, 당분간은 기분 좀 맞춰 주자꾸나."

속 깊은 정숙은 강혁의 말을 장 여사에게 전달하는 대신, 내부에서 조용히 마무리하길 원했다.

"네. 그럴게요."

본채로 가는 대신에 혜원이 주차장으로 걸어갔다. 막 차에 오르려는 찰나, 휴대전화가 요란하게 울었다. 액정 화면에 뜬 강혁의 번호를 보고 망설이다가 버튼을 눌렀다.

— 안으로 들어 와.

언제나 그렇듯, 짧은 명령조에 미간이 저절로 찌푸려졌다. 대답이 없자, 그가 다시 말을 이었다.

— 내가 제일 싫어하는 게 뭔지 알아? 바로 두 번 말하게 하는 거야.

차에 오르는 대신에 본채 현관문을 열고 들어갔다. 함평댁이 기다렸다는 듯이 혜원을 맞이했다.

“어서 안으로 들어가 봐. 나는 별채에 식사 좀 가져다주고 올 테니.”

강혁을 어려워하는 함평댁이 안절부절못하며 말했다. 함평댁이 사라진 후에야 혜원이 주방으로 향했다. 식탁 의자에 앉아 식사하던 강혁이 고개조차 돌리지 않고 말했다.

“앉아.”

언제나처럼 식탁 의자에 앉는 대신, 그가 마실 차를 준비하기 위해 다용도실로 향했다.

“왔다 갔다 신경 쓰이게 하지 말고, 어서 자리에 앉으라고.”

지금까지 그와 마주 앉아 식사한 적이 없었다. 평일에는 정숙과 함께 강준 곁에서 식사했고 주말에는 강혁이 식사를 마치면 틈나는 대로 간단하게 끝냈다. 자리에 앉은 혜원이 마지못해 수저를 들었다.

자연스럽게 넘긴 머리 스타일과 틈 없이 차려입은 클래식 슈트가 사내답지만 단정한 이목구비를 한층 더 돋보이게 했다. 흘러내린 머리카락을 거칠게 쓸어 올리며 짐승처럼 허리를 흔들던 남자와 동일인이라는 사실이 어쩐지 믿기지 않았다. 사파이어가 박힌 커프스단추를 멍하게 보고 있을 때, 그가 불쑥 물었다.

“오늘 몇 시에 끝나?”

"왜요?"

"가지고 싶은 게 있다며? 마치면 데리러 갈 테니 기다리고 있어."

혜원이 대답이 없자. 잘 구워진 송이버섯구이를 앞으로 밀어주며 강혁이 다시 말을 이었다.

"그 외에 또 갖고 싶은 거 있으면 생각해 둬. 매번 귀찮게 할 생각하지 말고."

혜원이 희미하게 웃자, 그의 시선이 비켜 갔다.

"그렇게 웃지 마. 또다시 온종일 틀어박혀서 그 짓 하고 싶으니까."

"……저도 그래요."

물끄러미 혜원을 응시하던 강혁이 어이없다는 듯이 웃었다.

"아무리 생각해도 너라는 애를 이해할 수 없어. 되바라졌다는 것은 알지만, 어쩐지 그게 싫지 않거든."

이후, 말없이 식사를 마친 강혁이 손목시계를 바라보았다. 아쉬운 듯한 표정에서 그의 생각이 고스란히 읽혔다. 자리에서 일어나려 할 때, 그가 손목을 잡아당기며 혜원을 끌어당겨 안았다. 거친 호흡과 함께 뜨거운 혀가 잇새로 가르고 들어왔다. 금방이라도 누군가 문을 열고 들어올 것 같아서 신경이 날카롭게 곤두섰다.

"……으흡 ……제발 ……여기선 안 돼요."

"……이대로는 안 되겠어. 학교까지 데려다줄 테니, 일단 차로 가자."

그의 차가 멈추어 선 곳이 강준과 늘 산책하던 호숫가였다. 시트를 젖히고 덮치듯이 위로 올라온 성급한 손이 혜원이 입은 청바지를 거칠게 벗겨 내고 주름 없이 말끔한 자신의 정장 바지를 단숨에 내렸다. 축축하게 젖은 브리프가 벗겨지자, 힘줄이 솟은 검붉은 기둥이 튀어나왔다. 흠뻑 젖은 혜원의 음핵에 성난 물건을 감질나게 문지르던 강혁이 마지막 자제심을 끌어내려는 듯이 거친 숨을 몰아쉬었다. 그리고 그녀의 어깨에 머리를 기대며 저 혼자 중얼거렸다.

"……크큭 ……그야말로 붙어먹고 싶어 환장한 개새끼 같지 않아? 이렇게까지 흥분한 적이 없는데, 얼치기 같은 꼴이라니."

뭐가 우스운지 강혁이 저 혼자 키득거렸다.

지분거리던 손이 혜원의 다리를 잡아 벌리며 단단히 고정했다. 그리고 뒤로 물러났다가 한 번에 쿵 하고 밀려 들어왔다.

"하읏!"

팽창한 페니스가 질 내부를 터질 듯이 압박했다. 들쑤시고 헤집는 노골적인 움직임에 머릿속이 하얗게 비워졌다.

"……원아, 혜원아……."

"아아앙…… 흐흑……."

"……너와 이 짓 할 때마다 내 기분이 어떤지 알아? 마치 잡아먹히는 기분이야. ……얼마나 조여 대는지, 이렇게 좁은 구멍에서는 움직이는 것조차 벅차다고."

말과는 달리 뿌리까지 치고 들어와서 휘젓는 움직임에 그녀의 가녀린 몸이 덜컹덜컹 흔들렸다. 척추가 들리고 피가 들끓었다.

틈 없이 맞닿은 부분과 움칠움칠 경련하는 내벽이 오싹오싹하며 무서울 정도의 쾌감을 불러일으켰다. 손발이 오그라들고 허리가 활처럼 휘었다. 먼지 없이 깔끔한 가죽 시트가 맞물린 부분에서 흘러나온 애액으로 뒤범벅되었다

"하악…… 좋아…… 아아흑…… 너무 좋아."

발작하듯이 흐느끼는 혜원의 입술에서 가쁜 숨이 쏟아졌다.

"……나도 그래. ……이런 느낌은 난생처음이야. ……큭!"

"아아악!"

내벽을 꽉 채우던 페니스가 마지막 스퍼트를 가했다. 그리고 미지근한 액체를 자궁 깊숙한 곳에 쏟아 냈다. 턱을 세우고 극렬한 절정을 참아 내는 그는 지독하게 고통스러워 보였다. 자신 안에 모든 것을 쏟아 내고 무방비하게 몸을 떠는 강혁이 미치도록 사랑스러웠다. 동시에 변덕스러운 제 마음이 지독하게 혐오스러웠다. 그의 등을 어루만지던 혜원의 손길이 우뚝 멈추었다. 날카로운 손톱을 세워 가차 없이 긁어 대자, 그가 송곳니를 드러내며 씩 웃었다.

"……손톱 세우지 마. 그러면 그럴수록 더 처박고 흔들고 싶으니까."

"……오늘 말이에요. 바쁘신데……."

"……."

"직접 백화점까지 갈 필요 없어요. 그냥 카드로 주세요."

장난스럽게 웃을 때 드러나던 송곳니가 순식간에 사라졌다. 동시에 내벽을 꽉 채우고 있던 기둥이 격렬한 분노로 일어섰다. 조

금 전과는 비교할 수 없을 만큼 거칠게 찔러 오는 기둥이 그녀의 속살을 사정없이 헤집어 놓았다. 갈라지는 마음만큼이나 저질스러운 몸이 잔혹한 움직임에 반응하며 움찔거렸다.

혜원이 초점 없는 시선을 차창으로 돌렸다. 아침 해가 호수 주변으로 말간 빛을 뿌렸다. 움트듯이 올라오는 연한 신록이 유난히 싱그러운 봄이었다.

❇ ❇ ❇

오후 수업을 마치자마자, 혜원이 자주 가는 백화점의 속옷 매장으로 향했다. 안면이 있는 백화점 직원이 혜원을 반가운 얼굴로 맞이했다.

"순면 속옷이죠?"

정숙을 대신하여 가끔 강준이 입을 속옷을 준비하다 보니, 눈치 빠른 직원이 남자 속옷을 꺼내 들었다. 하지만 오늘은 다른 볼일이 있었다.

"아니요. 오늘은 속옷 대신에 면 파자마 좀 보여 주세요. 밝은 색상에 촉감 좋은 거로요."

곧 강준의 생일이 다가오고 있었다. 그러나 의식 없이 누워 있는 그는 필요한 것이 별로 없었다. 그래서일까, 매번 고민하지만 이리저리 궁리해도 딱히 떠오르는 것이 없었다. 혜원의 취향으로 고른 파자마나 스웨터, 기분 전환으로 가끔 뿌려 주는 향수가 전부였다.

점원이 권해 주는 파자마를 보고 있으니, 불현듯 아침에 헤어진 강혁의 모습이 떠올랐다. 고급스러운 수제화와 슈트, 클래식한 디자인의 드레스 셔츠에 사파이어 커브스단추, 까다로운 취향을 가진 그가 이런 평범한 파자마를 입을 일은 평생 없을 것이다. 강준 역시 마찬가지였다. 며칠을 고민하며 고른 파자마를 세심하게 빨고 손질하여 입히지만, 그의 취향과는 전혀 상관없는 물건이었다. 그뿐 아니라, 선물에 대한 기억도, 강혜원이라는 존재도 그는 까맣게 모르고 있을 터였다.

혜원이 우울한 기분을 애써 지우며 옅은 민트색 파자마를 골랐다. 깨끗한 피부를 가진 강준에게 잘 어울릴 것 같았다.

속옷 매장을 빠져나와 출구로 향하려 할 때, 해외 유명 명품관이 눈에 들어왔다. 통 유리벽 너머로 진열된 가방과 구두, 액세서리를 보자, 아침에 있었던 일이 자연스럽게 떠올랐다. 강혁에게 서슴없이 요구했던 명품 가방은 이미 차고 넘칠 정도로 많았다.

신경질적이고 까다롭지만, 장 여사는 재물에 인색한 사람이 아니었다. 또한, 제 사람이라고 여기면 누구보다 살뜰하게 챙기는 성격이었다. 계절마다 좋은 옷과 다양한 액세서리가 옷장을 가득 채웠다. 게다가 월급처럼 들어오는 적지 않은 돈 역시 만일을 위해 따로 모아 두었다. 가끔 강준이 깨어나면 모아 놓은 돈으로 세계 각지를 여행하는 엉뚱한 상상도 했다. 그런데 어째서 강혁에게 그런 요구를 했을까.

비뚤어진 감정이라는 것은 알았다. 하지만 상처받은 만큼 상처 주고 싶었다. 어떤 식으로든 감정을 해소하지 않으면 미칠 것 같았다. 적어도 섹스의 대가를 받아야 그와의 관계가 정당화될 테니까.

"이게 누구? 정한의 작은 마님이 이곳까지 어쩐 일이야?"

귀에 익은 목소리에 쇼 케이스를 바라보던 혜원이 고개를 돌렸다. 화려한 차림새의 은영이였다.

"안녕하세요."

"강혁 씨가 싸구려 장난감에 푹 빠졌나 봐. 도무지 별장에서 꼼짝하지 않네."

"그러게요. 얼마나 해 댔는지, 온몸이 욱신거린다니까요."

조롱 섞인 말에 은영이 별장에서 했던 말을 고스란히 돌려주었다.

"여전해. 뭣도 모르고 설치는 건……."

그때, 샵매니저로 보이는 30대 중반의 여자가 두 사람에게 다가왔다.

"어머. 라운지에서 연락하시지, 매장까지 직접 오셨어요?"

혜원을 아래위로 훑어보던 여자가 은영을 향해 호들갑스럽게 알은척했다. 평소 혜원은 옷차림에 신경 쓰는 편이지만, 해부학 실습이 있던 날이라 최대한 간편한 옷을 찾아 입었다.

"파리 컬렉션에서 잠시 보았는데, 벌써 들어왔어요?"

"인기 디자인에 워낙 고가의 제품이라, VVIP에게만 연락드렸어요."

"저녁에 중요한 모임이 있어요. 어서 보여 주세요."

은영이 매장 안으로 들어가자, 직원이 그녀의 뒤를 따랐다.

조롱 섞인 은영의 태도에 이어 직원의 무시하는 듯한 태도까지 더해지니, 알 수 없는 오기가 들었다. 돌아 나가려던 혜원이 매장 안으로 들어갔다. 그리고 쇼 케이스에 진열된 가방을 천천히 둘러보았다. 혜원을 내내 힐금대던 매니저가 명품관 직원을 향해 눈짓하자, 그녀가 혜원의 곁으로 다가왔다.

"특별히 찾는 제품이 있으세요?"

"진열된 제품이 전부인가요?"

"그게……."

은영의 손에 들린 가방에 시선을 주자, 직원이 당황한 듯이 샵 매니저를 바라보았다.

"고객을 차별해서 받을 생각이라면, 굳이 이런 매장을 오픈할 필요가 있을까요? 동네 구멍가게도 아니고, 직원 서비스 교육이 엉망이네요."

고압적인 말투에 모두의 시선이 혜원에게 집중되었다. 은영이 들고 있는 가방을 손으로 가리키며 혜원이 다시 말을 이었다.

"저 손님이 들고 있는 가방 좋네요. 저걸로 포장해 주세요."

"네?"

"못 들으셨어요. 저 가방으로 포장해 달라고요."

혜원이 지갑을 꺼냈다. 그리고 강혁에게 받은 티타늄 소재의 블랙카드를 내밀었다. 국내에서 보기 힘든 한도 무제한 블랙카드는 전 세계에서 1만 명만 가지고 있다고 들었다. 우물쭈물하던 직원이 매니저에게 카드를 보이자, 곁에 서 있던 은영이 어이없다는 듯이 웃었다. 짧은 침묵이 흐르고 은영이 손에 들린 가방을 내려놓으며 샵매니저를 향해 말했다.

“요즘 업소 애들 많이 오죠? 가방은 됐어요. 저런 애들이 들고 다니는 가방을 같이 든다고 생각하면 끔찍하니까.”

“혹시 본인 카드세요?”

매니저가 은영의 눈치를 보며 말았다. 혜원이 대답 대신에 휴대전화를 꺼내 들었다. 그리고 입력해 놓은 번호를 눌렀다. 몇 번의 발신음이 울리고 나른한 중저음이 전화기를 통해 흘러나왔다.

— 웬일이야? 네가 전화를 다 하고?

“아침에 주신 카드 말이에요? 혹시 문제 있는 카드인가요?”

— 왜?

“무슨 카드이기에 업소녀도 모자라, 도둑년 취급까지 받게 해요. 원하는 대로 사용하라고 해서 쓰는 것뿐인데.”

잠시 말이 없던 강혁이 가라앉은 목소리로 말했다.

— 직원 바꿔.

“바쁜 사람이라, 긴 통화는 힘들어요.”

시선은 은영에게 향한 채, 혜원이 손에 들린 휴대전화를 매니저에게 내밀었다. 강혁이 무슨 말을 하는지, 전화기를 받아 든 매니저가 난감한 표정으로 연신 고개를 주억거렸다.

“죄송합니다. 고객님. 제가 몰라 뵈었네요.”

기어코 사과를 받아 낸 혜원이 매장을 나서려는 찰나, 은영의 날 선 웃음소리가 발목을 붙들었다.

“블랙카드에 명품 가방. 그 정도로 만족하겠어? 진짜 갖고 싶은 건 따로 있잖아.”

“…….”

“서강혁. 갖고 싶지? 어때, 직접 눈으로 확인해 볼래? 그가 누구인지, 어떤 세계에 속해 있는지…….”

혜원이 대답 없이 바라보자, 은영이 다시 말을 이었다.

“왜, 겁나니?”

“그럴 리가요. 아니다 싶으면 돌아서면 그만이죠. 누구처럼 미련을 못 버리는 성격이 아니라서요.”

그 흔한 학원이나 과외 없이도 전교 일 등 자리를 놓친 적이 없는 혜원이였다. 지고 못 사는 성미의 혜원을 보며 아버지가 말했다. 천하에 독한 년이 저년이라고. 제 어미를 보내면서 눈물 한 방울 흘리지 않은 년이라고. 하루 품을 팔아서 술값으로 대신하고 병석에 누운 엄마에게도 폭력을 서슴지 않던 아버지는 장례식 내내 많은 눈물을 쏟아 냈다. 하지만 그따위 위선적인 눈물이 무슨 소용인가. 돈이 없어서 병원에 갈 수 없다면 의사가 되면 그만이었다. 한 대를 맞으면 두 대를 때리고, 가진 것이 없다면 수단과 방법을 가리지 않고 가지면 그만이었다. 원래가 그렇게 태어났다면 악착같이 사는 수밖에 없었다.

“충고하는데, 지금 네가 한 말 잘 기억해. 마음 단속하는 것도 잊지 말고. 뺨이라도 한 대 갈기고 싶지만, 너 같은 애들을 다루는 방법은 따로 있지. 그럼 가 볼까?”

은영의 차가 멈추어 선 곳은 서울 유명 호텔의 별관 앞이었다. 제복을 입은 누군가가 기다렸다는 듯이 문을 열어 주자, 두 사람이 차에서 내렸다.

"오늘이 정한그룹의 창립 기념일이야. 강혁 씨에게 못 들었니?"

혜원이 대답이 없자, 은영이 재미있다는 듯이 눈을 빛냈다.

"하긴, 카드는 줘도 기념일을 알려 줄 리 없지."

"……."

"공식적인 기념식은 끝났어. 지금 가는 곳은 초청한 일부 VIP만의 애프터 파티인데, 어떻게 할래. 돌아갈래?"

낡은 청바지에 명품 백, 우스꽝스러운 차림이라는 것을 깨닫자, 별장으로 돌아가고 싶은 마음은 굴뚝같았다. 그러나 그녀 특유의 고집이 물러서는 것을 허락하지 않았다.

"뭐 해요. 들어가요."

최고급 자재로 꾸민 호화스러운 컨벤션 룸에 들어서는 순간, 혜원은 이곳까지 무턱대고 따라온 것이 후회되었다. 세련된 정장과 우아한 드레스 차림의 사람들 가운데서 자신의 모습이 유난히 도드라져 보였기 때문이다. 이미 안면이 있는지, 은영에게 다가온 20대 중반의 여자가 혜원을 곁눈으로 힐금거렸다.

"왜 이렇게 늦었어. ……근데 누구?"

대답 대신에 은영이 여자가 건넨 와인 잔을 받아 들었다.

"강혁 씨는?"

"지금 인사받느라 정신없어. 대표이사로 선임되면서 얼굴도장 찍으려는 사람이 어찌나 많은지."

혜원이 주변을 둘러보았다. 넓은 연회석이 파티를 즐기는 사람들로 꽉 차 있었다. 큰 키와 탄탄한 체격을 가진 강혁이 한눈에 들어오는 것은 당연했다. 그러나 그가 특별히 도드라져 보이는 이유는 빼어난 외모 때문만은 아니었다. 테이블에 기대선 강혁이 무슨 말을 하는지, 그를 둘러싼 나이 지긋해 보이는 남자들이 연신 웃음을 터트렸다.

군더더기 없이 깔끔한 블랙 슈트만큼이나, 빈틈없고 자신만만해 보이는 태도. 태생적인 우아함이 더해진 나른한 눈동자가 주변을 압도하고 자연스럽게 시선을 모으고 있었다. 아무리 멀리 있어도, 아무리 많은 사람이 모여 있어도 혜원은 그를 찾아낼 수 있을 것 같았다.

은영의 말이 맞았다. 가지고 싶은 건 명품 가방도 블랙카드도 아니었다. 저 잘난 남자를 가지고 싶었다. 어떤 여자에게도 넘겨주고 싶지 않았다.

연거푸 와인을 마시던 은영이 혜원을 향해 말했다.

"……법을 만들고 돈을 찍어 내고 사람을 살리고 또, 사람을 죽이는 사람들…… 이곳이 바로 그런 사람들이 사는 세계야. 그리고 그 한가운데 서강혁이라는 남자가 있지."

"……."

"어때, 저 옆자리가 탐나서 미치겠지? 나 역시 저 남자를 가지고 싶어서 몸살을 앓은 적이 있어. 그래서 차마 해서는 안 되는 일을 저질렀지. 하지만 처음부터 안 되는 게임이었어. 이미 그의 옆자리는 다른 여자가 차지했거든."

느닷없는 말에 혜원의 시선이 흔들렸다.

"크리스 리, 정한그룹과 비교도 되지 않는 자산 규모를 가진 다국적 기업 오너의 외동딸, 아이비리그 출신으로 뛰어난 머리만큼이나, 아름다운 외모로 정평이 나 있지. 서강혁이 고른 여자가 그런 여자야."

"……."

혜원의 무릎이 저절로 휘청거렸다. 동시에 스치듯이 지나치는 익숙한 시선과 마주쳤다.

"자, 이제 저 남자가 어떻게 나올까. 옆자리는커녕, 아마 너를 알은체도 안 할걸."

은영의 말대로 번뜩이던 눈동자가 싸늘하게 비켜 갔다. 순간, 현기증과 함께 강한 모멸감이 몰려오자, 혜원이 뒷걸음쳐서 연회장을 빠져나왔다. 호텔 별관을 나오는 순간, 익숙한 얼굴이 혜원의 앞을 가로막았다. 강혁의 차를 운전하는 정 기사였다.

"차에 오르세요. 별장까지 모시겠습니다."

"필요 없어요. 택시 타고 갈 거예요."

혜원이 정 기사를 밀치고 앞으로 무턱대고 걸었다. 혜원의 고집스러운 태도에 당황한 정 기사가 휴대전화를 꺼내 들었다.

"그래서 그냥 보낸 겁니까? 멀리 못 갔을 테니, 주변을 살펴……. 아니, 됐어요. 곧 나갈 테니 차 대기하세요."

"왜 그래? 무슨 일 있어?"

강혁의 날 선 말투에 곁에 선 진욱이 물었다. 언제 다가왔는지, 은영이 와인 잔을 돌리며 빙긋 웃었다.

"도대체 무슨 짓이야? 이 자리가 어떤 자리인데, 애 데리고 이런 장난을 해?"

보기에 그럴싸해 보이지만, 틈을 보여서는 안 되는 자리였다. 강준과 혜원의 이야기가 심심찮게 오르내리는 것도 참을 수 없는데, 엉뚱한 짓을 벌이는 은영을 보니, 절로 화가 치밀었다.

"아무리 어리지만, 주제를 너무 모르잖아. 모르면 가르쳐 줘야지."

"네가 뭔데, 혜원이를 가르쳐?"

"당신 이상하다. 늘 재미있다는 듯이 한발 물러나 있던 사람이 왜 이리 과민한 반응을 보일까? 게다가 그렇게 꼭꼭 숨기면서 개인 신상이 드러나는 카드를 넘기질 않나. 매장 직원과 통화를 해? 고작 그런 일로 당신이? 당신, 그런 남자 아니잖아?"

적나라하게 드러내는 말에 강혁의 턱이 단단하게 굳었다. 곁에 선 진욱 역시 당황한 듯이 주변을 살폈다.

"가르쳐도 내가 가르쳐. 다시는 혜원이 데리고 장난치지 마."

은영을 향해 으르렁대던 강혁이 진욱을 향해 말했다.

"먼저 갈 테니, 뒷마무리 좀 해."

사라지는 강혁의 뒷모습을 바라보던 은영이 초조한 듯이 손에 들린 와인을 벌컥 들이켰다.

"저 남자. 미쳐도 단단히 미쳤어."

"……."

"몰랐어요? 두 사람 관계?"

남사나운 성격의 강혁은 일에 대해서는 무서울 정도로 몰입하지만, 여자관계만은 달랐다. 적당한 선에서 즐기고 깊은 마음을 주는 법이 없었다. 은영의 말과 조금 전의 태도까지 더해지니, 짧은 의혹이 머릿속을 스치고 지났다. 혜원을 가지겠다고 농담처럼 말하던 강혁의 모습이 떠오르자, 절로 미간이 찌푸려졌다. 남모르는 사연으로 등을 돌리게 되었지만, 강혁에게 강준은 특별한 존재였다. 짧은 에피소드로 그치면 모를까, 혜원과 엮여서 좋을 것이 없었다.

한참을 걷다가, 눈에 띄는 택시 승강장을 찾아보았다. 이미 늦은 밤이라, 시외버스는 끊긴 채였다. 택시를 타고 청평 별장을 갈 생각을 하니, 자연스럽게 비싼 택시 요금이 계산되었다. 태생적인 가난은 생각조차 싸구려로 만드는 모양이다. 이런 상황에서도 택시 요금을 계산하는 자신이 우스웠다. 현실적인 생각에 이어 충동적으로 산 가방이 눈에 들어오자, 저도 모르게 쓴웃음이 나왔다.

승강장에 앉아 멍하니 생각에 잠겨 있을 때, 익숙한 승용차가 눈에 들어왔다.

"타!"

차창 문이 열리며 강혁이 말했다.

"택시값 정도는 있어요."

혜원이 움직임이 없자, 참다못한 강혁이 차 문을 열고 뛰쳐나왔다. 팔목을 틀어쥔 그가 내팽개치듯이 혜원을 보조석에 밀어 넣었다. 그가 시동을 켜는 것과 동시에 혜원이 차창에 머리를 기대고 눈을 감았다.

여전히 풀리지 않는 기분 탓인지, 생각에 앞서 말이 먼저 나갔다.

"……아까 말이에요. 왜 보고도 모르는 척했어요?"

"그럼 어떡할까. 너를 강준 형 약혼녀라고 소개할까? 아니면 나와 그렇고 그런 사이라고 떠들어 댈까?"

가끔 생각했다. 만약 주어진 삶에 순응하며 살았다면 지금쯤 자신은 어떤 모습을 하고 있을까. 지독하게 공부하여 의대를 갔어도 비싼 등록금과 생활비 걱정에 하루도 마음 편한 날이 없었을 것이다. 게다가 화옥이 말했던 진짜배기의 세상은 물론, 감히 서강혁이라는 남자의 발끝조차 구경하지 못했을 것이다. 도대체 무얼 확인하려 했을까. 비록 가까이 있지만, 강혁과 자신은 태생 자체가 다른 사람이었다. 기름과 물처럼 섞일 수도 섞여서도 안 되는 사람이었다.

"고마워요."

뜬금없는 혜원의 말에 강혁이 고개를 돌렸다.

"뭐가?"

"이렇게 값비싸고 좋은 가방은 태어나서 처음이었어요. 그래서 저도 모르게 자랑하고 싶었나 봐요."

고분한 태도가 혜원답지 않다고 생각했는지, 살피듯이 바라보던 그가 특유의 나른한 어조로 말했다.

"……가지고 싶은 게 있으면 얼마든지 사."

번화한 서울 거리가 차창으로 빠르게 스치고 지났다. 무리 지어 웃고 떠드는 사람들, 다정하게 손을 잡고 거리를 활보하는 젊은 남녀들. 아마도 저마다의 사연으로 만나 서로를 소중히 하며 함께할 미래를 꿈꾸고 있을 것이다. 혜원이 후 하고 차창에 입김을 불었다. 강혁만큼이나 자신과 동떨어진 세상이 더는 보고 싶지 않았기 때문이다.

혜원이 애써 밝은 표정을 지으며 핸들을 잡은 강혁의 손을 어루만졌다.

"생각해 보니 저녁을 먹지 않았어요. 밥 좀 사 주실래요."

애교 섞인 태도에 기분이 누그러졌는지, 그가 넌지시 물었다.

"뭐가 먹고 싶은데? 늦은 시간이라, 먼 곳은 곤란해."

"이 길로 조금만 가면 괜찮은 식당이 있어요."

"괜찮은 식당?"

"네. 정숙 이모와 함께 갔던 곳인데, 맛도 맛이지만 양도 푸짐하고 가격도 저렴해요."

늘 고양이처럼 털을 곤두세우던 혜원이였다. 허물없는 태도와 사소한 대화가 싫지 않은지 강혁이 가만히 한숨을 내쉬었다.

얼마를 달려가니, 국도변에 높다란 입간판이 모습을 드러냈다. '24시 뼈다귀해장국' 이라는 간판을 올려다보던 그가 짧은 웃음을 터트렸다.

"이곳이야? 네가 말했던 곳이?"

혜원의 손에 이끌려 식당 안으로 들어간 강혁이 주변을 두리번거렸다.

"24시간이라면, 밤에도 식당 문을 연다는 뜻이야?"

"네. 밤 운전을 하는 기사님들이 자주 오시는 곳이거든요. 피곤하면 쉬었다 가기도 하고."

"잘 아네."

메뉴판도 없이 해장국을 주문한 혜원이 아무렇지도 않게 말했다.

"아빠가 사고 전에 트럭 운전을 했어요, 사고로 다리를 잃기 전까지는 그럭저럭 살 만했어요. 일을 마치면 가끔 이런 해장국을 포장해 오기도 했으니까."

"그리고 또?"

"네?"

"어떻게 살았는지, 네 이야기를 해 보라고."

"그다지 재미없는 이야기예요."

김이 오르는 뚝배기가 테이블에 놓였다. 강혁이 수북하게 올라온 돼지 뼈다귀를 물끄러미 바라보자, 혜원이 앞 접시에 가져다가 익숙한 솜씨로 살을 발라냈다. 골라낸 살을 강혁 앞에 밀어 놓으며 혜원이 말갛게 웃었다.

"어서 드세요."

"누구에게나 이래? 생선구이가 나오면 생선 살을 발라 주고 옷주름을 펴 주고 목이 마르다 싶으면 물컵을 건네주고?"

부유하게 자랐지만, 살가운 정을 받아 보지 못한 강혁이였다. 누군가가 생선 살을 발라 밥공기에 올려 준다는 것을 상상조차 해 본 적이 없었다.

"엄마가 늘 그렇게 해 주셨어요. 보고 자라다 보니, 저도 모르게 그만……. 싫다면 조심할게요."

"싫다기보다는, 아무렇지도 않게 하는 행동이 신경에 거슬려. 강준 형도 그런 식으로 돌보겠지? 닦고 어루만지고 작은 반응도 놓치지 않으려 한시도 시선을 떼지 않고……."

제 생각에 놀란 강혁이 흠칫 놀라 말을 멈추었다.

"제가 할 일인걸요. 덕분에 이렇게 편안하게 살고 있고요."

"과욕 부리지 말고 이쯤에서 그만둬. 아무리 노력해도 강준 형은 네 상대가 될 수 없어."

"……그만두면요? 저보고 왔던 곳으로 돌아가라는 말인가요?"

"그런 뜻이 아니야. 너만 괜찮다면……."

"서강혁의 세컨? 것도 싫증 날 때까지만."

"아니. 너는 달라."

"뭐가 다른데요? 어떤 호칭도 갖다 붙일 수 없고 소개조차 못 하면서. 결국 잠자리 상대로만 특별하다는 소리네요."

"강준 형의 약혼녀도 모자라 나와의 관계까지 인정받고 싶은 거야?"

핵심을 찌르는 말에 짙은 갈색 동공이 방향을 잃고 흔들렸다. 혜원이 호텔에서 있었던 일을 마음에 걸려 한다는 것을 알고 있다. 하지만 세상 앞에 그녀를 내놓을 명목이 없었다.

"세상은 네가 생각하는 것만큼 그렇게 호락호락하지 않아. 갖지 못한 사람이 갖기 위해 발버둥 치는 것 이상으로, 가진 사람 역시 가진 것을 잃지 않기 위해 지독하게 노력을 하고 있어."

"……."

"나 역시 다르지 않아. 내 앞에서 연신 굽신거리는 사람들이 뒤에서는 부모 형제도 몰라보는 후레자식이라고 손가락질해. 아마도 너까지 더하면 천하에 둘도 없는 패륜아가 되겠지. 그게 무슨 의미인지 알아? 올라야 할 정상이 까마득히 멀다는 의미야. 내가 높이 오르면 오를수록 내 말이 법이 되고 내 행동이 정의가 될 거야. 그때는 감히 내 이름을 거론하며 그따위 헛소리를 지껄이지 못할 거라고."

혜원이 시선을 내리깔았다. 그리고 테이블에 놓인 해장국 뚝배기를 보며 중얼거렸다.

"제가 어리석었어요."

"……."

"당신을 이런 곳으로 데리고 오다니, 배가 고파서 정신이 어떻게 되었나 봐요."

"……."

"그만 일어나요."

6

“대학생이라고 엠티도 가고, 이제야 좀 사람답게 사는 것 같아.”

혜원이 엠티를 가기 위해 가방을 챙기자, 정숙이 이것저것 챙기며 분주하게 움직였다. 40대의 나이로 느지막이 진성과 결혼한 정숙은 아이가 없었다. 그래서인지, 혜원을 친딸처럼 살피고 알뜰하게 챙겼다.

“주말에는 서울에도 가 보셔야 하잖아요. 적당히 눈치 봐서 빠져나올게요.”

“무슨 소리. 아저씨 보내면 되니까, 아무 걱정 하지 말고 재미있게 놀다 오렴.”

그다지 내키는 자리는 아니었다. 하지만 수연의 말대로 선후배 관계가 돈독한 의대이다 보니, 마냥 지금처럼 지낼 수 없는 노릇이었다.

“참, 강혁이에게는 따로 말했지?”

“말하기가 좀 그래서 따로 이야기하지 않았어요.”

혜원은 최근 별채에서 본채로 짐을 옮겼다. 여전히 두 사람의 서먹한 관계를 걱정하는 정숙이 미간을 좁혔다.

“강혁이를 너무 어려워만 하지 마라. 그 아이 말이 하나도 틀린 게 없어. 사실 나 역시 어린 네가 강준이를 돌보는 것이 내내 마음 쓰였다. 이번 결정도 다 너를 위한 거로 생각하고 사소한 일도 함께 상의하며 지내도록 하렴. 아무리 그래도 앞으로 한 가족이 될 사이잖니.”

“…….”

“강혁이 퇴근하면 오늘 일은 내가 따로 전하마.”

차마 얼굴을 마주 볼 수 없어서 혜원이 고개를 숙였다.

강혁과의 관계를 상상조차 못 하는 정숙이였다. 장 여사보다 강혁을 더 어려워하는 별장 식구들 역시 마찬가지였다. 그만큼 강혁은 제 밑에서 일하는 사람들에게 냉정하고 선이 분명한 태도를 보였다. 그와 함께 식탁에 앉는 것도 둘만이 있을 때 가능한 일이었다. 애액과 정액으로 흥건한 시트와 그의 속옷 역시 혜원이 남몰래 세탁했고 정사의 흔적이 남아 있는 물건 역시 직접 처리했다.

본채 구석진 혜원의 방과 그의 침실을 넘나들며 벌어지는 적나라한 행위를 아는 것은 그의 애완견인 핏불테리어와 고양이 하루뿐이었다. 소리가 새어 날까 봐 이를 악물고 참으려 해도 절정 끝에 터져 나오는 소리까지는 어찌할 수 없었다. 그는 혜원 자신보다도 그녀의 몸을 더 잘 알았고 거침없고 노골적으로 섹스에 몰입했다. 기어코 막다른 곳으로 몰아붙이며 그만하라고 울부짖을 때까지 혜원을 놓아주지 않았다.

가방을 챙긴 혜원이 인사를 하기 위해 안방에 들어갔다. 며칠 전 백화점에서 샀던 엷은 민트색 파자마를 입은 강준은 오늘따라 더욱 평온한 얼굴을 하고 있었다.

"……오빠. 나 엠티 갔다 올게."

혜원이 아이처럼 강준의 손바닥에 얼굴을 비비며 말했다.

"하루만 자고 돌아올 테니 기다리고 있어. 참, 장소가 안면도 꽃지 해수욕장인데, 이름이 정말 예쁘지? 예전부터 백사장 주변으로 해당화가 곱게 피어서 꽃지라는 이름이 붙여졌대."

"……."

"바다 한가운데에 할매 바위와 할배 바위가 있는데, 아주 슬픈 전설이 내려오고 있다는 거야. 신라 시대 기지사령관인 승언이 출정 가서 돌아오지 않자, 바다만 바라보며 남편을 기다리던 미도가 죽어서 할매 바위가 되었다네. 나중에 돌아온 승언이 할배 바위가 되었는데, 썰물 때가 되면 두 바위가 마치 한 몸인 듯 모래톱으로 연결되어 있는 모습을 볼 수 있대."

"……."

"우리도 할매 바위와 할배 바위처럼 늘 함께 있자. 거센 파도가 밀려와도 떨어지지 않는 단단한 바위처럼 말이야."

정숙에게 인사하고 짐을 챙겨 나온 혜원이 저택 2층을 올려다보았다. 넓은 테라스가 있는 창에 기대어 담배를 문 채, 자신을 내려다보던 강혁의 모습이 잡힐 듯이 눈에 그려졌다.

❇ ❇ ❇

"아무런 말도 없이 엠티라니, 그래서 오늘 밤에 안 들어온다고요?"

"왜 서운하니?"

신경질적인 강혁의 태도에 정숙이 가만히 웃었다. 까다로운 듯하지만, 속정이 깊은 강혁은 요즘 들어 혜원을 찾는 일이 잦았다. 이제야 겨우 두 사람의 사이가 나아진 듯 보여서 어쩐지 안심이 되었다.

"서운하긴요. 아무리 엠티라지만, 외박까지 하다니……."

"대학 입학하고 처음이야. 강준이 때문에 어디 마음 놓고 외출이나 했게."

"장소가 어디래요?"

"안면도 꽃지 해수욕장이라더라. 선후배가 함께하는 모임이라, 펜션을 통째로 빌린 모양이야."

식탁 맞은편 자리를 물끄러미 바라보던 강혁이 들고 있던 수저를 가만히 내려놓았다.

"……혜원이 말이에요. 늘 저런 식이에요?"

갑작스러운 질문에 주방을 오가던 정숙이 고개를 돌렸다.

"저런 식이라니?"

"도무지 속을 알 수 없어요. 영악할 정도로 사리에 밝고, 지고 못 사는 고집불통에 가끔 엉뚱한 말과 행동으로 사람 속을 뒤집어 놓기도 하고……."

정숙이 희미하게 웃었다.

"그거 아니? 가만히 보면 혜원이가 너와 비슷한 점이 많아. 겉은 차가워 보여도 유난히 속정이 깊고 제 사람이라 여기면 각별하게 챙기거든."

"다른 건 몰라도 강준 형만은 끔찍하게 챙기죠."

"한 식구라고 너도 못지않게 생각해. 강준이 챙기는 와중에도 네가 무슨 음식을 좋아하는지 묻는 것을 잊지 않아. 데운 국은 맛이 없다고 매번 새 국을 끓이고 네가 벗어 놓은 양말 하나 허투루 다루지 않아."

"함평댁 아주머니가 하는 일 아니었어요?"

"네가 워낙 까다로워야 말이지."

돌이켜 보면 그랬다. 누구의 방해도 없이 자유롭게 있고 싶어 주말에는 일을 돕는 사람들을 돌려보냈지만, 그만큼 혜원이 하는 일은 늘어날 수밖에 없었다. 군소리 없이 묵묵하게 밥을 차리고 세탁을 하고 함께 잠자리에 들었다. 함께하는 시간이 늘어날수록 모든 것이 자연스럽게 녹아들었다. 이런 기분은 뭘까. 무언가가 빈 듯이 허전한 기분은 소리 없이 움직이며 자신을 챙기는 혜원이 곁에 없어서일까.

"어린 나이에 어째서 그런 선택을 했을까요. 결국 돈 때문이겠죠? 이곳에 온 까닭이……."

"그런 이유도 있겠지만, 현실적인 돌파구가 필요했겠지. 알코올 중독자인 아버지가 술에 취하면 폭력을 서슴지 않았다니, 선택의 여지가 없었을 거야."

"어머니는요?"

"병으로 일찍 세상을 떠났다고 하더라. 돈이 없어 치료도 제대로 받지 못했던 게 혜원이 마음에 한으로 남았나 봐. 그 어렵다는 의대를 선택한 것을 보면."

어려운 환경에서 자랐다고는 하지만 야무지고 당찬 구석이 있는 혜원이였다. 자존감 또한 남달라서 한 치의 물러섬도 없었다. 성숙한 외모도 한몫하지만, 스무 살이라는 어린 나이를 잊게 하는 것은 영악할 정도로 당당한 혜원의 태도였다. 그런 태도가 자꾸 신경에 거슬렸다. 그래서 자신도 모르게 혜원을 몰아붙이게 된다.

지난밤 역시 마찬가지였다. 혜원은 평소 차갑고 서먹하게 굴지만, 침대에서만은 달랐다. 섹스에 솔직하게 반응하고 그 반응을 고스란히 돌려주었다. 자지러지듯이 흐느끼며 울고 매달렸다. 하나가 되어 함께 몸을 흔들며 교태 섞인 태도도 서슴지 않았다. 하지만 섹스가 끝나면 분위기는 순식간에 변했다. 언제부터인가, 돌아누운 하얀 등을 보면 기분이 가라앉았다. 사소한 대화조차 꺼리는 무심한 태도에 화가 치밀었다. 그래서일까, 혜원이 차갑게 굴면 굴수록 섹스는 점점 거칠게 변했다. 하지만 원인을 알 수 없는 공허한 감정은 크기를 더해 갈 뿐이었다.

"아무리 그래도 그렇지, 강준 형과 안면도 없는 사이예요. 그런 비정상적인 관계에서 희망을 발견할 수 있다고 생각하세요?"

"나 역시 처음에는 걱정이 많았단다. 하지만 의지할 곳 없이 자란 혜원이가 강준이를 통해 삶의 희망을 발견했어. 남다른 정성 탓인지, 강준이 역시 삶의 끈을 놓지 않고. 사랑에는 여러 가지 형태가 있다고 생각한다. 혜원이가 선택한 삶이니 존중해 주는 게 마땅하지 않겠니?"

"아니, 저는 인정할 수 없어요."

"……."

"강준 형이 영원히 깨어나지 않는다면, 그때는 어찌 되는 거죠? 혜원이가 현재의 관계에 언제까지 만족하며 지낼 수 있을까요?"

"네가 무얼 걱정하는지 알고 있다. 하지만 강준이는 깨어날 거야."

부드럽지만 확신이 담긴 말이었다.

"말해도 믿지 않겠지만, 혜원이 곁에 있는 강준이를 본다면 너 역시 느낄 수 있을 거야. 말과 행위가 없어도 강준이는 혜원이의 말에 저 나름대로 반응하며 그 아이를 소중하게 여기고 있어."

강혁이 자리에서 벌떡 일어났다.

"아무리 그럴싸하게 포장해도 한 사람의 일방적인 희생이 사랑으로 치부될 수는 없어요. 결국 사랑도 심장이 뛰고 뜨거운 피가 흐르는 사람의 일이라고요."

단호한 말과는 달리 강혁의 눈빛은 어쩐지 쫓기는 사람처럼 초조해 보였다.

❋ ❋ ❋

초저녁부터 시작한 술자리가 늦은 밤까지 이어졌다. 태안 안면도 부근의 엠티 장소는 펜션과 캠핑장을 겸하고 있는 곳이었다. 지글지글 바비큐 익어 가는 소리와 술잔 부딪치는 소리가 요란해지고 상자째 사다 놓은 술병들이 하나둘씩 비워지기 시작했다.

혜원 역시 술을 즐기진 않지만, 선배들이 권하는 술을 마다할 수 없어 한두 잔 받아 마시다 보니, 점점 취기가 올라왔다.

"그만 마셔. 주는 대로 마시다가는 큰일 나."

곁에 앉은 수연이 걱정스러운 듯이 혜원의 술잔을 빼앗았다.

"허허. 요것 봐라. 어디 감히 선배가 따라 준 잔을!"

짓궂은 삼 학년 남자 선배가 수연의 손에 들린 잔을 혜원 앞에 다시 올려놓으며 으름장을 놓았다.

평소 모임이나 술자리에 참석하는 법이 거의 없는 혜원이 엠티에 오자, 남자 선배와 동기의 집중 공격 대상이 되었다. 남다른 외모에 차가운 태도까지 더해져서 '베일에 싸인 프리마돈나' 라는 별명을 가진 혜원을 코앞에 두고 있으니, 선배들이 유난을 떠는 것도 당연했다.

"야야. 적당히 좀 해라. 그러다 애 잡겠다."

혜원을 맘에 두고 있던 주영이 내내 흑기사를 자처하며 그녀의 곁을 지키고 있지만, 혼자 힘으로 여러 남학생을 상대하기란 쉬운 일이 아니었다.

"선배님이 주셨으니 딱 한 잔만 더 할게요."

풀린 눈으로 해사하게 웃던 혜원이 소주잔을 들어 꼴깍꼴깍 마시자, 주변에 있던 남학생들이 넋을 잃고 혜원을 바라보았다. 남자 선배의 강압적인 태도에 눈을 흘기던 일부 여학생들조차 혜원의 요염한 몸짓에 혀를 내둘렀다. 상기된 뺨과 풀린 눈동자가 지나치리만큼 색정적이고 아슬아슬하게 보였기 때문이다.

웡…… 웡.

혜원의 주머니에 있는 휴대전화가 몸살을 앓듯이 쉼 없이 울렸다.

"혜원아. 아까부터 계속 진동이 울려. 급한 전환가 봐."

휴대전화를 꺼내 든 혜원이 풀린 눈으로 액정 화면을 바라보았다. 부재중으로 넘어간 전화 수십 통, 서강혁이라는 선명한 활자에 혜원이 한쪽 입매가 삐딱하게 올라갔다. 휴대전화의 전원을 꺼버리자, 어깨 너머로 보던 수연이 궁금한 듯이 물었다.

"누구야. 이 시간에?"

"있어. 미친 개자식."

답지 않은 혜원의 말에 수연은 물론 곁에 나란히 앉아 있던 주영까지 눈이 휘둥그레졌다.

잠시 후, 혜원이 비틀대며 자리에서 일어나자, 수연이 물었다.

"어디 가려고?"

"잠시 찬바람 좀 쐬고 싶어."

"이 시간에 혼자는 위험해. 같이 가자."

사내답고 거침없는 성격의 주영이 기회를 놓치지 않고 따라 일어나자, 주변에서 각양각색의 반응이 나왔다. 우, 하고 치켜세우는 무리와 아쉽다는 듯이 눈을 흘기는 무리. 하지만 주영은 학과 내에서도 늘 주목받으며 승승장구하는 스타일이었다. 신입생 오티 때부터 혜원을 찜해 놓고 마치 제 여자인 듯이 챙기니, 마음만 있지 감히 누구도 혜원에게 대시하지 못했다.

혜원의 뒤를 주영이 묵묵히 뒤따랐다. 무턱대고 따라나섰지만, 막상 혜원과 둘만 있자, 주영은 취기가 싹 가시는 기분이었다. 남다른 미인이라는 것은 알지만, 긴장이 빠져나간 선이 고운 얼굴은 낭창한 몸만큼이나, 위태로운 아름다움을 끌어냈다.

"……어디선가 바다 냄새가 나요."

혜원이 혼잣말처럼 중얼거리자, 주영이 기다렸다는 듯이 대답했다.

"솔밭을 지나면 바다가 있어. 함께 가 볼래?"

밤의 장막이 하늘과 바다의 경계를 무너뜨렸다. 거친 파도 소리만이 살아 있는 바다를 생생하게 증명할 뿐이었다. 모래사장에 쪼그리고 앉은 혜원이 무릎에 제 얼굴을 묻었다. 스치는 바람이 긴 머리카락을 흩트렸다. 내내 안타까운 눈으로 혜원을 바라보던 주영이 흘러내린 그녀의 옆머리를 가만히 쓸어 넘겨 주었다.

"혜원아."

"……."

"왜 자꾸 네가 눈에 밟히는지 모르겠다."

"……."

"그냥 나랑 사귈래?"

한참이나 말없이 모래를 쥐었다 폈다 하던 혜원이 독백처럼 중얼거렸다.

"선배는 좋은 사람이에요. 하지만 저는 모래사장에 굴러다니는 빈 조가비처럼 아무것도 줄 게 없어요. 몸도 마음도 이미 다른 사람이 차지했어요."

간단명료한 고백만큼이나, 가차 없는 거절이었다. 예상은 했지만 역시나 그녀답다고 생각했다.

"이제 겨우 스물인데, 마치 세상을 다 산 사람처럼 말하네."

특유의 유쾌한 성격답게 주영이 밝게 웃었다. 혜원이 그런 주영을 물끄러미 바라보았다. 구김살 없는 표정이 그가 살아온 삶을 대변하는 듯했다. 건강한 사고와 정상적인 모럴을 지닌 사람, 아마도 그는 좋은 부모와 유복한 환경에서 자랐을 것이다. 아무리 발버둥 쳐도 자신이 가질 수 없는 것, 혼돈을 주는 어둠이 아니라 세상을 밝히는 빛의 속성이었다.

얼마나 시간이 지났을까. 솔밭 쪽에서 다가오는 긴 그림자가 혜원의 시선에 스치듯이 걸렸다. 순간 숨죽인 작은 악마가 고개를 쳐들었다.

"……빈 조가비라도 상관없다면 키스 정도는 해도 괜찮아요."

혜원의 말에 주영의 눈동자가 검은 바다처럼 일렁였다. 다가오는 따스한 입술을 받아들이며 천천히 눈을 감았다. 진한 알코올이 섞인 혀가 잇새를 가르고 들어오자, 부딪쳐 오는 혀를 마주 감았다. 하지만 자신이 원하는 입술은 이런 입술이 아니었다. 조금 더

뜨겁고 거칠고 격정적인 입술이었다. 상상 속 입술의 주인이 다가오고 있었다. 신경 줄이 팽팽하게 곤두서고 아드레날린이 혈관을 관통하고 지났다.

"큭!"

갑작스러운 힘에 주영의 몸이 허공으로 들리고 모래사장에 나뒹굴었다. 사정을 두지 않는 구둣발이 그의 몸을 사납게 짓이겼다. 그마저도 성에 안 차는지, 강혁이 잔뜩 흥분하며 소리쳤다.

"잘 들어. 얘가 누군지 알아? 오늘 아침까지 내 위에서 미친 듯이 허리를 흔들던 물건이야! 감히 네놈이 건드릴 수 있는 물건이 아니라고!"

치부를 드러내는 말에 머릿속이 빙글빙글 돌았다. 강혁을 도발하려 했지만, 이런 상황까지 예상하지 못한 자신이 기가 막혔다. 남다른 자긍심을 지닌 강혁은 잔뜩 발기해서도 상대가 원하지 않는다면 그만두겠다고 속삭이던 남자였다. 고압적이고 냉정하지만, 무자비한 폭력과는 어울리지 않는 사람이었다. 어디까지 망가지려 하는가. 미치지 않고는 이럴 수가 없다.

당장 달려가서 그를 막아야 했지만, 속에서 올라오는 욕지기 때문에 숨조차 쉴 수 없었다. 혜원이 정신없이 달려 백사장을 빠져나왔다. 그리고 솔밭 근처 화장실로 들어가 속에 있는 내용물을 게워 냈다. 잠시 후, 비틀대며 솔밭으로 나온 혜원이 커다란 소나무에 몸을 기댄 채, 쪼그리고 앉았다. 목까지 차오른 흐느낌이 소리가 되어 어깨를 뒤흔들었다.

"으흐흑……."

얼마나 시간이 흘렀을까. 파도 소리에 섞인 자갈 밟는 소리가 먼 곳에서 들려왔다, 혜원이 본능적으로 나무 뒤에 몸을 숨기고 떨리는 어깨를 부여잡았다. 울렁이는 위장이 긴장으로 단단하게 굳었다.

"강혜원! 어디 있어!"

"……."

"있는 거 아니까, 빨리 나와!"

혜원을 찾는 커다란 목소리가 숨죽인 공간을 날카롭게 갈랐다.

"안 나오면 모래사장에서 뒹구는 저 자식, 오늘 내 손에 죽는다!"

강혁은 한다면 하는 남자였다. 비틀대며 자리에서 일어나려던 혜원이 다시 주저앉았다. 과하게 먹은 술과 조금 전의 충격 탓인지, 다리가 풀리고 또다시 욕지기가 밀려왔기 때문이다. 웅크리고 앉아 위액까지 토해 내고 있을 때, 혜원을 발견한 강혁이 빠른 걸음으로 다가왔다. 뒤에서 느껴지는 진득한 시선을 견디지 못하고 겨우 몸을 일으켰다. 휘청이는 걸음으로 그를 밀치고 큰길을 향해 걸어갔다. 그러나 몇 걸음 걷기도 전에 단단한 손에 붙잡히고 말았다.

단번에 혜원을 안아 올린 강혁이 큰길에 주차된 자신의 자동차에 혜원을 밀어 넣었다. 운전석에 앉은 그가 시동조차 걸지 않고 거친 호흡을 내뱉었다. 화를 자제하려는 듯이 어깨를 들썩이더니 도저히 못 참겠는지 느닷없이 핸들을 내리치며 소리쳤다.

"젠장!"

혜원이 무릎을 세우고 몸을 잔뜩 웅크렸다. 시선을 차창으로 돌리자, 느닷없이 다가온 손이 뒷머리를 잡아당기며 거친 키스를 퍼부었다.

"으읍! 시…… 싫어……."

두 차례의 토사로 개운치 않은 입 안이었다. 사소하지만 처음으로 부끄러운 기분이 들었다. 그러나 강혁은 조금도 거리낌이 없었다. 개운치 않던 입 안이 그의 타액으로 범벅되자, 기분 나쁘게 달라붙던 감각이 씻긴 듯이 사라졌다.

"……대답해. 입술만이지?"

또다시 고개를 쳐드는 진득한 소유욕, 바지 안으로 들어온 손이 숲을 더듬고 질 주변을 거칠게 비벼 댔다. 벌어진 셔츠 깃 사이로 드러난 젖가슴에 코를 박고 그가 다그치듯이 물었다.

"뭐라고 말 좀 하라고. 정말 아무 일 없었지?"

"……아무 일 없었어요. 그냥…… 키스뿐이었어요."

땀에 젖은 옆머리를 뒤로 넘겨 주자, 그가 한숨을 내쉬었다. 그제야 비로소 안심하는 눈치였다.

"여기까지 달려오면서 내 기분이 어땠는지 알아? 온갖 상상이 머릿속을 헤집고 다녔어."

"……."

"너 헤픈 여자잖아. 돈이면 뭐든지 다 하는 여자, 내가 아니어도 상관없는 여자. 조금만 늦게 도착했어도 그보다 더한 것도 보았겠지. 서슴없이 다리를 벌리는 물건이라, 도무지 한눈을 팔 수 없게 해."

돌이켜 보니, 화옥의 말이 하나도 틀리지 않았다. 아랫도리로 사는 사내라더니, 제 것을 즐겁게 하는 것에 대해서 어마어마한 집착을 보였다. 저속한 말을 서슴지 않지만, 그의 눈동자는 초조한 빛이 역력했다.

"이쯤에서 말해. 정말 원하는 게 뭔지."

"원하는 거 없어요. 딱 삼 개월 투자하고 청평 별장에서 마음 놓고 지낼 거예요."

"삼 개월이고 뭐고, 다 틀렸어. 이 구멍에 나 아닌 다른 놈이 들락거린다고 생각하면, 피가 거꾸로 솟으니까."

"언제는 하룻밤 상대라면서요?"

"말장난하지 마."

"……."

"……좋아. 결혼만 빼고 다 해 줄 테니, 함부로 몸뚱이를 놀리지 않는다고 약속해."

혜원이 쿡쿡대며 웃었다. 술기운 탓인지, 모든 것이 시시하게 느껴졌다.

며칠 전, 우연히 잡지에서 그의 약혼 기사를 보았다. 전 장관의 외동딸인 은영조차 가지지 못한 강혁이였다. 그런 그를 차지한 약혼녀는 오랜 친구에서 연인 관계로 발전한 사이라고 했다.

"아니요. 다른 건 다 싫어요. 당신 호적에 올려 주세요."

그야말로 말도 안 되는 농담이었다. 하지만 진지한 눈빛을 보니 어쩐지 웃음을 참을 수 없었다.

"후후! 농담이에요. 그딴 거, 거저 줘도 안 가져요."

유난히 웃음소리가 맑은 혜원을 두고 화옥이 사람 홀리는 웃음이라고 혀를 끌끌 찼다. 뚫어지게 혜원을 바라보던 강혁이 몸을 세웠다. 복잡한 표정이 어쩐지 안심하는 것도 같고 실망한 것도 같았다.

"나 역시 너 못지않게 욕심이 많은 남자야. 가장 높은 자리에 앉기 위해 태어났고 지금까지 최고의 것만 가져왔어. 그러니 나를 만족하게 하면 너 역시 최고의 것을 누리며 살게 되겠지."

"……."

"하지만 그뿐이다. 태생이 비천하고 어디에서 굴러먹었는지 알 수 없는 너를 위한 자리는 어디에도 없어."

"그런 말 안 해도 제 처지는 누구보다 제가 더 잘 알아요. 당신이야말로 반드시 약속을 지켜 주세요. 딱 삼 개월이에요."

혜원의 시선이 차창으로 향하자, 말없이 응시하던 강혁이 차의 시동을 걸었다.

섬과 육지의 바닷길을 이어 주는 서해대교 너머로 드넓은 아산만이 펼쳐졌다. 콘크리트 주탑에 내려온 케이블 선이 치마폭처럼 펼쳐지며 빠른 속도로 시야를 스쳐 갔다. 달빛에 반사되어 검게 일렁이는 바다를 보자, 또다시 속이 울렁거렸다.

"……속이 안 좋아요."

차가 교량 중간쯤에서 멈추자, 혜원이 다급히 문을 열고 나갔다. 위액까지 토해서 더는 나올 것이 없지만, 도무지 구역질이 멈춰지지 않았다. 교량 난간을 붙잡고 힘없이 자리에 주저앉자, 따라 나온 강혁이 그녀의 등을 가만히 다독여 주었다. 부드럽고 따스한 손길 탓인지, 구역질이 차츰 가라앉았다. 식은땀이 맺힌 그녀의 이마에 따스한 입김이 쏟아졌다. 넓은 어깨에 머리를 기댄 혜원이 강혁의 팔에 매달리며 어리광을 부렸다.

"……아파요. 속도 울렁이고 머리도 지끈거려요."

혜원을 안아 올린 강혁이 보조석에 조심스럽게 눕히고 서둘러 시동을 걸었다. 편히 쉴 수 있도록 보조석을 조정하는 것까지 잊지 않았다.

"어디라도 들어가서 잠시 쉬었다 가자."

다정한 말에 혜원이 시트에 기대어 강혁을 물끄러미 응시했다. 빈틈없고 날카로워 보이는 앞모습과 달리, 섬세한 선을 그리는 옆모습이 보기 좋았다. 막힘없이 쭉 뻗은 콧날과 끝이 살짝 올라간 입술의 작은 주름이 사랑스러워 지난밤에는 그가 잠들기를 기다려 가만히 입술을 쓸어 보았다. 보고 또 봐도 질리지 않던 강준의 오래된 사진처럼, 강혁의 옆모습이 그랬다. 그런 혜원의 기분을 눈치챘는지, 강혁이 허벅지에 놓인 혜원의 손을 움켜잡았다. 따스하게 전해 오는 손의 온기에 눈 밑이 시큰거렸다.

서해대교를 넘어 가까운 모텔에서 그의 차가 멈추었다. 대실이라는 팻말까지 크게 써 붙인 흔해 빠진 러브호텔이지만, 강혁은 조금도 개의치 않는 듯했다. 두 사람이 모텔 안으로 들어가자, 데스크를 지키던 직원이 힐끔거리며 강혁을 바라보았다. 이 시간에 모텔을 찾은 남녀의 사정이야 불 보듯 뻔한 상황이지만, 틈 없이 말끔한 정장 차림에 깎아 놓은 듯이 잘생긴 남자는 이런 곳에 어울리지 않는 인상이었기 때문이다.

키를 받아 든 강혁이 객실 안으로 들어갔다. 창백한 안색의 혜원을 침대에 눕히고 모래로 범벅된 스니커즈와 흐트러진 겉옷을 벗겨 내었다.

"……씻고 싶어요."

혜원이 그의 목에 매달리며 속삭였다.

"기다려. 씻겨 줄 테니."

조잡스럽게 꾸민 객실을 못마땅한 표정으로 둘러보던 강혁이 혜원의 옷을 벗겨 내었다. 그의 시선이 혜원의 알몸을 천천히 훑었다. 수차례 확인받고도 그는 혜원을 믿지 못했다. 집요하게 훑는 눈동자가 그것을 증명했다. 서로를 향한 어떤 신뢰도 배려도 없는 관계. 한바탕 구르고 돌아서서 뒤끝 없이 잊을 수 있는 관계. 은영의 말대로 상대에게 흥미를 잃어버린다면 이런 지독한 집착 역시 언젠가는 흔적도 없이 사라질 것이다.

"……추워요."

혜원이 고양이처럼 몸을 웅크리며 떨자, 강혁이 시트를 목까지 덮어 주고 욕실로 들어갔다. 욕조에 물을 받는지, 요란한 물소리가 침실까지 흘러들었다. 몸을 웅크린 채, 눈을 감으려는 찰나, 욕실에서 나온 그가 혜원을 번쩍 안아 올려 욕조에 내려놓았다. 강혁 역시 훌훌 옷을 벗어 던지고 욕조로 들어와서 그녀를 뒤에서 끌어안았다. 따스한 물이 목까지 차오르자, 울렁이던 속이 가라앉고 날 선 긴장감이 차츰 사라졌다.

"이런 곳은 난생처음이야. 싸구려 모텔에 월풀 욕조라……."

강혁의 말에 혜원이 쿡 하며 웃음을 터트렸다. 아래를 찔러 오는 꿈틀거리는 페니스만큼이나 못마땅한 목소리였다. 취기 탓일까. 한번 터진 웃음이 좀처럼 끊이지 않았다. 까르르하는 웃음소리가 좁은 욕실을 크게 울렸다. 혜원의 목덜미에 입술을 묻은 그가 기분이 나아진 듯이 키득대며 웃었다.

"……듣기 좋아. 네 웃음소리…… 마치 또르르 굴러가는 투명한 구슬 같아……."

"……."

"정말 하나도 버릴 거 없이 예뻐. 치켜뜬 눈꼬리도, 작고 도톰한 입술도, 한 손에 딱 알맞게 들어가는 젖가슴도 색이 예쁜 젖꼭지도."

"……."

"퉁기며 비틀어 대는 가느다란 허리도. 꽃처럼 활짝 벌어지며 끊어 놓을 듯 조이는 작은 구멍도 앙앙대면서도 숨넘어갈 듯이 울어 대는 목소리도."

한 손으로 혜원의 젖가슴을 움켜쥐고 다른 한 손으로는 질 입구를 더듬으며 그가 속삭였다. 혜원이 그의 성난 페니스를 감아쥐고 부드럽게 쓸어 주었다.

"……전부가 다 제 몸이네요."

"네가 남자를 몰라서 그래. 남자는 단순한 동물이라 뇌 구조가 복잡하지 않아."

"……알아요. 섹스밖에 모르는 짐승……."

혜원의 애교 섞인 대답에 강혁이 이를 드러내며 웃었다.

"맞아. 그게 정답이야."

"미국에 있는 당신 약혼녀는 어때요? 나보다 더 예뻐요?"

느닷없는 질문이었는지, 잠시 말이 없던 강혁이 고저 없는 목소리로 대답했다.

"괜찮은 여자야."

토를 붙이지 않은 단순한 대답이었다. 그는 자신의 오랜 친구이자, 연인인 약혼녀에 대한 말을 꺼렸다. 하긴, 싸구려 모텔에서 싸구려 여자와의 대화에 어울릴 만한 화제가 아니었다. 어쩐지 우울한 기분이 들었지만, 좋은 분위기를 망치고 싶지 않았다.

"그래도 섹스는 내가 더 잘하죠?"

혜원이 그의 겨드랑이 안쪽에 입술을 비비며 어리광을 부렸다. 교태스러운 움직임에 그의 페니스가 단단하게 팽창하며 엉덩이를 쿡쿡 찔러 왔다. 그의 손이 욕조에 반쯤 드러난 탐스러운 젖가슴을 한 손으로 움켜쥐고 물살에 따라 출렁이는 혜원의 머리카락을 한 움큼 들어 입술에 가져다 대었다.

"……그래. 맞아. ……끔찍할 만큼 잘해. 어떤 천국도 너의 이곳보다는 나를 기쁘게 하지 못할 거야."

꿈틀거리는 페니스가 그가 말하는 곳을 찌르며 들어가고 싶다고 아우성쳤다. 혜원이 몸을 돌려서 강혁을 마주 보았다. 그리고 목덜미에 팔을 두르고 그의 다리 사이에 자리 잡고 앉았다. 팽창하여 부풀어 오르는 페니스를 질 입구에 갖다 붙이고 아래위로 마찰했다. 속이 가라앉자, 취기가 오른 몸이 나른하게 풀렸다.

강혁이 미간을 찌푸리며 거친 호흡을 가다듬었다.

"……자극하지 마. 오늘 밤은 쉬게 하고 싶으니까."

"괜찮아요. 들어와도……."

"……아니, 안 돼."

고집스러운 태도에 달아오르는 것은 오히려 혜원이다. 비록 싸구려 모텔이지만, 그와 단둘이 있는 오붓한 공간이 싫지 않았다. 그가 이 먼 곳까지 자신을 찾아왔다는 사실을 뒤늦게 깨닫자, 기분이 더욱 고조되었다. 아슬아슬하게 밀착된 부분이 부어오른 음핵과 소음순을 마찰했다. 또다시 아래가 요동치며 움칠거렸다.

"……제발 ……당신이 안으로 들어왔으면 좋겠어요."

욕망으로 잔뜩 흐려진 눈동자와는 달리 그의 입가가 씁쓸하게 위로 올라갔다.

"이러니까 너를 못 믿겠어."

"……닳고 닳은 여자가 상대하기 좋다면서요. 저를 예뻐하는 것은 제가 섹스를 잘하기 때문이잖아요."

"……."

"……."

"미국에 있을 때, 마리화나를 피운 적이 있어."

"……."

"피우는 순간, 세상은 지나치게 단순해지고 세상을 보는 시각 또한 관대해지지. 세상과 맞서서 투쟁하고 성취의 기쁨을 얻어야 하는데, 투쟁할 동기를 상실하고 마는 거야.”

“…….”

“나한테 네가 그래. 너를 안고 있으면 스스로를 통제할 수 없어져. 나 자신이 내가 아니게 되는 거야. 그런 기분 이해해?”

내벽이 경련하듯이 떨려 왔다. 결국 참지 못한 혜원이 엉덩이를 들어 페니스를 뜨겁게 머금었다.

“……으흣 ……몰라요. 그런 거.”

안 된다고 하면서 혜원의 안을 채우는 페니스가 맹렬하게 팽창하며 솟구쳤다.

“하아……. 나는 나 자신밖에 모르는 놈이야. 가지고 싶으면 이렇게 박아 대고 재미없으면 갖다 버려. 지금은 이렇게 사랑해 주지만, 너보다 더 예쁜 구멍이 나타나면 너를 가차 없이 버릴 거야. 나는 그런 개자식이니까.”

“상관없어요. 당신에게 버려지면 나 역시 다른 페니스를 찾으면 그만이니까.”

맞물린 부분이 치받듯이 안으로 파고들었다. 강혁이 그녀의 몸을 꿰뚫듯이 혜원 역시 어떻게 하면 강혁이 달아오르는지 잘 알고 있었다.

“아니, 너는 어떤 남자로도 만족 못 해. 이미 나한테 길들었어.”

“……당신도 그래요. 이 짓을 하고 싶어서 여기까지 나를 찾으러 온 거잖아요.”

강혁이 당돌한 대꾸에 화가 났는지, 삽입한 채 욕조에서 몸을 일으켰다. 순간 당황하여 흐느적거리는 그녀의 두 다리를 강혁이 자신의 엉덩이에 단단하게 감아 붙이고 큰 수건으로 그녀를 감쌌다. 체중이 그에게 모두 실리자 커다란 페니스가 뚫고 나올 듯이 내벽을 압박했다.

"……아아앙. ……너무 깊어요. ……으으흑!"

그가 걸음을 옮길 때마다 찌르는 듯한 쾌감이 전신을 관통하고 지나갔다. 거대한 기둥이 자궁 깊숙한 곳을 찌르자 혜원이 그의 목덜미에 매달려 교성을 쏟아 냈다.

"아읏! 안 돼요…… 더 이상……."

근육 잡힌 단단한 가슴을 본능적으로 밀어내려 하자, 강혁이 으르렁대며 탄성을 내질렀다.

"허헉. 좋아. ……꽉 물고 놓아주지 않아."

혜원의 엉덩이를 부여잡은 단단한 손이 안을 크게 벌리고 살을 맞댄 부분을 들쑤셨다. 힘줄이 솟은 거대한 기둥이 퉁기듯이 치고 들어올 때마다 사지가 떨리고 관절이 오그라들었다. 맞물린 부분에서 애액이 허벅지를 타고 줄줄 흘러내렸다. 푹푹, 살과 살이 마찰하며 비벼 대는 소리와 자지러지게 흐느끼는 혜원의 신음이 좁은 객실 안에 가득히 울렸다.

"으흑. 좋아…… 너무 좋아……. 죽을 때까지 물고 놓아주지 않을 거야."

"……그래, ……다 줄게. 다 줄 테니, 나만 받아들여. 으헉!"

결국, 자궁 깊숙한 곳에 정액을 가득히 쏟아부은 후에야 그의 거친 행위가 멈추어졌다. 뿜어내듯이 안에 쏟아지는 미지근한 느낌이 좋아 움칠움칠 경련하는 내벽에 꽉 힘을 주어 오므렸다. 자궁은 본능적으로 그가 쏟아 낸 정액을 내보내고 싶어 하지 않았다. 만약 습관처럼 복용하는 피임약을 먹지 않으면 어떻게 될까. 수시로 드나드는 성난 페니스가 차고 넘칠 만큼 많은 정액을 쏟아 내니, 마음만 먹는다면 얼마든지 임신을 할 수 있을 것이다. 그를 똑 빼닮은 아이가 태어난다면 그는 자신을 위한 자리를 내어 줄까.

저열하고 비겁한 상상에 가는 다리가 힘없이 풀어지며 정액이 주르르 흘러내렸다. 어서 빨리 침대로 가서 잠을 청하고 싶지만, 쪼아 대는 키스가 멈출 줄을 몰랐다. 유난히 긴 후희를 즐기는 강혁이였다.

"아…… 예쁜 내 고양이……."

섹스 후에 이어지는 다정한 속삭임이 좋았다. 비록 날카로운 이를 드러내며 마음의 상처를 주고 발정 난 개처럼 거칠게 몸을 섞지만, 그는 섹스가 끝난 후에는 늘 부드럽고 다정했다. 마치 오래된 연인처럼 어루만지고 다독이고 사랑해 주었다. 중독성 강한 행위는 마음의 경계마저 무너뜨렸다. 애교 부리는 것을 좋아하여 자신을 만족하게 하면 그만한 대가를 돌려주었다.

혜원을 침대에 눕힌 강혁이 욕실에서 적신 수건을 가져왔다. 정액으로 범벅된 여성과 허벅지까지 꼼꼼하게 닦아 주는 손길이 더없이 부드러웠다. 강한 삽입으로 꽃처럼 벌어져서 부풀어 오른 음핵을 바라보던 그가 가만히 한숨을 내쉬었다.

"……또다시 잔뜩 헤집어 놓았네. 그러니까 도발하지 말라고 했잖아."

"……쓰리고 아파요."

이미 그의 페니스에 익숙해진 곳이었다. 쓰리기는 했지만, 아프지는 않았다. 하지만 그의 다정함을 좀 더 끌어내고 싶었다.

"물수건을 대어 줄 테니 조금만 참아."

그의 입에서 저런 대답까지 끌어내다니, 자신이 비뚤어졌다는 것은 알지만, 그럴 때마다 미치도록 가슴이 설레었다.

"수건도 까슬해서 싫어요."

혜원이 토라진 척 옆으로 몸을 돌리자, 강혁이 난감한 듯이 몸을 닦던 손길을 멈추었다.

"그럼 혀로 핥아 줄까?"

혜원이 대답 없이 다리를 벌리자, 그가 어쩔 수 없다는 듯이 다리 사이에 얼굴을 묻었다.

"이런 애무는 너밖에 해 주지 않아. ……네가 예쁘니까 해 주는 거야."

"……알아요. 당신이 저를 버려도 이 순간을 떠올리며 당신을 용서할 수 있을 거예요."

기분 좋은 혀의 느낌에 혜원이 천천히 눈을 감았다.

아득히 넓고 푸른 초원을 상상했다. 비스듬히 올라간 언덕 끝에서 강준이 손짓하며 자신을 불렀다. 오래된 사진처럼 그가 이를 드러내고 환하게 웃었다. 목소리를 들을 수 없지만, 그의 마음을 읽을 수 있다.

괜찮다고…… 다 괜찮다고……. 삶의 여정이 고되었으니 이제 그만 마음의 짐을 내려놓으라고. 돌아와만 준다면 어떤 짓을 저질러도 상관없다고.

뜨끈한 물기가 혜원의 뺨을 지나서 관자놀이를 타고 흘러내렸다. 더러운 치부를 더듬는 입술이 따스하여 눈물이 났고 상상 속의 강준이 가여워서 눈물이 났다. 가냘픈 흐느낌이 혜원의 몸을 흔들었다. 다리 사이를 더듬던 입술도 움직임을 멈추었다.

강혁이 물었다.

"……왜 우는 거야?"

"……."

"왜 우는 거냐고."

다정한 모습이 좋은데, 잔뜩 일그러진 얼굴이었다.

"……아파서요."

"……어디가. 아래가?"

"그래요. ……그래요. 당신이 제멋대로 들쑤시니까 그렇잖아요. ……콘돔도 없이 사정하니까 그렇잖아요."

혜원이 젖은 뺨을 두 손으로 가리고 흐느꼈다. 도무지 눈물이 멈추지 않았다.

"……미안 ……미안하다."

바보 멍청이 같은 남자가 대답했다.

"……그러니까 제발 그만 울어. 혜원아. ……제발 혜원아."

혜원의 손을 강제로 걷어 낸 그가 눈물로 범벅된 얼굴을 입술로 핥으며 속삭였다.

✻ ✻ ✻

"어…… 엄마……. 엄마."

어린 강혁이 힘겹게 눈꺼풀을 들어 올렸다. 몸에 열이 펄펄 끓고 목구멍이 타들어 갈 듯이 아팠다. 누구라도 와 주었으면 좋으련만, 아무리 불러도 대답해 주는 이가 없었다. 땀으로 흠뻑 젖은 시트를 걷어 내고 어렵사리 몸을 일으켰다. 오한이 들린 탓인지, 바로 서려 해도 도무지 몸이 말을 듣지 않았다. 희미한 할로겐등이 켜진 복도를 지나 1층으로 이어진 계단을 내려갔다. 휘청거리는 다리가 금방이라도 앞으로 고꾸라질 것 같아서 벽을 더듬으며 천천히 걸었다.

"당신이 어떻게 나한테 이래! 여기까지 올라온 게 누구 덕인데! 비천한 출신에 아무것도 없는 당신을 거둔 게 우리 아빠야. 그런데 이렇게 뒤통수를 쳐?"

"거두었다고. 나를? 당신 집안이 얼마나 대단하지 모르겠지만, 악착같이 싸우며 내 힘으로 여기까지 올라왔어. 몸뚱이 함부로 굴린 딸을 거두었으니, 그만한 대가는 받아야 하지 않겠어?"

"뭐라고?"

안방 쪽에서 흘러나오는 베일 듯이 날카로운 목소리에 강혁의 걸음이 우뚝 멈추었다. 밤마다 계속되는 싸움은 도무지 그칠 날이 없었다. 높은 고열에 쩡쩡 울리는 고성까지 더해져서 머릿속이 핑핑 돌며 현기증까지 몰려왔다.

"앞으로 강준이 단속 잘해. 그래도 눈치가 있어 제 본분을 지키는 것 같지만, 만에 하나라도 괜한 욕심을 부리면 단번에 잘라 낼 테니까."

"단번에 잘라 내? 지금 협박하는 거야, 뭐야! 내가 강준이가 아니었으면, 당신 같은 인간을 받아들였을 거 같아! 강준이 함부로 대하면 강혁이는 무사할 줄 알아!"

"그게 제 자식을 낳은 어미가 할 소리야!"

"그래도 제 핏줄이라고 강혁이는 애틋한 모양이지? 강혁이 볼 때마다 내가 어떤 기분이 드는지 알아? 강제로 당했던 그날 밤의 일이 떠올라. 짐승처럼 범해져서 짐승의 새끼를 낳았다고! 그런데도 어미의 도리를 다하라고!"

"버림받은 남자의 아이는 애틋하고 저를 거둬 준 남자의 아이는 싫어? 당신을 내게 떠넘긴 건 당신 아버지야. 어느 남자가 다른 남자의 핏줄을 가진 여자를 좋다고 받아들이겠어!"

"그래서 우리 집안을 그 지경으로 만드니? 다 내놔. 다 내놓으면 강준이 데리고 이 집을 나갈 테니까."

"가고 싶으면 맨몸으로 나가. 그따위 헛소리 지껄이지 말고."

열 살의 강혁은 부모라는 인간들이 끔찍하게 싫었다. 바보 같지만, 그래도 아프니까 엄마의 얼굴이 가장 먼저 떠올랐다. 몸을 돌려 다시 왔던 곳으로 돌아갔다. 2층 맨 마지막 계단을 올랐을 때, 흐릿한 시야에 익숙한 모습이 들어왔다.

두 살 터울의 씨 다른 형 강준이였다. 강준 역시 아래층에서 들리는 소리를 듣고 있었는지, 복도 벽에 몸을 기댄 채 눈을 감고 있었다. 핏기가 가신 싸늘한 표정을 보니 원인을 알 수 없는 죄책감이 몰려왔다. 아픈 몸을 이끌고 제 방으로 들어가려는 찰나, 강준이 눈조차 뜨지 않고 나지막한 목소리로 말했다.

"……네 아버지께 말씀드려. 아무것도 욕심내는 거 없다고."

"……."

"……빨리 커서 어른이 되었으면 좋겠어. 그때가 되면 엄마와 함께 이 집을 나갈 거야. 그리고 저따위 소리를 듣지 않도록 엄마를 지켜 줄 거야."

어린 강혁은 서로를 상처 내고 할퀴는 부모님의 싸움보다는, 지금의 강준의 말이 더욱 울화가 치밀고 견디기 힘들었다. 아무리 끔찍해도 자신을 낳아 준 이가 부모이듯이 강준 역시 하나밖에 없는 형이었다. 다정한 모습은 바라지 않는다. 다만, 약간의 여지라도 남겨 주었으면 싶었다.

"형이 뭔데? 뭔데 엄마를 데리고 나가?"

저도 모르게 나오는 삐딱한 대답, 강준이 싸늘해지면 싸늘해질수록 강혁 역시 말이 거칠어졌다. 늘 예의 바르고 반듯하다고 칭찬받는 강준이지만, 어린 강혁에게는 또 다른 상처 부위일 뿐이었다. 쌀쌀맞은 표정과 분명하게 선을 긋는 태도를 볼 때마다, 벌어진 마음의 상처가 욱신대며 지독한 아픔을 호소했다. 결국, 상처를 감추지 못하고 강혁이 내뱉듯이 말을 이었다.

"저 혼자 피해자인 척 오버하지 마. 보기에 역겨우니까."

강준이 휘청거리는 걸음을 눈치챌까 봐, 간신히 몸을 세워 문고리를 잡아당겼다. 방 안에 들어오자, 가까스로 참았던 구역질이 올라왔다. 욕실로 들어가서 변기를 부여잡고 먹은 것을 게워 냈다. 현기증이 밀려와서 욕실 바닥에 몸을 눕히고 천천히 눈을 감았다.

친구들은 부유하고 풍족한 삶을 사는 강혁을 모두 부러워했다. 하지만 허울뿐인 호화스러운 집에는 서로의 심장을 사정없이 할퀴고, 남은 피고름마저 후벼 파는 남보다 못한 존재들이 가족이라는 그럴싸한 이름으로 어울려 살고 있다.

씨 다른 형, 강준은 자유를 원하지만, 강혁은 마음을 어루만지는 따스한 시선을 원했다. 누군가에게 기대고 싶었다. 마음속에 담아 둔 못다 한 이야기를 하고 싶었다. 이런 모습으로 어른이 되고 싶지 않았다. 이런 상처뿐인 모습으로 어른이 된다면, 누군가에게 자신이 입은 상처를 고스란히 돌려주려 할 테니까.

"……괜찮아요?"

다정한 속삭임에 강혁이 무거운 눈꺼풀을 들어 올렸다. 요란한 실크 벽지만큼이나 조잡스러워 보이는 조명이 시선에 들어왔지만, 조금 전에 빠져나온 꿈 탓인지, 온몸이 묵직하게 가라앉았다.

"왜 그래요. 괜찮아요?"

강혁이 소리 나는 방향으로 고개를 돌렸다. 아침 햇살을 등지고 앉은 혜원의 표정은 평소와는 달랐다. 살피듯이 바라보는 눈길을 마주하자, 뜨끈한 무언가가 가슴 안쪽으로 퍼져 나갔다.

"일어났으면 깨우지 않고……."

낯선 싸구려 모텔 방이지만, 창으로 보이는 푸른 바다에서 싱그러운 갯내가 실려 오는 듯했다. 강혁이 봉긋 솟은 새하얀 젖가습을 물끄러미 바라보자, 그제야 제 모습을 눈치챘는지, 혜원이 시트를 당겨 가슴을 감쌌다.

"이리 와. 좀 더 누워 있자."

"하지만……."

"어차피 주말이잖아. 가끔은 느긋하게 시간을 보내는 것도 나쁘지 않아."

잠시 망설이던 혜원이 강혁의 곁으로 다가왔다. 기다렸다는 듯이 혜원의 허리를 감아 당긴 강혁이 젖가슴 사이에 코를 박고 숨을 깊숙이 들이켰다.

"……좋아. 네 몸에서 나는 냄새……."

"내내 잠꼬대를 했어요. 좋지 않은 꿈이라도 꿨어요?"

"뭐라고 잠꼬대를 했는데?"

"……엄마 ……엄마 ……강준 형. 강준 형……."

혜원의 말에 강혁이 키득대며 웃었다.

"병신 같아. 그런 쓰레기 같은 꿈이나 꾸고 말이야."

강혁의 뒷머리를 쓰다듬으며 혜원이 중얼거렸다.

"……저도 그래요."

"……."

"아무리 달려도 출구가 없는 골목길, 가래 섞인 아빠의 고함소리. 문틈으로 새어 오는 차가운 바람, 대문 앞에 수북하게 쌓인 소주병……. 떠올리고 싶지 않지만, 꿈속의 저는 여전히 신림동 단칸방을 벗어나지 못하고 있어요."

강혁은 어떤 대답도 할 수 없었다. 잠꼬대하며 흐느끼는 혜원을 안아서 다독인 적이 여러 차례 있었다. 하지만 잠결에서조차 혜원은 강준을 잊지 않았다.

"그래서 강준 형을 너의 탈출구로 정한 거야? 만약 강준 형이 끝까지 깨어나지 않으면 어쩔 셈이지?"

느닷없는 말이었는지, 혜원이 고개를 돌렸다.

"그런 느낌 아세요? 비록 병석에 누워서 거동도 못 하던 엄마였지만, 학교를 마치고 집으로 향할 때마다, 엄마가 기다려 준다는 사실만으로도 가슴이 두근거렸어요."

"……."

"숨 쉬고 있는 자체만으로도 제게 위안이 되는 사람이 강준 오빠예요. 깨어나지 않아도 상관없어요. 엄마처럼 눈앞에서 사라지지 않는다면."

조금 전의 좋은 분위기가 순식간에 식었다. 싸늘한 표정의 강혁이 테이블에 놓여 있던 셔츠를 아무렇게나 걸쳐 입었다.

"내게는 육체적인 쾌락을 얻고 강준 형을 통해 마음의 위안을 얻는다?"

"당신도 마찬가지잖아요. 잘난 약혼녀를 두고 이런 싸구려 모텔 방에서 저와 처박혀 있는 이유도 육체적인 만족감 때문이 아닌가요?"

한 치의 물러섬이 없는 혜원이였다.

"일어나. 네 말대로 이따위 싸구려 모텔 방에서 시간 낭비하고 싶지 않으니까."

강혁을 물끄러미 올려다보던 혜원이 주섬주섬 옷을 걸쳐 입었다. 그 모습에 더욱 화가 나서 침대 발치에 놓인 구두를 신으려는 찰나, 혜원이 그의 구두를 집어 들었다.

“잠깐만요.”

구두를 테라스 쪽으로 가져간 혜원이 세심한 눈길로 그것을 살폈다. 그리고 입고 있는 셔츠 소매를 당겨서 모래와 먼지를 털어 냈다.

“구두 안에 모래가 들었어요. 먼지도 묻고…….”

“무슨 짓이야. 더러운 구두를 옷으로.”

“당신 구두잖아요. 늘 반짝반짝 광택이 나는 구두만 신게 하고 싶어요.”

“멍청한 소리! 그런 소리는 강준이 형에게나 하라고!”

조금 전의 서운한 마음이 기어코 말이 되어 나왔다.

혜원을 이해할 수 없었다. 지금의 관계를 더없이 추하고 부끄럽게 여기면서도 그가 입는 옷이나 구두에는 유달리 신경 쓰고 관심 두는 것을 잊지 않았다. 이런 행동을 어떻게 이해해야 할까. 마치 자신의 본질은 무시되고 외적인 부분에만 관심받는 것 같았다. 하지만 이런 생각 자체도 모순이었다. 누구와도 감정적으로 엮이고 싶지 않았다. 몸뿐이라고 못을 박은 것이 바로 강혁 자신이기도 했다.

“어서 신으세요.”

구두를 깨끗하게 손질한 혜원이 그것을 바닥에 내려놓았다. 올려다보는 말간 눈동자에 돌연 허탈한 기분이 든 강혁이 침대 가장자리에 주저앉았다. 윤이 나는 구두를 바라보던 강혁이 혼잣말처럼 중얼거렸다.

"구두? 이따위 것이 무슨 소용이야. 네가 이런 태도를 보이지 않아도 잘 알아. 진짜 알맹이는 강준이 형이 가지고 껍데기는 내가 가졌지. 하긴 강준 형과는 늘 이런 식이었어. 아무렇지도 않게 원하는 것을 거머쥐고 고고한 척 늘 한발 뒤로 물러나 있었거든."

자신답지 않은 말이었다. 스무 살 계집아이 마음 따위에 언제부터 관심이 있었나. 도발하기에 받아 주었고 즐겁게 해 준 만큼 대가를 돌려줄 생각이었다.

그런 생각에 찬물을 끼얹듯이 혜원이 강혁 앞에 무릎 꿇고 앉았다. 그리고 그의 발에 구두를 신겨 주었다.

"당신은 최고가 어울리는 사람이에요. 좋은 옷에 좋은 구두, 당신을 위해 아무것도 해 줄 게 없지만, 적어도 흠집이 되고 싶지 않아요. 먼지가 있으면 털어 내고 눈에 거슬리는 게 있으면 제가 치울게요. 그러니 제가 감히 꿈꿀 수 없을 만큼 가장 높은 곳에서 가장 멋진 모습으로 있어 주세요."

"그뿐이야?"

혜원이 대답 대신에 희미하게 웃었다.

"너라는 아이를 정말 이해할 수 없어. 이 자그마한 머릿속에 뭐가 들었는지, 정말 모르겠다."

작고 모양 좋은 입술을 엄지로 쓸며 강혁이 중얼거렸다.

차창 문을 열자, 갯바람에 실려 온 바다 냄새가 코로 스며 왔다. 푸른 바다를 넋 놓고 바라보던 혜원이 무심히 중얼거렸다.

"바다 빛깔이 정말 예뻐요. 늘 사진으로만 보았는데, 이번 여행길에서 처음 보았어요."

수시로 해외를 오가는 강혁에게는 믿기지 않는 말이지만, 집과 학교를 오가는 단조로운 생활에 익숙한 혜원에게는 새삼스러울 것도 없는 일이었다.

서울로 향하던 차가 돌연 해안 길로 방향을 돌리자, 혜원이 고개를 돌렸다.

"바다가 처음이라면서……. 일몰까지 보고 천천히 가자."

혜원이 새하얀 이를 드러내며 환하게 웃자, 강혁이 어색한 듯이 시선을 피했다.

"바다 가운데, 작은 암자가 있어요. 썰물 때에 맞추어 가면 기막힌 낙조를 볼 수 있을 거예요."

이른 저녁을 마친 강혁이 갈 만한 곳을 묻자, 인상 좋은 식당 주인이 기다렸다는 듯이 대답했다.

"바다 가운데 암자라고요?"

"암자에서 공부하던 무학대사가 달을 보고 깨달음을 얻었다 해서 '간월암'이라고 이름 지었답니다. 차로 십여 분 거리이니, 꼭 한번 가 보세요."

식당 주인의 말을 귀담아들었는지, 강혁이 차에 오르자마자 암자의 위치를 검색했다.

"정말 가려고요?"

"낙조가 좋다니, 온 김에 가야지."

차가 암자가 보이는 방조제 주변에서 멈추었다. 다행히 간물때인지, 섬을 잇는 바닷길이 훤히 열린 채였다. 붉은 태양이 저물 때를 기다리는지, 드넓은 바다 위에 황금빛 띠를 두르며 덩그러니 놓여 있었다.

"서둘러 가자. 곧 해가 질 거야."

강혁이 손을 내밀었다. 손을 맞잡고 굵은 모래 길을 걷다 보니, 마치 오늘 하루가 꿈처럼 아득하게 느껴졌다. 오전 내내 섬 주변을 드라이브하고 소나무가 빽빽하게 들어선 수목원을 산책했다. 평범한 연인처럼 보낸 하루가 이상할 정도로 위화감이 없었다.

얼마나 시간이 흘렀을까. 바다로 둘러싸인 경내를 둘러보고 있을 때, 열기를 다한 태양이 드넓은 지평선에 붉은 울음을 토했다.

"아름다워요."

혜원의 결 좋은 머리카락이 물결치듯이 가는 목덜미를 감아 돌았다. 혜원의 옆모습을 물끄러미 바라보던 강혁이 먼 지평선으로 시선을 돌렸다.

"새벽길을 헤치고 산을 오른 적이 있어. 산 정상에 올라 막 떠오르는 장엄한 태양을 본 순간, 숨이 탁 막히며 살아 있다는 강렬한 희열을 느꼈지. 같은 태양이지만 보는 곳에 따라 그 느낌이 전혀 달라. 기회가 닿는다면 네게 지금과 다른 태양을 보여 주지."

낮과 밤이 교차하는 그림자가 그의 얼굴에 어두운 그늘을 만들었다. 차라리 떠오르는 태양이 아니라, 지는 태양이라 다행이라는 생각이 들었다. 만약 솟아오르는 태양이라면 지금 이 순간, 이 아름다운 남자를 대상으로 이루지 못할 꿈을 꾸었을 테니까.

"아니요. 이것으로 충분해요."

누군가가 만조를 알리며 어서 섬을 나가라고 소리쳤다. 경내를 오가던 관광객이 모두 빠져나가고 두 사람만 남았다. 그러나 강혁은 조금도 서두르는 기색이 없었다.

해 그림자가 바다로 넘어가고 길로 향하는 계단 끝에 내려왔을 때는 이미 바닷물이 발목 높이까지 차오른 채였다.

혜원이 난감한 듯이 바라보자, 강혁이 구두를 벗었다. 그리고 혜원에게 구두를 건네고 등을 보이며 앉았다.

"업혀."

"하지만……."

"곧 물이 차오를 거야. 서둘러야 해."

육지와 고작 50미터도 안 되는 거리였지만, 섬이 되는 것은 순식간이었다. 망설이던 혜원이 강혁의 등에 업히자, 그가 바닷길을 향해 성큼성큼 걸어갔다. 커다란 발이 물살을 헤치고 나가자, 찰박찰박 듣기 좋은 소리가 났다. 혜원이 넓고 따스한 등에 머리를 기대었다. 그리고 혼잣말처럼 중얼거렸다.

"……고마워요."

"뭐가?"

"먼 곳까지 찾아와 주고 아름다운 바다를 보여 주고, 물에 젖을까 업어 주어서……. 이 모든 게 제게는 처음이었어요."

"나 역시 마찬가지야. 미친놈처럼 몇 시간을 달려 누군가를 찾아온 것도, 나보다 내 구두를 소중히 여기는 누군가를 등에 업고 바다를 건너는 것도 처음이었어."

넓은 등에 코를 박고 깊숙이 숨을 들이켰다. 익숙한 스킨 향이 전해 오자, 어쩐지 코끝이 시큰거렸다.

"당신이 아주 나쁜 사람이었으면 좋겠어요."

"……."

"그래야 마음 놓고 미워할 수 있을 테니까."

강혁이 나지막한 목소리로 웃었다.

"……지금도 충분히 미움받고 있다고 생각하는데."

"이런 바닷길은 아주 잠깐이에요. 거센 물살이 차오르면 이곳은 육지가 아닌, 외딴섬으로 다시 돌아갈 테니까. ……그러니까 오늘뿐이에요. 육지에 도착하면 오늘 일은 까맣게 잊을 거예요."

바다에 갇힌 섬은 원래 그랬던 것처럼 홀로 남았다. 그리고 듣기 좋은 웃음소리 역시 천천히 잦아들었다.

7

거짓과 기만의 날이 이어졌다. 강혁과 함께하는 시간이 길어질수록, 또한 그와의 관계가 깊어질수록 강준을 향한 혜원의 집착은 점점 더해 갔다.

강준의 주치의인 김 박사의 소개로 들어온 간호사는 30대 중반의 비교적 나이가 젊은 전문 간호사였다. 그녀가 별채를 떠나지 않고 강준을 돌보자, 혜원이 그를 위해 할 수 있는 일은 거의 없었다. 겨우 한두 시간 함께 산책하는 것이 하는 일의 전부이다 보니, 이유도 없이 불안하고 초조했다. 게다가 강혁은 그런 짧은 시간조차 못 견뎌 했다. 뒷덜미에 스치는 싸늘한 시선을 느낄 때마다, 양지바른 정원이 아니라 숲길이나 호수로 이어진 길로 휠체어의 방향을 돌렸다. 혜원이 몸을 숨기면 숨길수록 밤의 행위는 적나라하고 노골적이게 거칠어졌다.

"혜원이, 또 산책하러 가니?"

소나무 가지치기를 하던 진성이 이를 드러내고 활짝 웃었다.

"시원한 물이라도 한 잔 드릴까요?"

"좋지."

혜원의 대답이 반가운지, 진성이 이마에 맺힌 땀을 닦으며 대답했다.

식구가 별로 없지만, 넓은 부지를 끼고 있는 별장은 늘 손볼 곳이 많았다. 신록이 짙어질수록 진성의 정원 돌보는 일은 끝도 없어 보였다. 잡풀을 제거하고 삐죽이 나온 조경수의 잔가지를 정리하고 땅의 거름을 주어 온갖 나무와 화초의 성장을 도왔다. 진성에게 푸른 정원이 있다면 혜원에게는 강준이 있었다. 하지만 혜원의 정원은 눈부신 봄이 되어도 좀처럼 깨어날 생각을 하지 않았다.

"오빠. 물 좀 가지고 올 테니 잠시만 기다리고 있어."

햇빛을 피하여 휠체어를 그늘진 곳에 세웠다. 최근 꾸준한 산책으로 강준의 하얀 피부는 보기 좋게 그을려 있었다. 생기가 도는 얼굴을 볼 때마다, 혜원은 가슴이 두근거렸다. 겨우내 움츠렸다가 가지를 뚫고 나오는 푸른 이파리처럼, 그가 금방이라도 깨어날 것처럼 느껴졌기 때문이다.

혜원이 저택 주방으로 들어가자, 저녁을 준비하던 함평댁이 반가운 듯이 고개를 돌렸다.

"뭐, 필요한 거 있어?"

"진성 아저씨 물 좀 가져다 드리려고요."

시원한 냉수와 간단한 요깃거리를 찾고 있을 때, 불현듯 함평댁이 혜원을 향해 물었다.

"혜원아. 요즘 별장에 여자 드나들지?"

느닷없는 말에 혜원의 손이 움칠하며 떨렸다.

"왜요?"

"민망해서 말하긴 좀 뭣한데, 청소하다 보면 가끔 이상한 게 불쑥 튀어나와서……."

"이상한 거라뇨?"

"거실 소파 밑에서 콘돔이 나오더라. 게다가 침대에 여자의 흔적도 이따금 보이고 말이야."

"……가끔 와요."

변명할 여지가 없는 물음에는 거짓말로 둘러댈 수밖에 없었다. 늘 조심하며 살피고 있지만, 눈치를 못 채는 게 오히려 이상할 정도였다.

강혁은 섹스 장소를 가리지 않았다. 또한, 혜원과 달리 주변의 눈치를 살피는 일도 없었다. 주방이며 거실이며 화장실이며 내키는 대로 안고 여기저기를 넘나드니, 아무리 조심해도 흔적이 남을 수밖에 없었다.

"아이고. 내 그럴 줄 알았다. 차라리 예전처럼 별채에서 지내는 게 너도 편할 텐데, 이를 어쩌니?"

"……저는 상관없어요."

"상관없긴. 보니까 여기저기 흔적이 남아 있던데, 하여튼, 사내들이란……."

"……."

"하긴 그 인물에 여자 없는 게 이상하지. 어쩌면 그렇게 강준이와 비교되나 몰라. 미국에 약혼녀도 있다면서 이곳까지 여자를 끌어들인다니. 저러니 사모님이 질색하시지."

"……."

"그 여자도 정신 나간 여자 아니니? 사내가 아무리 잘나고 좋아도 그렇지. 불 속에 뛰어드는 불나방도 아니고 끝이 뻔히 보이는 짓을 어째서 하는 건지, 원."

"……."

"모쪼록 너도 조심해라. 밤이면 되도록 방에서 나오지 말고."

혜원의 손에 들린 물 쟁반이 잘게 흔들렸다. 기한을 정한 만남이었지만, 시간이 갈수록 마치 살얼음판을 걷는 것처럼 두렵고 불안했다. 누가 강요한 것도 아니었다. 탐욕이 불러온 불장난이었다.

진성에게 물 잔을 건넨 혜원이 휠체어에 누운 강준을 내려다보았다. 마치 바람의 자취가 사라진 호수처럼 평온해 보이는 얼굴이었다. 차라리 모든 것을 잊고 눈 감은 채, 강준이 있는 평화로운 세상으로 가고 싶었다.

"……오빠. 불나방은 말이야. 불이 좋아서 뛰어드는 게 아니야. 그냥 태생적으로 그렇게 태어났으니까. ……갈 데라고는 그곳밖에 없으니까 불 속으로 뛰어드는 거야."

"……."

"……깨어나지 않을 거면 차라리 오빠가 있는 세상으로 나를 데리고 가 줘."

정원을 지나 호숫가로 이어진 큰길에 막 접어들었을 때, 검은 색 승용차가 마주 보며 달려왔다. 주인을 닮아 매끈하게 빠진 차가 빠르게 스쳐 지나자, 혜원 역시 시선조차 돌리지 않고 걸음을 옮겼다. 몇 걸음 걸었을 때, 아스팔트 긁는 타이어의 날카로운 마찰음이 귀를 찔렀다. 달칵하며 차 문 여는 소리가 들렸지만, 고개조차 돌리지 않고 묵묵히 앞만 보고 걸었다. 한 걸음 앞으로 다가온 그림자가 혜원의 어깨를 거칠게 돌려세웠다.

"해가 저무는데, 이 시간에 어딜 가는 거야?"

사위어 가는 붉은 해가 넓은 등에 사정없이 내리꽂혔다. 음영이 드리워진 얼굴을 물끄러미 올려다보았다. 이른 아침 눈 뜨자마자, 키스를 퍼부어 대던 남자라는 것이 믿기지 않을 만큼 강혁이 낯설게 느껴졌다.

"호수까지만 갈 거예요. 해가 저물기 전에는 돌아와요."

강혁이 못마땅한 듯이 미간을 찌푸렸다. 스치듯이 강준을 훑던 시선이 다시 혜원에게 돌아왔다.

"약혼녀 노릇은 정말 성실히 하는군. 알아주는 사람, 하나 없는데 말이야."

"저 좋아서 하는 일이에요. 하루 중에 가장 행복한 시간이기도 하고요."

강혁의 한쪽 눈썹이 삐딱하게 올라가고 턱이 단단하게 굳었다.

"내가 보기에는 전혀 아닌데?"

다음에 나올 말을 빤히 아는 터라 혜원이 그를 피하여 강준에게로 시선을 돌렸다. 강준의 기울어진 머리를 바로 해 주고 흘러내린 담요도 정리해 주었다. 사소한 움직임조차 놓치지 않는 눈동자를 피하여 어디로든 숨고 싶었다.

"함평댁 아주머니가 식사 준비해 놓았어요. 저는 별생각이 없으니 먼저 드세요."

혜원이 휠체어 손잡이를 단단히 잡고 걸음을 옮기려는 찰나, 그가 손목을 움켜잡았다.

"늦었어. 함께 돌아가."

혜원이 한숨을 내쉬었다. 이대로 고집을 부린다면 그 대가는 밤에 고스란히 돌아온다는 것을 짧은 경험으로 깨우쳤기 때문이다.

"돌아갈 테니, 먼저 들어가세요."

그제야 몸을 돌린 강혁이 제 차로 돌아갔다.

저물어 가는 저녁 해를 보고 싶었던 혜원이 마지못해 휠체어를 돌렸다.

별채에 돌아온 혜원이 새로 온 정 간호사에게 강준을 맡기고 본채로 들어갔다. 함평댁은 아랫마을로 돌아갔는지 주방에는 아무런 인기척이 없었다. 혜원이 식탁에 차린 음식을 확인하고 국을 뜨려는 찰나, 어디선가 나타난 강혁이 뒤에서 그녀를 끌어안았다. 샤워했는지 상쾌한 향이 코로 스며 왔다. 목덜미에 코를 박고 혜원의 티셔츠를 말아 올린 그가 브래지어 위로 튀어나온 탐스러운 젖가슴을 주물렀다. 꿈틀대는 남성이 엉덩이를 쿡쿡 찌르며 아이처럼 졸라 댔다.

"……아직은 안 돼요. 한 간호사님과 진성 아저씨도 퇴근 전이세요."

"……알아. 나도 그 정도의 이성은 남아 있어."

아까의 싸늘한 태도를 뒤집고 그가 귓가에 입김을 불어 넣으며 달콤하게 속삭였다.

"하지만 그래도 하고 싶어……. 이대로 하면 안 될까?"

혜원의 바지 지퍼를 내리고 팬티로 들어온 손이 부드러운 속살을 감질나게 더듬었다.

"……제발 ……안 돼요."

혜원이 다리를 오므리며 애원하자, 강혁이 냉소를 터트렸다.

"늘 손톱을 세우고 달려들면서, 눈치 하나는 기막히게 본다니까. 나와의 관계가 두려워? 아니면 부끄러워서 이래?"

산책길에서의 언짢은 기분이 남아 있는지, 노골적인 행위 속에 가시 박힌 감정이 드러났다. 몸을 돌린 혜원이 그의 볼을 두 손으로 감싸고 눈을 맞추었다. 눈웃음을 치며 가벼운 입맞춤을 해 주자, 삐딱하게 올라간 입매가 약간 누그러졌다.

"……저 역시 당신과 하고 싶어요. 시간이 많잖아요. 해 달라는 대로 다 해 줄 테니…… 제발……."

혜원이 그의 가슴에 얼굴을 기대며 말했다. 아무리 분위기가 험악해도 그는 혜원의 애교에 약했다. 아양을 떨고 교태를 부리면 '예쁜 내 고양이' 하며 언제 그랬냐는 듯이 화가 누그러지고는 했다.

그가 식탁 의자에 앉자, 데운 국과 갓 지은 밥을 떠서 식탁에 내려놓았다. 식욕이 별로 없지만 혜원 역시 마주 앉아 식사했다. 구운 생선을 밥 위에 얹어 주려다가, 그가 했던 말이 떠올라 그만두었다. 느슨하게 흘러내린 그의 앞머리가 시야를 어지럽혔다. 저절로 올라가서 쓸어 주려는 손을 다른 한 손이 붙잡았다.

"요즘 학교생활은 어때?"

아마도 그의 구둣발에 짓밟힌 주영의 소식이 궁금한 모양이었다. 비록 그가 분탕질해 놓았지만, 사람 좋은 주영은 여전히 미련을 버리지 못하는 듯했다. 스치는 시선이 안타깝고 보답할 수 없는 마음이 원망스러웠다.

"늘 똑같아요. 1학년이라 교양이나 이론 수업이 많다 보니, 아직은 시간적 여유가 있어요."

원하는 대답이 아니라는 것은 알지만, 그를 더 이상 언짢게 하고 싶지 않았다.

"전공은?"

"아직은 먼 이야기이지만, 현재는 신경외과를 염두에 두고 있어요."

"강준 형 때문이겠지?"

"엄마가 뇌종양으로 돌아가셨어요. 그 흔한 수술 한 번 받지 못하고 괴로워하시던 모습을 기억해요. 강준 오빠는 엄마처럼 그렇게 허무하게 보내지 않을 거예요."

"……그래서 네 힘으로 강준 형을 치료하겠다? 그야말로 눈물겨운 순애보로군."

"그래요. 이젠 혼잣말도 지쳤어요. 제가 바라는 것은 단 하나뿐이에요. 강준 오빠의 눈동자를 바라보며 휠체어 없이 숲길을 산책하고 싶어요."

무덤덤한 말에 강혁이 들고 있던 수저를 내려놓았다.

"너라는 애를 정말 이해할 수 없어."

"……."

"아무리 마음 없는 관계지만, 셀 수도 없이 제 몸을 들락거리던 남자 앞에서 그런 소리를 지껄이다니. 좋아 죽겠다고 울부짖을 때는 언제고, 마치 모르는 사람처럼 보고도 못 본 척하질 않나."

"제가 매달리면 곤란한 사람은 당신이잖아요."

"그래. 그런 여자는 딱 질색이지."

"……."

"하지만 너는 달라. 네가 무심한 태도를 보일 때마다 이유도 없이 화가 치밀어."

무슨 말을 할 수 있을까. 강혁이 아무리 자신을 특별하게 여기고 사랑해 주어도 어차피 잠자리 상대였다. 누구에게도 인정받지 못하는 관계에서 과연 어떤 희망을 발견할 수 있을까.

혜원이 대답 없이 식사하자, 그 모습을 물끄러미 바라보던 강혁이 씁쓸하게 웃었다.

"하긴, 언제 끝나도 이상하지 않을 관계인데, 네가 이렇게 나오니 부담 없기는 하지."

"……."

"솔직히 말하면 지금까지 만난 여자 중에서 잠자리 상대로는 네가 최고였어. 굳이 삼 개월까지 기다리지 않아도 곧 네 앞으로 땅의 명의를 넘겨줄 생각이야. 나를 즐겁게 했으니 그만한 대가를 주어야지."

"……."

"그 외에 바라는 게 있으면 뭐든지 요구해. 허리만 잘 흔들어 준다면 땅이든 뭐든 원하는 대로 줄 테니까."

"이 정도로 충분해요. 깨끗하게만 정리해 주세요."

"깨끗하게?"

강혁의 한쪽 눈썹이 삐딱하게 올라갔다. 혜원은 그의 아킬레스건이 무언지 잘 알았다. 지독하게 따라붙던 가난이 혜원의 콤플렉스이듯이 그는 자신의 자긍심이 손상당하는 것을 끔찍하게 싫어했다. 평생 누구도 그를 차지할 수 없다고 했던 은영의 말은 강혁의 이런 점에서 비롯된 것이었다. 그는 이기적인 남자였고 그것을 너무도 당연한 것으로 받아들였다.

"설마 내가 너에게 매달릴 거라 생각하는 거야?"

"그런 뜻이 아니에요. 그냥…… 두려워서 그래요."

뜻밖의 대답이었는지, 강혁의 표정이 약간 누그러졌다.

"지금의 관계가 밝혀질까 두려운 거라면 무엇도 두려워할 거 없어. 밝혀질 리도 없고 설사 밝혀진다고 해도 누구도 너를 비난하지 못할 거야."

"……."

"말했지? 셀 수도 없을 만큼 네 안을 들락거리며 나를 쏟아 냈어. 그런 너를 비난하는 것은 곧 나를 비난하는 것과 같아. 내가 그 꼴을 보고 있을 것 같아?"

황당한 말이지만, 강혁이기에 가능한 말이었다. 기가 차고 어이가 없지만, 다른 한편으로는 의지가 되기도 했다.

그때였다. 갑자기 강혁의 휴대전화 벨이 울렸다. 액정 화면을 바라보는 그의 입매가 부드럽게 올라갔다.

"뭐야. 한국이야?"

반가운 기색이 역력한 얼굴을 보니 상대방이 누군지 궁금했다. 흘러나온 목소리는 높은 톤의 여자 목소리였다.

"미리 연락했으면 공항으로 차를 보냈을 텐데. ……불편하지 않았어?"

식탁을 사이에 두고 오가던 팽팽한 긴장감이 사라지고 날카롭게 빛나던 눈매가 부드러운 호를 그렸다. 그에게서 이런 모습을 끌어낸 상대는 과연 누구일까. 혜원의 궁금증에 대답이라고 하듯이 그가 '그래, 나도 보고 싶었어.' 라며 다시 말을 이었다. 다정하지만 생소한 말투에 입맛이 싹 가셨다. 수저를 내려놓자, 강혁의 시선이 혜원에게 돌아왔다.

"늘 가는 호텔알지? 그래. 지금 바로 출발할게."

공항, 호텔, 하이 톤의 목소리, 은영이 말했던 그의 약혼녀가 떠오르자, 까닭도 없이 전신이 부들부들 떨렸다. 휴대전화를 끊은 강혁이 자리에서 일어났다.

돌아서 걸어가는 강혁을 향해 혜원이 말했다.

"오늘 밤은 안 돌아오세요?"

"그래. 먼저 자."

"그럼 저도 강준 오빠 곁에서 자도 돼요?"

물끄러미 혜원을 바라보던 강혁이 쓰게 웃었다.

"안 된다면?"

"……."

"내가 안 된다고 해도 너는 별채에 들겠지. 너는 그런 여자니까."

어쩔 수 없다는 듯이 한숨을 내쉰 강혁이 마지못해 대답했다.

"맘대로 해. 단 예전처럼은 안 돼. 제대로 옷을 입고 잠만 자는 거야."

말을 마친 강혁이 뒤도 돌아보지 않고 제 방으로 걸어갔다. 겉옷만을 챙겨 입은 그가 우두커니 앉아 있는 혜원에게 인사도 남기지 않고 밖으로 사라졌다.

먼 곳에서 차 시동 소리가 들렸다. 그제야 몸을 일으킨 혜원이 현관문을 열고 뛰어나갔다. 그가 다른 여자를 안고 있는 상상을 하자, 심장이 갈가리 찢기고 커다란 돌덩이를 삼킨 것처럼 숨조차 쉴 수 없었다. 펄펄 끓어오르는 질투심에 당장에라도 그의 팔에 매달려서 가지 말라고 울부짖고 싶었다. 하지만 차는 뒤도 돌아보지 않고 떠난 채였다.

자리에 털썩 주저앉은 혜원이 넋을 잃고 흙 묻은 제 발을 멍하니 내려다보았다.

❊ ❊ ❊

호텔 라운지 바로 들어간 강혁이 오픈된 바로 성큼성큼 걸어갔다. 긴 의자에 걸터앉아 바텐더와 수다를 떠는 크리스의 모습이 보였다. 다가오는 강혁을 발견하고 그녀가 반가운 듯이 몸을 일으켰다.

"오랜만이야!"

시원한 이목구비와 늘씬한 체구가 검은색 원피스와 어우러져 세련되고 도회적인 느낌을 한껏 부각했다. 약혼녀이기 전에 오랜 친구이기도 한 크리스를 보자, 그의 입술에 부드러운 미소가 떠올랐다. 가벼운 입맞춤으로 인사를 대신한 두 사람이 바의 긴 의자에 걸터앉았다.

"연락도 없이 어쩐 일이야. 일 때문에 온 거야?"

"겸사겸사. 우리 안 본 지도 꽤 오래되었잖아."

말과는 달리 그늘이 진 표정이 무언가 할 말이 있는 눈치였다. 술잔이 오가고 사소한 대화가 이어진 후에야 그녀가 넌지시 말을 꺼냈다.

"……저기 ……아무래도 이대로는 안 될 거 같아. 아빠가 그 사람에 대해서 눈치를 챈 것 같아."

한국계 미국인인 크리스는 한국인 부친과 영국인 어머니를 두었다. 강혁의 부친과 막역한 친구 사이였던 그녀의 부친, 이 회장은 일찍이 자수성가하여 정한그룹과는 비교도 안 될 막강한 부와 사업적인 성공을 이루었다. 강혁이 공부를 마치자, 이 회장은 자신이 경영하는 회사로 불러들여 마치 제 아들처럼 거두었다. 그의 사업적인 수완과 자질을 눈여겨본 탓이었다.

자연스러운 과정으로 크리스와 약혼까지 했지만, 처음부터 그녀에게 연애 감정 같은 것은 없었다. 크리스는 주변의 기대를 부담스러워했고 아버지가 경영하는 사업에 관심이 없었다. 그녀가 약혼을 허락한 이유 역시 야심 많은 강혁이 자신의 바람막이가 되어 줄 수 있다는 확신이 들었기 때문이다.

"어쩌다가?"

강혁의 눈매가 날카롭게 빛났다. 크리스가 만나는 남자가 있다는 것은 알았다. 어차피 정략결혼이니, 그녀가 누구를 만나도 상관없었다. 서로가 원하는 삶을 살며 자유롭게 지내자고 이미 합의한 내용이었다. 하지만 그녀의 부친이 눈치챘다면 이야기는 달라진다.

"최근 그 사람과 여행을 갔었는데, 함께 있는 사진이 외부에 누출되었어. 기사를 막는 과정에서 아빠가 알게 되었지 뭐야."

"회장님은 뭐라고 하셔?"

"나보다는 당신을 더 신경 쓰시는 눈치더라."

"……."

"차라리 이쪽은 포기하고 미국으로 돌아오는 게 어때? 이렇게 되고 보니, 아빠는 당신을 양자로라도 들여서 사업을 잇게 하고 싶은가 봐."

강혁이 대답 대신 술잔을 들이켜자, 몸을 앞으로 숙인 크리스가 재촉하듯이 물었다.

"당신, 무엇보다 일 욕심이 많잖아. 이쪽보다는 우리 쪽 일이 재미있다고도 했고. 어차피 두 마리 토끼를 한꺼번에 잡을 수는 없어."

어떤 반응도 끌어내지 못하자 크리스가 다시 말을 이었다.

"어째서 이곳 일에 그토록 집착하는 거야? 당신 형 때문에 그래?"

강혁이 연거푸 술잔을 들이켠 후에, 나지막하게 말했다.

"아버님께는 내가 따로 전화를 넣을 테니, 너무 신경 쓰지 마. 한두 번도 아니고, 어차피 지금 만나는 남자와도 언제 헤어질는지 알 수 없잖아."

수시로 남자를 갈아 치우는 그녀는 강혁 못지않게 남성 편력이 심했다. 크리스가 토라진 듯이 고개를 돌렸다.

"이번엔 달라."

"내가 그 소리를 몇 차례 들었는지 알아? 벌써 세 번째야."

강혁의 대답에 민망했는지, 크리스가 소리 죽여 웃었다. 그녀를 좋아하지만, 여자로 대할 수 없는 이유는 마치 쌍둥이처럼 자신과 닮았기 때문이었다.

"그보다 요즘 별장에 틀어박혀 지낸다면서?"

"그 소리는 어디서 들었어?"

"얼마 전에 당신 어머니가 뉴욕을 다녀가셨어. 아직도 여전하시더라."

강혁이 냉소적으로 웃었다.

"당신이 이곳에 남으려는 이유를 정말 모르겠어. 차라리 훌훌 털어 버리고 깨끗하게 미국으로 넘어와."

"아직은 안 돼."

고집스러운 강혁의 대답에 크리스가 안타까운 눈으로 그를 바라보았다.

❈ ❈ ❈

강혁의 침실을 우왕좌왕 서성이던 혜원이 그가 사용하는 드레스 룸으로 들어갔다. 잘 다려진 셔츠와 고급스러운 슈트가 잘 손질된 채로 한쪽 벽면을 차지하고 말끔하게 정리된 가방과 시계, 넥타이가 가지런히 놓여 있었다. 주인의 까다로운 취향을 대변하듯이 눈에 보이는 모든 것이 우아하고 완벽해 보였다. 그가 선택한 것 중에 유일하게 값싸고 볼품없는 것은 강혜원이라는 여자뿐이었다.

그의 향취와 흔적이 남아 있는 물건, 하나하나를 손으로 만지고 볼에 비비고 입술에 가져다 대었다. 이렇게 좋은 냄새가 나는 남자가, 이런 최고급 옷만을 입는 남자가 그에 걸맞은 최고의 여자와 함께 밤을 보내는 것은 너무도 당연한 일이다. 심장이 갈가리 찢기고 통곡하며 울 만큼 대단한 일이 아니었다.

강혁의 침실을 나온 혜원이 별채로 향했다. 찬 기운이 서린 바람이 혜원의 얇은 옷깃을 스쳐 대숲을 통과하여 지났다. 이리저리 휘청거리는 대나무를 물끄러미 올려다보던 혜원이 볼을 적시는 뜨끈한 물기를 가만히 닦아 내었다.

마침내 깨달았다. 바람에 흔들리는 것은 높다란 대나무가 아니었다. 그것은 슬픈 춤을 추는 바람의 몸짓이었다. 무형의 공간을 떠도는 허무의 몸부림이었다.

한참이나 넋을 놓고 바라보던 혜원이 별채로 걸음을 옮겼다. 그리고 강준의 침실 문을 열었다. 침묵 속의 주인은 언제나처럼 평화로운 얼굴을 하고 있었다. 시트를 걷어 낸 혜원이 그의 곁에 나란히 누웠다.

쿵쿵.

규칙적인 심장박동에 왈칵하며 울음이 쏟아졌다.

"……오빠 ……이제야 깨달았어."

"……."

"그 사람을 보면 어째서 그토록 초조하고 불안했는지, 어째서 스치기만 해도 몸이 달아오르고 심장이 제멋대로 뛰는지, 미친 사람처럼 발악하고 덤벼들고 도발하려 했는지……."

"……."

"……가지고 싶어서 그랬어. 나만 봐 주기를 원했던 거야."

"……."

"……사랑해서 ……너무나 사랑해서 그랬어……. 미안…… 정말 미안해."

강준은 대답이 없었다. 굳건한 돌처럼, 단단한 무쇠처럼 아무 말도 하지 않았다.

혜원은 새벽녘이 되어서야 겨우 잠들었다. 꿈속에서 강혁을 보았다. 다른 여자를 안고 짐승처럼 토정하던 그가 멀리서 바라보는 혜원을 향해 특유의 미소를 지어 보였다. '더는 너를 원하지 않아. 하도 드나들었더니, 네 구멍이 싫증 났거든.' 하고 그가 말했다. 저속한 말이었지만, 이를 드러내지 않는 듣기 좋은 목소리였다.

울먹이는 혜원을 깨운 것은 움칠거리는 손의 감촉이었다. 강혁의 손이라고 착각하고 그것을 잡았지만, 조금 더 부드럽고 따스한 손의 감촉에 놀란 그녀가 자리에서 벌떡 일어났다.

순간, 짙은 갈색의 동공과 시선이 마주쳤다. 투명하고 맑은 눈동자에 따스한 빛이 어리자, 혜원이 저도 모르게 중얼거렸다.

"……오빠 ……강준 오빠?"

희미하게 접히던 눈꺼풀이 이내 힘없이 감겼다.

8

비록 명목뿐인 약혼 관계로 엮었지만, 강혁에게 크리스는 마음을 터놓을 수 있는 좋은 친구이자, 든든한 조력자였다. 모처럼 한국에 온 그녀를 호텔 객실로 바로 들여보낼 수 없어서 자주 가는 멤버십 클럽으로 자리를 옮겼다.

일반인의 출입이 어려운 멤버십 클럽의 프라이빗 룸으로 들어가자, 먼저 도착한 진욱이 반가운 듯이 크리스를 끌어안았다. 강혁과 마찬가지로 두 사람은 같은 대학을 나온 동기이자, 마음을 터놓는 친구 사이였다.

룸의 문이 열리고 몸매가 훤히 드러나는 드레스를 입은 두 명의 여자가 들어왔다. 위스키의 빈티지 라벨을 확인한 강혁이 고개를 끄덕이자, 육감적인 외모의 정 마담이 그제야 마개를 열었다. 까다로운 취향의 강혁은 술 역시 최고급만을 고집했다.

오랜만에 만난 크리스와 진욱이 주거니 받거니 술잔을 건네며 수다 삼매경에 빠져들었다.

정 마담이 데리고 온 앳된 외모의 여자가 강혁의 곁에 앉아 그의 술 시중을 들었다. 재계의 부유층과 정계의 고위 관료가 자주 이용하는 클럽은 최상의 술과 최고의 여자만을 취급했다. 클럽 VIP 고객인 강혁은 술 못지않게 여자 고르는 취향이 까다로웠다.

품평하듯이 곁에 앉은 여자를 훑어보던 강혁이 나른한 눈길로 물었다.

"새로 온 모양이군. 이름이 뭐야?"

"……수진이예요."

호박색 액체가 투명한 유리잔으로 미끄러지듯이 흘러들었다. 따라 주는 술잔을 받으며 강혁이 눈웃음을 치는 여자를 물끄러미 바라보았다. 몸을 숙일 때마다, 크림색 홀터넥 원피스 사이로 터질 듯이 부풀어 오른 젖가슴이 훤히 드러나 보였다. 테이블 아래에서 그의 허벅지를 더듬는 손길이 스치듯이 아래를 자극했다. 자연스러운 반응으로 팽팽하게 솟은 남성이 바지를 뚫고 나올 듯이 꿈틀거렸다. 수진이 두둑하게 솟은 부분을 노골적으로 어루만지자, 강혁이 소파에 등을 기대고 지그시 눈을 감았다.

수진이 안타까운 시선으로 강혁을 바라보았다. 그에 대한 소문을 익히 들어 알고 있었다. 주름 한 점 없이 말끔한 정장에 깎아 놓은 듯이 잘생긴 외모, 다부지지만 날렵한 체격을 가진 그는 사내다운 거친 매력을 지닌 남자였다. 취향이 까다로워 2차를 거의 가지 않지만, 간혹 눈에 들어 잠자리했던 여자들은 두고두고 그를 못 잊는다는 소문의 남자이기도 했다. 매너 좋고 인심도 후하고, 여자를 즐겁게 하는 법을 아는 남자라고 했다.

"나이는?"

"스물이요."

"……스물이라."

술기운 때문일까. 그의 손에 들린 위스키 잔이 불안하게 흔들렸다. 못마땅하다는 듯이 미간을 찌푸린 강혁이 다시 말을 이었다.

"아직은 어린 나이잖아. 어떻게 이런 일을 하게 되었지?"

느닷없는 말에 수진은 어색하게 웃었다. 비록 술 시중을 들지만, 이곳 멤버십 클럽은 다른 곳과 달랐다. 수진은 브로커를 통해 뽑히듯이 이곳으로 들어왔다. 일류 대학을 다니고 출중한 외모를 가졌기에 가능한 일이었다. 함께 일하는 동료나 선배 역시 비슷한 처지였다. 성공을 위한 빠른 길이었고 실제 유명 연예인 중에 이곳을 거쳐 간 이들도 많았다.

"그냥…… 어쩌다 보니 이렇게 되었어요."

"……."

"……."

"정 마담. 이런 애도 2차를 내보내나?"

강혁의 느닷없는 질문은 정 마담을 향한 것이었다. 어딘가 신경질적인 태도에 모두의 시선이 그에게 집중되었다.

붉은 드레스를 입은 정 마담이 나른하게 웃었다.

"아시잖아요. 이곳에서는 스무 살이 어린 나이가 아니에요. 일반 클럽과 달라서 강제적이지 않지만, 서로의 합의만 있다면 문제 될 일은 없죠."

단번에 술잔을 들이켠 강혁이 거칠게 술잔을 내려놓았다.

"오늘 좀 이상하다. 왜 이리 삐딱해?"

크리스가 강혁의 기분을 풀어 주려는 듯이 빈 잔에 술을 채웠다.

"……스무 살이라잖아. 겨우 스무 살."

"그게 어쨌게?"

따라 준 잔을 단번에 비운 강혁이 취기가 오르는지 쿡쿡대며 웃었다. 한참이나 어깨까지 흔들며 웃어 대던 강혁이 언제 그랬냐는 듯이 싸늘하게 표정을 굳혔다. 내내 딴생각에 잠긴 그는 어딘가 초조한 기색을 하고 있었다.

"세상이 아무리 썩어도 스무 살이 이러면 안 되는 거잖아. 처음 만나는 남자의 사타구니를 아무렇지도 않게 주무르며 암내를 풍겨 대니, 가만히 있는 물건이 서지 않고 배기겠어?"

강혁의 적나라한 말에 수진이 당황한 듯이 얼굴을 붉혔다. 그리고 강혁의 허벅지에 놓인 손 역시 제자리로 돌아갔다.

"……하긴 나 같은 놈이 있으니, 이런 애들이 있겠지."

강혁이 냉소를 흘리며 연거푸 술잔을 들이켰다. 이미 취하여 눈이 풀린 강혁이 무언가를 떠올리듯이 삐딱하게 입술을 끌어 올렸다.

"크리스. 혹시 고양이 키워 봤어?"

"고양이?"

느닷없는 강혁의 물음에 크리스가 고개를 돌렸다.

"내가 사는 별장에 아주 예쁜 고양이가 한 마리 있는데, 성깔이 보통이 아니거든."

"……."

"발정이 나서 밤마다 울어 대는데, 사람을 아주 미치게 하는 거야. 눈꼬리를 추어올리고 꼬리를 흔들며 안아 달라고 이리저리 몸을 비틀면 환장할 만큼 예뻐서 눈알이 핑핑 돌 지경이야. 하는 짓이 하도 깜찍해서 가만히 만져 주면 엉덩이를 디밀고 제멋대로 흔들어 댄다니까."

진욱이 재미있다는 듯이 끼어들었다.

"거참, 골치 아프겠다."

"그런데 이 앙큼한 고양이가 저 좋을 때는 한껏 몸을 흔들고 아양을 떨다 가도, 돌아서면 쌀쌀맞기가 이루 말할 수 없어. 보이지 않는 곳으로 숨어들고 조금이라도 만질라치면 손톱을 세우고 달려들거든."

"차라리 수컷 한 마리를 붙여 주지 그래. 나처럼 말이야."

크리스가 킥킥대며 웃었다. 아까의 긴장이 풀어졌는지 수진 역시 흥미로운 얼굴로 강혁의 말에 귀 기울였다.

"아니, 절대 그럴 수 없지. 내 눈에 들어온, 내가 길들인 내 고양이거든."

"……."

"치켜뜬 갈색 눈동자가 도무지 머릿속을 떠나지 않아. 발정 나서 울어 댈 때마다, 애간장이 녹는 기분이야. 어르고 달래고 사랑해 주어도 앙큼한 머릿속이 늘 딴생각으로 가득 차 있으니 울화통이 터져서 미치겠다고."

진욱은 재미있다는 듯이 웃음을 터트렸지만, 크리스는 달랐다. 직감이 발달한 그녀는 강혁이 말하는 대상이 고양이가 아니라는 것을 단번에 깨달았다. 더욱 놀란 것은 지금 그의 태도였다. 여자를 좋아하지만, 강혁은 누구에게도 깊은 마음을 준 적이 없었다. 마치 사랑에 빠진 것처럼 애달아 하는 모습이 전혀 그답지 않아 보였다. 강혁이 말한 별장에서 그는 강준과 그의 약혼녀와 함께 지내는 것으로 알고 있다. 스무 살의 어린 나이라고 그의 모친으로부터 전해 들은 기억이 있다.

"원래 고양이가 그래. 충직한 개와 달리 기르는 주인에게조차 절대 마음을 주지 않지. 그러니 괜한 헛수고하지 않는 게 좋아."

강혁이 한국을 쉽사리 떠나지 못하는 것은 강준 때문이었다. 오래된 집착을 끊어 내야만 앞으로 나갈 수 있다. 크리스의 대답이 못마땅했는지, 강혁이 자리에서 벌떡 일어났다. 비틀대는 그를 부축한 것은 스무 살의 수진이였다. 수진을 바라보고 있지만, 강혁이 보는 것은 수진이 아니었다. 강준과 함께 잠들어 있을 또 다른 혜원이였다.

"그래. 맞아. 흔해 빠진 게 고양이지. 계속 앙탈을 부리고 손톱을 세운다면 내다 버리고 비슷한 다른 고양이를 들이면 될 일이야."

수진의 허리를 제 몸에 갖다 붙인 강혁이 고개조차 돌리지 않고 정 마담을 향해 말했다.

"정 마담. 룸 하나 비워."

수진을 끌어안은 강혁이 룸을 나가자, 크리스가 조용히 한숨을 내쉬었다.

✼ ✼ ✼

분명 꿈이 아니었다. 투명한 눈동자가 눈꺼풀 안으로 또다시 숨어들자, 멍하니 강준을 바라보던 혜원이 저도 모르게 그의 몸을 흔들며 소리쳤다.

"……안 돼. 오빠. 제발…… 다시 눈을 떠!"

울부짖는 혜원의 간청이 숨죽인 공간을 갈랐다. 힘없이 감기던 눈꺼풀이 안심하라는 듯이 천천히 열렸다 감기는 것을 반복했다.

혜원의 울부짖는 소리에 옆방에 있던 정 간호사가 미닫이문을 열고 들어왔다. 상황이 심상치 않다는 것을 깨달은 그녀가 김 박사는 물론 장 여사에게까지 급히 전화를 넣었다. 한걸음에 달려온 정숙과 진성이 별채에 뛰어들고 김 박사와 장 여사가 도착할 때까지도 강준은 혜원의 손을 놓지 않았다.

"아직 판단하기 이르지만, 지금 상태라면 희망을 품어도 좋습니다. 의식이 돌아와도 근력이 회복될 때까지 정상적인 생활이 힘들 겁니다. 하지만 현재 건강 상태가 좋으니, 차차 눈에 띄게 좋아질 겁니다."

강준의 상태를 살피던 김 박사가 장 여사를 향해 환한 미소를 지어 보였다. 냉정한 성격의 장 여사가 강준을 끌어안고 참았던 울음을 쏟아 냈다. 정숙 역시 진성의 품에서 그간의 길고 긴 노고를 덜어 놓고 소리 없이 흐느꼈다.

길고 긴 새벽이 지났다. 강준은 또다시 잠들었지만, 예전과는 사뭇 다른 모습이었다. 동공이 힘없이 풀리지도 맥을 놓지도 않았다. 잡은 손에서 느껴지는 희미한 기운은 분명 곧 깨어날 사람의 것이었다. 강준을 지켜보던 어른들이 작은방으로 들어갔다. 무슨 일을 상의하는지, 문지방을 넘는 소리가 몹시 조심스러웠다.

얼마나 지났을까. 김 박사가 돌아가는 소리가 들리고, 장 여사와 정숙이 안방으로 들어왔다. 강준의 고집스러운 손을 가만히 내려다보던 장 여사가 희미하게 웃었다.

"모두가 네 덕분이다. 그간 고생이 많았다."

혜원은 차마 고개를 들 수 없었다. 강혁과의 관계를 알게 된다면 지금 같은 미소는 흔적조차 없이 사라질 것이다.

"곧 이곳을 떠나게 될 테니 준비하고 있으렴."

갑작스러운 말에 혜원이 고개를 돌렸다. 정숙 역시 어딘가 복잡한 표정이었다.

"따로 거처를 마련할 생각이니, 그때까지는 강준의 일을 외부에 알리지 마라. 특히 강혁이가 알게 해서는 안 돼."

묵묵히 장 여사의 말에 귀 기울이던 정숙이 끼어들려 하자, 장 여사가 서둘러 말을 이었다.

"정숙 씨가 강혁이를 아끼는 것은 알아요. 하지만 강준이가 깨어난 이상, 서운하지 않도록 준비를 해 놓아야지요. 예전만큼은 아니지만, 적어도 계열사 한두 개 정도는 강준의 몫으로 돌려놓아야 하지 않겠어요?"

"저는 사업이나 이런 거는 잘 모릅니다. 하지만 가족이라면, 이렇게 좋은 소식을 함께 알아야 한다고 생각해요. 내색은 안 하지만, 강혁이도 제 형 깨어나기를 누구보다 간절하게 기다렸습니다."

"말도 안 되는 소리 말아요. 그럴 아이라면, 제 형을 저렇게 만들지도 않았어요."

"단순한 사고라고 들었습니다. 그 아이 잘못이 아닙니다."

정숙이 지지 않고 대답하자, 장 여사가 귀찮다는 듯이 손사래를 쳤다.

"강혁이를 몰아붙이려는 것이 아니에요. 나 역시 이제 아무런 힘이 없어요. 다만 잃어버린 강준이 자리를 찾아 주려는 것뿐이에요. 강혁이 못지않게 자존감이 남다른 아이였어요. 이 아이가 깨어나서 실망하는 모습은 보고 싶지 않아요."

장 여사의 말에 마지못해 정숙이 고개를 끄덕였다.

"당분간 정숙 씨가 각별하게 신경 써 주세요. 김 박사와 정 간호사에게는 따로 일러 놓았으니, 당분간 별채 밖 출입을 삼가도록 하시고요."

혜원은 급하게 돌아가는 상황에 숨이 막혔다. 약속된 시간은 삼 개월이었고 강준의 상태를 알릴 수 없다면 강혁과의 관계도 끊을 수 없었다. 게다가 본의 아니게 강혁에게 거짓말까지 해야 했다.

주변을 꼼꼼하게 살피고 타이른 장 여사가 돌아가고 정숙과 진성까지 아래채로 돌아갔다. 또다시 별채에는 숨죽인 침묵이 찾아들었다. 강준의 곁을 묵묵히 지키던 혜원이 잡힌 손을 가만히 내려다보았다. 좀처럼 현실감이 들지 않았기 때문이다. 강준이 깨어나기를 간절히 원했지만, 막상 그의 존재가 눈앞에 현실로 다가들자, 복잡한 생각이 엉켜들었다.

강준은 자신에게 누구보다 가깝고 특별한 사람이었다. 그러나 이제야 겨우 의식이 돌아온 강준은 다르다. 말만 약혼녀이지, 그의 기운을 북돋기 위해 뒷방으로 찾아든 욕심 많은 계집아이일 뿐이었다. 그에게 자신은 처음 보는 낯선 대상이었다. 게다가 그의 동생과 몹쓸 일까지 저지르고 말았다.

어젯밤 사라지는 강혁의 뒷모습을 보고 깨달았다. 혹시나 하던 마음이 있었다. 밑도 끝도 없던 자만심이 있었다. 그러나 아무리 발버둥 쳐도 서강혁이라는 남자의 머리카락 한 올 가질 수 없다는 사실을 이제야 겨우 깨달았다. 강준마저 외면한다면 자신은 어찌 되는가. 강혁에 이어 강준에게까지 비참하게 버려지고 싶지 않았다. 하지만 이제는 마음의 준비를 해야 했다.

❋ ❋ ❋

강혁이 천천히 눈꺼풀을 들어 올렸다. 지난밤 지나치게 마신 술 탓인지, 머리가 지끈거리고 속까지 울렁거렸다. 낯선 천장과 요란한 디자인의 조명등을 바라보던 강혁이 제 몸에 달라붙은 낯선 여자에게 시선을 돌렸다.

숙취만큼이나 불쾌한 기분에 서둘러 수진을 떼어 놓고 침대에서 몸을 일으켰다. 방바닥에 굴러다니는 화려한 속옷과 스타킹, 옷가지까지 신경을 거슬리게 했다. 사용한 콘돔이 눈에 들어오자, 강혁이 잇새로 짧은 욕을 뱉어 냈다.

"제길!"

아무리 술에 취해도 이런 식으로 여자를 안은 적은 없었다. 낯선 남자의 사타구니를 더듬는 스무 살의 어린 계집을 보니, 이유도 없이 울화가 치밀었다. 끊임없이 머릿속을 헤집고 다니는 혜원의 모습과 겹쳐 보였기 때문이다.

어떤 여자에게도 만족을 모르던 자신을 첫눈에 홀리고 처녀의 몸으로 밤새도록 허리를 흔들며 안을 흠뻑 녹이던 기막힌 물건이 강혜원이라는 여자였다. 이런 곳으로 흘러들었다면 여러 남자를 홀리고도 남았을 그런 위인이었다. 원하는 것을 갖기 위해 술을 따르고 웃음을 흘리고 아무렇지도 않게 처음 만나는 남자에게 다리를 벌렸을 것이다.

강혁이 불쾌한 기분을 떨쳐 내려는 듯이 욕실로 들어가서 찬물로 샤워했다. 객실로 나와 대충 옷을 걸쳐 입고 있을 때, 잠에서 깨어난 수진이 부스럭대며 몸을 일으켰다.

"아직 이른 시간인데, 좀 더 주무시지 않고요."

시트가 흘러내리자, 지나칠 만큼 커다란 젖가슴과 색이 진한 유두가 고스란히 드러났다. 나이는 어리지만, 여러 남자의 손을 거쳐 간 육체였다.

슈트 재킷을 걸친 강혁이 지갑을 열어 두둑한 금액의 수표를 테이블에 올려놓았다.

"다음에 오시면 또 지명해 주실 거죠?"

수진이 말했다. 농염한 분위기를 자아내는 몸과는 달리 어딘가 앳되고 순진한 표정을 하고 있었다.

"그래. 그러지."

그제야 안심한 듯이 수진이 가만히 한숨을 내쉬며 말했다.

"……어제는 둘러댔지만, 처음부터 이런 일을 할 생각은 없었어요. 아르바이트를 잠깐 해 봤지만, 학비만으로도 턱없이 부족한 금액이라……."

불현듯 혜원이 했던 말이 떠올랐다.

'온기 없는 싸늘한 방과 술주정뱅이 아버지가 끔찍해서 이곳에 왔어요. 남들처럼 맛있는 음식도 먹고 싶고 예쁜 옷도 입고 싶었어요. 하고 싶은 공부는 많은데, 참고서 살 돈이 없어서 화가 났어요. 그게 당신에게 비난받을 이유인가요? 이렇게 함부로 취급받을 만큼 잘못한 일이에요?'

당시 혜원의 말을 귓등으로 흘려들었다. 위선을 포장한 그럴싸한 변명으로 들렸기 때문이다. 사실 가난을 경험해 보지 못한 강혁은 혜원의 말을 이해하고 싶어도 이해할 수 없었다.

객실을 빠져나온 강혁이 대기해 놓은 차에 올랐다. 강혁의 지친 안색을 살피던 운전기사가 나지막한 소리로 물었다.

"회사로 바로 모실까요?"

"아니, 청평으로 가죠. 오늘 일정 전부 취소하고 급한 일 있으면 집으로 연락하라고 하세요."

지끈거리는 두통만큼이나 온갖 생각이 뒤엉켰다. 강혁이 시트에 등을 기대고 천천히 눈을 감았다.

서울을 빠져나온 차가 외곽도로를 지나, 완만한 오르막길을 올랐다. 잣나무 숲을 지나, 호숫가 주변에 다다랐을 즈음에 강혁이 천천히 눈꺼풀을 들어 올렸다. 아침 햇살을 받아 잔물결을 일으키는 호숫가가 차창으로 빠르게 스치고 지나갔다.

이곳을 스칠 때면 가끔 볼 수 있던 낯익은 풍경이 오늘은 보이지 않았다. 호수 주변에 휠체어를 세운 혜원이 강준 앞에 무릎을 꿇고 앉아 다정하게 말을 건네는 모습이 잡힐 듯이 눈에 그려졌다. 그때의 혜원은 자신과 있을 때와 전혀 다른 사람 같았다. 햇살 아래서 녹아내릴 듯이 웃는 눈매와 강준의 무릎에 얼굴을 묻은 채, 아이처럼 말을 건네는 모습이 풋내 나는 소녀처럼 해맑아 보였다. 주변 풍경과 어우러져서 자연스럽게 빛나는 모습을 넋을 잃고 바라보고는 했다.

차에서 내린 강혁이 현관문을 열고 들어갔다. 습관처럼 주방을 살피는 그의 눈동자가 익숙한 모습을 발견하지 못하자, 실망한 기색이 역력했다. 별채로 갈까 하다가, 찝찝한 기분에 샤워부터 하고 싶어서 2층 계단을 올랐다. 침실로 들어가려는 순간, 복도 구석진 방에서 들려오는 물소리가 그의 발목을 붙들었다.

강혁이 이끌리듯이 혜원의 방으로 들어갔다. 알몸으로 샤워하는 혜원을 보자, 피로감이 씻긴 듯이 사라지고 사나운 욕망이 독을 품은 독사처럼 불쑥 고개를 내밀었다. 다른 여자를 안고 나니, 제 감정이 더욱 명확해지고 말았다. 여러 여자를 오가며 거리낌 없이 몸을 섞었지만, 이토록 강한 욕정을 불러오는 여자는 혜원밖에 없었다. 제 몸에 남은 한 방울의 정액까지 털어 넣고 싶을 만큼, 격렬한 쾌감을 불러오는 여자였다. 그뿐 아니었다. 새하얀 나신을 샅샅이 훑고 지나가는 거센 물살조차 질투가 나서 미칠 지경이었다.

물살을 따라 흘러내리는 머리카락이 탐스러운 젖가슴에 물결치며 부드러운 실루엣을 그렸다. 가슴에서 허리로, 허리에서 엉덩이로, 엉덩이에서 가느다란 다리까지, 아슬아슬하게 넘나드는 곡선에 숨이 막히고 거친 숨이 쏟아졌다.

강혁을 발견한 혜원이 고개를 돌렸다. 물기로 흠뻑 젖은 촉촉한 나신과는 달리 건조한 시선에서는 어떤 감정도 읽히지 않았다. 수건을 꺼내 물기를 닦고 샤워 가운을 걸쳐 입는 느긋한 동작이 마치 느리게 지나가는 화면처럼 안타까운 기분을 끌어냈다.

혜원이 그의 곁을 막 지나가려는 찰나, 강혁이 가느다란 허리를 부둥켜안았다. 외면하는 시선이 견딜 수 없을 만큼 초조했기 때문이다.

"……여자 향수. ……지금까지 여자와 함께 있었군요."

혜원이 고저 없는 목소리로 중얼거렸다.

다른 여자의 몸을 드나들며 혜원의 이름을 정신없이 불렀다. 꽉 들어맞지 않는 몸과 낯선 향취에 시간이 갈수록 짜증이 더해 갔다. 자신이 혜원을 길들인 것이 아니라, 오히려 자신이 길든 기분이었다. 지난밤의 일이 후회되니 말이다.

"……그래서 즐거웠어요?"

"아니, 전혀."

"거짓말."

그녀다운 대꾸에 비로소 마음이 풀렸다. 혜원의 젖은 머리카락을 쓸어 넘겨 주며 강혁이 다정하게 말했다.

"앞으로 이런 일은 없을 거야. 너를 두고 다른 여자를 안는 일 말이야."

단단한 몸을 밀어내며 혜원이 침실로 나갔다. 따라 나온 강혁이 뒤에서 끌어안자, 잠시 말이 없던 혜원이 힘없이 중얼거렸다.

"당신이 누구와 함께 있든 저와는 아무 상관없어요. 저야말로 당신과 다시는 그런 짓을 하지 않을 생각이니까."

깜찍한 투정이라는 것은 알았지만, 어딘가 지친 기색이 마음에 걸렸다.

"이러지 마. 네가 최고라고 했잖아. 너를 알고 어떤 여자도 눈에 들어오지 않았어. 마치 빈껍데기를 안는 기분이었어."

"……땅과 집 역시 이제는 필요 없어요. 지금까지의 일은 없던 것으로 돌려놓고 싶어요."

느닷없는 말에, 몸 여기저기를 더듬어 대던 그의 손이 움직임을 멈추었다. 잠시 후, 혜원의 몸을 돌려세운 강혁이 탐색하듯이 그녀를 주시했다.

"지금 그 말, 무슨 뜻이야?"

"이곳 땅과 집은 물론, 당신에게도 흥미가 떨어졌다는 뜻이에요."

"뭐라고? 다시 한 번 말해 봐."

"당신이 사라진 후에야 깨달았어요. 제아무리 살이 떨리고 몸이 달아올라도, 짧은 향락은 스치는 바람에 불과하다는 것을. 당신이 주는 쾌락이 아무리 달콤해도 지친 몸과 마음이 돌아갈 곳은 단 한 곳뿐이라는 사실을요."

"너야말로 지난밤에 꽤 좋았나 봐. 이따위 소리를 지껄이는 걸 보니."

사납게 으르렁댔지만, 더는 앙칼진 대꾸조차 없었다. 힘없이 떨구어진 시선에 강혁의 눈동자가 요동치며 흔들렸다.

"……제가 잘못했어요."

독백 같은 중얼거림이 사정없이 뒤통수를 후려쳤다.

"……뭐가?"

돌연 혜원이 무너지듯이 주저앉았다. 그리고 무릎을 꿇고 앉아 강혁의 바짓가랑이를 움켜쥐며 애원했다.

"……워낙에 없이 살다 보니, 주제를 모르고 과분한 욕심을 부렸어요."

"……."

"강준 오빠 없으면 저 죽어요."

"……."

"……제발 부탁이에요. 이대로 모든 걸 덮어 주세요."

강혁은 도무지 믿을 수 없었다. 무쇠처럼 단단한 심장이라고 자부했다. 하지만 혜원의 말이 무쇠의 심장을 제멋대로 할퀴었다. 펄펄 끓어오르는 용광로에 온몸을 담금질당하고 사지를 날카로운 갈고리로 찢기는 기분이었다. 오히려 자신이 그녀의 발밑에 조아리고 앉아 애원하고 싶었다. 자신 역시 지난밤에 깨닫고 말았다고, 채워지지 않는 것이 몸인지, 마음인지 도무지 알 수 없었다고. 그것이 무엇이든 원하는 것은 너밖에 없다고. 하지만 누구에게도 몸을 숙여 본 적이 없는 강혁이였다. 좌절과 실패를 모르는 남자였다. 꺾어질망정 휘어지지 않는 단단한 대나무였다.

휘이익, 휘이익.

대숲이 몸을 떨었다. 스치는 바람이 뿌리박은 대나무를 사정없이 뒤흔들었다. 꺾일 듯이 몸을 떠는 대나무 소리가 소름 끼칠 만큼 애처로웠다.

9

"……일어나."

강혁이 말했다. 무릎을 꿇고 앉은 혜원이 넋이 나간 듯이 바닥을 내려다보았다. 커다란 발을 감싼 클래식한 디자인의 구두를 보자, 까닭도 없이 왈칵하며 목구멍 안쪽에서 무언가가 밀려왔다. 그가 처음 이곳에 왔을 때 신고 있었던 구두였다. 커다란 신발이 볼 때마다 신기하여 작은 제 발에 끼워 놓고 저 혼자 웃고는 했다. 혹시라도 먼지가 묻을까, 아침마다 공들여 닦으며 손질하던 구두였다.

"일어나."

"……."

"일어나라고!"

가녀린 어깨가 꺼질 듯이 움츠러들자, 강혁이 못 참겠다는 늣이 혜원의 어깨를 틀어잡고 소리쳤다.

"너 왜 이래! 도대체 뭐가 갖고 싶어서 이러는 거야! 다 준다잖아. 원하는 게 뭐든, 다 갖다 바친다고 하잖아! 말해. 괜한 수작 부리지 말고 어서 말하라고!"

격렬한 분노로 일렁이는 눈동자가 푸른 불꽃을 뿜어냈다.

"……없어요."

"……."

"아무것도 없어요. ……제 잘못이에요. ……모두가 제 탓이에요."

맥없이 흘러내리는 눈물을 그에게 보이고 싶지 않았다. 혜원이 두 손으로 제 얼굴을 감싸며 고개를 숙이자, 강혁이 턱을 들어 올리며 시선을 마주쳐 왔다. 싸늘하게 얼어붙은 시선이 꿰뚫을 듯이 젖은 눈동자를 응시했다.

"……네가 뭘 잘못했는데?"

"……."

"환장할 만큼 좋아서, 밤낮을 모르고 몸을 섞던 그 일을 말하는 거야? 그게 잘못이면, 수시로 네 안을 들락거린 나는 뭐가 되는데?"

"……그런 뜻이 아니에요."

"앙큼한 장단에 놀아 주니 내가 우스워 보여?"

"……."

"서강준? 웃기지 마. 나는 누구에게도 너 못 줘. 살살 눈웃음치며 애간장을 녹이잖아. 꽉 물고 끊어 놓을 듯이 조여 대잖아. 내 몸에 딱 맞는 물건을 다른 놈이 가지다니, 제정신이 아닌 다음에야 내가 그 꼴을 볼 수 있을 거 같아!"

강혁이 마지막 인내심을 끌어모으려는 듯이 거친 숨을 쏟아 냈다.

"왜 이래? 왜 이러는 거냐고! 어째서 잠시 잠깐도 한눈을 팔지 못하게 하냐고!"

"……."

"그래서 다 준다잖아! 너 따위 계집에게 간이고 쓸개고 다 빼놓고 이따위 헛소리를 늘어놓고 있잖아!"

쩡쩡 울리는 목소리가 실내를 갈랐다. 동시에 혜원의 몸을 그대로 벽에 밀어붙이고 그가 자신의 바지 지퍼를 내렸다. 그리고 성난 분신을 단번에 밀어 넣었다.

"……으흑 ……안 돼요."

갑작스러운 삽입에 혜원이 중심을 잃고 비틀대자, 강혁이 그녀의 엉덩이를 강하게 움켜쥐고 모든 체중을 그에게 싣게 했다. 정신이 아찔할 정도로 찔러 오는 거대한 페니스에 반응하는 제 몸이 절망스러울 지경이었다. 내벽을 긁듯이 자극하는 움직임에 혜원이 이를 꽉 물고 신음을 참아 내자, 목덜미 깊숙한 곳에 뜨거운 숨을 쏟아 내던 그가 달콤한 말을 뱉어 냈다.

"……혜원아."

"……."

"……정말 너뿐이야. 이렇게 좋은 것은 너뿐이라고."

"으흐흑……"

다정한 속삭임에 가까스로 참았던 눈물이 봇물 터지듯이 쏟아졌다. 부드러운 혀가 젖은 뺨을 핥아 내리고 따스한 손이 잘게 떠는 혜원의 등을 어루만졌다. 아래를 들쑤시던 거대한 페니스가 달래듯이 내벽 깊은 곳의 성감대를 자극하며 그녀의 반응을 유도했다. 감질나게 치고 빠지는 동작에 아래가 녹아내릴 듯이 반복적인 경련을 계속했다. 살과 살이 비벼지고 액과 액이 뒤섞이고 가쁜 숨이 한 호흡으로 뒤엉켰다.

"……흐으흑 ……싫어. 아흑……."

"이렇게 좋아하면서…… 꽉 물고 놓아주지 않으면서…… 좋아서 자지러지면서 다른 남자에게 가겠다니……."

"……제발 ……아흣!"

"……이것이 짧은 향락에 불과하다니. 돌아갈 곳이 한 곳뿐이라니……."

그가 혜원의 젖은 머리카락을 움켜쥐고 턱을 들어 올렸다.

"……자, 다시 한 번 지껄여 봐."

이성의 통제를 벗어난 몸은 치졸하고 간사했다. 혜원이 그를 더욱 깊이 받아들이기 위해 허리를 틍기며 헐떡이자, 뿌옇게 흐린 눈동자가 무엇 하나 놓치지 않겠다는 듯이 혜원의 절정을 응시했다. 그러나 짐승의 눈동자 역시 크게 벌어진 마음의 상처를 고스란히 드러내고 있었다.

"……말해. 어서 말하라고……."

"……."

"나밖에 모른다고…… 평생 나만을 받아들이겠다고……."

"……으으읏 ……그만 ……그만."

귓속까지 뜨거운 숨이 쏟아졌다. 격렬한 분노가 달콤한 속삭임으로 바뀌어 갔다.

"……이렇게 좋은데, 좋아서 미치겠는데."

"으흑……."

"……다 줄게. 응? 다 줄 테니, 이러지 마라."

이미 흠씬 녹아내린 하체가 그의 뜨거운 불기둥에 달라붙어서 요동치며 움칠거렸다. 한계치에 다다른 혜원이 그의 목덜미를 끌어안고 날카로운 탄성을 쏟아 냈다.

"아아흑…… 아학……."

"으윽……."

그가 사정하는지, 짐승처럼 포효했다. 단단한 기둥이 더 깊은 곳을 찾아들며 미지근한 액을 쏟아 냈다. 지칠 대로 지친 혜원이 힘없이 고개를 떨구자, 그가 땀에 흠뻑 젖은 이마에 쪼아 대는 베이비 키스를 퍼부었다. 강혁이 몸을 뺄 생각도 하지 않고 비틀대는 혜원을 끌어안고 침대로 향했다. 삽입한 그대로 몸을 눕힌 그가 혜원을 깊이 끌어안으며 속삭였다.

"……맞아. 이제 겨우 스무 살인데……."

"……."

"너를 혼자 두는 것이 아니었는데……."

"……."

"……미안하다. 내가 잘못했다."

마치 고장 난 수도꼭지처럼, 그의 말에 또다시 왈칵하며 울음이 쏟아졌다.

깊은 잠에 빠진 강혁을 뒤로하고 혜원이 침실을 나왔다. 겉옷을 걸치고 무턱대고 밖으로 나왔지만, 방향을 잃은 걸음이 갈 바를 몰라 헤매었다. 강준이 있는 별채에 들 수도, 그렇다고 강혁이 있는 본채 저택에 돌아갈 수도 없었다. 발길 닿는 곳으로 정처 없이 걷다 보니, 늘 가던 호숫가 근처였다.

하얀 물안개가 피어오르는 호수 주변이 마치 수묵화를 풀어 놓은 듯이 시야를 흐리게 했다. 무릎까지 올라오는 무성한 잡풀을 헤치고 물가로 나아가자, 수면 위를 둥둥 떠다니며 떼 지어 놀던 청둥오리가 파드득 날갯짓하며 어디론가 날아갔다.

새들이 무리 지어 놀고 이름 모를 꽃이 피어나는 이곳이 좋았다. 사시사철 제 빛깔을 달리하는 숲과 호수 주변을 바라보고 있으면, 마음속의 근심이 눈 녹듯이 사라지고는 했다. 무너지듯이 주저앉은 혜원이 무릎에 얼굴을 묻고 미처 다하지 못한 눈물을 쏟아 냈다. 지치고 또 지친 탓에 눈꺼풀이 저절로 감기고 까무룩하고 잠이 쏟아졌다.

얼마나 흘렀을까. 풀숲을 헤치는 소리가 귓가로 스며 왔지만. 무거운 눈꺼풀을 들어 올릴 수 없었다. 누군가가 자신을 안아 올리며 쪼아 대는 입맞춤을 계속하고 있었다. 빠르게 뛰는 심장박동과 익숙한 체향이 좋아서 품 안으로 파고들자, 깊은 한숨이 바람에 실려 어디론가 흩어져 갔다.

혜원을 안아 든 강혁이 주차장으로 걸음을 옮겼다. 더는 강준과 혜원이 함께 있는 모습을 보고 싶지 않았기 때문이다. 잠든 혜원이 깨지 않도록 차 시트를 뒤로 기울이고 물에 젖은 신발을 벗겨 내었다. 양말도 신지 않은 맨발을 보자, 까닭도 없이 기분이 울컥했다. 혹시라도 한기가 들까, 히터를 틀고 손수건을 꺼내서 흙 묻은 작은 발을 닦아 내었다.

"젠장…… 발가락마저 예뻐."

발가락에 입술을 비비며 강혁이 중얼거렸다.

"……영악하고 비뚤어졌지만 하나부터 열까지 예쁘지 않은 곳이 없어……."

어디서부터 잘못된 것일까. 짧아서 더욱 강렬한 향락이라고만 여겼다. 하지만 더는 아니었다. 아무리 몸을 섞고 열락 속에서 신음을 삼켜도 채워지지 않는 공허한 기분, 강준이 아니면 안 된다고 울며 매달리는 혜원을 보며 깨달았다. 자신 역시 강혜원이라는 여자가 아니면 안 된다는 것을.

잠시 후, 강혁이 시동을 거는 것과 동시에 휴대전화의 발신 버튼을 눌렀다. 성북동 집안일을 돕는 도우미가 반가운 듯이 전화를 받았다.

"지금 성북동으로 갈 테니, 집 좀 정리해 주세요. 먹을 만한 것도 좀 채워 놓으시고요."

— 누가 함께 오세요?

도우미의 질문에 강혁이 잠든 혜원을 물끄러미 바라보았다.

"정원을 잘 돌보시던데, 지금 정원은 어때요? 꽃이 피었습니까?"

느닷없는 질문에 잠시 머뭇거리던 도우미가 수줍은 듯이 머뭇거리며 대답했다.

— 장미철이라, 울타리를 타고 넝쿨 장미가 예쁘게 피었어요. 곳곳에 심어진 땅장미에서 향긋한 냄새가 진동해요.

"잘되었네요. 꽃을 유난히 좋아하는 사람이라……. 산책하다가도 꽃을 보면 넋을 놓고 바라보거든요."

그닥지 않은 말이었는지, 전화선을 통해 짧은 침묵이 흘렀다.

"참, 곧 짐을 옮길 생각이지만, 당분간 입을 수 있는 여자 옷을 몇 벌 준비해 주세요."

전화를 끊은 강혁이 살피는 눈으로 혜원을 바라보았다.

알고 있다. 서강혁은 이런 놈이 아니었다. 여자든, 꽃이든 어떤 대상에 대해 깊이 생각한 적이 없었다. 소녀와 여자의 경계에서 끊임없이 외줄 타기를 하는 혜원을 넋 놓고 바라본 것이 언제부터였을까. 발아래 피어난 꽃을 그냥 지나치지 못하고 넋 놓고 바라보는 스무 살의 소녀. 요부처럼 몸을 흔들고 녹을 듯이 눈웃음을 치며, 청량한 웃음소리로 남자의 마음을 홀리는 여자. 무엇이 진짜 모습인지 알 수 없지만, 시선에 걸리고 신경을 갉아먹고 이제는 심장 깊숙한 곳까지 파고들었다.

강혁이 힘없이 떨구어진 혜원의 손을 잡았다. 그리고 움칠거리는 손을 들어 제 입술에 갖다 붙였다.

"……그래. 네가 이겼어. 네가 이겼다고. ……그러니까, 다시는 이런 식으로 사람 마음을 후벼 파지 마. 나는 너 절대 못 놓아줘. 껍데기뿐 아니라, 알맹이까지 모두 가질 거야. 서강준 따위 까맣게 잊게 할 거라고."

※ ※ ※

깊은 잠에 빠져들었다. 그리고 온갖 꿈을 꾸었다. 신림동의 허름한 집과 붉은 깃발이 꽂혀 있던 화옥의 법당과 죽어 가던 엄마의 맥이 풀린 눈동자와 떠나오고 한 번도 찾지 않았던 아버지의 가래 섞인 기침 소리를 들었다. 그리고 달려들 듯이 으르렁대던 핏불테리어와 제 짝을 찾아 어디론가 사라진 고양이 하루의 발정 난 울음소리도 들었다.

"……시 ……싫어."

"……쉬이 ……괜찮아. ……그저 꿈일 뿐이야. 깨고 나면 곧 사라질 꿈……."

어디선가 이 목소리를 들은 적이 있다. 다정하게 등을 쓸어 주던 손의 기억도 있다. 지난번처럼 금방이라도 사라질 것 같아서 힘겨운 눈꺼풀을 가까스로 들어 올렸다. 몽롱한 시야 너머 강혁이 있었다. 어째서 이렇게 안타까운 눈동자로 자신을 바라보는 것일까. 이런 모습 또한 꿈의 연장선일까. 또다시 감기려는 혜원의 눈꺼풀 위에 뜨거운 한숨이 쏟아졌다.

"그만…… 일어나야 해. 온종일 아무것도 먹지 않았어. 기력이 없으니 뭐라도 먹고 기운을 차려야지."

이마를 쓸어 주는 다정한 손길에 혜원이 멍하니 천장을 올려다보았다. 심플한 형태의 매립형 천장 등이 눈에 들어오자, 그제야 정신이 들었다. 시선에 들어오는 모든 것이 낯설고 생소하여 혜원이 힘없이 중얼거렸다.

"……이곳은 어디예요?"

"앞으로 우리가 살 곳……."

느닷없는 말에 놀라 옆으로 고개를 돌렸다. 기다렸다는 듯이 마주쳐 오는 시선이 믿을 수 없을 만큼 부드러웠다. 눈매를 휘며 환하게 웃는 모습 또한 지나치게 비현실적으로 느껴져서 혜원이 저도 모르게 중얼거렸다.

"……우리가 살 곳?"

"그래. 너와 내가 이제부터 함께 살 곳이야."

꿈이라면 깨어나야 했다. 이런 꿈이 가능할 리 없다.

"귀국하자마자, 이 집을 사들였어. 편리하기는 아파트가 좋지만, 벤을 위해서는 마당 있는 집이 필요했거든. 북악산을 끼고 있어서 아침저녁으로 산책하기 좋고 도심치고는 공기도 나쁘지 않아. 출근할 때마다, 네가 다니는 학교까지 태워 줄 수도 있을 거야."

반 정도 접힌 블라인드 너머 조명으로 불을 밝힌 정원이 보였다. 면적이 넓은 청평 별장보단 한참을 못 미치지만, 신경 쓴 흔적이 엿보이는 아기자기한 정원이었다.

"……불가능한 일이에요."

혜원이 고개를 저었다.

"어째서?"

"그런 일이 가능할 리 없잖아요."

"가능하고 불가능한 것은 내가 정해. 그리고 나고 죽는 하늘의 이치 외에 내게 불가능한 일은 없었어. 네가 무얼 걱정하는지 알고 있어. 하지만 이곳까지 너를 데려온 이상, 뒷구멍에 숨기지는 않을 거야. 주변을 정리할 생각이니, 조금만 기다리고 있어."

그는 지독할 만큼 이기적이고 자기중심적인 남자였다. 강준에게 가겠다는 말에 자극을 받았겠지만, 이런 결정을 쉽사리 할 사람이 아니었다. 감정을 앞세워 아무 생각 없이 저지른 일이 부메랑이 되어 돌아왔다.

강준이 깨어난 것을 알면 그는 과연 어떤 반응을 보일까. 그를 속이고 기만한 자신을 용서하지 않을 것이다. 강준 역시 마찬가지였다. 그를 우롱하고 이용하여 강혁을 도발했다. 그리고 그가 잠든 옆방에서 짐승처럼 신음을 내지르며 강혁을 받아들였다. 철부지 불장난으로 모든 것이 난장판이 되고 말았다. 자신이 저질렀으니 자신이 마무리해야 했다. 끝까지 탐욕스러운 계집으로 남아서 아쉬움 없이 버림받아야 마땅하다.

"아니, 약속한 대로 해요. 생각해 보니, 땅보다는 현금이 좋을 거 같아요. 괜찮다면 현금으로 받을게요. 이제 한 달 남았으니, 계약한 날에 깨끗이 끝내 주세요."

부드럽게 휘던 눈매가 순식간에 얼어붙었다. 혜원이 입고 있는 셔츠 단추를 천천히 끌러 내자, 그가 기가 막힌 듯이 헛웃음을 삼켰다.

"너 도대체 뭐야?"

"……."

"뭔데 사람을 이렇게 가지고 놀아?"

"……."

"말했지. 서강준은 안 된다고. 아무리 반쪽 핏줄이라도 피가 이어진 형제야. 너와 온갖 짓을 하며 붙어먹었어. 내가 아무리 개자식이라도 그것만은 절대 안 돼."

"그러니까 현금으로 달라잖아요. 먹고 소리 소문 없이 꺼져 줄게요. 그럼 된 거잖아요!"

날카로운 이빨을 드러내야 했다. 손톱을 한껏 세워서 가차 없이 달려들어야 했다.

"뭐라고?"

"저도 이제 지쳤어요. 산골짜기에 처박힌 별장도, 산송장처럼 누워 있는 강준 오빠도, 사람 취급 하지 않고 맘껏 조롱하는 당신도, 모두 지긋지긋하다고요!"

"……."

"석 달 동안 열심히 허리 흔들어서 번 돈으로 서울에 그럴싸한 오피스텔을 얻을 생각이에요. 가까운 친구를 불러 밤새도록 수다도 떨고 떠들썩한 클럽에서 맘껏 춤도 출 거예요. 또래의 남자 친구와 영화도 보고 사람이 북적이는 거리를 걸으며 못 했던 데이트도 즐기고 싶어요."

"……."

"세월이 흘러 돈 많고 집안 좋은 남자 만나면 당신에게 배운 기술을 써먹을 생각이에요. 다시는 놓치지 않도록 거기를 꽉 물고 놓아주지 않을 거예요. 꽉꽉 조여 대며 미친 듯이 엉덩이를 흔들고……. 꺅!"

정신없이 쏘아 대던 혜원은 결국 말을 마치지 못했다. 순식간에 다가와 후려치는 매서운 손아귀 힘에 골이 뒤흔들렸기 때문이다.

"미친 듯이 허리를 흔들어?"

"……."

"어디 한번 해 봐! 제대로 한번 해 보라고!"

쩡쩡 울리는 고함에 이어 강혁이 바닥에 쓰러진 혜원의 팔목을 잡아 올렸다. 그리고 찢어발기듯이 옷을 벗겨 내었다. 갈급한 손이 그마저도 성이 안 차는지, 반쯤 벗겨진 혜원의 가랑이 사이에 쿡 하고 손가락을 찔러 넣었다.

"……으흡!"

"여기에 나 말고 다른 새끼를 넣겠다고?"

혜원은 머릿속이 빙글빙글 돌았다. 씹어뱉듯이 으르렁대던 강혁이 손가락을 빼고 제 바지 지퍼를 내렸다. 그리고 팽팽하게 솟은 페니스를 단번에 찔러 넣었다.

"……하학! 그만……."

아무 준비 없는 갑작스러운 삽입에 혜원이 말조차 잊고 고통의 신음을 쏟아 냈다. 하지만 강혁은 달랐다. 분노로 펄펄 끓어오르면서도 혜원과 하나 된 그는 고통과도 같은 쾌락에 몸을 떨었다. 그런 자신에 대해 화가 났는지, 그가 삽입한 그대로 안을 거칠게 휘저어 댔다.

"……흐흑 ……그만 ……제발 그만……."

퍽퍽. 살이 맞닿는 소리에 두 눈을 질끈 감았다. 미끈한 혀가 입술을 가르려 했지만, 이를 앙다물고 시선을 피했다.

"입 벌려. 젠장! 입 벌리라고!"

눈물로 범벅된 혜원의 얼굴을 틀어쥐고 그가 소리쳤다. 강제적으로 입술을 벌리게 한 뒤 혀로 입 안을 휘저어 댔다. 계속되는 강한 삽입과 거친 키스에 혜원이 휘청거리자, 그가 혜원의 엉덩이를 틀어쥐고 제 몸에 체중을 싣게 했다.

잠시 후, 힘없이 매달려 기계적으로 흔들리는 몸을 안고 강혁이 향한 곳은 커다란 전면 유리가 있는 욕실이었다. 거울 앞에 혜원을 돌려세운 그가 무겁게 가라앉은 목소리로 으르렁거렸다.

"눈 떠. 그리고 잘 봐."

혜원이 눈꺼풀을 천천히 들어 올렸다. 어깨까지 흘러내린 셔츠와 말려 올라간 브래지어. 붉은 잇자국이 선명하게 남은 젖가슴이 시선에 들어왔다. 그뿐 아니었다. 남자다운 손이 그녀의 시선을 유도하려는 듯이 그와 하나 된 하반신에 제 손을 갖다 붙였다. 크고 굵은 기둥이 박힌 그녀의 속살은 애액으로 흠뻑 젖은 채였다. 적나라하게 드러난 광경에 혜원이 또다시 두 눈을 질끈 감았다.

퍽퍽. 또다시 시작된 마찰음과 함께 마치 경고라도 하는 듯이 강혁이 혜원의 턱을 들어 올렸다.

"눈 뜨고 제대로 봐."

"……."

"기막힌 조합이야. 그야말로 착착 달라붙어서 서로 떨어지지 않아."

아래를 채운 팽팽한 기둥이 살아 있는 듯이 꿈틀대자, 내벽이 움칠거렸다. 몸의 반응과는 달리 혜원은 세면대 거울에 보이는 제 모습에 끔찍한 기분이 들었다.

"말해 봐. 이 짓을 나 말고 다른 자식이랑 한다고?"

"……할 거예요. 얼마든지 할 수 있어요."

혜원이 지지 않고 중얼거렸다.

"그래. 어디 해 봐. 너는 물론 그 개자식은 내 손에 죽어."

안으로만 파고드는 거친 삽입에 혜원은 숨조차 쉬지 못하고 세면대에 매달렸다. 거친 면이 있지만, 강혁과 이런 섹스를 한 적은 없었다. 그는 자긍심이 대단한 남자였고 어떤 상황에서도 자신을 잃지 않았다. 또한 드러난 모습은 차갑지만, 때로는 믿을 수 없을 만큼 다정한 구석이 있는 사람이기도 했다. 찔러 넣고 휘저어 대는 짐승 같은 행위는 그에게 어울리지 않았다. 그에게서 이런 모습까지 끌어냈다고 생각하니, 혜원은 스스로에 대한 혐오감에 치가 떨려 왔다.

세상 물정을 모르는 열여덟 살의 어린 나이에 배고픔과 추위를 피하고 싶어서 어리석은 선택을 했다. 모욕과 수치를 견디기 위해 눈을 부릅뜨고 입술을 깨물었다. 몸과 마음이 다른 거라고 착각했다. 그를 뒤흔들어서라도 무작정 갖고 싶었다. 온갖 모욕과 상처를 받았지만, 그래도 자신의 모든 것을 내어 준 남자였다. 알맹이 없는 빈 조개비처럼 제 마음을 송두리째 가져간 남자였다. 하지만 오르고 싶은 세상의 벽은 지나치게 견고했고 상처로 가득한 마음만 남았다.

잠시 후, 강혁이 사정감을 이기지 못하고 몸을 떨며 억눌린 신음을 쏟아 냈다. 혜원이 미끄러지듯이 욕실 바닥에 엎어지자, 그가 세면대에 머리를 박고 거친 동작으로 찬물을 끼얹었다.

"좋아. 어디서 굴러먹든 멋대로 해 봐. 너 같은 싸구려 계집 따위는 세상에 널려 있으니까."

욕실 문이 닫히고 강혁이 어디론가 사라졌다. 혜원이 다리 사이에서 질펀하게 흘러나오는 정액을 물끄러미 바라보았다. 기계적인 동작으로 풀린 셔츠 단추를 여미고 발목까지 내려온 바지를 올려 입었다.

객실 문을 두드리자, 기다렸다는 듯이 문이 열렸다. 갑작스러운 방문이었는지, 살피는 눈으로 크리스가 물었다.

"이 시간에 웬일이야?"

"술 있지?"

객실 안으로 성큼 들어온 강혁이 실내를 서성였다. 얼음을 채운 위스키 잔을 건네자, 목이 타는지 그것을 단숨에 들이켰다.

"표정이 왜 그래. 집에 있는 고양이가 또 말을 안 들어?"

재미있다는 듯이 크리스가 눈을 빛내자, 그의 미간이 찌푸려졌다.

"정말 대단한 고양인가 봐. 당신을 이렇게 만든 걸 보면……."

"……."

"강준 씨 약혼녀 맞지?"

"약혼녀는 무슨. 이젠 그 약혼녀라는 단어만 들어도 지긋지긋해."

강혁이 소파에 털썩 주저앉았다. 어딘가 지친 기색이었지만, 그 못지않게 초조한 표정이었다.

"조금 전, 내가 그 애에게 무슨 짓을 저질렀는지 알아?"

"……."

"다른 남자에게 가겠다는 말에 애걸하며 매달렸어. 싫다고 울부짖는 그 애를 강제로 안고 차마 입에 담지 못할 말을 지껄였다고."

혼란스러워 보이는 모습만큼이나 믿기지 않는 말이었다. 크리스가 아는 서강혁은 이런 남자가 아니었다. 자긍심으로 똘똘 뭉친 그를 흔들 수 있는 것은 아무것도 없었다. 단 하나, 상처뿐인 관계였지만 끝까지 끈을 놓지 못하는 가족만이 가능한 일이었다.

"소문은 심심찮게 들었는데, 도대체 어떤 사람이야?"

무슨 생각을 하는지 강혁의 입매가 삐딱하게 올라갔다.

"늘 고집을 부리며 머리 꼭대기에서 노는 아이야. 살살 눈웃음치며 애간장을 녹이다가도 태연하게 다른 남자와의 미래를 늘어놓지."

"……."

"같이 살자는 말에 그 애가 뭐라는 줄 알아? 말없이 꺼져 줄 테니 그냥 현금으로 달래. 근데 웃기는 게 뭔지 알아? 그 말에 미치도록 화가 났지만, 동시에 덜컥하고 겁이 났어."

"그야말로 제대로 임자 만났네."

놀리듯이 술잔을 들어 올린 크리스가 강혁의 옆자리로 다가와 앉았다.

"가겠다면 보낼 거야. 그깟 스무 살 계집아이가 뭐라고."

"하여튼, 솔직하지 못하다니까. 이렇게 잔뜩 흐트러진 모습으로 머릿속에는 한 사람 생각으로 가득 차 있으면서. 어서 가서 말해. 네가 떠날까 두렵다고. 이토록 화나고 두려운 것은 너를 사랑하기 때문이라고. 제대로 말해야 제대로 알아듣지."

소파에 기대어 눈을 감고 있던 강혁이 천천히 눈꺼풀을 들어 올렸다.

"……사랑? ……웃기지 마. 그런 감정은 자기기만에 불과해."

"그렇다면 이럴 까닭도 없잖아. 그냥 원하는 대로 주고 당신답게 보내."

강혁의 시선이 느리게 비켜 갔다.

"당신 은근 손해 보기 쉬운 타입이라는 거 알아?"

"……."

"한번 마음을 주면 아무리 상처를 받아도 미련을 못 버리지. 당신 어머니도 그렇고 당신 형도 그렇고."

강준에 대한 화제를 피하고 싶은지, 자리에서 일어난 강혁이 위스키가 있는 미니바로 향했다.

"강준 씨에게 그룹 전체를 넘기려 했지? 그래서 아빠의 제의를 받아들였고."

크리스의 물음에 강혁이 씁쓸하게 웃었다.

"좁은 우물에서 아웅다웅 살고 싶지 않았을 뿐이야. 서강준도 어리석어. 그 일만 없었다면 모든 게 제 것이 되었을 텐데."

"동전의 앞면만 보려 하지 마. 그 역시 말 못 할 사정이 있을 거야."

"그 일 자체가 화나는 게 아니야. 정한그룹? 그 따위가 뭐라고 저 스스로 진흙탕에 뛰어들어? 내가 아는 서강준은 그런 추한 인간이 아니었어."

"거봐…… 그런 일을 겪고도 여전히 포기 못 하잖아. 냉혈한이라고 소문난 서강혁이 이런 면이 있다는 것을 과연 누가 알까."

"……."

"좋으면 좋다고 바로 말해. 강준 씨에게도, 당신이 죽고 못 사는 고양이에게도."

※ ※ ※

아담한 정원을 거쳐 대문 밖을 나섰지만, 딱히 갈 곳이 떠오르지 않아서 불이 환히 켜진 큰길을 향해 걸어갔다. 버스 정류장에 쪼그리고 앉은 혜원이 제 발밑을 물끄러미 바라보았다. 양말도 신지 않은 맨발을 보니, 마치 데자뷔처럼 오래전 기억이 떠올랐다. 온갖 욕설과 매질, 고함에 못 견뎌 쫓기듯이 단칸방을 뛰쳐나왔지만, 갈 곳이 없어서 이리저리 큰길을 헤매고 다니던 씁쓸한 기억이었다. 차이가 있다면 지금은 그럴싸한 옷을 걸치고 지갑에 두둑한 현금이 들어 있는 정도였다. 버스가 정류장에 정차하고 사람들이 쏟아지듯이 내렸다가, 어디론가 흩어져 갔다. 갈 곳과 기다리는 사람이 있는 성급한 걸음이었다.

무작정 버스에 오른 혜원이 차창에 머리를 기대었다. 버스가 한강을 끼고 어디론가 달려갔다. 주머니에 있는 휴대전화가 몸살을 앓듯이 내내 몸을 떨었다. 소리 없는 진동음이 신경을 찢을 듯이 끊이지 않고 울렸다. 배터리를 분리해서 차창 너머 교량 가드레일에 집어 던졌다. 마침내 고요한 평화가 찾아오자, 혜원이 차창에 머리를 기대며 천천히 눈을 감았다.

같은 시각, 별채를 분주히 오가던 정숙이 또다시 휴대전화를 꺼내 들었다. 이른 아침 말없이 사라진 혜원은 밤늦도록 연락이 없었다. 부재중으로 넘어가는 전화가 초조하여 문밖을 나서려는 찰나, 강준을 돌보고 있던 정 간호사가 안방 문을 열고 나왔다.

"한 간호사님. 안으로 좀 들어가 보세요."

"왜요?"

"의식이 돌아오는지, 강준 씨가 또다시 눈을 떴어요."

반가운 소식에 정숙이 안방으로 한걸음에 달려갔다. 침대 등받이를 조절해 놓았는지, 강준이 침대에 몸을 기대고 정숙을 바라보았다. 초점이 흐린 눈동자였지만, 아침에 비하면 확연한 차이가 있었다.

"강준아. 이제 좀 정신이 드니?"

기운이 없는지, 그가 힘없이 고개를 끄덕였다.

"내가 누군지 알아보겠어?"

아무리 지극정성으로 돌봐도 수액으로 영양을 공급받던 강준이였다. 힘겨워 보이는 희미한 미소에 왈칵하며 목이 메어 왔다. 완전한 회복까지는 수많은 난관이 버티고 있지만, 이마저도 기적이 아닐 수 없었다. 곁으로 다가간 정숙이 그의 손을 어루만지며 다시 말을 이었다.

"뭐 하다가 이제야 겨우 눈을 뜬 거야. 다들 학수고대하며 네가 깨어나기를 기다렸어."

"……죄……송해요."

약간 어눌하지만, 특유의 차분하고 발성 좋은 목소리였다. 목소리를 들으니 비로소 강준이 돌아왔다는 사실이 실감 나는 현실로 다가왔다.

"말도 할 수 있구나. 그래, 그럴 줄 알았다. 그래야 똑똑하고 야무진 서강준이지."

감격에 겨운 정숙이 또다시 눈물을 쏟아 냈다. 마주 잡은 손에 따스한 힘이 가해졌다.

얼마나 시간이 흘렀을까. 강준이 누군가를 찾는 듯이 주변을 두리번거리며 어렵사리 말을 꺼냈다.

"……혜원이는."

"……."

"혜원이는 어디 갔어요?"

느닷없는 말에 놀란 정숙이 멍하니 강준을 바라보았다. 이 년이라는 짧지 않은 시간을 동고동락하며 지냈지만, 강준은 의시

없이 누워 있던 식물인간 상태였다. 그의 기억에 혜원이라는 존재는 없을 텐데, 불쑥 나온 이름이 신기한 동시에 의아하게 느껴졌다.

"혜원이를 알겠어?"

"……그럼요. ……알다마다요."

"……."

"……한 치의 빛도 없는 어두운 심해 밑바닥을 허우적거릴 때……."

"……."

"……제 손을 잡아 준 열여덟 살의 어린 소녀…… 바로 저의 약혼녀인걸요."

10

이른 아침, 절 마당을 훑는 대나무 빗자루 소리가 요란했다. 속가 마을과는 달리 새벽 기침 하여 해가 지면 하루의 일과를 마감하는 절 살림이었기에, 소리 없는 가운데 분주히 움직이며 부지런히 제 소임을 다해야 했다.

마당을 쓸던 공양주 김 보살이 창호지를 바른 요사채의 문을 힐끔거렸다. 일찌감치 아침 공양을 마치고 절 안팎을 살피던 암자의 노스님이 김 보살을 향해 말했다.

“아기보살은 아침 공양이라도 들었나?”

“공양은요? 하도 곤히 잠을 자니 깨울 수도 없지 뭡니까. 도대체 무슨 사연이기에 새벽 나절 산길을 헤치고 이렇게 깊은 암자까지 찾아왔는지…….”

김 보살이 혀를 끌끌 차며 말하자, 스님이 희미하게 웃었다.

"절집 살림이 다 그렇지. 사연 없는 사람이 어디 있던가. 구구절절 깊은 사연이 마치 제 어미 품 찾듯이 찾아오는 것을. 인연 따라왔으니, 그저 잘 살피고 보듬어서 인연 따라 보내면 그만 아닌가."

신도가 많은 큰 절과는 달리, 깊은 산중의 암자는 찾는 이가 드물었다. 절 식구라고는 나이 지긋한 노스님과 칠십이 가까워져 오는 공양주 보살이 전부였다. 젊은 여자가 찾아든 것은 이른 새벽이었다. 도량석을 마치고 예불을 위해 법당문을 여는 순간, 오체투지 자세로 엎드려 있는 여자를 발견했다. 스님이 어깨를 두드리자, 넋이 나간 듯이 흐려진 눈동자가 시선을 마주쳐 왔다. 새벽 예불을 마치고 객실로 쓰는 작은방으로 안내하자, 죽은 듯이 쓰러져 깊은 잠에 빠져들었다.

"몸이 아픈 거 같지는 않은데, 저대로 두어도 괜찮을까요?"

"푹 쉬도록 놓아두게나. 공양이나 거르지 않도록 잘 챙겨 주고……."

말을 마친 노스님이 요사채로 들자, 김 보살이 제 할 일을 하러 공양간으로 들어갔다.

✲ ✲ ✲

겨우 의식을 찾은 강준은 깨어 있는 시간보다는 잠들어 있는 시간이 더 많았다. 그러나 깨어 있는 시간에는 어김없이 혜원을 찾거나, 빈자리를 의식하는지 주변을 두리번거리는 일이 허다했다. 이런저런 핑계로 겨우 무마했지만, 걱정되는 것은 정숙 역시 마찬가지였다. 혜원이 사라진 지, 벌써 사흘이 지났다. 진성을 시켜 여기저기 수소문해 봤지만, 어떤 흔적도 발견할 수 없었다.

자정을 넘어가는 시각, 정숙이 잠든 강준을 확인하고 별채 문밖을 나서는 순간, 우두커니 선 그림자가 불쑥 다가들었다. 소스라치게 놀란 정숙이 어두운 그림자를 향해 물었다.

"……강혁이니?"

"……네."

주변이 어두워서 표정을 제대로 읽을 수 없지만, 잔뜩 가라앉은 목소리에서 그의 감정이 고스란히 읽혔다. 벌써 세 번째였다. 사라진 혜원을 걱정하는 것은 알고 있지만, 매번 불쑥불쑥 찾아와서 소식을 묻는 모습이 마치 쫓기는 사람처럼 불안정해 보였다.

"혜원이는 아직 연락이 없어. 아무래도 경찰에 알리는 게 낫지 않겠니?"

"이미 알렸어요."

"그럼 기다려 보자. 대학 입학 하고 여러 일로 쫓기다 보니, 많이 지쳤을 거야. 잠시 쉬면서 생각할 시간이 필요했겠지."

지금까지 제 몸 돌보듯이 강준을 아끼고 돌보던 혜원이였다. 그러나 의식이 돌아온 강준은 도리어 혜원에게 낯선 대상으로 느껴질 수 있었다. 바뀐 상황을 받아들일 시간이 필요했다. 강혁에게 자세한 내막을 말할 수 없는 점이 안타깝지만, 가족이 아닌 이상, 필요 이상의 관여는 할 수 없었다.

"많이 피곤해 보인다. 어서 가서 쉬어."

"먼저 내려가세요. 잠시 앉아 있다 갈게요."

잠시 머뭇거리던 정숙이 아래채로 사라지자, 강혁이 좁은 툇마루에 주저앉았다.

어느 정도 시간이 지나고 툇마루에서 일어난 강혁이 어두운 뜰을 서성였다. 잠시 후, 강준의 침실에서 흘러드는 희미한 수면 등을 바라보던 그가 별채 안으로 걸음을 옮겼다.

스스르 문 여는 소리와 함께 잠시 멈칫하던 강혁이 침실 문지방을 넘었다. 강준의 침실을 찾은 것은 이번이 두 번째였다. 돌이켜 보면 이상한 일이었다. 알몸으로 나란히 누운 두 사람의 모습에 어째서 그토록 화가 치밀었을까. 혜원을 짐승처럼 끌어냈던 일이 떠오르자, 강한 피로감과 함께 현기증이 몰려왔다.

침대 옆, 의자에 걸터앉은 그가 잠든 강준을 물끄러미 보았다.

"……서강준. 내 말 들려?"

"……."

"이렇게 마주 보고 이야기하는 것도 꽤 오랜만이네. 서로 시선조차 주지 않고 지냈잖아, 우리……."

"……."

"아주 오랜만이니까 황당하고 재미있는 이야기를 들려줄게."

"……."

“한 여자가 있어. 분명 내가 안은 내 여자인데, 자꾸 헛소리를 하는 거야. 서강준이 없으면 살 수 없다나 뭐라나, 그게 말이 돼? 너는 그 여자를 본 적도 없고 그 애에 대해서 아무것도 모르잖아.”

“…….”

“내가 아는 그녀에 대해 들려줄까? 고양이를 좋아하고 틈틈이 읽은 책의 내용을 습관처럼 메모하고 가끔 넋 놓고 밤하늘을 올려다보기도 해. 곁에 누운 내가 깨어날까, 발소리를 낮추며 걷고 저녁에 벗어 놓은 옷을 아침마다 새 옷처럼 손질해 놔. 웃음소리가 유난히 맑고 입보다는 눈이 먼저 웃어. 소리 내어 우는 대신에 가냘픈 어깨를 흔들며 흐느낀다고…….”

“…….”

“어머니가 끔찍하게 아끼는 아들, 반듯하고 사려 깊은 서강준은 후레자식인 나와는 근본적으로 다른 인간이잖아.”

“…….”

“그러니까 혼자만 편히 누워 있지 말고 어서 일어나. 이렇게 비겁하게 누워 있으니까, 그 애가 자꾸 헛소리를 하잖아. 어서 일어나서 누가 진짜 강혜원 남자인지 제대로 이야기해 주라고.”

“…….”

“잠이 오지 않아. 그 애의 마지막 모습이 떠올라서 도무지 잠이 오지 않는다고…….”

짐승처럼 범하고 야비한 말을 지껄였다. 크리스와 헤어져 성북동 집을 찾았을 때 혜원은 이미 어떤 흔적도 남기지 않고 사라지고 없었다. 막연한 불안감은 시간이 갈수록 더해 갔다.

진득한 피로감이 몰려왔지만 잠들 엄두조차 나지 않았다. 잠자리에 누우면 어김없이 혜원의 마지막 모습이 떠올랐기 때문이다. 욕실 바닥에 내팽개쳐진 채로 울음을 참아 내던 모습이 떠오를 때마다 자다가도 벌떡 일어나 미친놈처럼 이리저리 헤매고 다녔다. 찾아야 했다. 찾아서 눈으로 확인하지 않으면 도저히 살 수 없을 것 같았다.

잠시 후 강혁이 자리에서 일어났다. 그가 문을 열고 나가는 동시에 강준이 천천히 눈꺼풀을 들어 올렸다. 자갈 밟는 소리와 함께 인기척이 완전히 사라지자, 강준이 침대에서 몸을 일으켰다. 그리고 강혁의 질문에 뒤늦은 대답을 했다.

"……미안하다. 하지만 전부를 줄 수는 없잖아. 내게 남은 것은 혜원이뿐인데."

❇ ❇ ❇

"무슨 소리예요? 혜원이가 사라지다니요?"

"잠시만……."

문지방을 넘는 날카로운 목소리에 정숙이 안방을 살피며, 장 여사를 별채 밖으로 이끌었다.

"벌써 사흘째 소식이 없는데, 마냥 기다리고 있으면 어쩐답니까?"

혜원의 소식을 전해 듣고 한걸음에 별장으로 달려왔지만, 난감한 표정의 정숙을 보니 장 여사 역시 복잡한 기분이었다.

“아직 어린 나이잖아요. 아무래도 강준이가 깨어나니 생각이 많겠지요.”

“생각은 무슨, 누구보다 그 아이에게 반가운 소식이잖아요. 강준이 돌보는 게 기특하여 마냥 예뻐해 주었더니, 배운 바 없이 이렇게 제멋대로 행동하다니.”

“돌아올 겁니다.”

“돌아오기야 돌아오겠죠. 제가 앉을 자리가 어떤 자리인데.”

장 여사가 못마땅하다는 듯이 미간을 찌푸렸다.

“강준이만 아니었으면…….”

독백 같은 중얼거림에 장 여사의 마음이 그대로 읽혔다.

주변 사람을 서운하지 않을 정도로 잘 챙기지만, 일정 거리를 두는 장 여사는 누구에게도 깊은 마음을 주는 법이 없었다. 혜원이 아무리 지극정성으로 강준을 돌봐도 장 여사의 눈에 찰 리 없었다. 풍족한 집안에서 태어나 평생 물 한 방울 손에 묻히지 않고 살아온 그녀가 유일하게 아끼는 아들이 강준이였다. 갑작스러운 사고만 아니었다면, 미천한 출신의 혜원을 그의 곁에 두었을 리 없었다.

“도대체 무슨 조화 속인지. 눈 뜨자마자, 저렇게 그 아이를 찾으니…….”

어쩔 수 없다는 듯이 장 여사가 한숨을 내쉬었다. 강준의 의식이 또렷해질수록 혜원을 찾는 횟수가 점점 빈번해졌다. 초조한 기색까지 엿보이니, 장 여사 역시 당황스러울 수밖에 없었다.

"마냥 기다릴 수는 없으니, 사람을 풀어서 알아봐야겠어요. 참, 요즘 강혁이는 어때요? 강준이 소식은 아직 모르죠?"

장 여사의 물음에 정숙의 눈빛이 흐려졌다. 저 혼자 무마하려 했지만, 강혁의 태도가 지나치게 이상했기 때문이었다.

별채에는 발걸음을 않던 강혁이 수시로 드나들며 혜원의 소식을 물었다. 한 지붕 아래서 두 달이라는 시간을 함께 보낸 두 사람이었다. 소식이 궁금한 게 당연하지만, 쫓기듯이 불안한 안색이 마음에 걸렸다.

"사모님. 차라리 강혁이에게 사실대로 말하는 게 어떨까요?"

"왜요? 강혁이가 눈치라도 챈 겁니까?"

"언제라도 밝혀질 일입니다. 강준이가 거동하기 시작하면 재활 치료도 받아야 하고 언제 어디서 부딪칠는지도 알 수 없잖아요."

골똘하게 생각에 잠겨 있던 장 여사가 무언가를 결심한 듯이 정숙에게 말했다.

"안 되겠어요. 당장 강준이를 김 박사님이 계신 병원으로 옮깁시다."

"지금 말입니까?"

"제 형이 일어났다는 것을 알면, 강혁이가 어찌 나올지 알 수 없어요. 어떻게 구워삶았는지 이사진까지 한통속으로 강혁이를 밀고 있으니, 추이를 지켜보며 강준이 자리를 마련해 볼 수밖에요."

"아시다시피 강준이는 처음부터 사업에는 관심이 없었어요. 게다가 회복 기간이 제법 걸릴 텐데, 일은 아직 무리입니다."

곧고 우직한 성격의 정숙은 입바른 소리 또한 거침없이 했다. 두 형제를 제 손으로 받아서 살뜰하게 키워서인지, 죽은 서 회장은 물론 장 여사 역시 그녀를 함부로 대하지 못했다.

"모르는 소리 말아요. 내 자식은 누구보다 내가 잘 알아요. 강혁이 못지않게 야심 많은 아이예요."

느닷없는 말에 정숙의 표정이 굳었다. 그녀가 아는 강준은 예의 바르고 사려 깊은 사람이었다.

강준은 어린 시절부터 늘 강혁 뒤에서 한 걸음 물러나서 세상 모든 것에 관조하는 태도를 보이고는 했다. 죽은 서 회장이 친자식이 아닌 강준을 내치지 않았던 것도 강혁의 자리를 욕심내지 않아서였다. 집 안팎 사정을 훤히 꿰뚫고 있는 정숙이였지만, 사람의 속마음까지 전부 알 수 없는 노릇이었다.

모든 것이 장 여사의 지시대로 일사불란하게 움직였다. 정숙 역시 강준의 짐을 챙겨야 했지만, 어쩐지 일이 손에 잡히지 않았다. 혜원의 소식조차 모르는 지금, 강준을 다른 곳으로 옮긴다는 것이 마음에 걸렸기 때문이다.

❈ ❈ ❈

엘리베이터에서 내린 진욱이 서둘러 강혁의 사무실로 달려갔다. 문밖에서 인기척을 하고 안으로 들어가자, 깍지 낀 두 손을 이마에 갖다 붙인 채 고개 숙이고 있는 강혁의 모습이 시선에 들어왔다. 어딘가 지친 안색이 평소 그답지 않았다.

"……어떻게 됐어. 좀 알아봤어?"

강혁이 눈을 감은 그대로 고개조차 들지 않고 물었다. 잔뜩 가라앉은 목소리가 그의 불안과 초조함을 대변하는 듯했다.

"갈 만한 곳을 전부 수소문해 보았는데. 도무지 행방이 묘연해. 어울려 지내던 친구들도 소식을 모른다 하고. 휴대전화의 마지막 위치를 추적해 보았는데……."

진욱이 말을 끊자, 그가 이상한 낌새를 알아차렸는지 그제야 얼굴을 들었다. 핏대 선 눈동자가 깊은 잠을 못 이룬 탓인지, 잔뜩 충혈되어 있었다.

"……그런데?"

"한강대교 교량 가드레일 근처에 휴대전화 배터리가 분리된 채로 버려져 있다고 하던데, 정황상……."

말을 잇지 못한 진욱이 그의 시선을 피했다. 흥신소에서 전하는 말로는 정황상 자살이 아니면 납치일 가능성이 크다고 했다.

"……그래서 자살이라도 했다는 거야?"

강혁이 어이없다는 듯이 웃었다. 하지만 그의 눈동자는 조금의 웃음기도 묻어나지 않았다.

"자살이라기보다는 돈을 노리는 납치범의 소행인지도 모르지. 사라질 당시 옷차림도 그렇고 가지고 있던 돈도 제법 있었다고 들었어. 게다가 타고난 외모도 워낙 남다르잖아. 혜원 씨가……."

별장을 드나들며 혜원을 스치듯이 보았던 진욱은 흥신소에서 전한 이야기를 그대로 전할 수밖에 없었다. 젊고 아름다운 여자가 소리 소문 없이 사라졌다면 상식적으로 충분히 가능한 이야기였다. 실종되고 벌써 열흘이라는 시간이 흘렀다. 강혁의 초조한 기분을 알지만, 마냥 낙관적으로 생각할 수도 없는 노릇이었다.

"차라리 경찰 쪽에 수사를 요청해 보자. 그편이 오히려 빠를 수도 있어."

"아니, 어머니 쪽의 움직임을 은밀히 조사해 봐. 나와의 관계를 눈치채고 그쪽에서 재빠르게 움직인 것이 분명해. 최근 강준 형을 병원으로 옮긴 것도 이상하고."

진욱이 보기에 강준의 말은 전혀 설득력이 없어 보였다. 그는 자살이나 납치 가능성을 차마 인정하고 싶지 않은 모양이다. 그만큼 지난 열흘간의 강혁은 정신 나간 사람처럼 보였다. 서지도 앉지도 못한 채, 좌불안석하며 식사를 거르는 일이 허다했다. 거저 얻은 듯이 보이지만, 온갖 난관을 헤치고 여기까지 올라온 강혁이였다. 소리 없는 전쟁처럼 맹렬하게 싸우고 설득하고 이해시켜서 원하는 것을 거머쥐었다. 여자관계 또한 마찬가지였다. 가슴이 아닌 머리로 상대를 대할 뿐, 늘 냉담한 태도로 일관했다. 그런 그가 한 여자로 인해 이렇게 흐트러진 모습을 보인다는 것이 전혀 이해되지 않았다. 말없이 강혁을 바라보던 진욱이 조용히 한숨을 내쉬었다.

잠시 후, 진욱이 사라지자, 강혁이 자리에서 일어나 사무실을 이리저리 서성였다. 힘없이 고개를 숙인 채, 욕실에 쓰러져 있던 혜원의 마지막 모습이 떠오르자, 초조한 기분을 억누를 수 없었다. 돈을 요구한 것까지는 상관없었다. 어차피 혜원이 자신을 도발한 것은 돈이나 신분 상승이 목적일 테니까. 하지만 다른 남자 운운하며 제 몸을 이용하겠다는 말을 듣는 순간, 피가 거꾸로 솟는 기분이었다.

한낱 스무 살의 풋내기 계집에게 제 속을 모두 들여다보였다. 하루라도 보이지 않으면 견딜 수 없고 곁에 있어도 안심이 되지 않았다. 아무리 안고 또 안아도 채워지지 않는 갈증은 더해 갈 뿐이었다. 몸의 행위가 점점 노골적으로 변할수록 마음마저 깊어 갔다. 휩쓸리는 감정을 추스를 수 없을 만큼, 그리고 가진 것 모두를 내어 주어도 상관없을 만큼 점점 그녀에게 빠져들었다. 찾아야 했다. 그리고 눈으로 확인해야 했다.

한참을 서성이던 강혁이 인터폰을 눌러 진욱을 다시 호출했다.

"차 좀 대기시켜. 그리고 어머니가 집에 계신지, 알아봐. 당장 만나야겠으니까."

조사할 것이 아니라, 어머니를 만나 따져 물어야겠다. 어차피 혜원과의 관계를 털어놓고 그녀를 성북동으로 데려올 생각이었으니까.

본가인 삼청동 저택 주차장에 도착한 강혁이 차 문을 열고 나갔다. 기다렸다는 듯이 정 비서가 그를 향해 달려왔다.

"이곳까지, 어쩐 일이십니까?"

"내 집에 내가 오는데, 그런 질문까지 들어야 합니까?"

"……그런 뜻이 아니라……."

정 비서가 당황하여 머뭇거리자, 강혁이 다시 말을 잘랐다.

“어머니께 할 말이 있습니다. 모시고 나오세요.”

성큼성큼 거실로 들어간 강혁이 소파에 다리를 꼬고 앉았다. 집 안에 상주하던 도우미들이 그의 고압적인 태도에 눈치를 보며 구석진 곳으로 숨어들었다.

얼마나 시간이 흘렀을까. 안방 침실에 있던 장 여사가 잔뜩 찌푸린 얼굴을 한 채 거실로 걸어 나왔다.

“생전 인사도 없더니, 여기까지 어쩐 일이니?”

특유의 우아하고 나른한 몸놀림과는 달리, 무겁게 가라앉은 강혁의 표정은 섬뜩할 정도로 싸늘했다.

“이 집의 명의가 누구인지 모르십니까?”

굽힐 줄 모르는 성정은 부친인 서 회장을, 차가운 심장은 장 여사를 똑 빼닮은 강혁이였다. 비록 살가운 정을 주지는 않았지만, 서 회장은 자신의 친자인 강혁에 대한 애착이 대단했다. 병석에 누워서도 교묘하고 빈틈없이 유산을 정리했고 그것을 강혁에게 고스란히 넘겼다. 종중 땅인 별장은 물론, 장 여사가 사는 삼청동 본가도 강혁의 소유가 된 지 오래였다.

“그래서 물려받은 재산, 유세라도 하러 왔니?”

“못 할 것도 없죠.”

“…….”

“아버지께서 제게 남기신 마지막 유언이 뭔지 아세요? 마음의 경계심을 무너뜨리는 자를 조심하라 하셨어요. 경계심을 푸는 순간, 사정없이 이를 드러내고 덤벼든다고 말입니다.”

“…….”

"당시는 흘려들었지만, 뒤통수를 제대로 맞고 보니, 하나 버릴 것이 없는 말씀이었죠. 아마도 어머니와 강준 형을 두고 한 말 같습니다만."

"우리 집안이 아니었으면, 지금의 정한그룹이 있었을 것 같아? 게다가 네 아비가 어떤 인간인지 알고서 하는 소리니? 다른 남자의 아이를 가진 나를 회유하고 협박해서 그 자리까지 오른 인간이야. 내가 왜 너를 끔찍하게 싫어하는지 알아? 바로 네 아비처럼 짐승의 눈동자를 가졌기 때문이다."

"그따위 지긋지긋한 소리, 더는 듣고 싶지 않아요. 적당한 타협점을 찾아볼 테니, 숨겨 놓은 것을 그만 내놓으시죠."

느닷없는 말에 장 여사가 살피는 눈길로 강혁을 바라보았다. 철두철미한 성격 탓에 옷의 주름 하나 못 견뎌 하는 강혁이였다. 빈틈없이 완벽하고 거스름이 없어야 했다. 하지만 흐트러진 옷매무새에 까칠한 안색까지 더해져서 마치 쫓기는 사람처럼 불안한 눈빛을 하고 있었다. 게다가 턱 주변의 거뭇한 수염을 보니, 며칠째 면도조차 하지 않은 모양새였다.

"숨겨 놓은 거라니?"

"혜원이……."

"……."

"혜원이 지금 어디 있습니까?"

질문만큼이나 껄끄러운 목소리였다. 느닷없는 말에 장 여사가 황당하다는 듯이 그를 바라보았다. 시간이 갈수록 초조한 것은 그녀 역시 마찬가지였다. 매번 병원을 갈 때마다, 강준은 두리번거리며 혜원을 찾았다. 강준에게는 지금이 가장 중요한 시기였다. 삶에 활력을 불어넣고 도와줄 사람은 혜원밖에 없었다. 적당히 둘러대고는 있지만, 실망한 얼굴을 볼 때마다 마음이 무거워지고는 했다.

"혜원이를 왜 내게서 찾아?"

"숨겨 놓은 거 다 알고 왔습니다. 교활한 수작으로 아무것도 모르는 아이를 골방에 처박더니, 그것도 모자라서 이제는 제게서 떼어 내려 하는 겁니까?"

앞뒤 정황을 모르는 장 여사는 강혁의 말에 기함할 수밖에 없었다. 그야말로 무언가로 뒤통수를 세게 얻어맞은 기분이었다. 게다가 무쇠처럼 꼼짝 않던 강혁이 적당한 타협점을 찾겠다는 이유가 혜원 때문이라니, 도무지 듣고도 믿기지 않았다. 상황 파악이 우선이지만, 본능적인 직감이 그녀를 만류했다.

"……내놓으면? 어찌할 생각인데?"

"원하는 것을 내어 드리겠습니다."

"……그게 뭐라도 말이니?"

짧은 침묵이 흘렀다. 그리고 그다음에 나온 말은 더욱 충격적인 것이었다.

"통째로 넘기죠. 그러니까 이런 장난은 그만두세요."

"……."

"……."

"그 아이를 사랑하니?"

"……."

장 여사의 질문에 강혁의 완고한 시선이 비켜 갔다. 그야말로 기가 찰 노릇이었다. 인정하고 싶지 않겠지만, 이마에 솟은 푸른 힘줄과 단단하게 굳어진 턱 근육이 대답을 대신했다.

제가 낳은 자식이지만, 한 번도 강혁을 제 손으로 안아 본 적이 없는 그녀였다. 원치 않는 결혼이고 원치 않는 임신이었다. 제 아비를 똑 빼닮은 외모와 성품을 볼 때마다 까닭도 없이 두렵고 소름이 끼쳤다. 그래서 더욱 강준에게 매달리고 집착했었는지도 모른다. 유일하게 사랑했던 남자와의 사이에서 낳은 강준을 편애했지만, 그래도 사람인지라, 가끔은 강혁이 안쓰럽게 느껴지기도 했다. 억지 고집을 부렸지만, 강혁의 자질과 능력만큼은 인정할 수밖에 없었다.

"역시 윤 보살의 말이 맞았어. 사람을 홀리는 아이라더니, 너마저 홀린 거야."

"……."

"……하지만 안 될 일이다."

장 여사의 말에 비켜 가던 시선이 순식간에 돌아왔다.

"혜원이만은 안 돼."

"어째서요?"

"네 형이 놓지 않을 테니까."

"……."

"강준이가 깨어나서 내게 그러더라. 다른 건 다 양보해도, 혜원이만은 절대 양보하지 않을 거라고."

핏기가 가신 창백한 얼굴이 장 여사를 물끄러미 응시했다. 순간, 장 여사의 가슴으로 찬바람이 스쳐 지나갔다. 어머니라는 이름의 서늘한 바람이었다.

❈ ❈ ❈

치료실 문이 열리고 강준이 나오자, 정숙이 그를 부축하고 나섰다. 파리한 안색과 땀으로 흠뻑 젖은 모습이 지켜보기 안타까웠다. 힘겨운 치료를 마치고도 부족한지, 그가 부축하려는 손을 놓고 복도 안전 손잡이를 잡고 걸었다. 강준의 의식이 깨어나고 어느덧 두 달이라는 시간이 흘렀다. 최근 하루가 다르게 회복하고 있지만, 무리하게 시작한 치료로 몸에 무리가 갈까 걱정되었다.

"천천히 하면 되지. 뭐가 그리 급해서 이러니."

"……가야 할 곳이 있어요. 누구의 도움도 없이 두 발로 서서 데리러 가야 해요. 그래야 안심하고 따라올 테니까."

"가려는 곳에 만나고 싶은 사람이 있는 모양이구나."

사라진 혜원을 찾으려는 것일까. 강준은 혜원을 기억하지만, 두 사람에게는 관계를 발전시킬 만한 접점이 없었다. 하지만 그런 생각을 비웃기라도 하듯이 강준이 고집스럽게 앞을 향해 걸어갔다.

잠시 후, 손잡이를 잡고 걷던 강준이 다리가 풀리는지, 비틀대며 바닥에 힘없이 주저앉았다. 당황한 정숙이 다가가자, 그가 괜찮다는 듯이 손사래를 쳤다.

"괜찮아요. 혼자 할 수 있어요."

"그러게, 재활 치료는 아직 이르다니까. 이렇게 무리하다가 몸이라도 상하면 어쩌려고."

기어코 병실까지 들어간 강준이 의자에 앉아 가쁜 숨을 골랐다. 식은땀을 닦아 주고 물컵을 건네준 정숙이 그의 곁에 다가가 앉았다.

"저기 ……강준아. 혹시 만나려는 사람이 혜원이니?"

묻는 말에 강준이 희미하게 웃었다.

"혜원이 말고 또 누가 있겠어요."

고집불통에 포기를 모르는 성격, 다른 듯이 닮은 점이 많은 형제였다. 여전히 사람을 풀어서 혜원을 찾는 강혁과 지금의 강준의 모습이 그대로 겹쳐 보였다.

"경찰도 찾지 못한 혜원이를 네가 무슨 수로 찾으려고."

"혜원이가 했던 말을 되짚고 있어요. 말의 자취를 따라가면, 있을 만한 곳을 찾을 수 있을 거예요."

차분한 표정에는 강한 확신이 담겨 있었다.

"임사 체험을 한 환자의 사례를 들어 알고 있지만, 정말 믿기지 않아. 의식도 없던 네가 모든 일을 기억한다는 사실이……."

"모든 것을 기억하는 것은 아니에요. 까마득한 어둠 속을 헤매기도 하고 가 보지 못한 낯선 공간을 떠돌기도 했어요. 하지만 혜원이 목소리만은 이상할 정도로 또렷하게 들렸어요. 마치 지표를 알려 주는 나침판처럼 삶과 죽음 사이를 오가던 제게 살아 있다는 감각을 끊임없이 일깨워 주었으니까요."

"하지만 강준아……."

정숙은 어렵사리 꺼낸 말을 차마 이을 수 없었다.

혜원이 사라지고서야 정숙은 강혁과 혜원의 깊은 관계를 알았다. 식사를 거르고 잠을 이루지 못하는 강혁은 최근 몰라보게 달라졌다. 혜원이 사용하던 방에 우두커니 서 있는 그를 발견하고 발길을 돌린 적이 한두 번이 아니었다.

"……강혁이는 잘 지내고 있죠?"

마치 정숙의 마음을 읽기라도 한 듯이 강준이 물었다.

"그럼."

"……."

"강준아, 그때 말이다. 도대체 너희 둘 사이에 무슨 일이 있었던 거니? 단순한 사고가 아니었던 거야?"

잠시 말이 없던 강준이 시선을 내리깔았다.

"곧고 반듯하고 예의 바른 서강준이라는 위선의 가면을 벗고 가장 저다운 모습으로 살고 싶었어요. 하지만 방법이 나빴어요. 제 아픔에 못 이겨 강혁이에게 몹쓸 짓을 저질렀으니까요."

"……."

"달려오는 앞차와 충돌하는 순간, 살고 싶다는 강렬한 충동과 함께 과거의 일이 파노라마처럼 빠르게 스치고 지나갔어요. 혈육에 대한 집착이 대단한 호적상의 아버지. 울며 매달리던 어머니. 따뜻한 말 한마디 건네 본 적 없는 동생 강혁이. 순간, 나뿐 아니라, 모두가 상처투성이라는 사실을 깨달았어요."

"……."

"가끔 그런 생각을 해요. 어딘가에 신이 있어서, 제게 이기적인 죽음 대신에 이 년이라는 자기 성찰의 시간을 선사해 준 게 아닌가 하는……."

마치 고해성사 같은 말이 계속 이어졌다.

"그리고 한 소녀, 기적처럼 나타나 삶을 희망하게 해 준 한 소녀를 선물해 주었어요."

"강준아……."

몹시 지친 기색의 강준이 두 손에 얼굴을 묻고 혼잣말처럼 중얼거렸다.

"그러니까 어서 일어나야 해요. 제 발로 혜원이를 찾아서 데려올 거예요."

강준의 빠른 회복을 두고 모두가 기적이라고 한목소리로 감탄하지만, 그 뒤에는 그의 남모르는 노력이 있었다. 가까이 지켜본 정숙이 그 사실을 모를 리 없었다.

❈ ❈ ❈

또루루루.

깊은 산중, 작은 암자에 때 이른 가을이 찾아들었다. 가을을 통과하는 나그네인 울새의 울음이 법당 문틈으로 새어 들자, 법당을 청소하던 혜원이 물끄러미 일주문 밖을 내려다보았다.

"울새가 서글피 우는 것을 보니, 벌써 가을로 접어들었구나."

다기를 닦던 노스님이 말했다. 그리고 혜원이 입은 홑겹의 옷을 안타까운 눈으로 바라보았다.

"산중의 가을은 겨울 못지않게 추운데, 옷이라도 하나 장만해야 하지 않겠니?"

혜원이 암자에 찾아든 것이 늦은 봄이었는데, 어느덧 시간이 흘러 초가을의 문턱에 접어들었다. 적적한 산중에 사람 하나가 늘어서 좋지만, 사람 발길이 끊긴 암자는 한창나이인 혜원이 오래 머물 곳은 아니었다.

"무슨 사연이 있는지는 모르겠지만, 이제는 기다리는 사람도 생각해야지."

"……기다리는 사람 없어요. 어머니 위패를 모신 곳이니, 스님을 도와서 당분간 이곳에서 지내고 싶어요."

늘 돌아오는 같은 대답에 노스님이 혀를 끌끌 찼다.

여름 한 철을 함께 지내다 보니, 말보다는 행동으로 혜원이 자라 온 환경을 짐작할 수 있었다. 깨우지 않아도 새벽 예불이 시작되면 자리에서 일어나 법당에 다기 물을 올렸다. 그리고 이른 아침부터 해가 질 때까지, 공양주 보살을 도와서 절 살림을 도왔다. 누가 시킨 것도 아닌데, 척척 알아서 하는 부지런하고 살뜰한 움직임이 어려운 살림에 고생깨나 하며 자란 듯싶었다. 새벽 산길을 헤치고 이곳까지 찾아왔으니, 말 못 할 사정이 있을 터였다.

"겨우 한세상 살고 가는 게 우리네 인생이지."

"……."

"……그저 인연 따라 흘러가는 대로 살면 되지 않겠느냐."

"그 인연은 누가 정해 주는데요?"

물끄러미 밖을 내다보던 혜원이 고개조차 돌리지 않고 물었다.

"그거야 아무도 모르지. 하지만 마음이 따르는 대로 가다 보면, 저절로 깨달아질 날이 오지 않겠니."

"……그런 날이 빨리 왔으면 좋겠어요. ……무거운 마음의 짐을 내려놓을 수 있을 테니까요."

혜원의 말에 노스님이 어렴풋이 웃었다.

울새가 암자를 떠나지 않고 오전 내내 가냘픈 울음을 쏟아 냈다. 그리고 그날 오후, 암자에 낯익은 손님이 찾아들었다. 점심 공양을 마치고 가벼운 산행을 계획했던 혜원이 툇마루에 앉아 운동화 끈을 매고 있을 때, 산 아래로 이어진 오솔길 쪽에서 낙엽 밟는 소리가 들려왔다. 이른 단풍철이라 산을 찾은 등산객이라고 생각했다. 하지만 일주문 안으로 걸어오는 남자의 느린 걸음에서 시선을 뗄 수 없었다. 점점 거리가 좁혀질수록, 혜원은 사로잡힌 사람처럼 몸을 움직일 수 없었다.

그는 다름 아닌 강준이였다. 어딘가 어눌해 보이는 걸음이지만, 살과 근육이 보기 좋게 붙은 강준은 오래전에 보았던 사진 속 모습 그대로 돌아와 있었다. 키가 크고 늘씬한 체격에 유난히 깨끗하고 하얀 피부, 갸름한 턱선과 모양 좋은 입술을 또렷하게 기억하고 있다. 다만 오후 햇살이 눈부신지, 반쯤 접힌 눈꺼풀 속의 투명한 눈동자가 설익게 느껴졌다.

"……혜원이니?"

이런 목소리였구나. 생김새만큼이나 강혁과는 다른 목소리. 이 년 동안 누워 있던 강준의 모습이 익숙해서일까, 분명 낯익은 얼굴인데 처음 보는 사람처럼 그가 낯설게 느껴졌다.

넋이 나간 듯이 강준을 보던 혜원이 저도 모르게 고개를 저었다. 그리고 마사토가 깔린 절 마당으로 시선을 돌렸다. 그녀의 무심한 반응에도 강준의 눈동자는 흔들림이 없었다. 혜원의 곁에 나란히 앉은 강준이 혼잣말처럼 중얼거렸다.

"재활 치료가 생각보다 아주 힘들더라. 하지만 열심히 해야 했어."

"……."

"반드시 찾아야 할 사람이 있었거든."

"……."

"산길을 헤치고 힘겹게 오르막길을 올라왔어. 하지만 아무래도 산행은 아직 무리인 것 같아. 그래도……."

"……."

"이렇게 너를 다시 보니, 이제는 정말 살 것 같다."

나지막한 한숨 같은 말에 반응하듯이 울새가 울었다. 스님은 울새가 울타리 새라고 했다. 맘에 드는 영역을 정해 터전을 마련하고 그곳에 의지하여 산다고 울타리 새라고 불렀단다. 하지만 혜원은 가을에 우는 울새의 울음이 가녀리고 서글퍼서 울새인 것만 같았다.

또루루루.

"……."

혜원의 볼에서 말간 눈물이 흘러내렸다. 새의 울음 때문인지, 다시 만난 강준 때문인지, 아니면 마음에 뿌리를 박고 제멋대로 뒤흔들어 대는 한 남자 때문인지 도무지 알 수 없었다.

11

"강혁아……."

부르는 소리에 강혁이 묵직한 눈꺼풀을 들어 올렸다. 흐린 시야 너머 걱정스러운 눈으로 자신을 바라보는 정숙의 모습이 들어왔다. 불쑥불쑥 고개를 쳐드는 기억의 파편 때문일까, 눈꺼풀이 무거워지고 피로감이 몰려왔다.

"함평댁이 죽 끓여 놓았어. 속이 안 좋아도 몇 술이라도 좀 뜨렴."

힘겹게 일어난 강혁이 흘러내린 앞머리를 쓸어 올렸다.

"……별생각 없어요."

"언제까지 이럴래? 김 박사님이 조심하라고 몇 번이나 당부했잖아."

혼자 먹는 술 습관처럼 나쁜 것이 없었다. 강혁은 최근 도진 스트레스성 위염에도 술을 놓을 수 없었다. 술이 없으면 좀처럼 잠을 이룰 수 없기 때문이었다. 강준의 곁을 그림자처럼 지키던 정숙은 요사이에는 강혁을 더 신경 쓰는 눈치였다. 그녀를 걱정시키고 싶지 않아서 마지못해 자리에서 일어났다.

"샤워 좀 하고 갈 테니, 먼저 내려가 계세요."

샤워를 마치고 아래층으로 내려가자, 주방을 분주히 오가던 정숙이 기다렸다는 듯이 식탁으로 강혁을 이끌었다. 마지못해 수저를 들었지만, 목이 텁텁하고 혀가 까슬하여 죽조차 쉽게 넘어가지 않았다.

"삼청동에는 안 가 보셔도 돼요?"

병원에서 재활 치료 중이던 강준은 최근 삼청동으로 거주지를 옮겼다. 의식이 돌아오고 몸 상태가 호전되었다는 소식은 정숙을 통해 가끔 전해 들었다.

"볼일이 있어서 어디 좀 갔어."

"혼자 외출도 하나 봐요?"

"아직 온전히 회복하지 않았지만, 꼭 가 봐야 할 곳이 있다고 고집을 부리는 바람에……."

정숙의 말에 강혁은 쓰게 웃었다. 한 번쯤 강준을 만나야 한다고 생각했다. 하지만 마치 목구멍에 가시가 걸린 것처럼 여전히 마음이 내키지 않았다.

"……참 이상하죠."

강혁이 혼잣말처럼 중얼거렸다.

"늘 보던 사람이 사라졌는데, 세상이 아무렇지 않게 흘러가요. 눈을 뜨면 여전히 해가 솟아 있고, 해가 저물면 달이 떠올라요. 이렇게 밥을 먹고 잠을 자야 한다는 사실이 가끔 모순처럼 느껴져요."

"고집스럽고 야무진 아이였다. 아마도 어딘가에서 잘 살고 있을 거야."

혜원이 사라지고 많은 일이 있었다. 여러 방면으로 수소문하고 사방으로 찾아다녔지만, 어떤 단서도 발견하지 못했다. 경찰은 자살이나 납치로 사건을 무마했지만, 강혁은 여전히 포기 못 하는 눈치였다.

"혜원이가 사라지던 날, 저와 함께 있었던 거 아시죠?"

정숙이 씁쓸하게 웃었다. 혜원이 사라지면서 두 사람의 깊은 관계를 저절로 알게 되었다.

"떠나겠다는 말에 제가 몹쓸 짓을 저질렀어요. 파랗게 질린 안색으로 저를 올려다보던 그 애를 보며 제가 무슨 생각을 했는지 아세요?"

"……."

"……아, 보지 않고는 견딜 수 없겠구나. 함께 진흙탕을 굴러도 도저히 놓아줄 수 없겠다."

강혁은 이런 사람이었다. 냉정한 이면에, 한번 마음을 준 사람은 끝까지 포기하지 못하는 성정. 마음속 뿌리 깊은 증오의 근간은 어린 시절의 결핍된 사랑이었다. 그의 어머니 장 여사가 그랬고 씨 다른 형 강준이 그랬다.

"하지만…… 네 형의 약혼녀야."

"제가 먼저 가졌어요. 누구도 아닌 제 여자예요."

고집스럽고 단호한 시선에 정숙은 어떤 대답도 할 수 없었다. 사실 말만 약혼 관계였을 뿐, 서로의 합의로 이루어진 관계가 아니었다. 정숙이 보기에는 강준에 대한 혜원의 감정은 마음의 도피처 같은 이상향으로 보였다. 혜원은 속이 깊지만, 드러난 모습은 쌀쌀맞은 아이였다. 강혁에게 몸까지 허락했다는 것은 그만큼 깊은 마음을 주었다는 것을 의미했다. 하지만 강준이 문제였다. 생각이 깊고 쉽게 움직이는 법이 없는 강준은 늘 세상사를 관망하는 듯이 한 걸음 물러나 있었다. 하지만 혜원의 이야기만 나오면 전혀 다른 태도를 보였다.

"두 사람 사이를 비난하려는 게 아니야. 다만, 또다시 분란이 일어날까 봐 걱정되어서 그래."

"저 역시 허울뿐인 관계가 이젠 지긋지긋해요. 혜원이를 찾을 겁니다. 찾아서 세상 앞에 당당하게 내놓을 거예요."

"차라리 강준이를 만나 봐라. 이번 일뿐 아니라, 속 시원히 못다 한 이야기를 해 봐. 너도 알잖아. 너 못지않게 상처가 많은 아이가 네 형, 강준이야."

"알아요. 아니까, 이 정도에서 그친 거예요."

"……."

"사고 났던 날, 저야말로 다시는 눈 뜨고 싶지 않았어요. 그만큼 배신감이 컸으니까요."

"그 역시 오해가 있었을 거야. 내가 아는 강준이는 절대 뒤에서 네 자리를 노릴 아이가 아니다. 누구보다 생각이 깊고 사려 깊은 아이였어."

"차라리 제 자리를 욕심내는 단순한 문제였다면 상관없었을 거예요."

"……."

"가족이라는 마지막 끈마저 완전히 끊어 내려 했어요. 스스로 진흙탕에 뛰어들 만큼 제가 싫었던 거라고요."

강혁이 자리에서 일어났다. 그의 뒷모습을 응시하던 정숙이 가만히 한숨을 내쉬었다.

혜원이 사라진 별장을 고집스럽게 지키고 있는 강혁은 누구보다 힘겨운 시간을 보내고 있었다. 속 깊은 성격답게, 마치 자신이 이곳을 떠나면 다시는 혜원을 만나지 못할 것처럼 늘 먼 시선으로 창밖을 응시하고는 했다.

❈ ❈ ❈

산중에 어두운 밤이 찾아들었다. 불교 신자도 아니면서, 저녁 예불까지 마친 강준은 내내 창백한 안색을 하고 있었다. 내색은 않지만, 무리한 산행이 몸에 좋지 않은 영향을 준 것 같았다. 혜원은 처음의 서먹한 기분이 거짓말처럼 사라지고 강준의 건강이 신경 쓰이기 시작했다. 오랫동안 그를 돌보던 그녀에게는 습관처럼 당연한 일이었다.

강준이 춥지 않도록 객실 방에 불을 지피고 데운 물을 들고 방으로 들어갔다. 들어오는 인기척을 느꼈는지, 벽에 기대어 눈을 감고 있던 강준이 몸을 일으키려 했다.

"피곤할 텐데, 앉아 계세요."

세숫대야를 내려놓고 수건에 물을 적셨다.

"작은 암자라 샤워 시설도 없어요. 젖은 수건으로 간단하게 씻으세요."

적당히 짠 수건을 앞으로 내밀자, 강준이 희미하게 웃었다.

"누워서도 폐만 끼치더니, 눈 뜨고도 이 모양이구나. 어서 회복해서 네게 진 빚을 모두 갚아야 할 텐데."

"빚이라뇨. 그런 말이 어디 있어요. 오히려 제가 잘못한 일이 많아요."

강준의 말이 고맙기도 하고 서운하기도 했다. 차마 시선을 둘 곳이 없어서 혜원이 옻칠한 바닥을 물끄러미 내려다보았다.

짧은 침묵이 흘렀다.

"혜원아……."

차분한 음성에는 마음을 움직이게 하는 힘이 있었다. 마치 이끌리듯이 고개를 들자, 투명한 눈동자가 기다렸다는 듯 시선을 마주쳐 왔다.

"……의식이 또렷한데, 아무것도 할 수 없는 기분이 어떤지 아니?"

혜원이 말없이 고개를 저었다.

"흔히들 사람에게는 제3의 눈, 심안(心眼)이 있다고 하지? 의식을 잃은 후에 그 말의 의미를 처음 깨달았어. 눈꺼풀이 내려앉았는데, 누워 있는 육신을 나 스스로가 내려다보는 거야. 방 안의 풍경이 또렷하게 보이고 숨소리까지 선명하게 들을 수 있지."

"……."

"삶에 애착이 없으니, 그다지 아쉬운 생각은 없었어. 차라리 육신을 벗어나 훨훨 날아다니고 싶었으니까. 생사의 빈 곳을 떠돌며 생각했어. 도대체 뭐가 잘못된 것일까. 어째서 내게 이런 특별한 시간이 주어졌을까. 생각에 생각을 거듭했지만, 어떤 해답도 들을 수 없었어."

"……."

"그리고 그 질문에 대답이라도 하는 듯이 가냘픈 목소리가 들려왔어. 신림동 단칸방에서 쫓기듯이 도망 나온 소녀가 내게 속삭였어. 때로는 종달새처럼 웃고, 때로는 울새처럼 울며 끊임없이 속삭였어. 세상살이 고되어도 이렇게 살고 있으니, 어서 돌아오라고. 돌아와서, 나를 안아 달라고."

"……."

"끝없이 이어지는 속삭임에 마음속의 분노가 차츰 누그러들었어. 나만 힘든 것이 아니구나. 이렇게 어린 소녀도 힘겨운 삶을 견디고 있구나. 이제는 돌아가서 제대로 살아야지. 더불어 이 작은 소녀를 거친 세상에서 반드시 지켜 내겠다."

말하는 것조차 힘겨운지, 강준이 잠시 숨을 골랐다. 그러나 눈꼬리를 접으며 그가 다시 말을 이었다.

"하지만 이렇게 오기까지 쉬운 건 아니었어. 근력이 없어서 매번 넘어지기 일쑤지만, 그래도 저 앞에 네가 있다고 상상하며 꿋

꿋하게 견뎌 냈어.”

“…….”

“혜원아. 네 마음에 누가 있는지 잘 알고 있어. 하지만 이렇게 눈을 떴으니, 나에게도 기회를 주지 않겠니? 그래야 살아 돌아온 보람이 있을 테니까.”

그렇게 쏟고도 아직 못다 한 눈물이 있는지, 혜원이 왈칵하며 울음을 쏟아 냈다. 전해 오는 말과 눈빛이 너무도 따스했기 때문이었다.

✻ ✻ ✻

아침 공양을 마치고 서둘러 채비를 마친 혜원이 노스님과 공양주 보살에게 작별 인사를 했다. 묻지도 않고 있는 그대로를 받아 주었던 두 분에게 감사한 마음이 들었다. 일주문까지 따라 나온 노스님이 혜원을 향해 따스한 눈빛을 전했다.

“너무 높은 곳만을 올려다보면 좋은 시절이, 좋은 시절인지 모르고 지나가지. 훌훌 털어 버리고 너답게 살아야 한다.”

합장으로 마음을 전한 혜원이 강준을 따라 산길을 내려갔다. 서운한 마음에 몇 번이나 뒤를 돌아보았다. 그때마다 강준이 걸음을 쉬며 혜원을 기다려 주었다. 힘겹게 걸음을 옮기는 강준을 부축하며 혜원이 물었다

“강준 오빠. 제가 이곳에 있는 것은 어찌 알았어요?”

“어머니의 위패를 모신 절이잖아. 너에 관해서는 빠짐없이 알

고 있어."

그의 말이 고마운 동시에 두려운 마음이 앞섰다. 어디까지 알고 있을까. 강준에게 몹쓸 짓을 저질렀지만, 강혁과의 일을 후회하지 않는다. 아직은 때가 아니지만, 강준의 건강이 회복되면 그에게 모든 것을 털어놓고 마음의 짐을 덜고 싶었다.

삼청동의 고풍스러운 저택을 올려다보는 혜원의 얼굴에 어두운 그늘이 드리워졌다. 현실을 피해 쫓기듯이 도망쳤지만, 이제는 얽힌 매듭을 풀어야 할 시간이 다가왔다.

"아무것도 걱정할 거 없어. 네가 이곳이 싫다면 다른 곳으로 거처를 마련해 줄 생각이야."

"아니요. 괜찮아요."

혜원의 말에 강준이 희미하게 웃었다.

현관으로 들어서자 정 비서가 놀란 얼굴로 혜원을 응시했다. 기척을 느꼈는지, 반가운 얼굴로 침실을 나오던 장 여사 역시 걸음을 멈추었다. 이윽고 싸늘한 공기가 주변을 감싸자, 분위기를 전환하려는 듯이 강준이 앞으로 나섰다.

"혜원이가 많이 지쳤어요. 반가우시겠지만, 오늘은 좀 쉬도록 해야겠어요."

따스한 손이 혜원을 1층의 작은방으로 이끌었다. 따라붙는 시선이 느껴졌지만, 혜원 역시 마음의 준비가 필요하여 말없이 강준을 따라 들어갔다.

늦은 밤, 고된 몸으로 혜원을 챙기던 강준이 자신의 방으로 들어갔다. 얼마나 시간이 흘렀을까. 고요한 정적을 가르며 노크 소리가 들렸다. 올 것이 왔다는 생각에 혜원이 문고리를 잡아당겼다.

"밖에서 이야기하자."

장 여사를 뒤따르던 혜원이 강준이 잠들어 있을 침실을 올려다보았다. 산중의 차가운 공기가 따라왔는지 몸이 잘게 떨려 왔다. 정원 으슥한 곳에서 걸음을 멈춘 장 여사가 물끄러미 혜원을 바라보았다. 차갑게 관통하는 시선이 이미 강혁과의 관계를 알고 있는 듯했다.

"머리 검은 짐승은 거두는 게 아니라는 옛말이 하나 틀린 게 없구나. 이런 식으로 뒤통수를 칠 줄이야."

이보다 더한 말도 들을 각오를 했던 혜원이였다. 그러나 막상 장 여사를 마주 보고 있으니 살뜰히 챙겨 주었던 예전 일이 떠올라서 기분이 더욱 가라앉았다.

"죄송합니다. 몸이 아픈 강준 오빠를 혼자 보낼 수 없어 무턱대고 따라왔지만, 조만간 모든 것을 털어놓고 제자리로 돌아갈 생각입니다."

짧은 침묵이 흘렀다. 화를 참으려는 듯이 한동안 주변을 서성이던 장 여사가 한숨을 내쉬며 혜원을 돌아보았다.

"강준이가 저런 몸을 이끌고 너를 찾아갔다면 그만큼 너에게 깊은 마음을 주고 있다는 뜻이겠지. 정말 죄송하다면, 앞으로 죽은 듯이 납작 엎드려서 강준이 곁을 지켜라."

"그럴 수 없습니다."

혜원의 대답에 장 여사가 헛웃음을 삼켰다.

"왜. 강혁이 때문에 그러니?"

반년 만에 다시 듣는 이름이 강한 현실감을 불러일으켰다. 또 다시 가슴 안으로 찬바람이 스며 왔다. 저 혼자 부르고 또 부르다가, 쓰러져 잠든 밤이 수두룩했다. 산길을 헤치고 그에게 달려가고 싶은 낮이 계속 이어졌다. 그렇게 반년이라는 시간이 흘렀다.

"아니, 더는 이런 식으로 끌려다니고 싶지 않아요. 저 자신에게 떳떳하지 않은데, 강준 오빠 곁을 지킨다 해도 아무런 도움이 될 수 없을 겁니다."

"역시 자기밖에 모르는 계집아이구나. 천지 분간을 못 하고 그저 제 생각만 하지. 다시 돌아온 네가 예쁘고 반가워서 내가 지금 이런 말을 늘어놓는 거 같니?"

"……."

"어차피 강준이 몸이 온전히 회복되면 모든 상황이 달라질 거야. 고결한 성품을 지닌 강준이가, 너 같은 아이를 계속 곁에 둘리 없지. 그때까지 네가 할 도리를 다하라는 이야기야. 약혼녀가 아니라, 윗방아기로서 말이다."

윗방아기라는 말이 한껏 벌어진 마음의 상처를 다시 후벼 팠다. 아무리 살뜰히 챙겼어도 장 여사의 눈에는 자신이 강준의 약혼녀가 아니라, 그저 생기를 불어넣기 위해 윗방에 들인 보잘것없는 계집아이일 뿐이었다. 장 여사의 말이 맞았다. 윗방아기라면 받은 것이 있으니 제 소임을 다하고 떠나야 했다.

"알겠습니다. 최선을 다할게요."

혜원의 침착한 대꾸에 그제야 마음이 놓이는지, 장 여사가 쓰게 웃었다.

"김 박사님은 온전한 회복까지 일 년을 보고 있다. 네가 다니는 학교도 휴학 처리 했으니, 당분간 강준이 돌보는 일에만 전념해라. 일 년이 지나면 서운하지 않도록 두둑하게 챙겨서 내보내 주마."

"말씀대로 하겠습니다."

"참, 네가 여기 있는 것은 우리밖에 모르는 거다. 정숙 씨도 걸음을 못 하게 할 생각이니, 되도록 바깥 걸음을 삼가도록 하고."

둘러말하고 있지만, 장 여사는 강혁을 다시 만날까 걱정하는 눈치였다. 하지만 이제 와 그런 걱정이 무슨 소용이겠는가. 또다시 같은 일이 반복되고 있었다. 열여덟, 추위와 배고픔을 피해 윗방아기로서의 삶이 시작되었듯이 지금은 강준의 회복을 돕기 위해 그의 곁을 지키는 신세가 되었다. 차이가 있다면 당시는 약혼녀라는 그럴싸한 명분이 있었을 뿐, 지금은 말 그대로 진짜 윗방아기로서의 소임을 다해야 했다.

※ ※ ※

나부끼던 하얀 눈꽃이 유리창에 닿아 투명한 물방울을 만들었다. 혜원이 차창을 열어서 하얀 눈을 만져 보았다. 불규칙하게 흩어지는 눈송이가 잊었던 기억을 떠올리게 했다. 청평 별장은 봄만큼이나 겨울이 좋았다. 빽빽한 잣나무 숲에 하얀 눈이 소복하게 쌓이고 호수에 살얼음이 끼는 계절이 오면, 강준을 담요에 꽁꽁 싸매고 휠체어에 태운 채 무리한 산책을 강행했다. 강준의 뺨에 닿은 눈송이가 사르르 녹아내리면 그 모습이 보기 좋아서 한참을 바라보고는 했다.

"……강준 오빠. 기억해요?"

"음?"

오전 내내 힘겨운 재활 치료를 받고 집으로 돌아가는 길이면, 그는 늘 파김치처럼 축 처진 채 기력을 잃었다. 볼 때마다 안타까운 모습이었다.

"이렇게 눈이 내리는 날에는 오빠를 태우고 잣나무 숲을 산책했어요. 눈이 쌓여서 돌아오는 길에 애를 먹었지만, 그래도 눈 오는 날이면 이유도 없이 설레었어요."

"……알아. 볼에 닿은 차가운 느낌……. 휠체어를 힘겹게 밀던 너의 가쁜 숨소리……."

차분한 억양은 아무리 들어도 싫증 나는 법이 없었다. 오래전 보았던 그의 사진처럼 말이다.

"정말 모든 것을 기억하는군요."

어쩐지 두려운 생각마저 들었다. 그런 생각을 읽기라도 한 듯이 강준이 다시 말을 이었다.

"아무것도 두려워할 거 없어. 누구에게나 감추어진 또 다른 얼굴이 있기 마련이야. 나 역시 그랬어. 늘 마음속의 또 다른 나와 싸우고 또 싸웠지. 어떤 게 나의 진짜 모습인지 알 수 없을 만큼."

"……."

"지난 이 년 동안 너의 눈을 통해 세상을 보았어. 그리고 내가 모르는 세상을 발견했지. 쓰러져 가는 단칸방과 알코올 중독자 아버지. 가혹한 매질과 욕설. 친구들의 수군거림, 몸에 달라붙는 끈적한 시선들……."

"……."

"……기특한 거야. 아주 잘 견디어 준 거야. 그러니 우리 스스로를 그만 용서해 주자."

"오빠가 좋아요. 믿을 수 없을 만큼……."

"나도 그래."

긴 속눈썹을 드리운 채, 혜원이 말갛게 웃었다. 그런 혜원을 물끄러미 보던 강준이 무언가 할 말이 있는 듯이 잠시 머뭇거렸다.

"혜원아……."

"네?"

"그동안 많은 생각을 했어. 그리고 지나온 삶을 천천히 되돌아보았지. 모든 것을 내려놓았다고 생각했는데, 그것도 아닌가 봐. 이렇게 너를 보고 있으면 다른 욕심이 생기니 말이야."

"……."

"몸이 완전히 회복되면 함께 여행을 가자. 발길 닿는 곳, 마음이 향하는 곳 어디라도 좋아. 혜원이 너와 함께라면."

의식 없이 누워 있는 강준을 보며 늘 혼자 상상했었다. 그는 어떤 목소리를 지닌 사람일까. 어떤 눈동자와 어떤 표정으로 자신을 바라봐 줄까. 마음을 두드리는 차분한 음성과 부드러운 눈동자,

흔들림 없이 우뚝 서서 자신을 바라봐 주는 그에게 자연스럽게 이끌리면서도 동시에 죄책감이 들었다. 자신도 모르게 강준을 통해서 다른 얼굴을 떠올리고 있기 때문이다.

"……나 역시 너뿐이야. 언제까지나 이렇게 함께해 주겠니?"

늘 강준의 귀에 대고 속삭였다. 오빠뿐이라고, 언제나 함께 있자고. 돌아오지 않는 대답이 안타까워 저 혼자 반복하고 반복하던 말이었다. 그토록 원하던 대답이었지만, 혜원은 어떤 대답도 할 수 없었다. 시간을 되돌릴 수만 있다면. 서강혁이라는 남자를 기억에서 깨끗하게 지울 수만 있다면. 그러나 변하는 것은 아무것도 없었다.

"지금 당장 대답하지 않아도 괜찮아. 네가 나를 기다려 주었듯이 나 역시 얼마든지 기다릴 수 있으니까."

혜원이 대답 대신 고개를 숙이자, 강준이 괜찮다는 듯이 옆머리를 넘겨 주었다.

그렇게 거짓말처럼 평온한 날들이 이어졌다. 강준과 함께했던 이 년의 시간이 그러했듯이.

✻ ✻ ✻

"벌써 육 개월이야. 그렇게 많은 돈을 뿌리고도 사람 하나 못 찾는 게 말이 돼?"

날 선 목소리가 밀폐된 차 안에서 쩌렁쩌렁 울렸다. 진욱과 통화하던 강혁이 전화를 끊자, 운전하던 정 기사가 백미러를 통해 강혁의 안색을 살폈다. 점점 예민해지는 그를 지켜보기란 쉬운 일이 아니었다. 산비탈을 돌아 마침내 별장이 보이자, 정 기사가 가만히 한숨을 내쉬었다.

차에서 내린 강혁이 기사를 보내고 막 현관문을 열고 들어가려는 찰나, 두런두런 이야기를 나누는 소리가 문지방을 넘어왔다. 들리는 말 가운데, 혜원이라는 단어에 그의 걸음이 우뚝 멈추었다.

"그럼 혜원이가 삼청동에 있다는 말이에요?"

"저도 오늘에야 들었어요. 강준이 소식이 궁금해서 삼청동에 전화를 넣었더니, 일하는 도우미가 넌지시 말을 꺼내더라고요."

"세상에. 모두 걱정하고 있는 거 뻔히 알면서도 감쪽같이 속이다니. 그렇게 안 봤는데, 혜원이도 참."

"말 못 할 사연이 있었겠죠. 학교도 휴학하고 강준이만 돌본다는 걸 보면……."

"아무리 그래도 그렇지. 코앞에 두고도, 별장 식구들이 아무도 몰랐다는 게 말이 돼요?"

"……누가 어디에 있다고요?"

순간, 날카로운 목소리가 불쑥 끼어들었다. 두 사람이 말을 잊고 강혁을 올려다보았다. 이야기를 나누느라, 차 소리조차 듣지 못한 까닭이었다. 파랗게 질린 강혁의 안색이 금방이라도 쓰러질 듯이 위태로워 보였다.

"……강혁아. 그게……."

정숙이 무마하려고 앞으로 나서자, 강혁이 가라앉은 목소리로 다시 물었다.

"혜원이가 지금 삼청동에 있다고요?"

숨죽인 긴장감에 정숙이 크게 숨을 들이켰다.

"감정을 가라앉히고 내 말……."

"두 달이나 삼청동에 있었다고요!"

목울대가 터질 듯이 격양된 목소리였다. 불을 대면 활활 타오를 것처럼 무시무시한 눈동자였다. 대답조차 듣지 않고 강혁이 밖으로 뛰쳐나갔다. 다리가 풀린 정숙이 무너지듯이 주저앉자, 함평댁이 안절부절못하며 그녀의 팔을 붙들었다.

"세상에. 이게 뭔 일이래요. 저대로 보내도 괜찮아요?"

"……모르겠어요. 저도……."

강혁은 화가 나면 물불을 가리지 않는 성미였다. 게다가 이미 가족에게 쓰디쓴 배신감을 맛본 경험이 있었다. 혜원을 향한 마음의 깊이를 짐작할 수 없지만, 그 깊이만큼 그는 또다시 상처 입고 상처를 줄 것이다. 잡힐 듯이 빤한 상황에 평소 차분하던 정숙마저 싸늘하게 피가 식는 기분이었다.

12

핸들을 잡은 강혁의 손이 부들부들 떨렸다. 시야가 좁혀 들고 귀에서는 윙윙대는 이명까지 들렸다. 삼청동 주차장에 도착한 그가 뛰듯이 빠른 걸음으로 저택 안으로 들어갔다. 현관문을 벌컥 여는 핏대 선 눈동자에 놀란 정 비서와 도우미들이 인사조차 잊고 주춤대며 물러났다.

"강혜원! 어디 있어! 강혜원!"

다짜고짜 혜원을 찾으며 방문을 열어젖히는 그는 마치 궁지에 몰린 들짐승처럼 위험한 분위기를 풍겼다.

"강혜원! 빨리 안 나와!"

2층 계단을 한걸음에 달려간 강혁의 걸음이 혜원이 사용하는 침실에서 우뚝 멈추었다. 사냥개처럼 예민한 감각을 지닌 그가 혜원의 흔적을 지나칠 리 없었다. 스탠드 옷걸이에 걸려 있는 캐시

미어 카디건과 개어 있는 잠옷을 훑던 시선이 침대 시트의 작은 주름까지 샅샅이 더듬어 갔다.

"도대체 뭐하는 짓이야? 여기가 어디라고 함부로 이런 행패를 부려!"

언제 왔는지, 장 여사가 소리쳤다. 늘 기세등등하게 사람을 가지고 놀던 강혁이였다. 불같은 성정이지만, 이렇게까지 흥분한 적은 없었다.

"혜원이 어디 있습니까?"

"일단 안으로 들어와라. 이곳에 눈과 귀가 얼마인데, 부끄러운 줄도 모르고."

"부끄러워요? 제가 어째서 부끄러워해야 합니까? 제가 어머니를 모릅니까? 그따위 허울뿐인 명목으로 발에 족쇄를 채운다고, 진짜 약혼자가 된답니까? 세상천지에 서로의 합의가 없는 약혼이 어디 있습니까? 머리카락 한 올까지, 제가 가진 제 여자입니다. 지난번에 말했죠. 다 줄 테니 혜원이만 내놓으라고."

"미쳤구나. 응? 아주 미쳤어!"

"그래요. 미쳤어요. 이런 집구석에서 미치지 않고 견딜 수 있겠어요? 부모도 모르는 후레자식을 만들어 놓고, 이제는 환장해서 눈이 뒤집히는 꼴까지 보고 싶으세요!"

덤빌 듯이 길길이 날뛰는 강혁은 이미 제정신이 아닌 것 같았다. 장 여사가 비틀거리자, 정 비서가 황급히 달려와서 그녀를 부축하고 나섰다.

"재활 치료 때문에 두 분이 함께 병원에 가셨어요."

"병원이 어디예요?"

"곧 돌아올 시간입니다. 조금만 기다리세요."

"젠장! 어디냐고!"

날카로운 고함에 놀란 정 비서가 병원이 있는 곳을 더듬더듬 말해 주자, 강혁이 기다렸다는 듯이 밖으로 뛰쳐나갔다.

차창으로 빠르게 한강대교가 스쳐 지났다. 사라진 혜원의 휴대전화를 처음 발견했던 곳이었다. 정신없이 찾아 헤매 다니던 기억이 떠오르자, 또다시 피가 싸늘하게 얼어붙었다. 혜원이 사라지고 하루도 편히 잠든 날이 없었다. 자다가도 벌떡 일어나 밖을 헤매던 날이 부지기수였다. 자신이 했던 행동이 떠올라서 세면대에 머리를 처박고 먹은 것을 게워 낸 것이 수십 번이었다. 사라지고 남은 자취에 코를 묻고 미친놈처럼 웃어 대기도 했다. 고작 두 달의 시간을 함께했을 뿐이다. 사무치게 그리워할 만큼, 대단한 사이도 아니었다. 그러나 이미 벌어진 마음의 틈새는 시간이 갈수록 점점 크기를 키워 갔다.

처음부터 이상하다고 생각했다. 시선이 마주친 순간, 까닭도 없이 눈에 거슬렸다. 가지고 싶어서 온몸이 들쑤셨다. 육신에 불을 지피고 마음마저 어지럽혔다. 그래서 그랬다. 흔들리는 제 감정을 정당화하기 위해 한껏 조롱하며 모욕감을 주었다. 이빨을 날카롭게 세우고 구석까지 몰아붙였다. 비켜 가는 시선이 싫어서 턱을 틀어쥐고 제 것을 거칠게 밀어 넣었다. 그러나 겨우 스무 살의 아이였다. 추위와 배고픔을 피하여 쫓기듯이 집을 나온 작은 소녀였다. 그런 혜원을 상대로 도대체 무슨 짓을 저지른 것일까. 어째서 그토록 잔인하고 냉혹하게 몰아붙였을까.

털끝 하나 상한 곳 없이 무사해야 했다. 그래야 꽉 막힌 숨통이 트이고 자신이 살 수 있다. 살아만 있다면……. 같은 하늘, 어딘가에 살아 있다면 제 곁에 돌아오지 않아도 상관없었다. 그러나 이런 치졸한 마음은 뭐란 말인가. 제 눈을 속이고 강준과 함께 있었던 혜원을 떠올리니, 또다시 치가 떨리는 배신감이 몰려왔다. 두 번 다시 겪고 싶지 않은 그런 감정이었다. 몸을 부르르 떨던 강혁이 떠오르는 기억을 지우려는 듯 눈을 질끈 감았다.

끼익!

그때였다. 아스팔트를 마찰하는 날카로운 굉음과 함께 강혁이 빠르게 핸들을 틀었다. 그러나 가속을 견디지 못한 차가 가드레일과 충돌한 채, 교량 난간에 아슬아슬하게 멈추어 섰다. 안전띠조차 하지 않은 그의 몸이 퉁기듯이 앞 유리창에 부딪치고 뒤로 넘어갔다.

그리고 아주 잠깐 의식을 잃은 듯했다.

"이봐요! 괜찮아요!"

웅성거리는 목소리가 이명과 함께 귀를 울리자, 강혁이 무거운 눈꺼풀을 들어 올렸다. 고개를 돌리자, 두세 명의 남자가 다급한 목소리로 유리창을 두드렸다.

"이봐요. 정신이 좀 들어요? 문을 열 수 있겠어요?"

핸들에 가슴이 부딪쳤는지, 갈비뼈 부근이 찌르는 듯이 욱신거렸다. 강혁이 시트에 머리를 기대고 주머니에 있는 휴대전화를 찾아 들었다.

"……나야."

기운 없는 목소리가 이상했는지, 진욱이 다급하게 물었다.

— 왜 그래. 무슨 일 있어?

"여기 한강대교인데, 사고가 좀 있었어."

— 몸은 괜찮은 거야!

"……급한 일이 있어. ……차 좀 두고 갈 테니, 와서 처리 좀 해라."

— 알았어. 지금 갈게.

전화를 끊은 강혁이 밖으로 나가자, 어느새 달려왔는지 경찰차와 구급차까지 대기하고 있었다. 바로 보려 했지만, 시야가 흐리고 머리가 지끈거렸다.

"어서 구급차에 오르세요!"

관자놀이에서 시작된 끈적하고 축축한 피가 새하얀 셔츠를 붉게 물들였다. 사고 때문인지, 비릿한 피 냄새 때문인지 속이 울렁거리며 욕지기가 올라왔다. 구급 대원이 비틀대는 강혁을 부축하려 하자, 그가 귀찮다는 듯이 팔을 휘저으며 앞으로 걸어갔다.

"왜 이래요? 괜찮은 겁니까?"

"괜찮으니까, 택시 좀 불러 줘요. 곧 사고 처리를 위해 사람이 올 겁니다."

강혁의 말에 당황한 사람들이 눈을 맞추며 웅성거렸다. 그는 괜찮다고 하지만, 곁에서 보기에는 상태가 심각해 보였기 때문이다.

"머리를 심하게 부딪쳤는지, 출혈이 멈추지 않습니다. 당장 응급처치라도 하세요."

붙잡는 구급 대원의 손을 쳐 내며 강혁이 소리쳤다.

"젠장! 괜찮다고 했잖아!"

강혁의 거친 행동에 모두가 당황하여 뒤로 물러났다. 사고로 인한 충격 때문인지, 아니면 다른 무엇 때문인지, 그의 모습이 몹시 혼란스러워 보였다.

"……택시 좀 불러 줘. 제발 택시 좀 불러 달라고!"

절규하듯이 외치는 소리에 누구 하나 대답하는 사람이 없었다. 휘청거리는 강혁을 붙잡은 것은 나이 지긋해 보이는 중년의 남자였다. 그는 사고 현장을 처음 발견하고 주변에 도움을 청한 사람이기도 했다.

"급한 일이 있는 것 같은데, 차라리 구급차를 타고 가는 게 어떻겠소? 가는 도중에 응급처치라도 받아야지, 이러다가 큰일 치르겠어."

머릿속이 빙글거리고 시야가 점점 흐려졌다. 하지만 이대로 정신을 놓을 수는 없었다. 중년 남자의 말을 순순히 따르며 강혁이 구급차에 오르자, 마치 기다렸다는 듯이 구급 대원이 그의 상처를 살폈다.

"아무리 급한 일이 있어도 병원부터 가 보시죠. 찢어진 상처도 그렇지만, 호흡이 거친 것을 보니 다른 이상이 있는 것 같습니다."

관자놀이 부분에 찢긴 상처를 소독하고 처치를 하는 동안에도 강혁은 내내 같은 말을 반복할 뿐이었다. 뜨고 감기를 반복하는 풀린 동공이 꺼질 듯이 위태로워 보였다.

"……서울 병원으로 갑시다. ……서울 병원으로."

❈ ❈ ❈

강준이 재활 치료를 하러 들어가면 혜원은 딱히 할 일이 별로 없었다. 고층에 있는 옥상 정원에 우두커니 앉아 있거나, 그도 아니면 병원 주변을 서성이며 남아도는 시간을 보내고는 했다.

정원의 구석진 의자에 앉아 제 발밑을 바라보던 혜원이 휴대전화를 꺼내 들었다. 강준과 장 여사만이 아는 전화는 최근 개통한 새것이었다. 수신인만 있을 뿐, 발신한 흔적이 없는 전화가 마치 대답 없는 메아리처럼 씁쓸하게 느껴졌다. 익숙한 동시에 생경한 번호를 하나하나 눌러 보았다. 수십 번, 아니, 수백 번을 눌렀지만, 차마 마지막까지 누를 수 없던 번호, 바로 강혁의 번호였다.

얼마나 시간이 흘렀을까, 인기척에 혜원이 고개를 돌렸다.

"추운데, 뭐 하고 있어? 안에서 기다리지 않고."

"……그냥. 병원 안이 답답해서요."

곁으로 다가온 강준이 혜원의 앞에 무릎을 세우고 앉았다. 그리고 그녀를 물끄러미 바라보았다.

"혜원아. 전해 줄 기쁜 소식이 있어."

"뭔데요?"

"이제는 병원 치료를 중단해도 될 거 같아. 가벼운 운동으로 치료를 대신해도 된다네."

지나치다 싶을 정도로 열심히 재활 치료를 받은 강준은 최근 눈에 띄게 몸 상태가 좋아졌다. 처음 암자에서 보았을 때는, 어딘가 위태로워 보이는 모습에 절로 안타까운 기분이 들었다. 하지만 살과 근육이 붙고 남자다운 윤곽이 드러나자, 때로는 그가 아주 멀게 느껴졌다. 강혁과 전혀 다른 인상이라고 생각했지만, 그 역시 착각에 불과했다. 두 사람의 비슷한 모습을 발견할 때마다 가끔 소스라치게 놀라고는 했다.

"축하하는 의미에서 우리 저녁 먹고 들어갈까?"

혜원이 고개를 끄덕이자, 강준이 혜원의 꽁꽁 언 손을 이끌며 병원 안으로 들어갔다.

두 사람이 막 병실 출입문을 나서려는 찰나, 구급차 한 대가 빠른 속도로 병원으로 들어왔다. 본관 옆으로 난 응급실을 향해 달려가는 차를 보자, 혜원이 저도 모르게 걸음을 멈추었다.

"왜?"

"아, 아니에요. 어서 가요."

이상할 정도로 떨어지지 않는 걸음을 옮기며 병원 주차장으로 걸어갔다. 강준이 탈 수 있도록 보조석 문을 열어 주려는 순간, 그가 이를 드러내며 환하게 웃었다.

"더는 보호받아야 할 환자는 아니야. 그리고 이제부터는 운전도 내가 직접 할게."

장 여사는 강준의 치료 기간을 일 년으로 잡았지만, 두 달도 되지 않아서 그는 거의 회복 단계에 이르렀다. 이제는 말해도 괜찮을까, 더는 그의 곁을 지킬 수 없다고. 마음이 그리는 곳으로 달려가고 싶다고.

강준이 보조석 문을 닫았다가 혜원에게 다시 열어 주었다. 타라는 듯이 밝게 웃는 그를 보자, 조금 전 생각 때문인지, 차마 시선을 마주칠 수 없었다.

"아, 조금 떨리는데……."

운전대를 잡은 강준이 쑥스러운 듯이 빙긋 웃었다.

"무리하지 말아요. 오늘은 제가 할게요."

"아니, 이대로 곁에서 지켜봐 줘."

말하는 것과 달리 시동을 건 강준이 능숙하게 운전해서 주차장을 빠져나왔다. 그러나 혜원의 시선은 마치 무언가를 놓고 온 것처럼 백미러에서 떠나지 않았다.

❋ ❋ ❋

"어서 수술 준비 합시다!"

강혁을 태운 들것이 빠르게 응급실로 들어가자, 그의 상태를 살피던 의사가 다급한 목소리로 외쳤다. 갈비뼈 골절도 걱정이지만, 동공이 풀리고 의식이 없는 것을 보면, 뇌출혈이 의심되었기 때문이다.

수술실로 사라지는 강혁을 보던 구급 대원이 한숨을 내쉬었다. 가까운 병원을 두고 먼 병원을 찾은 것은 강혁의 고집이 워낙 완강했기 때문이었다. 결국, 병원이 가까워질 무렵 맥을 놓고 정신을 잃었지만, 그는 숨을 헐떡이면서도 병원 이름과 '혜원' 이라는 이름을 내내 중얼거리고 있었다.

"참, 별사람 다 보겠네. 어떻게 저런 몸으로 택시를 불러 달라고 고집을 부렸을까."

"그러게 말이야. 몸도 몸이지만, 자칫하다가 큰 사고가 될 뻔했어. 마주 오던 트럭이 속도를 늦추었으니 망정이지."

아슬아슬한 사고 현장을 목격한 두 사람이 혀를 끌끌 찼다.

눈을 떠야 한다. 반드시 찾아서 눈으로 확인해야 한다. 수술대에 오른 강혁이 눈꺼풀을 움칠거리자, 곁에 선 누군가가 안심하라는 듯이 다정하게 말을 건네 왔다.

"어때요? 의식이 좀 돌아오세요?"

"……."

"곧 마취가 들어가니, 안심하고 푹 주무세요. ……근데 비슷한 사고가 있었나 봐요. 외상 흔적이 곳곳에 보이네요."

지나가는 의사의 말이 떠올리고 싶지 않은 일을 떠올리게 했다. 언제부터였을까. 따스한 시선이 아니라, 자유를 원했던 그때가…….

❈ ❈ ❈

— 여기 뉴욕 공항이야.

전화기 너머 들리는 귀에 익은 목소리에 강혁이 손에 들린 술잔을 내려놓았다.

— 내가 그리로 갈까. 아니면 네가 이리로 올래?

서두름이 없는 특유의 차분한 음성, 씨 다른 형 강준이였다.

“미안하다. 먼저 일어난다.”

약속 장소를 정하고 전화를 끊은 강혁이 자리에서 일어나자, 어울려 놀던 친구들이 김샜다는 듯이 야유를 퍼부어 댔다. 술에 취한 크리스가 못마땅하다는 듯이 투덜거렸다.

“뭐야. 김새게. 모처럼 물 좋은 클럽을 포섭했는데, 그보다 전화 온 사람이 누구야?”

“우리 형.”

“강준 씨? 두 사람 사이 별로였잖아. 오늘은 어째 기분이 좋아 보인다.”

대학을 졸업하고 크리스의 아버지가 경영하는 회사에 입사한 것이 일 년 전 일이었다. 주변을 신경 쓰지 않아도 되는 자유로운 환경 탓인지, 강혁은 숨겨진 자신의 역량을 충분히 발휘할 수 있었다. 매사가 즐겁고 모든 면에서 순탄한 탓일까, 이제는 어린 시절의 씁쓸한 기억조차 객관적인 시각으로 볼 수 있었다.

공항에 도착한 강혁이 뛰듯이 빠른 걸음으로 공항 건물로 들어갔다. 약속 장소인 공항 카페테리아에 우두커니 앉아 주위를 두리번거리는 강준의 모습을 발견하자, 까닭도 없이 웃음이 터져 나왔다. 낯선 나라, 모르는 사람 틈에 끼어 있는 그를 아는 이는 오직 자신뿐이었다. 단정해 보이는 겉모습만큼이나 빈틈없는 태도를 보이던 강준이 늘 못마땅했지만, 그래도 핏줄은 핏줄이었다. 반갑기도 하고 어딘가 애틋한 기분마저 들었다.

"갑자기 어쩐 일이야?"

불쑥 다가가자, 강준이 물끄러미 올려다보았다. 웃음기 없는 얼굴이었지만, 예전처럼 싸늘한 표정은 아니었다.

"너를 보러 왔어. 따로 할 말도 있고."

"나를?"

"곧 다시 한국으로 돌아가야 해. 일단 어디로 좀 들어가자."

마치 쫓기는 사람처럼 강준이 말했다.

"뉴욕은 처음이잖아. 온 김에 며칠 푹 쉬면서 놀다 가."

권하는 말에 강준이 마지못해 일어났다. 택시를 잡아타고 현재 사는 곳으로 안내하려 하자, 극구 호텔을 고집하는 모습에 또다시 쓴웃음이 몰려왔다.

강준은 뉴욕에 머무는 이틀 내내 호텔에만 틀어박혀 지냈다. 마지막 날, 한국으로 출국하는 그를 공항으로 배웅하기 위해 차를 몰고 갔을 때까지도 그는 아무런 말이 없었다.

"도대체 하고 싶은 말이 뭔데, 이렇게 뜸을 들여?"

결국, 강혁이 참지 못하고 먼저 말을 꺼냈다.

"……최근 그룹 소식 들었지?"

강준 특유의 차분한 목소리로 물었다. 일 년 전, 아버지인 서 회장이 지병으로 사망하면서 그룹 전체가 폭풍우를 맞은 것처럼 거다란 조직 개편이 있었다. 서 회장은 강혁을 후계자로 지목했고 내내 그에 걸맞은 교육을 시켰지만, 어머니인 장 여사의 반대 또한 무시할 수 없었다. 의견이 분분한 가운데, 나이가 어리고 검증되지도 않은 두 형제에게 그룹을 맡길 수 없다는 이사진의 의견에 따라 전문 경영인이 그룹을 총괄하게 되었다. 사실, 강혁은 어찌 되어도 상관없었다. 현재 하는 일에 만족했고, 자유로운 이곳의 생활이 더 좋았다.

"너를 곧 불러들일 거야."

"근데?"

어머니가 입버릇처럼 하던 말이 떠오르자, 짜증이 확 밀려왔다. 형의 자리를 절대 넘볼 생각을 하지 말라는 이야기였다. 정한그룹이 아니라도, 이미 가진 것은 차고도 넘쳤다. 하지만 쉴 새 없이 들이대는 견제에 오기가 생겨서인지, 저절로 말이 삐딱하게 나갔다.

"어머니 말씀대로, 네가 가진 지분을 모두 넘겨. 네 몫은 적당히 챙겨 줄 생각이니."

그까짓 종이 쪼가리, 정이 담긴 술 한 잔이면 얼마든지 넘겨줄 수 있었다. 하지만 날카로운 이를 드러내며 싸움을 걸어오니, 자존심이 물러나는 것을 허락하지 않았다.

"하, 그런 개소리 늘어놓으려고 뉴욕까지 찾아왔어? 게다가 지분을 넘겨? 그게 말이 된다고 생각해?"

"말이 안 되지. 말이 안 되는 거 알아."

"……."

"하나부터 열까지, 다 네 것이었으니까."

“알면 됐어. 어머니에게 가서 전해. 한 번만 또 뒤에서 허튼수작 부리면, 그때는 다 쓸어버린다고!”

흥분한 강혁이 소리치자, 강준이 차창을 응시하며 무심하게 중얼거렸다.

“늙어 빠진 이사진들이 언제까지 네 뒷배가 되어 줄 거 같아?”

가방에서 무언가를 꺼내 든 강준이 그것을 강혁에게 보였다. 알몸을 드러낸 두 남녀가 뒤엉켜 있는 사진에, 충격보다는 기막혀서 웃음이 나왔다. 자신과 은영이 함께 있는 사진은 제대로 포커스가 맞추어져 있었다. 계획한 일이라는 명확한 증거였다.

“뭐야? 이 정도로 협박거리가 되겠어?”

“은영이 나와 약혼했어.”

“뭐라고?”

한때 우연한 계기로 은영과 가볍게 얽힌 적이 있지만 그녀에게 특별한 감정은 없었다. 더구나 강준과 은영의 결혼은 상상조차 못 한 일이었다.

“최근 네 약혼 소식에 몸 달아 하더라. 이렇게라도 해서 너를 갖고 싶다기에 내가 도와주겠다고 했어.”

“은영이는 나를 갖고 형은 회사를 가지겠다? 그래서 이렇게 더러운 계획을 꾸몄고?”

“잘 생각해. ……한국은 물론, 네가 현재 몸담은 이곳까지 뿌릴 생각이니까.”

분노보다는 허탈한 기분에 사로잡혔다. 허울뿐인 가족이지만,

그래도 형이라고 공항까지 한걸음에 달려왔다. 이틀 내내 그가 어찌 지내는지 궁금하여 몇 번이나 수화기를 들었다 내려놓았다.

"내가 형 속을 모를 거 같아? 말해 봐. 진짜 이유는 따로 있지?"

"너만큼이나, 나 역시 이런 관계가 지긋지긋해."

"이런 관계?"

"가족이라는 허울뿐인 관계, 이제는 깨끗하게 끝내자. 이번 일을 끝으로 나는 너 다시 안 볼 생각이야."

"……."

"……."

"내가 뭘 그렇게 잘못했어? 응?"

"……."

"피로 엮인 인연을 끊을 만큼 내가 뭘 그렇게 잘못했냐고!"

굳건하게 입술을 다문 강준 아무 대답이 없었다.

차라리 이대로 모든 것을 끝내고 싶었다. 평생 등에 지고 갈 멍에라면 저 스스로 모든 것을 놓아 버리고 싶었다.

꽉 틀어쥔 핸들을 놓는 순간, 열린 차창으로 불어온 후끈한 바람이 뺨을 할퀴고 지났다. 삼류 포르노를 연상시키는 사진이 바람결에 실려 갔다. 순간, 활기찬 뉴욕의 거리가 한국만큼이나 쓸쓸하다는 생각이 들었다. 그렇다. 정처 없는 나그네가 쉴 곳은 어디에도 없었다.

땅이 울리는 소리와 함께 두 사람을 태운 스포츠카가 도로를 한 바퀴 구르며 전복했다. 마침내 원하던 평화가 찾아오자, 강혁이 천천히 눈을 감았다.

13

강준의 차가 멈추어 선 곳은 서울 외곽의 분위기 좋은 가든 레스토랑이었다. 와인 바를 겸하고 있는 곳이라, 손님 대부분은 도회적이고 세련된 차림새의 젊은 연인들이었다.

집과 학교를 오가며 공부만 했던 혜원은 이런 곳이 난생처음이었다. 신기한 동시에 어색한 기분이 들어서 주변을 둘러보자, 곁으로 다가온 강준이 혜원의 어깨를 다정하게 끌어안았다. 이미 예약까지 했는지, 매니저로 보이는 남자가 두 사람을 프라이빗 룸으로 안내했다. 화려한 생화로 장식된 센터피스가 놓인 테이블에 저절로 시선이 갔다. 유난히 꽃을 좋아하는 혜원이 넋을 놓고 바라보자, 강준이 희미하게 웃었다.

"식물원을 겸하고 있는 레스토랑이야. 식사 후에 가볍게 산책하기 좋은 곳이지."

혜원은 청평 별장에서 지내면서 바깥출입을 거의 하지 않았다. 고적한 일상 가운데, 유일한 즐거움은 진성과 함께 정원을 돌보는 일이었다. 강준이 제법 먼 거리의 레스토랑을 직접 운전하여 찾아온 것은 식물이나 꽃을 좋아하는 혜원을 배려하기 위함이었다.

"지금은 겨울이라 볼거리가 없으니, 내년 봄에 다시 오자."

다정한 말에 미소로 대답을 대신했다. 어째선지, 그와 함께 맞이할 봄이 상상이 되지 않았기 때문이다.

강준이 주방 셰프와 소믈리에까지 불러서, 다양한 메뉴와 와인에 관해서 물었다. 오가는 대화 속에 생경한 불어가 섞이자, 어쩐지 불편한 기분이 들었다. 이런 모습을 볼 때마다, 혜원은 그가 사는 세상과 자신이 알던 세상의 틈을 새삼 깨닫게 된다. 화옥의 말처럼 감히 상상조차 할 수 없는 세상, 최고의 자리에서 최상의 것을 누리는 진짜배기를 자신이 상대하고 있었다. 이런 강준을 약혼자라고 저 혼자 착각했다. 그리고 자신을 무시하고 모욕하는 강혁에게 달려들며 한껏 도발했다. 돌이켜 보면, 어리숙하고 철없던 시간이었다.

혜원이 물컵을 보며 멍하니 생각에 잠겨 있을 때, 강준이 예의 차분한 시선을 보내왔다.

"혜원아."

"네."

"내가 아는 강혜원은 엄청난 수다쟁이였는데, 요즘은 마치 벙어리가 된 것 같아."

"늘 함께 있다 보니, 딱히 들려줄 만한 이야기가 없는걸요."

사실이 그랬다. 늘 함께 있다 보니, 딱히 할 말이 없었다.

"그런가? 나는 너에게 들려주고 싶은 말이 아주 많은데……."

강준이 씁쓸하게 웃으며 투명한 와인 잔을 들어 올렸다. 검은색 터틀넥 니트에 회색 모직 재킷, 무채색 계열의 옷을 즐겨 입는 그는 강혁만큼이나 까다롭고 고상한 취향을 지녔다. 함께 지내면서 저절로 알게 된 사실이었다. 소믈리에가 따라 주는 와인을 우아한 동작으로 마시는 강준의 모습이 오늘따라 더욱 낯설게 느껴졌다.

"삼청동에서 지내기 어떠니?"

와인을 홀짝이던 혜원이 그의 질문에 고개를 들었다. 취기가 올라오는지, 시야가 약간 흐려졌다.

"나쁘지 않아요."

"학교 주변에 네가 지낼 만한 곳을 알아볼 생각이야."

느닷없는 말에 멍하니 강준을 바라보자, 그가 당연하다는 듯이 말했다.

"언제까지 쉴 수는 없잖아. 다음 학기에는 복학해야지."

"하지만……."

강준의 건강은 호전되었지만, 장 여사와 약속한 기간은 한참 멀었다. 그러나 혜원의 마음을 읽기라도 한 듯이 강준이 스스럼없이 말을 이었다.

"어머니에게 따로 말할 테니, 신경 쓰지 마라."

"그럴 수 없어요. 건강이 많이 호전되었지만, 앞으로의 경과도 지켜봐야 하고.”

“혜원아. 내가 무리할 정도로 재활 치료를 받은 이유가 무엇 때문이라고 생각하니?”

투명한 와인 잔을 빙글빙글 돌리던 그가 뚫어지게 혜원을 응시했다.

“바로 너 때문이었어. 빨리 일어나지 않으면, 너를 지켜 줄 수 없을 테니까.”

“…….”

“상대에게 공격적이라는 것은, 자신의 나약함을 고스란히 증명하는 셈이지. 입은 상처가 많다 보니, 제 아픔에 못 견뎌 너를 힘들게 할 수도 있을 거야.”

강준이 말하는 대상이 장 여사라는 것을 어렴풋이 짐작할 수 있었다. 그러나 특유의 차분한 성격답게 완곡하게 둘러말하고 있었다.

혜원은 삼청동에서 지내면서 저절로 알게 되었다. 장 여사가 강준에게 보이는 감정은 애정이라기보다는 집착에 가까운 감정이라는 걸. 강준은 자신의 어머니임에도 장 여사에게 깍듯하고 선을 분명하게 긋는 태도를 보였다. 좋게 말하면 예의 바르고 사려 깊어 보이지만, 나쁘게 표현하면 책임과 의무를 다하려는 의례적인 행동으로 보였다. 강준의 성격이 그러하니, 장 여사는 그의 애정에 목말라하며 끊임없이 관심을 유도했다. 어찌 생각하면, 강혁과 장 여사의 사이가 오히려 더 인간적으로 보이기까지 했다.

"어머니가 어떤 말을 해도 귀담아듣지 마. 그것이 무엇이든, 너를 힘들게 한다면 내가 절대 용납하지 않아."

분명한 말과 또렷한 눈동자가 누군가의 모습과 겹쳐 보였다. 목구멍에 걸린 가시처럼 딱 걸려 넘어가지 않는 존재, 강혁과 닮은 눈매가 지난 일을 떠올리게 했다.

"사모님에 관한 걱정이라면, 염려 마세요. 저는 괜찮아요."

시선을 아래로 내리며 혜원이 얼버무렸다.

"아니, 내가 안 괜찮아. 이제는 훌훌 털어 버리고 너와의 미래만을 생각하고 싶어."

"……강준 오빠."

마치 다정한 오빠처럼 살뜰하게 챙겼지만, 그는 일정한 거리를 두고 혜원을 대했다. 육체적인 접근이나, 말 한마디 허술하게 하는 법이 없었다. 그래서 더 안심했는지도 모른다. 강혁에 대한 감정만으로도 주체하기 힘겨운 시간이고 그 외에는 아무것도 중요하지 않았으니까.

"부담 가질 것은 없어. 다만 너를 향한 감정의 무게가 가볍지 않다는 것은 알아주었으면 해."

묵직하게 마음을 두드리는 고백에 혜원은 어떤 대답도 할 수 없었다. 강혁과의 일시적인 관계에서 미래를 발견할 수 없듯이 강준과의 관계 역시 마찬가지였다. 시간이 갈수록 제가 욕심냈던 세상이 어떤 세상인지, 뼈저리게 느끼고 있었다.

와인을 홀짝이던 혜원이 희미하게 웃었다. 술기운을 빌려서라도, 마음속에 담아 둔 의문을 끄집어내야 했다.

"오빠. 왜 모른 척하세요? 제 말을 다 들었다면, 제가 어떤 아이인지 잘 아시잖아요."

앞으로 나올 말이 궁금했는지, 강준의 눈매가 날카롭게 빛났다.

"제 분수도 모르고 아무렇지도 않게 제 몸을 들이대는 스무 살의 어린 계집, 그게 바로 저잖아요."

"……."

"오빠도 다 들었죠? 옆방에서 흘러나오는 신음을. 그런 제가 어떻게 오빠와의 미래를 꿈꿀 수 있겠어요."

"……."

"아세요? 오빠는 제가 바라는 이상향이었어요. 궁핍한 살림만큼이나, 비열한 마음을 지닌 저와는 다른 사람. 비칠 듯이 투명하고 깨끗하여 감히 바라볼 수도 없는 사람, 그게 바로 강준 오빠였어요."

"……."

"그런 오빠를 두고 어째서 제가 서강혁 씨를 받아들인 줄 아세요? 그가 아무리 제게 모욕을 주고 수치심을 끌어내는 말을 해도 끌리는 감정을 주체할 수 없었어요. 그가 아무리 그럴싸한 옷을 입고, 광택이 나는 구두를 신어도 가엽고 불쌍해서 미칠 것만 같았어요."

"……."

"깊은 산중의 암자에서 생각하고 또 생각했어요. 그리고 마침내 깨달았어요. 바로 그 사람의 눈을 통해 제 마음속 잔뜩 곪은 상처를 들여다보았나는 것을. 그리고 그가 주는 기쁨에 몸을 떨며 제 가슴속의 분노를 한껏 쏟아 냈다는 사실을. 오빠가 도피처라면 그는 상처투성이로 버려진 저 자신이고 마주해야 할 현실이었어요. 그래서 오빠를 이용했어요."

"……."

"이렇게 나쁜 아이예요, 제가……."

짧은 침묵이 흘렀다. 그리고 강준이 희미하게 웃었다.

"좋아. 그렇다면 이번엔 너 못지않게 몹시 나쁜 녀석의 이야기를 들려줄까?"

"……."

"녀석은 말이야. 혼 외 자식으로 태어났다는 사실이 끔찍하게 싫었어. 얼굴도 보지 못한 아버지라는 인간은 녀석 못지않게 비열한 작자였거든. 사랑한다는 말로 여자를 홀리고, 사랑한다는 말을 남기고 아이까지 가진 자신의 여자 곁을 훌쩍 떠났지. 말만 그럴싸하지, 결국 어떤 책임도 지기 싫었던 거야."

"……."

"근데 더 우스운 게 뭔지 아니? 그 말을 철석같이 믿은 여자는 남자의 아이를 통해서 잃어버린 사랑의 흔적을 찾으려 했어. 하지만 아무리 찾으려 해도 찾을 수 없었지. 왜냐면 처음부터 발견할 사랑 따위 없었으니까."

"……."

"제 아버지의 피를 물려받은 녀석 역시, 비열하고 저속하기 짝이 없었어. 그래서 제 마음을 감추기 위해 위선의 가면을 써야 했어. 착하고 반듯하고 예의 바른 가면 말이야."

"……."

"……늘 경계하는 눈빛으로 바라보는 의붓아버지만큼이나 울며 매달리는 어머니가 싫었어. 앞에서는 웃고 뒤에서 수군대는 사람들의 목소리가 견딜 수 없었어. 마음속 묵은 상처가 곪아서 썩은 냄새가 진동하는데, 아무렇지도 않게 웃고 있는 내 자신이 미치도록 혐오스러웠어."

"……."

"그래서 상상조차 할 수 없을 만큼 지독한 짓을 저질렀어. 미치지 않으려면 어서 빨리 결론을 내고 도망가야 했으니까. 나를 둘러싼 모든 것으로부터."

"……."

"혜원아, 그 나쁜 개자식이 바로 나야."

혜원이 멍하니 강준을 바라보았다. 제 치부를 고스란히 드러낸 그는 자신만큼이나, 상처 입은 눈동자를 하고 있었다.

"……그래서 돌아오지 않으려 했어. 죄를 지었으니까, 죽음으로 죗값을 받으려 했지. 그런데 어쩌면 좋냐?"

"……."

"그날 밤……."

"……."

"네가 알몸으로 내 입술에 뜨거운 입김을 전하던 그날 밤, 처음으로 강한 삶의 충동을 느꼈다. 그리고 말을 듣지 않는 육신이 끔찍하게 원망스러운 동시에, 너를 가진 강혁이가 죽도록 미웠어."

격정에 휩싸인 강준이 예전 일을 떠올리는 듯이 고개를 숙였다.

"……우리 주위의 수많은 별들은 유순한 양떼처럼 소리 없는 운행을 계속하고 있었습니다. 나는 저 많은 별들 가운데 가장 아름답고 가장 찬란한 별 하나가 그만 길을 잃고 내 어깨에 기대어 잠들어 있다고 생각했습니다."

알퐁스 도데의 소설, '별'의 마지막 문장이었다. 더없이 아름다운 문장이었지만, 그보다 바스락하며 종이 넘어가는 소리와 귀를 간질이는 맑고 청아한 목소리가 더 좋았다.

"강준 오빠. 누군가를 사랑한다는 게 이런 걸까? 전하지 못한 목동의 사랑이 너무 안타까워."

'그렇지 않아. 아가씨를 사랑하는 것만으로 목동은 충분히 행복했을 거야.' 라고 그녀의 귓가에 가만히 속삭이고 싶었다. 목동에게 스테파네트 아가씨가 있다면 자신에게는 강혜원이라는 아름다운 소녀가 있다. 하지만 그녀가 원하는 목소리를 들려줄 수 없었다. 삶에 대한 미련도, 왔던 곳으로 돌아가야 할 이유도 찾지 못했지만, 이런 순간이 오면 강준은 어김없이 안타깝고 서글픈 기분이 들었다.

"……나는 영영 이렇게 아름다운 이야기의 주인공이 되지 못할 거야. 깨끗하고 순수하고 아름다운 사람만이 이런 사랑을 받을 자격이 있을 테니까."

그녀가 노새 목에 걸린 방울 소리만큼이나 맑은 목소리로 다시 말을 이었다.

"왜일까? 자꾸 그 사람을 보면 화가 나. 미치도록 화나는데, 그 이유조차 모르겠어. 아마 내 안에 또 다른 내가 있나 봐. 그래서 그에게서 한시도 시선을 떼지 못하고 그의 말에 일일이 반응하고 오빠가 있는 이곳 별채로 그를 불러들였나 봐."

안타까운 기분이 순식간에 불안감으로 바뀌었다. 그러나 잠시 후, 벌어진 일은 강준의 그런 기분마저 사라지게 했다. 강준이 입은 파자마가 빠르게 벗겨지고 곁으로 다가온 혜원이 그를 가만히 끌어안았다.

"오빠. 그러니까 어서 일어나. 일어나서 내게 말해 줘. 강혜원은 나쁘지 않다고. 사랑받을 충분한 자격이 있다고……."

생생하게 느껴지는 체온과 살갗에 닿는 촉감으로 그녀가 알몸이라는 것을 고스란히 느낄 수 있었다. 전해 오는 부드러운 입김이 입술을 간질이는 순간, 오감이 활짝 열리고 의식이 팽팽하게 곤두섰다. 미련맞은 몸뚱이가 움직여지지 않는 것이 이상할 정도였다. 열이 오르고 목이 탔다. 그토록 염증 나던 세상이지만, 그녀가 있다는 이유만으로 다시 돌아가고 싶은 충동이 들었다. 기댈 수 있는 넓은 어깨가 되고 싶었다. 별을 올려다보는 목동이 되어 온 마음으로 그녀를 축복하고 싶었다. 그러나 잠시 후, 낯익은 목소리가 끼어들면서 천국의 문이 닫히고 지옥문이 열렸다.

"이런 발정 난 여우 같으니!"

"이악!"

곁을 지키던 체온이 순식간에 사라졌다. 그리고 온갖 소리가 섞여 들었다. 쩌렁쩌렁하게 울리는 고함 소리와 짧은 비명 소리. 낮게 속삭이는 소리가 신경을 갈가리 찢어 놓았다. 깨어나야 했다. 깨어나서 멱살을 틀어쥐고 그만하라고 소리쳐야 했다.

"……그만 ……흐흑……."

간헐적인 흐느낌이 시간이 갈수록 애원 섞인 신음으로 바뀌어 갔다.

강준은 움직이지 않는 몸만큼이나 훤히 열려 있는 청각이 원망스러웠다. 가장 저질스러운 방법으로 강혁을 기만하고 그에게 등을 돌렸다. 지금 이 순간, 자신의 운명을 틀어쥔 누군가가 있어 과거의 일을 떠올리게 하며 맘껏 조롱하는 것 같았다.

'제발. 혜원이만은 안 돼!'

세상과 자신 사이에 가로놓인 투명한 장막을 향해 외쳤다. 나락의 끝에서 발견한 유일한 삶의 이유, 내 작은 소녀를 데려가지 말아 달라고. 세상에 돌아가서 어떤 벌이라도 달게 받을 테니, 이런 끔찍한 고통을 덜어 달라고.

과거에서 빠져나온 강준이 테이블에 놓인 와인 잔을 들어 올렸다. 마치 어제 일처럼 떠오르는 선명한 기억에 목이 타고 마른 갈증이 몰려왔다.

"강혁이에게 나는 평생 죄인이야. 살아 돌아왔으니, 그 대가를 두고두고 치러야 하겠지. 그러나 혜원이 너를 통해서는 아니야. 아무리 마음을 다잡으려 해도, 너만은 도저히 포기가 안 돼. 네가 아니었다면 돌아올 까닭이 없었으니까."

"……."

"네가 생각하는 것만큼 좋은 사람이 아니라 미안하다. 미안한데, 너에 대한 감정만큼은 왜곡하고 싶지 않아. 당장 어떻게 하자는 게 아니야. 그저 약간의 시간이 필요해. 이렇게 서로의 참모습을 알고 알아 갈 시간 말이야."

에두르지 않는 솔직한 말이 마음을 움직였다. 자신만큼이나 상처투성인 강준을 이제야 겨우 바로 볼 수 있었다.

"……모르겠어요. 정말 모르겠어요."

"……."

"오빠도, 서강혁이라는 사람도……."

"내 감정과는 별개로, 네가 강혁에게 가고 싶다면 언제든지 보낼 생각이야. 그러니 천천히 생각해도 괜찮아."

"아니, 누구에게도 안 가요. 모든 것을 처음으로 돌려놓을 생각이에요. 그리고 왔던 곳으로 되돌아가서, 가장 저다운 모습으로 살고 싶어요."

혜원의 말에 강준이 씁쓸하게 웃었다.

"지금 그 말이 나에게 사형선고처럼 들린다는 거 아니? 무엇도 강요할 생각은 없지만, 그래도 약간의 여지는 남겨 주길 바라."

남자로서 부딪쳐 오는 강준이 새삼 다시 보였다. 술기운 때문인지, 강혁과 닮은 고집스러운 시선 때문인지 알 수 없었다.

비틀대는 혜원을 부축하고 나온 강준이 그녀를 차 보조석에 태웠다. 술 때문에 운전하지 못할 상황이기에, 강준이 전화로 누군가를 불렀다. 보조석 시트에 기대어 눈을 감고 있으니, 졸음이 쏟아질 듯이 몰려왔다.

잠시 후, 강준의 전화벨 소리가 희미해지는 의식 사이로 흘러들었다.

"……네. 어머니."

언제나처럼 예의 바른 말투.

"지금 혜원이와 함께 있어요. 곧 들어갈 거예요."

톤이 높은 장 여사의 목소리가 혜원의 귓가를 울렸다. 얼핏 들려오는 강혁이라는 단어에 눈이 번쩍 떠졌다.

"……어디가 ……얼마나요?"

차분한 강준의 목소리 역시 한 톤 높게 올라갔다. 동시에 그가 혜원에게로 시선을 돌렸다. 파랗게 질린 혜원의 안색과 흔들리는 동공을 의식한 듯이 강준이 목소리를 줄였다.

"……운전할 상황이 아니니, 사람이 도착하면 바로 병원으로 출발할게요."

짧은 통화가 순식간에 끝났다. 자세한 내용은 알 수 없지만, 강혁의 신변에 안 좋은 일이 생긴 것이 분명했다.

"……무슨 전화예요?"

"좋지 않은 소식이야. 강혁이가 다쳐서 병원에 있대."

"왜요? 어디가 얼마나 다쳤는데요?"

"자세한 것은 가 보면 알 테지만, 다행히 수술은 잘 마친 모양이야."

혜원이 반사적으로 보조석 차 문을 열자, 강준이 그녀의 손목을 붙들었다. 그 역시 초조한 기색이 역력했다.

"택시 잡기 힘든 곳이야. 사람이 오면 같이 병원으로 가자."

※ ※ ※

"어때, 정신이 좀 드니?"

특유의 차분한 목소리에 강혁이 무거운 눈꺼풀을 들어 올렸다. 흐린 시야 너머, 걱정스러운 표정으로 자신을 바라보는 정숙과 진성의 모습이 보였다.

"……여기가 어디예요?"

공기 중에 떠도는 알코올과 포르말린 냄새가 병원이라는 것은 짐작하게 했지만, 강혁이 있는 곳을 확인하려는 듯이 다시 말을 이었다.

"병원이야. 갈비뼈 골절로 폐를 다쳤어. 수술은 무사히 마쳤지만, 당분간 숨을 쉬기가 불편할 거야."

"……어느 병원이에요?"

"서울 병원이야."

"……혜원이, ……혜원이 어디 있어요?"

강혁의 시간은 한 곳에 멈추어 있었다. 당장에라도 찾지 않으면 물거품처럼 사라질 듯하여 가속페달을 정신없이 밟던 그 시간.

뒤에 있던 진성이 그를 진정시키려는 듯이 앞으로 나섰다.

“곧 삼청동에서 사람이 올 거야. 우리도 뒤늦게 연락을 받는 바람에, 조금 전에야 연락을 넣었다.”

“……혜원이 좀 불러 주세요. 다 필요 없으니까, 혜원이 좀 보게 해 주세요.”

“알았다. 알았으니까, 눈 좀 붙여라.”

마취가 덜 풀린 강혁은 고집스럽게 같은 말을 반복하다가 또다시 눈을 감았다. 그의 곁에서 한숨을 내쉬던 정숙이 혼잣말처럼 중얼거렸다.

“어쩌면 이렇게 하나밖에 모를까요. 세월이 흘러도 이런 고집스러운 성격은 좀처럼 변하지 않네요.”

“그러게 말이야. 불같은 성미가 이제는 좀 누그러져야 할 텐데…….”

얼마나 시간이 흘렀을까. 두 사람이 병실을 지키고 있을 때, 언제 도착했는지, 장 여사와 정 비서가 노크도 없이 병실 안으로 들어왔다. 누운 강혁을 물끄러미 바라보는 얼굴에 어두운 그늘이 드리웠다. 잠시 후, 앉지도 서지도 못하고 병실을 서성이던 장 여사가 정숙에게 물었다.

“의사 말로는 특별한 이상은 없다고 하던데, 따로 걱정할 일은 없는 거죠?”

무언가를 확인하고 싶어 하는 불안한 마음이 잡힐 듯이 느껴졌다. 장 여사에 대해 원망스러운 마음도 없지 않았지만, 오랜 시간 그녀를 지켜본 정숙은 같은 여자로서 장 여사를 비난할 수 없었다. 남부럽지 않은 풍족한 집안에서 자랐지만, 그녀 역시 제대로 된 사랑을 받아 보지 못했다. 그래서일까, 사랑에 늘 목말라하면서도 왜곡된 시선으로 상대를 보고 사랑을 표현하기를 두려워했다.

"사모님. 잠시 밖에서 이야기를 좀 나누었으면 해요."

정숙과 함께 밖으로 나온 장 여사가 휴게실로 들어갔다. 갑작스러운 소식에 그녀 역시 지친 안색이었다.

"……언제까지 이러실 작정이세요?"

정숙의 물음에 쓰디쓴 웃음이 돌아왔다.

"내가 뭐 어쨌게요?"

"제가 모를 거라고 생각하세요? 제 손으로 강준이 받고 강혁이까지 받았어요. 강혁이에 대한 사모님 마음이 강준이 못지않게 깊다고 생각해요. 어째서 이런 식으로밖에 제 마음을 표현하지 못하세요."

정숙의 차분한 시선에 장 여사의 시선이 비켜 갔다.

"강준이는 사모님의 헤어진 전 연인이 아니고 강혁이 역시 세상을 떠난 서 회장님이 아니에요. 그저 제 배 아파 낳은, 꺼질 듯이 작은 생명에 불과하다고요."

"정숙 씨까지 왜 이래요. 나도 지쳤어요. 이런 상황에서 입바른 소리까지 들을 여력이 없어요."

"아니요. 이제는 바로 보셔야 해요. 그리고 마음으로 두 아이를 떠나보내세요."

"저는 이만 돌아갈게요. 강준이가 오면 딴소리하지 말아요."

묵은 상처를 들춰내는 정숙의 말에 장 여사가 자리에서 벌떡 일어났다. 평생을 통해 하지 못한 일이 하루아침에 해결될 리 없었다. 한숨을 내쉬던 정숙이 강혁이 있는 병실로 걸음을 옮겼다.

병실로 이어진 엘리베이터에서 내린 혜원이 뒤로 주춤 물러났다. 강혁이 무사하다는 소식은 들었지만, 공기 중에 떠도는 알코올 냄새에 덜컥하며 겁이 났기 때문이다. 앞서가던 강준이 뒤를 돌아보며 말했다.

"수술 경과가 나쁘지 않다고 했어. 그러니 미리 걱정할 필요는 없어."

걱정이 아니었다. 강혁이 사경을 헤매고 있을 동안, 자신은 분위기 좋은 레스토랑에서 맛있는 음식과 술을 즐겼다. 아무리 사랑해도 닿을 수 없는 그의 존재처럼 사람과의 관계가 이토록 부조리했다.

병실에 들어선 두 사람을 맞이한 것은 정숙과 진성이였다. 반년을 훌쩍 넘겨 다시 만난 그들을 보자, 혜원은 불안한 기분과 겹쳐서 숨이 꽉 막혀 오는 것 같았다. 스스럼없이 다가온 정숙이 혜원의 어깨를 다정하게 감싸 안았다.

"잘 돌아왔다. 이렇게 건강한 모습을 보니, 이제야 안심이 되는구나."

"……죄 ……죄송해요."

참았던 눈물을 쏟아 내며 혜원이 중얼거렸다. 그러나 그녀의 어깨 너머, 죽은 듯이 누워 있는 강혁을 보자, 다리가 저절로 휘청거렸다. 혜원의 기분을 눈치챘는지, 정숙이 그녀의 등을 가만히 토닥였다.

"걱정할 거 없어. 수술 결과도 나쁘지 않고 의식도 금방 돌아왔어. 마취 때문에 다시 잠든 것뿐이야."

이끌리듯이 다가간 혜원이 간이침대에 무너지듯이 주저앉았다. 이런 모습의 강혁은 알지 못한다. 지독할 만큼 차갑고 냉혹한 남자였다. 동시에 날것 그대로의 감정을 스스럼없이 내보이던 남자였다. 그 때문에 울고 그 때문에 웃었다. 거대한 풍랑 같은 그를 만나 아이처럼 설레었고 단단한 품에서 닳고 닳은 여자처럼 신음을 삼켰다.

"……저, 왔어요."

"……."

"저, 왔다고요."

꺼질 듯이 가냘픈 속삭임이 계속되었다.

"……듣고 있어요? 눈 뜨지 않으면 저, 돌아갈 거예요."

"……."

"정말이에요. 정말 돌아가서, 다시는 당신 앞에 나타나지 않을 거예요."

혜원의 속삭임을 들었던 것일까, 핏기가 가신 뺨에 드리운 속눈썹이 파르르 떨며 힘겨운 날갯짓을 계속했다. 그리고 어둠의 장막이 걷히듯이 초점이 흐려진 동공이 그녀를 응시해 왔다. 그를 바로 보고 싶었지만, 눈물이 차오른 탓인지, 시야가 뿌옇게 흐려졌다.

"……가지 마라. 가지 마."

힘없이 잡아 오는 손을 두 손으로 마주 잡으며 혜원이 흐느꼈다. 어깨를 흔들며 우는 모습이 안타까운지, 강혁이 어렵사리 말을 이었다.

"……가지고 싶은 게 있으면 뭐든지 줄게. 가고 싶은 곳이 있다면, 어디라도 데려가 줄게……."

"……."

"……그러니까, 다시는 이런 짓 하지 마."

강혁다운 말이라고 생각했다. 그에게 자신은 여전히 탐욕스러운 스무 살의 계집아이일 뿐이었다. 왜곡된 관계가 만들어 낸, 아물 수 없는 상처였다. 비련의 주인공 따위는 질색이었다. 영원히 만날 수 없는 평행선이라면, 끝까지 나쁜 여자로 남아서 그의 곁을 지켜야겠다. 그가 자신과의 관계를 염증 낼 때까지 악착같이 붙어 있어야 했다. 그리고 마지막 순간이 오면 뒤도 돌아보지 않고 그를 떠날 것이다.

"알았어요. 다 주세요."

"……."

"시시한 것 말고, 당신이 가진 것 중에 최고로 좋은 것만 주세요. 주는 대로 다 가질 거예요. 다 가질 때까지 당신을 놓지 않을 거예요. ……그러니까, 어서 빨리 일어나요."

혜원이 올라오는 울음을 꾹꾹 눌러 삼키며 말했다. 그제야 안심이 되는 듯이 강혁이 희미하게 웃었다.

"……그래. 다 줄게. 가장 좋은 것만 줄게. 그러니 다시는 내 곁을 떠나지 마."

무거운 눈꺼풀을 견디지 못하고 그가 다시 깊은 잠에 빠져들었다.

움트는 계절을 기다리는 늦겨울의 몸부림이었다. 그러나 계절이 무르익으면 따스한 봄은 다시 찾아온다. 전쟁 같은 사랑이지만, 그래도 사랑은 사랑이듯이…….

14

새벽녘까지 강혁의 곁을 지키던 혜원이 침대에 머리를 묻고 잠이 들었다. 멀리서 두 사람을 지켜보던 강준이 병실 밖으로 나가자, 복도 의자에 앉아 있던 정숙이 말을 붙였다.

"너도 좀 쉬어야지."

곁에 나란히 앉은 강준이 힘없이 고개를 숙였다. 깍지 낀 손을 쥐락펴락하는 모습이 몹시 초조한 기색이었다.

"……차라리 깨어나지 말걸 그랬어요."

"그런 말이 어디 있어? 이렇게 건강한 모습으로 돌아와서 얼마나 감사한데. 혹시 혜원이 때문에 그러니?"

"모르겠어요. 한 번도 누군가를 이토록 원해 본 적이 없어서……."

한숨 같은 중얼거림에 정숙이 안타까운 눈으로 그를 바라보았다.

거침없고 솔직한 강혁과 차분하고 신중한 성격의 강준은 상반되어 보이지만, 묘하게 닮은 구석이 많은 형제였다. 차가운 겉모습 뒤에 숨겨진 또 다른 얼굴, 하나밖에 모르는 외골수에 에두르지 않는 성정이 그랬다.

"순리대로 살아야 한다는 것은 알아요. 처음부터 제 것은 아무것도 없었으니까."

"강준아……."

"저렇게 누워 있는 강혁이를 보면서 이런 생각을 하는 저 스스로가 혐오스러워요. 하지만 하나 정도는 욕심내도 괜찮잖아요. 그것마저 안 된다면 돌아올 이유도, 살아야 할 까닭도 없으니까요."

"……너희를 어쩌면 좋니……."

천 길 물속같이 깊은 속을 지닌 강준이였다. 말을 아끼고 행동을 살피고 제 마음마저 단속하며 힘겨운 시간을 견디어 왔다. 자세한 내막을 알 수 없지만, 오랜 시간 강준을 지켜본 정숙은 그가 겪었을 심적 고통을 미루어 짐작할 수 있었다.

강준의 안색이 몹시 고단해 보여서 정숙이 재촉하고 나섰다.

"너도 그만 돌아가서 쉬어야지. 혜원이 깨어나면 내가 돌려보내 마."

"강혁이 퇴원할 때, 데리러 오겠습니다. 혜원이도 생각할 시간이 필요할 테니까요."

자리에서 일어난 강준이 복도 끝으로 사라지자, 안타까운 눈으로 그를 바라보던 정숙이 자리에서 일어났다.

※ ※ ※

이른 아침 햇살이 투명한 창으로 새어 들었다. 무거운 눈꺼풀을 들어 올리자, 하얀 천장이 눈에 들어왔다. 마치 길고 어두운 터널을 빠져나온 듯이 온몸이 묵직하고 머릿속이 텅 빈 것 같았다. 꿈이었을까. 흐느껴 울고 있는 혜원이를 본 것 같았다.

떠오른 의문이 불안으로 바뀐 것은 순식간의 일이었다. 몸을 일으키려는 찰나, 찌르는 듯한 통증이 척추를 관통하고 지나갔다. 하지만 뒤늦게 찾아온 안도감에 비하면 통증 따위 아무것도 아니었다. 마치 작은 새처럼 몸을 웅크리고 잠든 혜원의 정수리가 시선에 들어오자, 강혁이 털썩하며 다시 침대에 몸을 눕혔다.

물끄러미 혜원을 바라보던 강혁이 매트리스 위로 물결치는 머리카락을 가만히 쓸어 보았다. 반년을 훌쩍 넘겨서 다시 만져 보는 감촉에 비로소 막혔던 숨통이 트이는 기분이었다. 오르내리는 고른 숨소리마저 까닭 모를 감정을 불러일으켰다.

짐승처럼 범해져서 짐승의 새끼로 자라났다. 누군가를 위해 줄 수 있는 마음 따위 처음부터 없었다. 제 어미에게조차 외면받는 존재라면 짐승처럼 사는 게 마땅했다. 혜원과의 관계 역시 마찬가지였다. 세상을 모르는 스무 살의 여자를 상대로 온갖 짓을 저질렀다. 어떤 감정의 교감도 배려도 없이 사내다운 욕구로 시작된 관계였다. 사람들이 말하는 달콤한 사랑 따위 믿지 않는다. 떨어질 수 없는 몸이라면, 기어코 하나가 되어야 숨통이 트인다면 제 방식대로, 가장 자신다운 방식대로 그녀를 사랑할 생각이다.

희미한 기척에 놀란 혜원이 고개를 번쩍 들었다. 기다렸다는 듯이 시선을 마주쳐 오는 눈동자에 또다시 숨이 탁 막혀 왔다.

"……이리 와."

짧은 명령에 혜원은 그제야 정신이 들었다. 눈을 비비며 흐트러진 매무새를 가다듬고 있을 때, 강혁이 다시 말을 이었다.

"키스하자."

"……."

"키스하고 싶은데, 빌어먹을 몸을 움직일 수 없어. 그러니까 이리 가까이 와."

자다 깨기를 반복하며 새벽 내내 가지 말라고 속삭이던 강혁은 원래의 모습으로 돌아와 있었다. 비로소 안심된 혜원이 저도 모르게 중얼거렸다.

"……싫어요. 안 돼요."

"어째서?"

"골절된 갈비뼈가 폐를 찔렀어요. 움직이면 안 된다고 의사 선생님께서 신신당부했어요."

"그러니까, 이리 오라고."

혜원이 물러나려 하자, 강혁이 다시 말을 이었다.

"그럼 내가 갈까?"

강혁이 시트를 걷어 내자, 붕대로 감싼 상체가 드러났다. 물러나려던 혜원이 다급하게 다가가자, 그가 기다렸다는 듯이 한 손으로 혜원의 허리를 감아 당겼다. 그리고 굶주린 사람처럼 거칠게 입술을 부딪쳐 왔다. 타액까지 빨아 마시려는 혀의 애무가 점점 노골적으로 변하자, 당황한 혜원이 그의 품에서 벗어나려고 몸부림쳤다.

"으흡…… 그만……."

입 안에서 벗어난 혀가 혜원의 벌어진 가슴 사이로 파고들었다.

"하아…… 내 고양이……."

"제발…… 사람들이 올 거예요."

"혜원아…… 혜원아……."

가벼운 수술은 아니었다. 잠깐의 움직임만으로도 몹시 고통스러울 텐데, 몸을 세우려는 동작에 가슴이 조마조마했다.

"……상처 부위가 벌어질 수 있어요. 제발……."

혜원의 몸 여기저기를 더듬는 손이 기어코 다리 사이로 파고들어 제 것을 확인하려고 했다.

"사랑? 개수작하지 말라고 해. 나는 단순한 놈이라, 두 가지 생각은 못 해. 다들 그럴싸한 말을 갖다 붙여 제 마음을 표현하지만, 나는 여자를 홀리는 말 따위 알지 못한다고."

버둥거리는 혜원을 침대에 눕히고 그가 시트를 덮어 주었다. 그리고 혜원을 끌어당겨 안으며 속삭였다.

"네가 사라진 동안, 사나운 욕정마저 사라졌어. 오로지 너밖에 떠오르지 않는데, 이런 감정은 도대체 뭐라고 하냐. 응? 혜원아."

"……몰라요. 저도 잘 몰라요."

상처 부위만큼이나, 고집스러운 태도가 안타까웠다.

"폐를 다쳤어요. 숨쉬기 힘들 텐데, 그만 쉬어요."

"불행했던 과거 따위 까맣게 잊게 해 줄게. 세상 어떤 여자보다 행복하게 해 줄 거야. 그러니까 말없이 사라지는 짓 따위는 다시 하지 마라."

"……그래요. 그럴게요. 제가 잘못했어요."

고분고분한 대답을 못 믿겠는지, 그가 혜원의 턱을 들어 올리며 시선을 부딪쳐 왔다.

"너는 내 품에 안겨서도 서강준을 생각했어. 그래서 그런 거야? 강준 형과 함께 있고 싶어서 그렇게 말없이 사라진 거냐고."

종횡무진 오가는 강혁의 생각을 좀처럼 따라잡을 수 없었다. 그는 자신과 강준이 내내 같이 있었다고 착각한 모양이다. 그도 그럴 것이 회복 단계에 있는 강준이 자신을 찾았다고는 상식적으로 판단하기 힘든 상황이었다.

"엄마 위패를 모신 작은 암자에 있었어요. 두 달 전, 강준 오빠가 아픈 몸을 이끌고 저를 찾아왔어요."

혜원의 덤덤한 말에 그의 턱이 단단히 굳었다. 완고하던 눈동자가 까닭 모를 감정으로 일렁였다.

"……네가 있는 곳을 어찌 알고?"

"강준 오빠는 다 알고 있어요. 제가 저지른 불장난을 하나부터 열까지 다 꿰뚫어 보고 있었다고요."

"그래서? 강준 형 무서워서 삼청동에서 숨어 지낸 거야?"

"그게 아니라……."

"말했지. 불장난이니, 뭐니 하는 소리 지껄이지 말라고. 그리고 네가 신경 써야 할 사람은 바로 나야. 서강준이 아니라고!"

날카로운 고함과 함께 그가 몸을 일으켰다. 수술 부위가 괴로운지, 잔뜩 찌푸리며 고집을 피우는 모습에 당황한 혜원이 그의 몸을 부둥켜안았다.

"그만해요. 이러다가 수술 부위 벌어진다고요."

혜원을 떼어 놓은 그가 다그치듯이 물었다.

"두 달 동안 서강준과 어디까지 갔어? 설마 끝까지 간 건 아니겠지?"

가슴을 후벼 파는 질문에 울화가 치민 혜원이 날카롭게 쏘아붙였다.

"끝까지 갔어요. 끝까지 갔다고요! 그러니까 이제 저를 버리세요. 아무렇지도 않게 버리면 되잖아요!"

강혁을 뿌리친 혜원이 침대에서 내려서자, 그가 다시 그녀를 거칠게 끌어당겼다.

"상관없어. 상관없다고. ……내가 잠시 어떻게 되었나 봐. 미안하다. 미안해."

"당신이 이럴 때마다, 제 기분이 어떤지 아세요? 마치 거리의 창녀가 된 기분이에요. 몸을 허락한 사람은 당신뿐인데, 어째서 제가 이런 기분을 느껴야 하냐고요. 어째서."

"……."

"차라리 여기서 모든 것을 끝내요. 서로를 고통 속에 몰아넣는 관계라면, 더 이상 지속할 이유가 없다고 생각해요."

혜원의 차가운 대꾸에 강혁이 혼란스러운 듯이 중얼거렸다.

"이런 나를 모르겠어. 하지만 한 가지 분명한 건, 너를 보지 않고는 살 수 없다는 거야."

"당분간 시간을 가져 보고 싶어요. 저 자신을 돌아볼 시간 말이에요."

화르르 끓어오르던 강혁이 아이처럼 중얼거렸다.

"무슨 생각을 얼마나 깊이 하려고. 내 곁에서 생각하면 되잖아. 또다시 끔찍한 시간을 반복할 수 없어. 진흙탕을 굴러도 함께 있을 거야."

관자놀이의 상처 부위를 보자, 절로 안타까운 기분이 들었다. 거즈에 배어 나온 피의 흔적을 더듬던 혜원이 가만히 한숨을 내쉬었다. 말이 그렇지, 혜원 역시 강혁의 곁을 잠시도 떠나기 싫었다. 그의 말대로 진흙탕을 굴러도 함께 있을 수 있다면 상관없었다. 헤어지는 것보다, 거리의 창녀 취급을 받는 것이 백번 나았다.

"고집 그만 부리고 인제 그만 누워요. 뼈가 붙을 때까지, 움직이면 안 돼요."

혜원의 재촉에 강혁이 마지못해 몸을 눕혔다. 못마땅한 듯이 미간을 찌푸렸지만, 어딘가 안심하는 눈치였다. 혜원이 침대에서 내려서자, 그가 다시 손목을 잡아 왔다.

"어디 가려고?"

"주사액이 다 떨어졌어요. 간호사를 불러올 테니, 잠시 누워 있어요."

"퇴원하면, 성북동으로 함께 가는 거다."

기어코 쐐기를 박으려는 말에 혜원이 어쩔 수 없다는 듯이 힘없이 웃었다.

"빨리 회복하기나 해요. 그때 생각해 볼게요."

기분 좋게 올라간 입매를 보자, 비로소 안심한 혜원이 병실을 빠져나왔다.

✻ ✻ ✻

"혜원이만 두고 병원을 나오다니? 그럼 강혁이와 함께 있는 거니?"

장 여사가 황당하다는 듯이 강준을 바라보았다.

"다른 뜻은 없어요. 그저 생각할 시간을 주고 싶었어요."

"그 아이 생각이 뭐가 중요한데? 이렇게 된 이상 나는 혜원이 못 받아들인다. 배운 바 없는 천것이지만, 야무진 데가 있어서 집안에 들였더니, 이렇게 뒤통수를 칠 줄이야."

"천것이라뇨? 혜원이, 제 약혼녀입니다. 그런 소리 들을 사람 아니에요."

"내 배 아파 낳았지만, 네 속을 정말 모르겠다. 속이 좋은 거니? 아니면 다른 생각이라도 있는 거니?"

"열여덟이라는 어린 나이에 제게 왔어요. 그리고 긴 시간 동안 한결같이 곁을 지켜 주었어요. 비록 작은 불상사가 있었지만, 저는 혜원이 포기 못 합니다."

"기가 막혀서. 작은 불상사? 애라도 덥석 가졌다면 그런 말이 나올까?"

들고 있던 수저를 내려놓고 강준이 자리에서 일어났다.

"왜 일어나? 말이 나온 김에 한마디만 더 하자. 제멋대로인 강혁이는 그렇다 치고 스무 살의 아이가 아무렇지도 않게 몸을 허락한다는 게 말이 되니?"

가면을 쓴 듯이 무표정한 얼굴이 장 여사를 물끄러미 응시했다.

"안 될 것도 없지요. 어머니도 마찬가지 아닙니까? 제가 어떻게 태어났는지, 벌써 잊으신 건 아니죠?"

한 번도 말대꾸라는 것을 해 본 적 없는 강준이였다. 그 흔한 사춘기조차 있는 듯 없는 듯 지내며 거친 말 한 번 내뱉은 적이 없었다. 돌변한 태도에 장 여사는 하늘이 무너지는 심정이었다.

"나와 혜원이가 같니? 네 부친은 내가 유일하게 사랑한 남자였어. 그래서 너를 낳을 결심을 했고."

"제가 보기엔 조금도 다를 바 없어요. 오히려 혜원이가 어머니보다 순수해 보여요. 적어도 진실을 외면하지 않거든요."

"뭐라고?"

"애라도 가지면 어쩌겠냐고요? 혜원이가 낳은 아이라면, 제 자식처럼 잘 보살피고 소중하게 아껴 줄 거예요. 세상에 둘도 없는 아버지가 되어 줄 겁니다."

"강혁이도 너도…… 둘 다 미쳤어. 둘 다 미쳤다고!"

"세상의 도덕과 편견이 두려웠다면, 처음부터 어머니 편에 서지 않았어요. 단지 어머니란 이유로, 저를 낳아 준 어머니라는 이유도 당신을 지켜 주고 싶었어요."

"……."

"어째서 이런 말까지 하게 하세요? 어째서 당신 배 속에서 나온 제게 이런 비열한 말까지 나오게 하느냐고요."

차분하고 묵직한 울림에 장 여사가 감정을 자제하려는 듯이 깊이 심호흡을 했다.

"……나는 그저 네 자리를 찾아 주고 싶었을 뿐이야."

"처음부터 부와 권력 따위 관심 없었어요. 그때의 일은 강혁이를 끌어내기 위해 저지른 일이었어요. 그래야 헛된 기대를 가진 어머니가 저를 포기하실 테니까. 앞으로 괜한 분란 일으키지 마세요. 어차피 저는 모든 게 정리되는 대로, 혜원이와 함께 이 나라를 떠날 생각입니다."

남달리 속이 깊다는 것은 알지만, 강준이 이렇게 나오리라고는 생각지 못했다. 파랗게 질린 안색으로 장 여사가 중얼거렸다.

"……너마저 나를 버리겠다는 거니?"

"천륜을 끊을 수 없겠지요. 하지만 어머니가 혜원이를 인정할 수 없다면 다른 방법이 없잖아요?"

모질고 또 모진 말이었다. 유일한 버팀목이며 힘이 되어 주던 강준이 있었기에 여기까지 버틸 수 있던 세월이었다.

"하지만 혜원이는 안 된다. 강혁이까지 저 꼴로 만든 아이야. 한번 빠지면 헤어 나올 수 없는 깊은 수렁 같은 아이라고."

"알아요. 잘 압니다. 하지만 저 역시 죽음의 문턱에서 살아 돌아왔어요. 빠져서 살아 나올 수 없는 수렁이면 어떻습니까? 어떤 비겁한 작자처럼, 약삭빠르게 사랑하고 싶은 생각은 조금도 없어요."

"비겁한 작자라니? 설마 네 부친을 두고 말하는 것은 아니겠지?"

돌아서려던 강준이 뒤를 돌아보았다.

"아, 전해 드려야 했는데, 깜빡 잊었네요. 어머니가 사랑했던 그분의 소식을 얼마 전에 들었어요. 두 번째 아내와 이혼하고 30대 어린 여자를 아내로 맞았다고 하더군요. 아무리 사랑이 많아도 그렇지, 60대 노인이 체면도 없지 않습니까?"

싸늘한 대답을 마지막으로 강준이 뒤돌아서서 제 방으로 들어갔다. 장 여사가 무너지듯이 식탁 의자에 주저앉았다.

※ ※ ※

"오는 길에 꽃집에 잠시 들렀다. 너 좋아하는 꽃이 보여서, 한 아름 안고 왔지."

병실 안으로 들어선, 진성이 혜원에게 꽃을 건넸다. 생동감 있는 노란 꽃만큼이나, 혜원이 환한 미소를 지어 보였다.

"너무 예뻐요. 꽃을 만한 꽃병이 있어야 할 텐데."

병실 한쪽에 있는 유리 화기를 발견한 혜원이 욕실로 가서 물을 받아 왔다. 우왕좌왕 분주히 오가던 혜원이 꽃을 다듬기 시작하자, 강혁의 시선이 더듬듯이 그녀를 따라갔다. 서로를 의식하는 젊은 두 사람 사이에는 안타까움을 자아내는 애달픈 분위기가 있었다. 두 사람을 지켜보던 정숙이 조용히 미소 지었다.

"꽃향기가 정말 좋아요."

혜원이 노란 꽃잎을 코끝에 갖다 붙이며 중얼거렸다. 이럴 때 보면, 영락없는 스무 살이 맞는데, 온갖 어려움을 겪고 자라서인지 혜원은 가끔 놀랄 만큼 어른스러운 구석이 있었다.

"우리 혜원이는 의사 말고 플로리스트가 되는 게 좋았을 텐데. 이렇게 꽃을 좋아하는 것을 보면……."

"꼭 일로 엮일 필요는 없잖아요. 일도 하면서 꽃이나 정원을 돌보는 게 좋은걸요."

모처럼 밝은 얼굴로 돌아온 혜원이 보기 좋았다.

정숙과 진성이 청평 별장으로 돌아가자, 기다렸다는 듯이 강혁이 물었다.

"꽃 이름이 뭐라고?"

그답지 않은 질문에, 혜원이 시선을 돌렸다.

"프리지어예요. 그곳까지 꽃향기가 전해지죠?"

"아니, 잘 모르겠는데?"

강혁에게 다가간 혜원이 꽃 한 송이를 그의 코에 갖다 댔다. 하지만 그의 시선은 줄곧 혜원을 놓치지 않고 있었다.

"어때요. 달콤한 향기가 정말 좋죠?"

"아니. 네 것이 더 향기로워."

노골적인 말에 혜원의 뺨이 붉게 달아올랐다. 그러나 다음에 나온 말이 더욱 점입가경이었다.

"혜원아. 병실 문 좀 잠그고 와."

"왜요?"

부끄러운 동시에 덜컥 겁이 난 혜원이 뒷걸음쳐서 한 발 뒤로 물러났다. 강혁이 그녀의 손목을 잡고 재촉했다.

"키스만 할 거야. 이 몸으로 더 하고 싶어도, 못 하는 거 알잖아."

"사람들이 수시로 오가는 병실이에요. 눈치라도 채면 어쩌려고요."

"이보다 더한 짓도 할 수 있어. 그만큼 너를 안고 싶어서 미칠 지경이라고."

"가벼운 키스만 해요. 병실에서는 절대 안 돼요."

"잠깐이면 돼. 십 분이면 끝낼 수 있어."

"키스뿐이라면서요?"

"그래. 십 분 동안 키스만 할 거야."

속이 훤히 들여다보이는 말에 결국, 웃음이 터져 나왔다. 입술을 잘근잘근 깨물며 내려다보자, 강혁이 더욱 애가 타는지 아이처럼 졸라 댔다.

"……어서."

망설이던 혜원이 문밖을 기웃거렸다. 그가 있는 특별실은 일반 병동과 분리되어 사람의 기척이 거의 없었다. 저녁이 한참 지난 시각이라, 병원 스텝이 있는 데스크에도 한두 명만 앉아 있을 뿐이었다.

문을 잠근 혜원이 마지못해하는 표정으로 다가가자, 강혁이 새하얀 이를 드러내며 활짝 웃었다.

"……역시 내 고양이라니까……."

"자꾸 고양이라고 부르지 말아요."

"예뻐서 그래. 시선을 뗄 수 없을 만큼 예뻐서……."

마음을 표현하는 데 익숙하지 않은 강혁의 유일한 표현 수단이었다. 머리에서 발끝까지 예쁘지 않은 곳이 단 한 군데도 없는 자신의 여자. 떠올리는 것만으로도 몸이 달아오르고 안고 또 안아도 갈증이 났다. 보지 못하는 시간 동안 까맣게 속이 타서 잠조차 이루지 못했다. 어떤 말이 있어 이런 마음을 대신할 수 있을까.

강혁이 옆으로 몸을 비키며 혜원이 누울 자리를 마련했다. 혜원이 다가가기가 무섭게 강혁이 그녀의 허리를 당겨 안았다. 옷깃 사이로 머리를 박은 강혁이 마치 킁킁대는 개처럼 혜원의 체취를 한껏 들이켰다. 거침없는 성격답게 바로 들이댈 거라 생각했지만, 다음에 나온 말은 전혀 예상 밖의 것이었다.

"……다시는 못 보는 줄 알았어……."

한숨 같은 중얼거림에 혜원이 그의 머리카락을 가만히 쓰다듬었다.

"……그래서 무서웠어요?"

"그래…… 끔찍할 만큼."

노골적인 행위만큼이나 그에게 온갖 감정을 모두 드러내 보였다. 돌이켜 보면 의지할 곳 없는 세상에서 가장 가까운 사람이기도 했다.

"저도 무서워요."

"……."

"……처음에는 몰랐어요. 그래서 무작정 욕심냈어요. 하지만 지금은 아니에요. 당신만큼이나 당신이 속한 세계가 두려워요."
"뭐가 두려운데?"
"……올라가면 다시는 내려오고 싶지 않을 테니까. 가지고 나면 다시는 놓고 싶지 않을 테니까."
원하는 것은 오직 서강혁이라는 남자뿐이었다. 하지만 아무렇지도 않게 버려질까 두렵다는 말만은 차마 하고 싶지 않았다.
"내려오지 않아도 돼. 아무것도 놓을 필요가 없어. 곁에 있어 준다면, 너를 세상 꼭대기에 올려 줄 거야."
다 준다는 말 대신에, 세상 꼭대기에 올려 준다는 말 대신에 이제는 다른 말을 듣고 싶었다. 그저 단순한 말 한마디, 마음으로부터 너를 사랑한다고. 진심으로 아끼고 사랑하고 있다고.
"……언제까지요? 당신이 제게 싫증 낼 때까지? 저보다 더 예쁜 여자가 나타날 때까지?"
"아직도 그 말을 마음에 두고 있었던 거야?"
"제가 헤픈 여자이듯이 당신 역시 아무렇지도 않게 다른 여자를 안을 수 있는 사람이잖아요."
"그래서, 싫어?"
"싫어요. 정말 끔찍할 만큼 싫어요."
"네가 싫다면 하지 않아. 어떤 여자도 곁에 두지 않겠다고 약속할게."
"정말요?"
"그래. 정말이야."
품 안으로 파고드는 혜원을 끌어안으며 상혁이 깊은 한숨을 내쉬었다.

"……알아? 나야말로 겁이 나. 너한테 아무렇지도 않게 버려질까 봐."

"놀리지 말아요."

또르르 굴러가는 혜원의 웃음소리가 병실을 울리자, 천장을 물끄러미 올려다보던 강혁이 혼잣말처럼 중얼거렸다.

"정말이야. 다른 남자가 이렇게 예쁜 너를 가로채 갈까 봐 진심으로 두렵다고."

15

이음새가 엉성한 양철 지붕 위로 붉은 깃발이 이리저리 흔들렸다. 삐걱대는 대문을 밀고 들어오던 장 여사가 못마땅한 듯이 미간을 찌푸렸다.

"가진 돈이 없어 이런 곳에서 사나? 올 때마다 늘 기분 나쁘다니까."

"그러게, 삼청동으로 부르시지 그러셨어요."

뒤따라오던 정 비서가 장 여사의 흙 묻은 구두를 바라보며 대답했다.

"마음이 급해서 기다릴 수 있어야지. 게다가 윤 보살이 어디 그리 만나기 쉬운 사람이야?"

인기척을 느꼈는지, 미닫이문이 스르르 열리며 화옥이 쪽마루로 나왔다. 푸른색 한복 차림이 만신이라기보다는, 여염집 안방마님 같은 풍채였다.

"여사님께서 연락도 없이 이곳에 어쩐 일이세요?"

"일단 들어가서 이야기해요."

두 사람이 법당 안으로 들어가자, 눈치 빠른 정 비서가 차로 돌아갔다. 장 여사가 수심이 가득한 얼굴로 한숨을 내쉬자, 살피듯이 바라보던 화옥이 먼저 말을 꺼냈다.

"강준 도련님이 깨어났다는 소식은 들었습니다. 무탈하시죠?"

"회복이 빨라서 예전이랑 다름없어 보여요. 하지만……."

말을 끊은 장 여사가 날카로운 눈으로 화옥을 바라보았다.

"둘러말하지 않을게요. 도대체 혜원이 같은 애를 무슨 생각으로 제게 보낸 겁니까?"

듣기에 언짢은 말이지만, 화옥의 얼굴은 어떤 표정 변화도 없었다.

"혜원이가 왜요?"

"보통 애가 아니라는 건 알았지만, 집안을 난장판으로 만들어 놓을 줄이야. 두 아이가 보잘것없는 계집애 하나에 목을 매고 있어요. 이게 말이 된다고 생각해요?"

"처음부터 말씀드렸을 텐데요. 강준 도련님이 깨어나기만 한다면 아무 상관 없다고 하신 분이 여사님이셨어요."

"혹시나 했어요. 음기가 강하다고는 했지만, 그래도 아직 어린 나이잖아요. 강혁이도 모자라 강준이까지 홀리다니. 우리 강준이가 어떤 아이인 줄 아세요? 누구에게도 마음 한 자락 준 적이 없는 아이였어요."

"하나를 가지면 하나를 잃어야 하는 게, 세상의 이치입니다."

"그게 무슨 뜻이에요?"

"강준 도련님은 다시 돌아오지 못할 혼백이었어요. 그걸 깨운 게 혜원입니다. 칭찬은커녕, 욕을 들어야 할 까닭이 없어요."

"누가 모릅니까. 잘 알아요. 하지만 좀 더 얌전하게 행동했어야 죠. 이제 어찌합니까? 두 아이가 죽고 못 살겠다는데, 이제 어찌 하냐고요."

"하늘이 정한 인연은 따로 있습니다. 때가 되면 모두가 다 제 자리로 돌아갈 겁니다."

"그렇게 막연한 소리만 늘어놓지 말고 어떻게 좀 해 보세요. 혜원이를 만나서 좀 타일러 보든가요."

"이미 늦었어요. 둘이 하나가 되었는데, 떨어지지 않으려 할 겁니다."

"그럼 강혁이 짝이 혜원이라는 말씀이에요?"

"음양의 조화는 하늘이 정한 이치입니다. 천하의 둘도 없는 속궁합이니, 아무리 떼어 놓으려 해도 떼어 놓을 수 없을 겁니다."

"짐승도 아니고, 속궁합은!"

장 여사의 투덜거림에 화옥이 희미하게 웃었다.

"남녀 사이에 그보다 더 중요한 게 있습니까? 만날 수밖에 없으니 만나고, 헤어질 수밖에 없으니 헤어지는 겁니다."

뜬구름 잡는 소리 같지만, 허투루 들을 말도 아니었다.

"두 아이는 그렇다 쳐도 강준이는 어찌합니까? 저대로 내버려 두란 말이에요?"

“사랑을 경험한 심장입니다. 좋은 인연이 나타나면, 그 경험을 바탕으로 자연스럽게 마음을 열게 될 겁니다. 두 아드님 모두 성성한 기운을 가지고 태어났어요. 혜원이 때문이 아니라도 한번은 부딪치고 넘어갈 사내들의 싸움이에요.”

“…….”

“곪은 상처가 있다면 터져야지요. 피고름을 짜내면 감쪽같이 사라질 아픔입니다. 지나고 나면, 아무것도 아닌 일이에요.”

파란만장한 인생사를 겪어서일까. 나라 굿까지 하는 큰 무당, 화옥은 마치 인생사를 달관한 사람처럼 보였다.

장 여사가 자리에서 일어나자, 화옥이 따라나서며 말했다.

“혜원이가 당돌한 면이 있지만, 남다르게 영민한 아이예요. 불같은 성정의 강혁 도련님에게 그만한 짝이 없어요. 지나치게 뜨거운 불이라면, 불기운을 다스릴 적당한 물이 필요하지요. 혜원이가 그 적당한 물이 되어 줄 겁니다.”

“이렇게 될 줄 알고, 그 아이를 보낸 건 아니죠?”

“합이 들어도 연이 닿지 않으면 그만입니다. 하늘의 연을 사람이 붙인다고 붙여질 리가 없지요.”

장 여사가 대문 밖으로 사라지자, 조용히 한숨을 내쉬던 화옥이 집 안으로 다시 들어갔다.

❈ ❈ ❈

평소 강건한 체력을 지닌 강혁은 회복력 또한 남달랐다. 까다로운 성격 탓에 정숙과 혜원이 교대로 그를 돌보고 있지만, 그는 잠시라도 혜원이 눈에 보이지 않으면 짜증을 냈다. 주야로 돌보는 일이 쉽지 않지만, 혜원은 강혁과 함께 있는 시간이 꿈만 같았다.

느긋한 자세로 세면대에 기댄 강혁이 뚫어질 듯이 혜원을 바라보았다. 남자답지만, 선이 단정한 이목구비를 내려다보고 있으니, 새삼스레 심장이 쿵쿵하며 박동을 빨리했다. 혹시라도 눈치챌까 봐, 그의 머리를 감겨 주던 혜원이 핀잔하듯이 말했다.

“비눗물 들어가요. 눈 감아요.”

“싫은데?”

짓궂어 보이는 눈동자가 반짝 빛났다. 스물아홉의 남자가 마치 철부지 일곱 살 소년처럼 보였다. 샴푸의 하얀 거품이 상처 부위인 관자놀이 주변에 닿자, 놀란 혜원이 다급하게 물었다.

“아프지 않아요?”

“아파. 빌어먹을 정도로.”

“그러니까 아직 샴푸는 무리라고 했잖아요.”

“그쪽이 아니라, 아래쪽 말이야.”

그의 시선이 향하는 곳에 눈이 자연스럽게 따라갔다. 얇은 환자복 위에 팽팽하게 솟아오른 분신을 보자, 혜원이 황급히 시선을 피했다.

몸 상태가 호전되고 움직임이 편해지자, 그의 요구는 점점 노골적으로 변했다. 그가 사용하는 특별실에는 보호자 대기실이 별도로 있지만, 강혁은 혜원이 곁에 눕지 않으면 잠을 청하지 않았다. 정숙과 간호사 보기에 민망했지만, 워낙 고집이 완강하니 어쩔 도리가 없었다.

"아무리 졸라도 소용없어요. 상처가 아물 때까지 절대 안 돼요."

"혜원아……."

"……."

"……네가 올라오면 되잖아."

노골적인 요구에 혜원이 입술을 깨물며 그를 노려보았다. 강혁이 재미있다는 듯이 키득거렸다.

"저런, 앙칼진 고양이가 잔뜩 털을 곤두세웠네."

서둘러 샴푸를 끝내고 수건으로 물기를 닦아 주었다.

눈앞에 아른거리는 혜원의 부푼 가슴을 바라보던 강혁이 혜원이 입은 티셔츠를 위로 밀어 올렸다. 브래지어를 뚫고 나올 듯이 풍만한 젖가슴 사이에 코를 박은 그가 끙 하며 신음을 삼켰다. 찬 공기와 섞인 뜨거운 입김에 놀란 혜원이 뒤로 물러나려 하자, 단단한 팔이 그녀의 허리를 바싹 끌어당겼다. 강혁이 몸을 바로 세우자, 젖은 머리카락에서 물기가 뚝뚝 떨어졌다. 상처를 감싼 거즈 부위에 물기가 스며들자, 혜원은 절로 안타까운 기분이 들었다.

"움직이지 말아요. 상처에 물이 닿으면 안 돼요."

"……올라와. 혜원아. 올라와서 나를 위로해 줘."

고집스러운 아이처럼, 그가 계속 졸라 댔다.

"정말 안 돼요. 가임기인데, 콘돔도 없잖아요."

"상관없어. 생기는 대로 낳을 생각이니까."

"미쳤어요?"

상상조차 할 수 없는 말이 이어졌다.

"너 닮은 딸을 낳고 싶어. 말썽 피우는 사내 녀석 말고."

그를 사랑하지만, 아무런 확신도 없는 관계였다. 가슴이 설레는 말이었지만, 동시에 까닭도 없이 두려운 기분이 들었다.

"저, 스무 살이에요. 하고 싶은 일도 많고 해야 할 일도 많아요. 다음 학기에 복학하면 이제는 공부에만 전념할 생각이에요."

혜원의 담담한 말에 그의 미간이 잔뜩 찌푸려졌다.

"공부해. 대신 나와 함께 있을 때는 아무 지장 없도록 해, 공부든 뭐든 아무것도 못 하게 할 생각이니까."

혜원이 허탈하게 웃었다. 그는 이기적이고 자기중심적인 남자였다. 말만 공부하라고 했지, 못마땅해하는 마음이 얼굴에 고스란히 드러났다. 그를 사랑하지만, 언제까지 이런 관계로 지낼 수는 없었다. 마음속에 가시처럼 박힌 강준과 주변의 시선도 생각하지 않을 수 없었다. 이제는 똑바로 자신을 마주하고 싶었다. 그리고 당당한 모습으로 그의 앞에 서고 싶었다.

"시간을 주세요."

"무슨 시간?"

그가 퉁명스럽게 대꾸했다. 흔들리는 눈빛에 초조한 기색이 서렸다.

"저만을 위한 시간이 필요해요. 이왕 시작했으니, 좋은 의사가 되고 싶어요."

"공부해. 공부하라고 했잖아. 엉뚱한 핑계를 대며 이리저리 빠져나갈 궁리만 하지 말고."

"……."

"내가 말했지? 너를 하루도 안 보면 못 산다고. 그 말이 무슨 뜻인지, 이해 못 해? 죽을 때까지 너를 옆에 끼고 살겠다는 의미야. 너만을 안고 너에게만 모든 것을 주겠다는 의미라고."

"알아요. 당신이 저를 어떻게 생각하고 있는지. 하지만 그것만으로는 부족해요. 제가 저로 서지 않으면 세상 앞에, 그리고 당신 앞에 떳떳하게 설 수 없을 것 같아요. 그래서 시간을 달라는 거예요. 시간이 흘러도 서로의 마음이 변치 않는다면, 그때는 당신 뜻대로 할게요."

"지금 그 말은 성북동에 가지 않겠다는 뜻이야?"

혜원이 고개를 끄덕였다.

"강준 오빠가 학교 근처에 오피스텔을 알아봐 주기로 했어요. 그냥 받을 생각은 없고 나중에 돌려줄 생각이에요. 학비는 그동안 모은 돈과……."

"서강준이 오피스텔을 알아봐?"

"……."

"서강준이 뭔데? 뭔데 네가 살 곳을 알아봐!"

흥분한 강혁이 휠체어에서 벌떡 몸을 일으켰다. 거친 신음에 당황한 혜원이 서둘러 그를 휠체어에 앉혔다.

"……그거 알아? 네 말 한마디에 지옥과 천국이 순식간에 뒤집혀. 시간을 달라고? 나는 시간 따위 안 믿어. 나 자신도 못 믿고 무엇보다 너를 믿을 수 없어."

"……."

"내 눈이 이렇게 뒤집혔는데, 다른 놈들이라고 별수 있겠어? 눈으로 벗기고 상상 속에서 너를 범하겠지. 그런 생각을 하면 속에서 천불이 끓어올라. 피가 마른다고!"

"……."

"나는 나 자신밖에 모르는 단순 무식한 놈이야. 그러니까 고상한 이해나 그럴싸한 배려 같은 거 바라지 마. 세상 앞에 당당하지 못할 이유가 뭔지는 모르겠지만, 시간을 가져서 당당하겠다면 그렇게 해. 단, 뭐든지 내 눈앞에서 해. 공부도 그 알량한 시간도 내 곁에서 가지라고. 그럼 됐지? 그럼 간단하잖아."

격렬하게 쏟아 내는 말이 두려운 동시에 안타까운 기분을 끌어냈다. 이것이 서강혁이라는 남자였다. 부러지면 부러졌지, 절대 꺾이지 않는 남자, 한 방향으로만 직진하는 남자.

"저를 그렇게 못 믿으세요?"

혜원이 한 걸음 뒤로 물러났다.

"아직도 모르겠어? 너를 못 믿는 게 아니라, 세상을 못 믿는 거야."

"……."

"이리 와."

한 걸음 물러난 혜원을 향해 그가 손을 내밀었다. 혜원이 고개를 저으며 다시 한 걸음 물러났다. 흥분한 그가 소리쳤다.

"이리 오라고. 어서!"

한 걸음 더 물러나자, 그가 고집스러운 태도를 뒤집고 애원하듯이 속삭였다.

"……제발 ……이리 와서 나를 사랑해 줘."

혜원이 욕실 문고리를 돌리려는 찰나, 강혁이 자리에서 벌떡 일어났다. 잘생긴 얼굴이 고통으로 일그러졌다. 성큼 앞으로 다가온 그가 혜원을 끌어안았다. 그리고 짜내는 듯이 깊은 한숨을 쏟아 냈다.

"왜 이래. 왜 이렇게 애를 먹이니?"

"……."

"온종일 내가 뭐 했는지 알아? 어떤 꽃이 가장 향기로운지 궁금해서 검색 사이트를 뒤졌어. 이런 내 모습을 상상할 수 있어? 세상의 온갖 종류의 꽃을 갖다 바칠게. 너의 웃는 모습을 볼 수만 있다면, 천 길 벼랑 끝에 있는 작은 꽃이라도 따다 바칠 거야."

"……."

"그러니 다른 생각하지 마. 사람들이 말하는 지옥이 있다면, 네가 사라진 육 개월의 시간이 그랬어. 또다시 같은 고통을 반복할 수 없어. 아무리 신경 줄이 질긴 나라도 더는 견디지 못해."

"당신이 사랑하는 건 제 몸뿐이에요."

"네 안에서 천국을 경험했어. 너를 잃고 지옥을 넘나들었어. 이것으로 부족해? 심장을 끄집어내어 네 눈앞에 보여야 곧이듣겠어?"

“……”

“조금 전, 내 머리를 감기는 너를 보면서 무슨 생각을 했는지 알아? 온갖 생각이 머릿속을 쑤시며 나를 괴롭혔어.”

“……”

“내가 모르는 너의 시간이 화가 났어. 머리를 감기는 능숙한 손놀림에 열불이 올라왔어. 이 년 동안 이렇게 살뜰한 손길로 강준 형을 돌보았구나. 이토록 다정한 말과 시선을 건넸구나. 솔직히 말할까. 나 역시 몸만으로는 이제 만족 못 해. 네 머릿속에 있는 서강준의 기억 전부를 지워 내고 싶다고.”

강혁은 솔직한 성격답게 날것 그대로의 감정을 고스란히 내보였다. 그러나 혜원은 도무지 그의 마음이 잡히지 않았다. 남자다운 욕망이 불러온 일시적인 감정인지, 아니면 그토록 가지고 싶었던 그의 마음 한 자락인지 알 수 없었다. 병실에 누워 있는 그를 보는 순간, 곁을 지킬 수만 있다면 아무래도 상관없다고 생각했다. 하지만 마음이 깊어지면 깊어질수록 끝없는 갈증이 밀려왔다. 서로에게 솔직한 육체만큼이나, 정신적인 교감을 원했다. 그에게 잠깐 스치는 여자가 아니라, 반드시 자신이어야만 하는 확신이 필요했다.

파랗게 질린 안색의 강혁을 두고 볼 수 없어서 혜원이 그를 부축하여 욕실을 나왔다. 머리를 말리고 옷을 갈아입히고 침대 시트를 정리했다. 그녀의 동작 하나하나를 주시하는 그의 눈동자에는 풀리지 않는 의혹과 불안감이 도사리고 있었다.

혜원이 갈아입힌 옷을 챙겨서 일어나자, 그가 손목을 붙늘었다.

"어디 가?"

"뒷정리해야 해요."

"놔두고 내 곁에 있어. 더는 조르지 않을 테니."

비켜 가던 혜원의 눈에 그의 커다란 발이 들어왔다.

첫인상에 대한 기억 탓일까. 이상하게도 그의 발을 보면 신림동 단칸방에 누워 있던 아버지의 기억이 떠올랐다. 사고로 거동을 못 하게 된 아버지는 평소 구두를 신을 일이 없었다. 결혼할 때 신었다는 낡은 구두가 신발장에 있었지만, 반짝반짝 광택이 나는 그의 수제화에 비하면 초라하기 짝이 없는 모양새였다.

남자의 발이 아름다울 수 있다는 것을 강혁을 통해 처음 알았다. 그의 발을 가만히 내려다보고 있으면 까닭도 없이 설레고 기분이 좋았다. 굳건하고 강한 발이 세상 모든 것으로부터 자신을 지켜 줄 것 같았다. 그리고 늘 꿈꾸던 세상으로 자신을 데려다 놓을 것 같았다. 하지만 이제는 이 발에 의지하려는 헛된 생각을 버려야 했다. 제 발로 바로 서서 그에게 다가가고 싶었다.

"발을 닦아 드릴게요."

"괜찮다니까."

"개운치 않은 거 싫어하잖아요."

혜원이 웃자, 그가 마지못해하며 손목을 놓았다. 수건에 물을 적신 혜원이 강혁의 곁으로 다가갔다. 그리고 골격이 단단한 남자다운 발을 천천히 닦아 내었다.

"알아요? 누군가 당신의 신체 부위 중에 가장 좋아하는 곳이 어디냐고 묻는다면, 저는 서슴없이 당신의 발을 선택할 거예요."

혜원의 말이 황당했는지, 그가 비로소 긴장을 풀며 가볍게 웃었다.

"어째서?"

"거침없이 자유롭고 자신만만한, 당신의 상징처럼 느껴지거든요."

"너에게만 반응하는 몸이야. 모두 네게 줄게."

"이제는 아니에요. 다른 게 갖고 싶어졌거든요."

"그게 뭔데?"

그를 물끄러미 올려다보던 혜원이 자리에서 일어났다. 병실 문을 잠그고 희미한 실내등의 스위치까지 내렸다. 이미 늦은 밤이었다. 그가 있는 특별실에는 이 시간이면 사람의 기척이 없었다. 혜원과 둘만 있으려는 강혁의 신경질적인 태도에 간호사들도 기척 없이 병실을 드나드는 것을 삼갔다.

강혁의 곁으로 다가간 혜원이 등을 보인 채로 입고 있는 티셔츠를 벗어 내었다. 창으로 새어 드는 가로등 불빛이 그녀의 새하얀 등에 희미한 그림자를 남겼다. 혜원의 일거수일투족을 따라붙는 눈동자에 뜨거운 불길이 일었다. 동시에 강한 의혹이 스쳐 지나갔다.

브래지어까지 벗은 혜원이 뒤를 돌아보았다. 탄력 있게 솟은 두 봉우리를 지나 유연한 곡선이 물결치듯이 아래로 흘러들었다. 혜원이 마지막 속옷까지 벗고 다가들자, 강혁이 기다렸다는 듯이 가는 허리를 잡아당겼다.

"당신은 움직이면 안 돼요. 제가 할게요."

혜원의 처연해 보이는 눈동자에 강혁이 움칠 몸을 떨었다. 자연스럽게 반응하는 몸과는 달리, 가슴 깊은 곳에서 서늘한 바람이 불었다. 누워 있는 강혁의 이마에 달콤한 입김이 쏟아졌다. 부드러운 입술이 그의 이마를 지나 관자놀이의 상처 부위를 더듬었다. 경배하듯이 쏟아지는 따스한 입김에 강한 욕망과 함께 또 다른 감정이 비집고 들어왔다. 폐부 깊은 곳으로부터 밀려오는 감정은 살이 떨리는 환희였고 동시에 사지가 오그라드는 슬픔이었다. 그러나 사랑을 경험하지 못한 심장은 제가 느끼는 감정의 실체를 미처 알지 못했다.

"혜원아. ……혜원아."

애끓은 목소리에 반응하듯이 혜원의 혀가 그의 입 안으로 파고들었다. 엉켜 오는 혀의 움직임에 그의 아래가 욱신대며 단단하게 팽창했다. 허기지고 굶주린 반응이 우습다고 생각한 순간, 강한 사정감이 몰려왔다. 키스만으로 사정감을 느껴 보기는 난생처음이었다.

"……하아 ……안 되겠어. 더는 못 참겠어."

강혁이 가쁜 숨을 뱉어 냈다. 단단하게 솟아 애액을 쏟아 내는 그의 분신을 손으로 감아쥐며 혜원이 달콤하게 속삭였다.

"힘들 텐데, 펠라티오로 대신할까요?"

"아니, 네 안에서, 너를 확인하고 싶어. 천국을 맛보게 해줘."

몸을 세워서 그의 허리 위에 자리를 잡은 혜원이 자신의 숲에 굵은 기둥을 갖다 붙였다. 강혁이 기다렸다는 듯이 가는 허리를 두 손으로 단단히 고정하고 제 것을 단번에 찔러 넣었다.

"……헉."

"……아흑 ……좋아……."

그저 삽입만 했을 뿐인데, 이렇게 좋을 수 있다니. 싫증은커녕 시간이 갈수록 채워지지 않는 갈망에 몸살이 날 지경이었다. 허리를 퉁기며 안을 채워 오는 강혁이 신경 쓰였는지, 혜원이 숨을 고르며 그의 귀에 속삭였다.

"아직은 안 돼요. 제가 할게요. 제가……."

엉덩이를 들어 올린 혜원이 몸을 비틀며 단단한 기둥 안으로 파고들었다. 긁는 듯한 내벽의 감촉과 뜨겁고 강한 조임에 팽팽할 대로 팽창한 기둥이 고통과도 같은 쾌감에 울부짖었다. 하지만 그녀를 더 느끼고 싶었다. 뿌리까지 닿고도 모자라서 더 깊은 곳을 갈망했다. 하지만 이런 감정 역시 그에게는 생소한 것이었다.

"아흐흑…… 흐흑……."

흠씬 녹아 울먹이는 신음이 가냘픈 흐느낌처럼 들렸다. 혜원이 엉덩이를 들썩이고 허리를 흔들었다. 그녀의 움직임에 따라 탄력 있게 솟은 젖가슴이 춤추듯이 출렁였다. 하나라도 놓칠세라 혜원을 바라보던 강혁이 강한 사정감에 눈을 질끈 감았다.

"으……헉……."

강혁의 기분을 눈치챘는지, 혜원이 몸을 빼려 했다. 가임기에 임신을 걱정한 까닭이었다. 강혁이 빠져나가려는 혜원의 허리를 단단하게 고정하고 눈을 맞추었다. 물기가 가득한 눈동자가 미레에 대한 불안으로 이리저리 흔들렸다.

"……아아 ……안 돼요. 제발……."

"괜찮아. 상관없어!"

강렬한 쾌감과는 별개로 자궁 깊숙한 곳에 자신을 쏟아 내야지 지금의 불안감이 깨끗하게 씻길 것 같았다.

"……크!"

마침내 원하는 대로 모든 것을 쏟아 낸 강혁이 몸을 일으켜서 혜원을 끌어안았다. 그리고 정액이 빠져나가지 못하도록 아래를 더욱 밀착했다.

"……혜원아. 우리 평생 이 짓만 하며 살자."

"……."

"너 닮은 아이가 태어나면 좋은 남편, 좋은 아빠가 되어 줄게. 나처럼 모자란 등신이 아니라, 제대로 키우며 우리 사람답게 살아 보자."

붕대로 감은 상처 부위가 신경 쓰이는지, 혜원이 몸을 비틀며 빠져나가려고 했다.

"……그러니까 성북동에 함께 가는 거다."

상처를 살피는 눈길보다, 대답 없는 입술이 더 초조했다.

"……가는 거다. 응?"

내리깔린 속눈썹이 어두운 그늘을 만들었다. 싸늘한 침묵에 강혁의 눈동자 역시 차갑게 식었다.

기어코 몸을 빼낸 혜원이 흩어져 있는 옷가지를 들고 욕실로 들어갔다. 그리고 빈틈없이 차려입고 나온 후에 젖은 수건을 가져와서 강혁의 몸을 꼼꼼하게 닦아 주었다. 갈무리되지 않은 강혁의 시선이 내내 그녀를 따라갔다.

"……성북동에는 가지 않아요."

"……."

"당신과 떨어져서 저 자신을 돌아볼 생각이에요."

"내가 싫다면?"

강혁의 물음에 혜원의 손끝이 잘게 떨렸다.

"싫다면, 이대로 끝이다?"

짧은 침묵이 흘렀다. 그리고 지옥의 문이 열렸다.

"네. 맞아요."

"너 정말 잔인하구나. 화끈한 섹스 후에 이별이라……."

"……."

"꺼져. 그리고 다시는 내 눈앞에 나타나지 마."

잔뜩 가라앉은 목소리로 강혁이 말했다.

잠깐의 침묵이 흐르고 강혁의 발을 물끄러미 바라보던 혜원이 뒤돌아섰다.

강혁은 까마득하게 밀려오는 현기증에 눈을 질끈 감았다. 애끓는 심장이 당장에라도 달려가서 애원하라고 속삭였다. '가지 말라고. 너 없이는 도저히 살 수 없다고.' 그러나 자신을 자신답게 지탱해 주었던 자긍심이 그를 만류하고 나섰다.

사랑을 나누기 위해서 잠겨 있던 문이었다. 그러나 굳건히 잠겨 있던 문고리가 이별을 고하며 천천히 열렸다. 그립고 또 그리워하던 사람이 검은 장막 속으로 사라졌나. 아찔한 분노와 함께 격렬한 슬픔이 밀려오자, 강혁이 팔에 꽂힌 주삿바늘을 빼고 링거병을 들어서 문을 향해 사정없이 던졌다.

쨍그랑하는 파열음이 공간을 가르고 그의 심장을 갈가리 찢었다.

16

강혁을 뒤로하고 무작정 병원을 나왔지만, 갈 바를 정하지 못한 걸음이 길을 잃고 정처 없이 헤매었다. 차오르는 눈물을 꾹꾹 눌러 삼키며 적막한 밤거리를 발길 닿는 대로 무작정 걷고 있을 때, 주머니에 있던 휴대전화 벨 소리가 울렸다.

통화 버튼을 눌렀지만, 목이 막혀서 말이 나오지 않았다.

— 혜원이니?

강준의 목소리를 듣자, 참았던 눈물이 왈칵하며 쏟아졌다. 숨죽인 흐느낌이 전해진 탓일까. 강준이 다그치듯이 물었다.

— 어디야. 병원 아니야?

"……."

— 혜원아. 뭐라고 대답 좀 해 봐.

"……강준 오빠."

— …….

"……오빠는 내 말이라면, 뭐든지 다 들어 주는 사람이죠. 그렇죠?"

— 그래. 그래.

"……심장이 찢기는 것처럼 아파요. 그래도 어쩔 수……."

혜원이 말을 잇지 못하고 거리 보도블록에 무너지듯이 주저앉았다.

— 혜원아. 거기 어디야.

"……그 사람이 좋아요. 그 사람이 아니면 안 될 것 같아요. 그래서 그랬어요. 하나도 빠짐없이 전부 가지고 싶어서 그랬어요."

— 그래. 알아. 알고 있어. 다 들어 줄게. 그러니까 어딘지 말해. 응?

강준이 초조한 듯이 재촉하며 말했다.

"……모르겠어요. 어딘지. 아무것도 모르겠어요. 전부 다……."

— 차 소리가 들리는데, 거리 맞지? 눈에 보이는 글자 아무거나 읽어 봐. 전화번호라면 더 좋고. 휴대전화 끊지 말고 기다려. 곧 갈 거야. 갈 거니까 꼼짝 말고 기다리고 있어.

정신없이 차를 달려 겨우 도착한 곳은, 강혁이 입원해 있는 주변 상가의 외진 골목이었다. 희미한 가로등 아래 쪼그리고 앉아 있는 혜원을 보는 순간, 강준의 걸음이 우뚝 멈추었다. 겨울이 물러나는 계절이지만, 냉기가 서린 바람이 밤에는 제법 매서운 날씨였다. 겉옷조차 걸치지 않고 몸을 웅크리고 앉아 있는 혜원을 보니, 착잡한 감정을 추스를 수 없었다.

강준이 입고 있는 재킷을 벗어서 떨고 있는 가냘픈 어깨에 걸쳐 주었다. 그제야 정신이 들었는지, 물기 어린 시선이 그를 응시했다.

"……오빠."

뿌옇게 흐려진 눈동자를 마주한 순간, 강준은 어떤 말도 할 수 없었다. 기댈 수 있는 어깨가 되고 싶었다. 떠올리는 것만으로도 힘이 되는 사람이길 바랐다. 그러기 위해서는 헛된 기대를 버려야 했다. 그녀가 사랑하는 강혁에게 보내는 게 맞았다. 하지만…… 하지만 절망 끝에 발견한 유일한 빛이었다. 기적처럼 다가와서 새로운 삶을 꿈꾸게 하던 소녀였다.

그가 가냘픈 어깨를 가만히 끌어당겨 안았다.

"몹시 춥다. 어디라도 가서 몸 좀 녹이자."

혜원을 부축한 강준이 걸음을 옮겼다. 아직도 쏟아 내지 못한 슬픔이 있는지, 혜원이 어깨를 떨며 울음을 삼켰다.

"……제가 나빠요. 처음부터 제가 나빴어요."

"아니, 아니야. 아무도 나쁘지 않아. 그럴 수밖에 없어서 그런 거야."

"……."

"성난 폭풍우처럼 혹독한 삶이 등을 떠미는데, 지푸라기라도 잡아야 하잖아. 나도 그랬어. 그럴 수밖에 없었으니까. 그래도 우리 혜원이 정말 기특하다. 나처럼 숨어들지 않고 이렇게 당당하게 잘 견디어 준 걸 보면…….”

강준의 말에 잘게 떨리던 어깨가 세기를 더해 가며 흔들렸다. 스무 살의 어린 나이에 얼마나 맺힌 것이 많았으면 이렇게 서럽게 우는 것일까. 강준이 눈으로 차오른 물기를 거두며, 먼 하늘을 올려다보았다.

❈ ❈ ❈

혜원이 무거운 눈꺼풀을 들어 올렸다. 강준의 손에 이끌려 낯선 호텔로 들어왔던 지난밤의 기억이 떠올랐다. 주변을 둘러보았지만, 강준의 흔적은 어디에도 없었다. 시트를 걷어 낸 혜원이 침대에서 몸을 일으켰다. 침실 문을 열고 막 나가려는 순간, 창을 등지고 있는 그림자가 시선에 들어왔다. 우두커니 서서 칠흑의 밤을 바라보는 강준은 주변 풍경과 동떨어져 보였다. 그가 금방이라도 사라질 것처럼 느껴져서 우뚝 걸음을 멈추었다.

“……강준 오빠.”

혜원의 기척을 느꼈는지, 강준이 고개를 돌렸다. 텅 빈 듯 쓸쓸해 보이는 눈동자가 전하지 못한 온갖 감정으로 일렁였다.

“왜 이러고 있어요? 아직 몸도 성치 않은데.”

강혁과 있으면서 강준을 까맣게 잊었다. 자신을 향한 그의 마음을 알면서도 제멋대로 속마음을 털어놓았다. 지난밤의 일이 떠오르자, 무거운 돌덩이가 목 안쪽을 꽉 눌러 오는 것 같았다. 창으로 시선을 돌린 강준이 또다시 어두운 밤을 응시했다.

"……이렇게 사방을 분간하기 힘든 깜깜한 밤이었어. 내가 머물던 곳이……. 입구도 출구도 없는 곳, 시작도 끝도 짐작할 수 없는 곳. 심해처럼 어둡고 우주 공간처럼 텅 비어 있는 그곳을 지배하는 것은 바로 나라는 자각과 머릿속에 저장된 기억이 전부였어."

"……."

"그리고 저절로 알게 되었지. 내가 스스로 만든 지옥에 갇혀 있다는 것을."

"……."

"혜원아. 알고 있니? 삶을 마주할 용기를 준 것도, 끔찍한 지옥에서 꺼내 준 것도 바로 너였어. 그런 내가 어떻게 너를 포기할 수 있겠니?"

"……."

"……나로는 도저히 안 되겠니?"

"오빠……."

이런 강준을 알지 못한다. 가도 가도 끝이 닿지 않는 깊은 바다였다. 파문이 일지 않는 고요한 호수였다. 혜원이 생각하는 강준은 그런 사람이었다.

한 걸음 앞으로 다가온 그가 격정을 다스리려는 듯이 잠시 숨을 골랐다.

"머리는 너를 보내라 하는데, 심장이 말을 듣지 않아. 어쩌면 좋냐. 혜원아! 응? 어쩌면 좋아."

혜원은 왈칵하며 눈물이 쏟아졌다. 강혁과 다른 의미로 그를 사랑했다. 보기 아까워 감히 손댈 수 없는 선물처럼 아끼고 또 아끼던 사람이었다.

"오빠. 미안해요. 정말 미안해요."

혜원이 힘없이 자리에 주저앉았다.

"……오빠가 깨어나면 다정하게 손을 잡고 호숫가를 거닐고 싶었어요. 맑고 투명한 눈동자를 마주 보며 마음속의 못다 한 이야기를 들려주고 싶었어요. 그런 시간이 쌓이고 또 쌓이면 그때는 용기 내어 말할 생각이었어요. 돌아와 줘서 고맙다고…… 언제까지나 이렇게 함께 있자고……."

"혜원아……."

"저 역시 제 자신을 잘 모르겠어요. 오빠가 깨어나기만을 학수고대했는데, 어째서 그를 유혹하고 순순히 받아들였는지. 처음부터 이상했어요. 등 돌린 어깨와 커다란 발을 보는 순간, 심장이 저절로 뛰었어요. 가끔씩 보이는 미소가 안타까웠어요. 시선을 마주칠 때마다, 몸이 달아오르고 애가 타서 미칠 지경이었어요. 머릿속이 온통 그 사람 생각으로 가득 찼어요."

"……."

"제가 꿈꾸는 사랑은 이런 게 아니었는데……. 이렇게 무겁고 절박한 감정이 아닌데……."

강준은 마침내 인정할 수밖에 없었다. 혜원은 처음부터 자신을 남자로 보지 않았다. 흔들리는 제 마음을 잡아 줄, 그리고 세상으로부터 버팀목이 되어 줄 든든한 존재를 원했다. 남자다운 욕심에 인정할 수 없었지만, 이제는 인정하고 받아들여야 했다.

"혜원아. 우리 산책하러 가자."

새벽이라고 하기에도 아직 이른 시각이었다. 느닷없는 말에 넋 놓고 앉아 있던 혜원이 고개를 들었다.

호텔을 나온 강준이 차 시동을 걸었다. 가려는 곳을 묻지 않았지만, 혜원은 방향 표지판을 보고 저절로 알았다. 그가 청평 별장으로 가고 있다는 것을. 한 시간 가까이를 달려 그의 차가 도착한 곳은 숲으로 둘러싸인 넓은 호수였다. 차 문을 열고 나오자, 익숙하고도 그리운 향기가 코끝으로 전해졌다.

"거의 일 년 만이지?"

곁으로 다가온 강준이 다정하게 물었다. 달빛에 반사된 호수가 잔잔한 물결을 일으켰다. 넋 놓고 호수를 바라보고 있을 때, 손안에서 따스한 온기가 느껴졌다.

"별만큼이나 달이 밝아서 다행이야."

쓸쓸한 눈동자는 이별을 준비하고 있었다. 마지막까지 배려를 잊지 않는 그가 고마우면서도 그를 보내야 한다는 사실이 싸늘한 새벽 공기와 함께 체감으로 전해졌다.

"봄이 오려나 봐. 숲의 향기가 달라졌어."

강준의 손에 이끌려 숲길을 걸었다. 그와 함께했던 이 년이라는 시간이 오래된 영화 필름처럼 하나하나 머릿속을 스쳐 지나갔다.

"이렇게 숲길을 걷고 있으니, 우리 혜원이가 새삼 고마워지네."

"……."

"참 많이 힘들었을 거야. 이렇게 덩치 큰 남자를 휠체어에 태우고 산책하는 일이…….”

“……그렇지 않아요. 하루 중에 가장 행복한 시간이었어요. 오빠와 산책하는 시간이…….”

혜원은 차마 목이 메어서 말을 맺을 수 없었다. 잡은 손을 물끄러미 바라보던 강준이 다시 말을 이었다.

“이렇게 작은 손이었구나. 한시도 쉬지 않고 돌봐 주던 손이, 더운 날에는 그늘을 찾아 주고 날이 추우면 살뜰하게 담요를 덮어 주었어.”

“…….”

“사랑받는다는 게 이런 느낌이구나. 너를 통해서 처음으로 느꼈어. ……고맙다. 혜원아…… 정말 고마워.”

“아니에요. 아니에요. 제가 잘못했어요. 오빠. 제가 잘못했어요.”

혜원이 기어코 참지 못하고 풀숲에 주저앉아 울음을 터트렸다. 흐느끼는 어깨를 말없이 다독여 주며 강준이 먼 하늘을 올려다보았다.

“……저 많은 별들 가운데 가장 아름답고 가장 찬란한 별 하나가 그만 길을 잃고 내 어깨에 기대어 잠들어 있구나…….”

혜원이 좋아하는 소설의 마지막 구절이었다, 강준의 머리맡에 앉아 가끔씩 읽어 주던 글이었다. 혜원이 물기 어린 시선으로 그를 올려다보았다. 잔뜩 흐려진 눈동자였지만 서른 하고도 한 해를 더 살아온 남자의 눈동자라고는 믿기지 않는 투명하고 맑은 빛이었다.

"네가 불러 주는 오빠라는 호칭이 참 좋았어. 욕심을 버리면 진짜 오빠가 될 수 있으니 그것 역시 나쁘지 않겠지."

"……."

"마지막으로 나의 별에게 작별을 고하고 싶은데, 한번 안아 봐도 될까?"

곁으로 다가온 강준이 혜원을 가만히 끌어안았다. 그리고 귓가에 다정하게 속삭였다.

"……사랑한다. 나의 아름다운 별, 나의 스테파네트 아가씨."

'사랑해요. 나의 양치기 오빠.' 혜원이 마음속으로 대답했다. 푸른 새벽이 올 때까지, 강준은 잡은 손을 놓지 않았다. 그리고 별의 운행은 계속되었다.

❈ ❈ ❈

병원 복도를 서성이던 정숙이 다가오는 강준의 기척에 놀랐는지, 수심 어린 얼굴로 그를 바라보았다.

"이른 아침부터 이곳에는 어쩐 일이야?"

"강혁이를 만나러 왔어요."

"혹시 혜원이를 만난 거니?"

"네. 지금 별장에 있어요."

"도대체 무슨 일이라니. 강혁이도 지금 말이 아니야. 퇴원하겠다고 날뛰는 걸 겨우 진정시켰어."

"제가 들어가서 이야기를 해 볼게요."

"괜찮겠어? 지금 상황이 좋지 않은데……."

강준이 그녀를 안심시키려는 듯이 희미하게 웃었다. 사고 이후, 서로를 외면하던 두 사람이 처음으로 대면하는 자리였다. 정숙이 걱정하는 게 당연했다.

앞서가는 정숙을 따라 병실 안으로 들어서자, 넋이 나간 듯이 창밖을 응시하던 강혁이 고개를 돌렸다. 병실 안으로 성큼 들어온 강준을 확인한 검은 눈동자가 요동치듯이 흔들렸다.

"잠시 둘만 있게 해 주세요."

강준의 말에 정숙이 문을 열고 사라졌다. 끈질기게 따라붙는 고집스러운 시선에 강준이 씁쓸하게 웃었다.

"둘이 같이 있었지? 지금 혜원이 어디 있어?"

역시나 예상한 질문이 먼저 나왔다.

"밤새 울다가, 지쳐서 잠들었어."

담담한 대꾸에 강혁의 입술이 굳게 닫혔다. 푸른 힘줄이 튀어나온 이마가 그의 복잡한 심경을 그대로 대변했다.

"혜원이 내 여자야. 너뿐 아니라, 누구에게도 못 줘."

"……알아."

"알아? 형이 뭘 알아? 뭘 아느냐고! 네가 뭔데 혜원이 오피스텔을 알아봐! 알아봐도 내가 알아봐!"

"혜원이 이제 겨우 스무 살이야. 초조한 기분은 이해하지만, 숨쉴 구멍은 주면서 밀어붙여야지. 생각할 시간을 주자. 제발."

"생각할 시간을 주라고? 귀신같이 찾아내서 감쪽같이 숨겨 놓고 나한테는 시간을 주라고? 너와 희희낙락하며 지낼 동안 미친

놈처럼 그 애를 찾아다녔어! 잠깐 한눈을 파는 사이에, 육 개월이나 종적을 감췄어. 오로지 빠져나갈 궁리만 하는 애라고!"

"흥분하지 말고 내 말 들어."

"다 필요 없고 혜원이 데려와. 퇴원하고 성북동에 데려갈 거야."

"데리고 가서!"

강준이 있는 힘껏 소리쳤다.

"데리고 가서 목줄이라도 채울 셈이야? 너 이런 놈 아니잖아. 드러내 놓고 약한 모습 보이면서 이런 식으로밖에 표현 못 해! 차라리 사랑한다고 솔직히 고백해. 몸이 아니라, 전부를 원한다고 울면서 매달리라고!"

"네가 뭘 알아. 네가 뭘 아느냐고!"

"……."

"눈웃음 살살 치면서 웃는데, 심장이 녹아내려. 서럽게 우는데, 우는 이유를 모르겠어. 처음이야. 나 역시 이런 감정이 처음이라고."

이렇게 자라 왔다. 마음 안에 온갖 감정을 꽁꽁 가두었던 강준만큼이나, 강혁 역시 격렬한 분노로 제 상처를 감추었다.

"이미 네 사람이잖아. 전부를 가졌는데, 뭐가 그렇게 불안해. 보기에 약해 보이지만, 혜원이 강한 사람이야. 너밖에 모르는 고집불통이라고."

"전부를 가져? 내가 가진 건 빈껍데기야. 진짜는 형이 가졌으니까."

고집스러운 말에 강준이 힘없이 웃었다.

"과연 그럴까. 지난 두 달간 혜원이가 어떤 모습을 하고 있었는지 알아? 특유의 밝은 웃음이 사라지고 텅 빈 시선으로 돌아왔어. 나를 통해서 너의 흔적을 찾고 너에 관한 이야기만 나오면 말을 잇지 못했어. 몸이 스치기만 해도 소스라치게 놀라는 혜원이를 볼 때마다 나 역시 너와 비슷한 생각을 했어. 내가 가진 것은 허울뿐이구나. 진짜는 다른 사람이 가졌구나."

"……."

"강혁아. 이제는 혜원이를 제대로 봐 줘라. 정말로 놓치고 싶지 않으면."

무겁고 긴 침묵이 찾아들었다. 그리고 먼저 말을 꺼낸 것은 강혁이였다.

"……그때 왜 그랬어? 뉴욕에서 말이야."

"……."

"아무리 생각해도 이해되지 않았어. 형은 누구보다 나를 잘 알잖아. 당시 나는 한국에 아무 미련 없었어. 어차피 형에게 모두 넘겨주려 했다고."

"너를 불러내야 했어. 결론을 내려면 제대로 싸우는 방법밖에 없었어."

"처음부터 이기고 싶은 생각도 없었잖아. 혜원이처럼 이리저리 빠져나갈 궁리만 하는 거 내가 모를 줄 알아?"

"맞아. 빠져나가기 위해 너를 이용했어. 정정당당하게 붙어서 나가떨어져야, 어머니가 나를 포기할 테니까."

"가족이라는 굴레가 그렇게 지긋지긋했어? 그래도 우리를 낳아 준 어머니잖아."

어딘가 지친 기색의 강준이 침대에 등을 기대며 힘없이 웃었다.

"서강혁. 누가 들으면 엄청난 효자인 줄 알겠다."

놀리는 말에 강혁이 어색한 듯이 앞머리를 쓸어 올렸다.

"너의 그런 점이 늘 부러웠어. 왜곡됨 없이 대상을 바라보고 솔직하고 당당하게 상대에게 다가가는 점이……."

"헛소리하지 마. 아버지만큼이나 나를 싫어했다는 걸 알아. 그래서 그런 짓까지 저질렀겠지."

"너는 어때? 따스한 말 한마디 건넨 적 없는 형이었어. 그런 나를 몹시 원망했을 테지?"

"선을 분명하게 긋는 태도가 못마땅했지만, 그런 생각 해 본 적 없어. 누가 뭐래도 피가 섞인 형제잖아. 나 역시 꽤 못되게 굴기도 했고."

"거봐. 너는 이런 녀석이야. 근데 왜 제대로 표현을 못 해. 혜원이 지금 별장에 있어. 조급해하지 말고 차분히 이야기를 해 봐."

자리에서 일어난 강준이 가방에서 무언가를 꺼내서 강혁 앞에 내밀었다.

"혜원이가 복학을 앞두고 고민이 많았던 모양이야. 주변의 원조 없이 스스로의 힘으로 공부하고 싶다며 독일 유학 이야기를 얼핏 꺼낸 적이 있어. 혜원이 아직 어리잖아. 더 넓은 세상에서 꿈을 펼치는 것도 나쁘지 않겠다는 생각에 이런저런 자료를 찾아 보았어. 어쩌다 보니 나 역시 독일 유학을 결정하게 되었고."

유학에 관한 서류를 받아 든 강혁의 표정이 싸늘하게 굳었다.

"그래서 혜원이와 함께 독일로 가겠다는 소리야?"

"아무것도 결정된 거 없어. 나보다는 네가 고민해야 하는 문제라, 함께 상의하라고 전해 주는 것뿐이야."

"나는 혜원이 못 보내. 더구나 형과 함께라면."

"나 때문이라면 그럴 필요 없어. 이제는 진짜 오빠가 되어 줄 생각이니까."

"어쨌든 안 돼. 혜원이 사라지고 하루하루가 지옥 같았어. 숨통이 막히고 피가 말라서 하루도 편히 잠든 날이 없었다고. 근데 또 혜원이를 보내라고? 그 말 하려고 이곳까지 찾아온 거야? ……떠나면 돌아올 리 없잖아. 험한 말을 내뱉었어. 온갖 몹쓸 짓을 저질렀다고."

"그러니까 이제부터 고민해 보라는 거야. 뭐가 진짜 혜원이를 위하는 길인지. 그리고 나에게도 기회를 줘라. 네게도 혜원이에게도 갚아야 할 빚이 많아."

"형의 이런 생각을 혜원이도 알고 있어?"

"이런저런 일로 심적 부담이 컸는지, 스치듯이 꺼낸 이야기였어. 졸업하면 국경 없는 의사회에서 일하고 싶다고 했지만, 구체적인 말이 오간 적도 없고."

강혁이 앞머리를 마구잡이로 쓸어 올렸다. 잠깐의 침묵이 흐르고 잠시 말이 없던 강혁이 흐린 눈동자로 강준을 응시했다.

"……형한테는 그런 말도 하는구나. 나한테는 손톱 세우기 바쁜데……."

"너를 남자로 보는 거야. 오히려 네가 부럽다. 나는……."

서로를 응시하던 두 사람이 쓰게 웃었다.

"강혁아. 내가 아는 혜원이는 소리 내어 우는 법이 없는 작은 소녀였다. 의지할 곳 없었던 우리만큼이나 가여운 소녀였어. 그러니까 우뚝 서게 해 주자. 두려움 없이 활짝 웃게 해 주자."

강혁이 지친 안색으로 침대 헤드에 몸을 기대었다.

"지금 당장은 아무 여력이 없어. 몸을 추스르면 형 말대로 차분히 생각해 볼게."

"그래. 아직 시간이 있으니까 천천히 생각해 봐."

강혁이 미처 못다 한 말이 있는지, 어렵사리 말을 꺼냈다.

"……형은 ……정말 괜찮은 거지?"

"괜찮지 않아. 하지만 별수 없잖아. 혜원이가 너 아니면 안 된다는데."

"……."

"잠시 머물다 가는 별이었어. 그래도 말이야. 꽃향기가 진동하는 봄이 오면 혜원이와 함께하던 산책길이 떠오를 거야. 맛있는 음식과 쇼윈도에 진열된 화려한 원피스를 볼 때마다 혜원이를 생각하게 될 거야. 네게는 미안하지만 가장 빛나고 가장 양지바른 곳에 늘 혜원이 자리를 마련해 둘 거야. 그만큼 고맙고 또 고마운 사람이니까."

"그래도 혜원이 옆자리는 내 자리야."

퉁명스러운 대답에 강준이 쿡쿡대며 웃었다.

"돌이켜 보니, 고마운 게 하나 더 있구나. 혜원이 덕분에 너와 이렇게 마주 보게 되었어."

힘겨운 시간을 보내고 겨우 마주 보게 된 두 사람이었다. 한마음으로 한 여자를 사랑했지만, 그 이전에 피를 나눈 형제이기도 했다.

17

"야옹…… 야옹……."

곤히 잠든 혜원은 귀에 익은 고양이 소리를 들었다.

"하루…… 하루니?"

시트를 걷어 내고 일어난 혜원이 침대 발치에 있는 하루를 멍하니 내려다보았다.

"하루야. 그동안 어디 있었어?"

마치 따라오라는 듯이 하루가 침실 문 앞으로 걸어갔다. 카디건을 걸쳐 입은 혜원이 이끌리듯이 고양이를 따라갔다. 침실을 나와 별채로 이어진 오솔길을 지났다. 별채 문 앞에 다다른 하루가 야옹 하며 울자, 어디에선가 새끼 고양이가 걸어 나왔다. 놀랍고 신기한 광경에 혜원이 넋을 잃고 새끼 고양이를 바라보았다.

"집을 나가서 걱정했는데, 엄마가 되어서 돌아왔구나."

새끼 고양이를 한참이나 핥던 하루가 마당 한쪽에 있는 고양이 집으로 들어갔다. 아담한 집과 푹신한 쿠션이 놓인 집이 신기하여 혜원이 그 앞에 쪼그리고 앉았다.

"멋진 집에 예쁜 새끼도 생기고 우리 하루, 그동안 부자가 되었네."

"그래도 고마워할 줄 모르는 버릇없는 고양이야."

느닷없는 목소리에 소스라치게 놀란 혜원이 뒤를 돌아보았다.

"왜 이곳에 있어요? 아직 퇴원하면 안 되잖아요."

"퇴원 수속 밟고 나왔어. 그러니까 그런 표정 하지 마."

싸우고 울며 나왔지만, 어딘가 불편한 듯이 미간을 찡그리는 강혁의 모습에 겁이 덜컥 났다.

"왜 그래요. 어디 불편해요?"

"쉬고 싶어. 별채는 싫고 본채에 있는 우리 침실로 가자."

눈앞에서 꺼지라고 고함을 치던 강혁이였다. 다시 볼 수 없을지도 모른다는 두려움에 하루를 꼬박 눈물로 지새웠다.

"꺼지라고 했잖아요. 다시는 보고 싶지 않다고."

"그래서 정말 꺼지려고 했어?"

혜원이 대답이 없자, 그가 눈을 맞추려는 듯이 혜원의 턱을 들어 올렸다.

"내가 심했어. 필요하다면 생각할 시간을 줄게. 생각할 시간을 줄 테니, 떠나겠다는 말만은 하지 마."

그의 상처 부위가 심장 부근에 닿았다.

"……아프지 않아요?"

"아파. 그러니까 대답해."

"제가 잘못했어요. 다시는 그런 말 하지 않을게요."

말캉한 입술이 스치듯이 닿았다 떨어졌다. 안타까운 기분에 혜원이 그의 팔에 매달리며 속삭였다.

"하루의 집……. 당신이 가져다 놓았어요?"

"별채를 오갈 때마다, 눈에 거슬리기에 가져다 놓았어. 새끼도 있는데, 집도 없이 추운 겨울을 날 수는 없잖아."

강혁의 숨겨진 성격의 단면을 보는 것 같아서 혜원이 소리 죽여 웃었다.

"그 표정 뭐야?"

"뭐가요? 제 표정이 어때서요."

"놀리고 싶은 것을 겨우 참고 있잖아. 저 고양이 너 닮았어. 집도 주고 먹이도 신경 써서 챙겨 주는데, 도무지 길들지 않아."

투정 섞인 말에 혜원이 참지 못하고 웃음을 터트렸다. 강혁 역시 기분이 풀린 듯이 혜원을 끌어당겨 안았다. 순간, 손을 놓은 혜원이 뒤로 물러났다. 마주 본 자세로 강혁을 바라보던 그녀가 지그시 눈을 감았다. 하나, 둘, 셋, 감은 눈을 뜨며 혜원이 다시 강혁을 바라보았다.

"제 눈을 보세요."

감은 눈을 뜨며 혜원이 다정하게 속삭였다. 그리고 한 걸음 앞으로 다가왔다.

"고양이 길들이는 방법이에요. 이렇게 눈 뜨고 감기를 천천히 반복하면서 고양이에게 적응할 시간을 주는 거예요. 그리고 시간을 들여 천천히 한 걸음씩 다가가면서 고양이와 자연스럽게 가까워지는 거죠."

혜원이 걸음을 떼려는 순간, 강혁이 말했다.

"그만…… 이제부터는 내가 할게."

한 걸음 다가온 그가 눈을 감았다. 그리고 감은 눈을 뜨고 혜원을 지그시 바라보았다.

"처음부터 이 방법을 알았으면 좋았을 텐데. 어리석게도 무턱대고 덤벼들었어."

"하지만 결과적으로는 비슷한걸요. 이미 당신에게 길들었으니까."

"길들었다는 그 말……. 내 멋대로 해석해도 되지?"

혜원이 또렷한 시선으로 그를 올려다보았다.

"아니요. 이제는 제대로 말하고 싶어요."

"……."

"당신을 사랑해요. 처음부터 당신뿐이었어요."

느닷없는 고백에 강혁이 얼굴을 붉혔다. 기쁜 기색이 역력했지만, 동시에 어딘가 혼란스러운 표정이었다.

"가혹할 정도로 너를 몰아붙였어. 이런 나를 사랑한다고?"

"저도 잘한 게 없어요. 그래서 더욱 인정하고 싶지 않았어요. 하지만 아무리 제 자신을 속이고 당신을 외면하려 해도 소용없었어요."

코앞까지 다가온 강혁이 뚫어질 듯이 혜원을 바라보았다.

"모르겠어. ……정말 모르겠다."

"……."

"누군가를 만나고 원하고 사랑하고……. 그저 딴 세상 이야기라고만 생각했는데. ……말해 봐. 머릿속이 온통 너로 가득 차서 흘러넘칠 거 같은데, 이런 기분이 사랑인가? 너를 생각하면 온몸이 들쑤시고 하루라도 보지 않으면 미칠 것 같은데, 이런 기분 역시 사랑이겠지? 하아…… 내 고양이…… 예쁜 내 고양이…… 사랑이라는 말로 턱없이 부족한, 좋아서 환장할 것 같은…… 내 고양이."

왜 이제야 알았을까. 예쁘다는 말에, 고양이라고 불릴 때마다, 매번 가슴이 설렌 것은 그 나름의 서툴고 투박한 표현이라는 것을 무의식적으로 알아챘기 때문이다. 그뿐 아니었다. 절대 들을 수 없을 거라 생각했던 말이 이어지자, 갑자기 목이 탁 막혀 왔다.

"사랑한다. 혜원아. 사랑해."

혜원이 물기 어린 시선으로 그를 올려다보았다. 젖은 눈꺼풀과 뺨으로 안타까운 입맞춤이 계속되었다.

❊ ❊ ❊

"출근하기는 아직 이르잖아. 좀 더 쉬는 게 나을 텐데."

"충분히 쉬었어."

출근하자마자, 회의 소집을 강행한 강혁은 예전 모습, 그대로 돌아와 있었다. 그뿐 아니었다. 눈에 띄게 밝아진 표정에서는 최근 그의 변화가 고스란히 느껴졌다.

"역시 사랑만 한 보약이 없다니까. 새신랑처럼 얼굴이 확 폈어."

진욱의 농담에 강혁이 피식하며 웃었다.

"싱거운 소리 그만하고 이 자료 좀 검토해 봐."

강혁이 내민 서류에는 독일 의과대학에 관한 자료와 유학 절차에 대해 꼼꼼히 정리되어 있었다.

"뭐야, 이건? 너는 아닐 테고 누가 유학 준비 해?"

"……혜원이."

어딘가 복잡한 표정이지만, 강혁이 차분한 어조로 말을 이었다.

"공부는 물론 주변 여건이 좋은 대학을 좀 알아봐 줘. 누구의 원조도 없이 혼자 힘으로 공부하고 싶은 모양이니, 지나치게 개입하지 말고 정보만 취합하는 쪽으로 진행하고."

"정말 괜찮겠어? 이제야 겨우 제자리를 찾았는데."

"쉽게 결정한 일은 아니야. 모든 가능성을 열어 놓고 혜원이 판단에 맡겨 볼까 해. 그리고 어떤 결정을 하든 믿고 기다릴 생각이야."

"서강혁. 많이 변했다. 너를 이렇게 변화시킨 혜원 씨가 새삼 다시 보일 정도야."

부족함 없이 살아온 강혁이지만, 내적으로는 늘 갈등을 안고 살았다. 몸의 빠른 회복만큼이나 마음의 안정을 찾아가는 모습이 보기 좋았다.

"미국 일은 어쩔 셈이야. 크리스는 너만 믿고 있던데."

"이렇게 된 이상, 제대로 정리해야지. 기업 간 합자나 파트너십 형태도 나쁘지 않고."

"크리스가 곧 돌아갈 텐데, 가기 전에 인사라도 해야지."

"혜원이에게 물어볼게."

강혁의 대답에 진욱이 키득대며 웃었다.

"장담하는데, 너는 결혼하면 마누라밖에 모르는 애처가가 될 거야."

최근 청평 별장에서 성북동으로 거처를 옮긴 강혁은 외부 출입을 삼가고 집 안에만 틀어박혀 있었다. 요양 목적도 있지만, 혜원과 둘만 있는 시간을 빼앗기고 싶지 않은 눈치였다.

계속되는 농담이 쑥스러운지 강혁이 데스크 위에 놓인 결재 서류를 들추었다. 잠시 후, 서류를 받아 든 진욱이 사무실을 나가자, 그가 휴대전화를 꺼내 들었다. 휴대전화 액정 화면을 보니 저도 모르게 웃음이 나왔다.

커다란 강혁의 발과 나란히 붙은 작고 하얀 발. 격렬한 섹스가 끝나고 기분 좋은 후희를 즐기고 있을 때, 저 혼자 키득대며 웃던 혜원이 중얼거렸다. '당신에 비하면 저는 아기 발 같아요. 이렇게 큰 발을 종종걸음으로 따라가려면 늘 숨이 차오를 테죠.' 라는 말에 '그럴 일 없어. 내가 업고 가면 되니까.' 라고 대답했다. 잠시 말이 없던 혜원이 휴대전화를 들어 찰칵하며 사진을 찍었다. '아니요. 제 힘으로 따라갈 거예요. 그리고 당신과 어깨를 나란히 하고 걸을 거예요.' 라며 환하게 웃었다.

액정 화면 속의 하얀 발가락을 한참이나 어루만지던 강혁이 통화 버튼을 눌렀다.

— 여보세요.

잡음이 끼지 않은 맑은 목소리를 음미하듯이 강혁이 의자 등받이에 몸을 기대고 지그시 눈을 감았다.

“어디야?”

— 친구와 약속이 있어서 신촌에 잠시 나왔어요.

“남자는 아니지?”

짧고도 경쾌한 웃음소리가 흘러나왔다.

— 하여튼 못 말린다니까. 수연이 알바하는 가게에 잠시 들렀어요.

“가까운 친구들과 저녁 약속이 있는데, 오늘 시간 어때?”

— 저 말이에요?

“그래. 소개해 주고 싶은 친구가 있어.”

짧은 침묵이 흐르고 혜원이 불쑥 물었다.

— ……소개해도 괜찮아요?

“괜찮냐니, 뭐가?”

— 그냥…… 제게는 어울리지 않는 자리 같아서.

“휴대전화 화면 속의 작은 발이 꽤 깜찍하고 씩씩해 보여서 한참이나 넋 놓고 바라보았어. 힘껏 따라와서 내 곁에 나란히 선다고 했었잖아. 벌써 잊은 건 아니지?”

— 그럴 리가요. 준비하고 있을게요.

막 전화가 끊기려는 찰나, 강혁이 혜원의 이름을 불렀다.

“혜원아.”

— …….

"내 세상에 중심은 너야. 중심이 흔들리면 나 역시 흔들리고 말아. 그러니까 조금 더 당당하고 뻔뻔해져도 괜찮아."

혜원이 끊긴 전화를 물끄러미 바라보았다. 아무리 들어도 싫증 나지 않는 목소리만큼이나 말이 주는 긴 여운이 좋았다.

"그렇게 좋아?"

수연의 물음에 혜원이 미소로 대답을 대신했다.

"그보다 학기가 코앞인데, 앞으로 어쩔 셈이야. 힘들게 공부해서 의대에 진학했는데, 일 년이나 허송세월했잖아."

"앞으로 더 열심히 해야지."

"국경 없는 의사회가 목표라면, 차라리 외국으로 눈을 돌려 보는 게 어때? 독일 쪽이 시스템이 좋고 학비 부담이 없잖아."

"하지만 그 사람이 과연 이해해 줄까. 이해해 준다 해도, 떨어져 지내는 동안, 그를 잃을까 두려워."

"헤어질까 두려워 떨어지지 못하는 관계라면 언제 헤어져도 이상하지 않겠지. 정말 사랑한다면 시간이 무슨 상관이야. 오히려 떨어져 지낸 시간이 지금의 관계를 더욱 견고하게 다지는 계기가 될 거야."

"그래. 그렇겠지."

"그 사람과 제대로 이야기를 해 봐. 짧지 않은 기간이지만, 너를 사랑한다면 분명 이해해 줄 거야."

수연과 헤어져 성북동 집에 도착한 혜원이 서둘러 샤워를 마치고 정성 들여 머리를 손질했다. 평소엔 하지 않는 화장을 하고 옷도 신경 써서 골랐다. 심플한 디자인의 검은색 원피스를 꺼내 전신 거울에 비추어 보고 있을 때, 뒤에서 인기척이 들렸다.

"이 원피스 어때요?"

어느새 다가온 강혁이 혜원을 뒤에서 끌어안았다. 목덜미에 입술을 묻은 그가 거울에 비친 혜원을 뚫어지게 바라보았다. 비즈니스 정장 차림의 그는 느슨하게 풀어진 넥타이와 나른한 눈빛 때문인지, 어딘가 흐트러진 분위기를 하고 있었다.

"스커트 길이가 지나치게 짧아."

퉁명스러운 대답과는 달리, 그의 눈길이 혜원의 매끈한 다리를 느긋하게 훑어 내렸다. 어색한 기분에 혜원이 꺼내 놓은 다른 원피스를 몸에 갖다 댔다.

"이건요?"

"목이 파였어."

남자다운 손이 가운 깃을 벌리고 젖가슴을 틀어쥐었다. 그의 손가락 사이로 삐죽하게 튀어나온 유두를 보니 절로 민망한 기분이 들었다.

성북동으로 짐을 옮기고 어느덧 한 달이라는 시간이 흘렀다. 수술 후 회복을 위해 꼭 필요한 시간이었지만, 강혁은 잠시도 혜원을 놓지 않았다. 끊임없이 이어지는 스킨십은 매번 섹스로 이어지고 혜원은 조마조마한 마음으로 그를 받아들일 수밖에 없었다.

"공들여 머리를 손질하고 화장을 했어요. 더는 안 돼요."

다리 사이에 허벅지를 밀어 넣은 그가 혜원의 허리를 한 손으로 감아 당겼다.

"이렇게 매끈한 다리를 아무에게도 보이고 싶지 않아. 저녁 모임 취소하고 이대로 침대로 직행할까?"

"소개하고 싶은 사람이 있다면서요."

마지못해하는 표정으로 그가 드레스 룸으로 향했다. 몸매가 드러나지 않는 셔츠 형태의 원피스를 꺼내 든 강혁이 그것을 혜원에게 내밀었다.

"이 정도가 좋겠어."

"집에 있을 때는 옷도 제대로 못 입게 하면서."

혜원이 눈꼬리를 치켜올리며 흘기자, 강혁이 못 참겠다는 듯이 혜원을 끌어안았다.

"안 되겠어. 이대로는……. 이 상태로 모임에 가면 다들 욕구불만이라고 놀려 댈 거야."

기어코 바지 지퍼를 내린 강혁이 잔뜩 발기한 남성을 다리 사이에 갖다 붙였다. 아이처럼 졸라 대는 그의 뒷머리를 어루만지며 혜원이 나른하게 속삭였다.

"잠깐만이에요."

"그래…… 그래……."

"……아흣!"

혜원의 한쪽 다리를 들어 자신의 허리에 감았다. 뚫을 듯이 내벽을 밀며 들어오는 힘에 한쪽 다리가 중심을 잃고 휘청거리자, 그가 혜원의 엉덩이를 두 손으로 받치며 더욱 깊은 삽입을 유도했다.

"하아…… 기막혀……."

세심하게 손질한 머리가 흐트러지고 공들여 바른 립스틱이 그의 입술 아래에서 제멋대로 번졌지만, 그가 주는 기쁨에 비하면 그 정도의 수고는 아무것도 아니었다.

"아앙…… 좋아……."

하나가 된 채, 침대로 옮겨진 혜원이 숨넘어갈 듯이 헐떡거리자, 맞물린 채로 흠뻑 젖은 곳을 손으로 더듬으며 강혁이 귓가에 속삭였다.

"……좋아? 여기가?"

"……으흐흑 ……놀리지 말아요."

강혁이 자세를 바꾸며 혜원을 자신의 위에 올려놓았다. 감질나게 치고 빠지는 행위가 야속했다. 혜원이 애원하는 눈길로 그에게 매달리자, 그가 장난스럽게 눈을 빛내며 말했다.

"원하면 허리를 흔들어 봐. 네가 원하면 물어뜯겨도 상관없으니까."

그가 시키는 대로 몸을 곧추세우고 허리를 흔들었다. 침대가 삐걱대고 살 부딪치는 소리가 요란했지만, 틈 없이 안을 채워 오는 그가 믿을 수 없을 만큼 좋았다. 자지러지게 탄성을 쏟아 내던 혜원이 그의 팔에 매달리며 절정에 몸을 떨었다.

"으흐흑…… 아아흣!"

"잘 들어. 어쩔 수 없이 매끈한 다리를 보이지만, 물어뜯을 듯이 조이는 이곳은 평생 나만 알 거야."

은밀하고 노골적인 말과 밑도 끝도 없는 소유욕. 마치 먹잇감을 노린 맹수처럼 쐐기를 박는 강혁 역시 사정감을 이기지 못하고 혜원 안에 자신을 쏟아 냈다.

얼마나 시간이 흘렀을까. 하나가 된 채 도무지 일어날 생각을 하지 않는 강혁의 등을 어루만지며 혜원이 중얼거렸다. 섹스가 주는 기쁨도 좋지만, 하나 되어 느끼는 평화가 더없이 좋았다.

"……손질한 머리가 엉망이 되었어요. ……화장도 신경 써서 했는데."

"원아…… 혜원아……."

잠시 말이 없던 강혁이 한숨처럼 중얼거렸다.

"스물…… 그래, 스무 살이었어. 내가 처음 미국행 비행기에 올랐을 때가. 온갖 속박에서 벗어나 좀 더 넓은 세상에서 자유를 만끽하고 싶었지."

무슨 말을 하려는 것일까. 의미를 알 수 없는 말에 혜원이 가만히 그의 등을 어루만졌다

"도착하자마자, 낡은 차 한 대를 사서 드넓은 대륙을 횡단했어. 어미도 몰라보는 후레자식, 비뚤어진 심성을 가진 정한그룹의 차남. 그 낯선 대륙에서는 아무도 그런 나를 몰랐어. 그 사실이 미치도록 황홀했지. 환경이 바뀌니까, 생각도 달라지더라. 그리고 세상이 달리 보이기 시작했어."

"……."

"혜원이 너도 그렇겠지? 작은 날개를 펴는 순간, 더 높은 하늘을 원하게 될 거야."

"……."

"하지만 과연 보낼 수 있을까. 겨우 이렇게 다시 만났는데, 잠시라도 헤어져서는 살 수 없을 거 같은데……."

넋두리 같은 말이 이어졌지만, 그가 긴 이별을 준비한다는 것은 저녁 모임이 끝난 후에나 알게 되었다.

찰캉하며 와인 잔이 부딪치는 경쾌한 소리에 정신이 번쩍 들었다. 저녁 식사를 마치고 클래식한 내부 장식이 돋보이는 와인 바로 자리를 옮겼다. 빤히 쳐다보는 크리스와 시선이 마주치자 혜원이 희미하게 웃었다. 시원시원한 이목구비와 거침없는 태도. 만약 강혁이 여자로 태어났다면 크리스와 같은 모습일 거라는 우스운 생각이 들었다. 곁눈으로 혜원을 보던 강혁이 물었다.

"뭐가 그렇게 재미있어?"

"그냥…… 엉뚱한 상상을 했어요."

"엉뚱한 상상? 그게 뭔데?"

집요하게 묻는 말에 크리스가 소리 없이 웃었다. 그녀의 곁에 앉은 진욱 역시 웃음을 참는 눈치였다.

"서강혁은 다를 거라 생각했는데, 연인 앞에서는 별수 없네."

크리스가 말했다. 비록 정략적인 관계였지만, 약혼까지 했던 두 사람이었다. 서로를 향한 허물없는 태도와 말투에서는 조금의 긴장감도 느껴지지 않았다. 어쩐지 안심이 되면서도 강혁과 대등한 위치에서 마주 보고 있는 그녀가 부러웠다.

"의대생이라고 들었어요. 어때요? 공부는 재미있어요?"

"모르겠어요. 고민 없이 선택했지만, 앞만 보고 달려와서 재미를 생각할 겨를이 없었거든요."

크리스의 물음에 혜원이 대답했다. 뒤처지지 않기 위해 악착같이 공부했지만, 재미라는 것이 삶의 선택 기준이 되지 못했다. 기댈 곳 없이 태어났고 각박하게 살아왔기 때문이다.

"목표가 분명한 건 좋지만, 재미가 없다면 금방 흥미를 잃어버릴 거예요. 긴장을 풀고 적당히 즐기면서 사는 것도 좋을 텐데……."

"그 말도 일리가 있지만, 모두에게 해당하는 이야기는 아니지. 환경이나 주변 여건이 다르니까. 게다가 네가 말하는 '적당히'라는 단어를 도무지 신뢰할 수 없어."

무언가가 못마땅한 듯이 강혁이 끼어들었다.

"어머. 이 남자, 경계하는 거 봐. 혹시나 예쁜 애인 물들일까 봐, 이렇게 털을 잔뜩 곤두세우는 거지?"

직선적인 크리스의 말에 강혁이 미간을 찌푸렸다. 느긋하게 앉아 있던 진욱이 참지 못하고 웃음을 터트렸다.

"경계할 만도 하지. 오죽하면 강혁이가 저런 과민한 반응을 보일까."

"하여튼 남자들이 이래요. 어김없이 여자를 제 소유물로 생각한다니까. 그렇지 않아요, 혜원 씨?"

유쾌하지만, 뼈대 있는 농담이 오갔다. 크리스의 물음에 혜원이 술기운을 빌어 대답했다.

"사랑하니까 가지고 싶은 게 아닐까요. 저 역시 그런걸요. 아무리 힘껏 달려도 닿지 않을까 늘 초조하고 불안해요. 할 수만 있다면 꽁꽁 숨겨 두고 혼자만 알고 싶어요."

혜원의 솔직한 고백에 모두가 말을 잊었다. 잠시 후, 강혁이 와인 잔을 비우고 자리에서 일어났다.

"오늘은 이만 일어나지. 크리스. 조만간 미국으로 넘어갈 테니, 회장님께 잘 말씀드려."

자리에서 일어난 두 사람이 인사를 남기고 사라지자, 크리스가 재미있다는 듯이 눈을 빛냈다.

"봤지. 저 표정. 둘만 있고 싶어서 안달이 났다니까."

"강혁이 그동안 힘들었어. 누구에게도 저렇게 깊은 마음을 준 적이 없고."

"그러니까 왜 그런 결정을 해. 지금처럼 꼭 붙어 지내면 되지."

"혜원 씨가 아직 어리잖아. 더 많은 기회를 주고 싶었겠지."

"시간 앞에서 변치 않는 건 없어. 뜨겁게 달아올라, 순식간에 식을 수 있는 게 사람의 마음이고."

"그야 두고 보면 알겠지. 그보다 너는 어쩔 셈이야? 파혼으로 회장님이 많이 실망하실 텐데."

"어차피 예상한 일인데, 뭐."

"강혁이 뒤에 숨을 궁리만 하지 말고 이제는 제대로 일을 해 봐."

"알잖아. 사업에는 관심도 흥미도 없어."

시큰둥한 크리스의 태도에 진욱이 어쩔 수 없다는 듯이 고개를 저었다.

❊ ❊ ❊

와인 바를 나와 차에 오르려던 강혁이 느닷없이 몸을 돌렸다. 그리고 곁에 선 혜원의 허리를 끌어당겨 안았다. 거칠고 성마른 키스와 몸 여기를 더듬는 손길에서 그의 초조한 감정이 여실히 드러났다.

"……이대로 차에 오르면 언제나처럼 너를 가지려 할 거야. 섹스 말고도 하지 못한 게 너무 많은데."

다정한 속삭임이 술기운과 더불어 혜원의 기분을 한껏 고조시켰다.

"뭐가 하고 싶은데요?"

"……데이트."

그에게 어울리지 않는 생경한 단어에 혜원이 까르르 웃었다. 순간, 한숨과 같은 중얼거림이 입술을 지나, 목덜미로 쏟아졌다.

"손을 꼭 잡고 사람이 북적이는 거리를 걷고 싶어. 영화도 보고 드라이브까지 해야 하는데, 시간이 턱없이 부족해."

예전에 그에게 했던 말을 마음에 두었던 것일까. 느닷없는 말이 아픈 기억을 떠올리게 했다. 혜원이 그의 뺨을 어루만지며 속삭였다.

"사람이 북적이는 것을 좋아하지 않잖아요. 복잡한 곳도 싫어하면서."

"일단 가자."

아이처럼 잡아끄는 손을 잡고 깨달았다. 그것이 그와의 첫 데이트라는 사실을.

대학로에서 안국동을 거쳐 경복궁까지 무턱대고 걸었다. 자연스럽게 웃고 떠드는 연인들이 스쳐 지나갔다. 맞잡은 손이 어색하지만, 우직하게 잡아 오는 느낌이 좋았다.

"이상해. 이런 게 당신이 말한 데이트예요?"

"나도 몰라. 이런 건, 처음이니까."

강혁의 퉁명스러운 대꾸에 절로 웃음이 나왔다. 눈꼬리가 접히는 눈웃음에 지나가는 남자가 혜원을 곁눈으로 흘끔거렸다. 강혁이 못마땅하다는 듯이 인상을 구기며 혜원의 허리를 끌어당겨 안았다.

"제발 그렇게 웃지 마."

"웃지도 못해요? 웃는 모습을 볼 수 있다면, 벼랑 끝에서 작은 꽃이라도 따다 준다고 해 놓고."

"내 앞에서만 웃어. 딴 놈이 보는 거 싫어."

"억지도 이런 억지가 없다니까."

혜원이 그의 팔에 매달리며 애교 섞인 웃음을 흘리자, 강혁이 기분이 풀린 듯이 희미하게 웃었다.

얼마나 걸었을까. 모락모락 김이 오르는 포장마차가 눈에 들어왔다.

"배고프지 않아요? 포장마차에서 따끈한 어묵 먹고 가요."

"길거리 음식은 몸에 좋지 않아."

강혁은 은근히 고지식한 면이 있었다. 그의 말에 태생적인 격차가 느껴졌지만, 즐거운 기분 탓일까. 어쩐지 그게 싫지 않았다.

"중학교 때, 학교 앞에 분식점이 있었어요. 떡볶이와 어묵을 팔던 곳이었는데, 학교 마치면 친구들이 우르르 몰려갔어요. 따끈한 어묵이 정말 맛있었거든요. 돈이 없어서 자주 갈 수는 없었지만, 가끔 교통비를 아껴서 분식점을 찾고는 했어요. 한 시간을 꼬박 걸어 집으로 돌아갔지만, 어쩐지 즐거운 기억으로 남아 있어요. 지금까지도 그 맛을 잊을 수 없으니까요."

물끄러미 혜원을 응시하던 강혁이 쓰게 웃었다.

"너를 좀 더 일찍 만났으면 좋았을 텐데."

"왜요? 최고로 맛있는 어묵을 사 주려고요?"

혜원의 농담에 그가 씁쓸하게 웃었다.

포장마차로 들어간 강혁이 어묵을 혜원에게 내밀었다. 혜원이 웃음을 터트리자, 그가 스치듯이 짧은 입맞춤을 했다. 어묵을 먹는 강혁의 모습이 낯설었다. 동시에 자신의 세계로 성큼 들어와 준 그가 더없이 고마웠다.

"맛있죠?"

혜원이 그의 팔에 팔짱을 끼며 다정하게 물었다. 혜원에게서 시선을 떼지 못한 강혁이 가만히 고개를 끄덕였다.

혜원이 종이컵에 국물을 따라 입으로 후후 불었다. 그가 뜨거운 국물에 혀라도 데일까 봐 걱정이 되었기 때문이다.

"국물도 드셔 보세요. 많이 뜨거우니까, 천천히 드셔야 해요."

적당히 식힌, 국물이 담긴 종이컵을 건네자, 그가 다시 물끄러미 바라보았다. 무슨 생각을 하는지, 검은 눈동자가 짙은 속눈썹으로 숨어들었다.

"……시간을 다시 돌려놓을 수 있다면 좋겠어. 너를 처음 만났던 그때로……."

"저는 싫어요. 쉽지 않은 시간이었지만, 그 시간조차 아깝고 소중하니까요. 당신이 좋아요. 고집스럽고 못되고 제멋대로인 서강혁이라는 남자가. 그러니까 지금 이대로의 모습으로 남아 주세요."

잠시 말이 없던 강혁이 나지막한 목소리로 말했다.

"나가자. 너와 둘만 있고 싶어."

마치 원래가 하나였던 것처럼 뜨겁게 몸을 섞었다. 거친 숨소리가 누구의 것인지도 모를 만큼 격정적인 밤이 이어졌다. 가끔 생각했다. 서강혁이라는 남자를 평범하게 만나 평범하게 사랑했다면 어찌 되었을까. 그러나 그를 대상으로는 평범한 교제를 상상한다는 자체가 모순처럼 여겨졌다. 그는 자신과 다른 세상에 있는 사람이었다. 이토록 누군가를 절박하게 원하고 격렬하게 몸을 떨고 활화산처럼 자신을 토해 낼 수 있었던 것도 어쩌면 철모르는 스무 살의 나이였기에 가능했었는지도 모른다.

몸을 겹친 상태 그대로 강혁이 물었다. 절정 후, 한 몸으로 이어진 강혁은 혜원의 생각조차 욕심을 내었다.

"무슨 생각 해?"

"그냥 이런저런 생각……."

"들려줘. 어떤 생각인지."

"결국 이렇게 되었구나, 영화도 못 보고 드라이브 못 하고 호텔로 직행했구나, 하는 생각."

"그러게. 이럴 생각은 없었는데."

강혁이 허탈하게 웃었다.

"너를 보면 나 자신을 통제할 수 없어져. 정말 이상할 정도야."

"저 역시 그래요. 영화도 드라이브도 좋지만, 당신과의 섹스가 가장 좋아요. 그러니까 가장 우리답게 살아요."

"아니, 섹스도 좋지만, 이제는 다른 게 욕심이 나."

"뭔데요?"

"너와 함께하는 미래."

베란다 창을 통해 어두운 밖을 바라보던 그가 나지막한 목소리로 다시 말을 이었다.

"언제까지나 네가 쉴 수 있는 둥지가 되어 줄 거야. 그러니까 이제는 훨훨 날아도 괜찮아."

의미를 알 수 없는 말에 혜원이 그를 물끄러미 바라보았다.

"독일 유학을 원한다는 이야기를 들었어. 지금 알아보고 있으니, 서둘러 준비하면 강준 형과 출국 시기를 맞출 수 있을 거야."

갑작스러운 말에 혜원이 멍하니 그를 바라보았다. 이런저런 사연도 많았지만, 뜨겁게 몸을 섞고 마음마저 송두리째 가져간 남자였다. 그저 바라보는 것만으로도 감상적인 기분에 젖어 들게 했다.

“그런 눈으로 쳐다보지 마. 이별이 아니야. 네 말대로 시간을 줄 거야. 누가 뭐래도 너는 내 여자이고, 나 역시 네 남자이니까.”

“하지만…… 당신을 잃을까 두려워요.”

솔직한 마음이었다. 유학을 고민하면서도 쉽게 결정을 못 한 것은 그만큼 그와의 헤어짐이 두려운 탓이었다.

“말했지? 너밖에 없다고. 나는 자신 있어. 그러니까 너만 결심하면 돼.”

“저도 자신 있어요. 당신에게 어울리는 여자가 될 거예요. 가장 저다운 모습으로 당신 앞에 설 거예요.”

강혁이 혜원을 끌어안았다. 그리고 마치 스스로 다짐하듯이 같은 말을 반복했다.

“이별이 아니야. 그러니까 공항에 나가지도, 졸업할 때까지도 찾지 않을 거야.”

“…….”

“……사랑한다. 혜원아. 사랑하고 있어.”

혜원이 그의 품에 안겨 천천히 눈을 감았다.

길고 지루한 겨울을 빠져나온 3월 중순의 이른 봄이었다.

❇ ❇ ❇

공항 카운터에서 출국 절차를 밟고 수화물까지 붙인 혜원이 멀찌감치 서 있는 정숙과 진성을 향해 다가갔다. 내내 곁을 지키던 강준은 아직도 못다 한 일이 있는지, 카운터 주변에서 전화 통화를 하고 있었다.

"이렇게 떠나면 또 언제 보는 거니?"

정숙이 몹시 서운한지, 내내 같은 말만 반복했다.

"방학이 되면 올 거예요. 편지나 전화로 인사드릴 테니, 너무 서운해 마세요."

"사모님께는 제대로 인사드렸지?"

"그럼요. 강준 오빠 때문에 서운해하지만, 결국엔 이해해 주셨어요."

"강혁이는 너 가는 게 보고 싶지 않은 모양이야. 공항까지 와서 차에 그대로 있는 걸 보면."

평온하던 혜원의 눈동자가 강혁이라는 말 한마디에 요동치듯이 흔들렸다. 작별 인사를 마치고 출국장을 빠져나오면서도 혜원의 눈동자는 무언가를 놓고 온 것처럼 허공을 맴돌았다. 곁에 선 강준이 그때마다 걸음을 멈추고 혜원을 기다려 주었다.

"아직 늦지 않았어. 만나고 다음 비행기로 갈래?"

"만나면 또다시 마음이 흔들릴 거예요. 지금 출발해요."

당찬 대답과는 달리, 혜원의 눈동자는 금방이라도 눈물이 차오를 것 같았다.

비행기가 활주로를 통과하여 하늘 위로 날아올랐다. 멀어지는 육지가 선명한 윤곽을 드러내며 시야를 가득 채웠다. 순간, 혜원의 눈에서 참았던 눈물이 솟구치듯이 쏟아졌다. 손바닥처럼 작은 세상 어딘가에 그가 있다. 반짝반짝 윤이 나는 수제화를 신고 주름 한 점 없이 말끔한 차림새를 하고 있을 자신의 연인, 웃을 때마다 드러나는 날카로운 송곳니와 모양 좋게 휘어지던 눈매를 가진 자신의 남자가. 달콤한 기억도 떠올릴 만한 즐거운 추억도 많진 않지만, 그래서 더 가슴 아픈 사랑이었다.

"혜원아. 네게 줄 게 있어."

혜원의 기분을 눈치챘는지, 강준이 작은 상자를 꺼내서 내밀었다.

"강혁이가 이것을 너에게 전해 주라고 하더라."

떨리는 손으로 상자를 열어 보았다. 상자 안에는 작은 꽃이 수북하게 담겨 있었다. 봄이 무르익는 이맘때면, 호수 주변에 지천으로 피던 보라색 제비꽃과 노란 양지꽃이었다. 발에 흙 묻는 것을 유난히 싫어하고 옷에 주름이 지는 것을 못 참아 하던 강혁이였다. 그런 그가 이토록 작은 꽃을 따기 위해 발에 흙을 묻혔을 것이다. 커다란 몸을 웅크렸을 것이다. 그런 강혁을 상상하니, 심장이 찢어질 것처럼 조여들었다.

"바보 같아요. 정말…… 바보 같은 사람이에요."

"표현이 서툰 것뿐이야. 원래 그렇게 자라 왔거든."

"……보고 싶어요. 그 사람이 너무…… 너무 보고 싶어요."

혜원이 두 손에 얼굴을 묻고 숨죽이며 흐느꼈다, 강준이 그녀의 어깨를 다정하게 감아 당겼다.

"손끝 하나 대면 가만 안 둔다고 했지만, 이 정도는 괜찮겠지?"

강준의 말이 우스운지, 혜원이 눈물로 범벅된 얼굴을 손안에 묻고 키득거렸다.

"시간은 금방 가. 금방 갈 거야."

독백과도 같은 강준의 중얼거림이 이어졌다.

혜원이 창으로 시선을 돌렸다. 두꺼운 구름층을 벗어나자, 짙푸른 창공이 까마득하게 열렸다. 그녀가 커다란 발을 지닌 자신의 연인에게 마음으로 속삭였다.

'제비꽃과 양지꽃이 참 예뻐요. 말을 빌려서 마음을 확인하려 했던 제가 어리석었어요. 제가 저로 바로 서는 날, 당신 앞에 한 걸음에 달려갈게요. 부디 건강하세요. 아프지 마세요. 사랑해요. 마음을 다해 사랑합니다.'

18

이른 아침 눈을 뜬 혜원이 기숙사 방에 난 기다란 창문을 열었다. 화려한 빛깔로 치장한 나무와 대기를 떠도는 찬 공기가 성큼 다가온 가을을 말해 주었다. 어느덧 독일에서 다섯 번째 맞이하는 가을이었다. 빠르게 지나온 시간이지만, 독일에서의 생활은 한국에서의 삶과는 많은 차이가 있었다. 자기 성찰과 기다림을 배웠고 여유와 관용의 시간을 가졌다.

따르릉하는 기계식 전화벨 소리가 울리자, 혜원이 짧은 상념에서 빠져나왔다.

"여보세요."

— 또 밤늦도록 공부한 거야?

강준의 말에 혜원이 화사하게 웃었다. 바쁜 두 사람은 아침 산책이 아니면 따로 시간을 가질 여유가 없었다.

"지금 갈게요."

서둘러 나갈 채비를 마친 혜원이 기숙사 문을 열고 나왔다.

쾰른 시가지를 끼고 있는 라인 강변을 따라가자, 하늘을 찌를 듯이 높이 솟은 포플러와 너도밤나무가 시선에 들어왔다. 나무 그늘에 앉아 책을 보던 강준이 혜원을 발견하고 반가운 듯이 몸을 일으켰다. 익숙한 산책길에서 그가 나지막한 목소리로 물었다.

"벌써 가을이네. 학기가 끝나면 한국으로 들어갈 거지?"

뇌의학 학사 과정을 통과한 혜원은 최근 진로에 관한 고민이 많았다. 독일에 남아서 석사 과정을 밟으라는 주변 권유가 많았지만, 쉽사리 결정할 문제가 아니었다.

"아직 잘 모르겠어요. 학교에 남을까도 생각했지만, 이곳에 올 때는 다른 꿈이 있었으니까요. 졸업하면 처음 각오대로 구호단체에 몸담을까 하는 생각도 있어요."

"쉽지 않은 길인데, 정말 괜찮겠어?"

"방학마다 의료봉사 프로그램에 참여했어요. 공부만큼이나 익숙한 일인걸요."

혜원이 눈매를 기다랗게 접으며 소리 없이 웃었다.

강준이 그런 혜원을 물끄러미 바라보았다. 갈바람이 한바탕 휩쓸고 지나자, 하나로 질끈 동여맨 긴 머리카락이 자연스럽게 흩어졌다. 불현듯 독일에 처음 발을 내딛던 스무 살의 혜원이 떠올랐다. 소녀와 여성이 교차하는 시기의 그녀는 외줄 타기를 하듯이 아슬아슬하고 위험한 분위기를 풍겼다. 그러나 불완전한 소녀가 물러난 자리에 아찔할 만큼 고혹적이고 이지적인 아름다움을 지닌 여자가 그 자리를 대신했다. 여자로서의 혜원을 지웠지만, 아스라한 아름다움에 가끔 넋 놓고 바라보는 자신을 발견하게 된다.

발아래 버석대는 낙엽 소리가 강준의 상념을 깨웠다.

“오빠는요? 이곳에서 정착하고 싶다고 하셨잖아요.”

“아날로그적인 사고방식을 가진 독일이 좋아. 정체된 듯이 느리게 흘러가는 시간도. 좋아하는 공부를 하면서 그럭저럭 한세상 살아 볼 생각이야.”

말만 그렇지, 철학을 공부하는 강준은 최근 박사 학위를 받고 대학에서 교편을 잡고 있었다.

“오빠를 보면 마치 너도밤나무 같아요. 곧은 수간이 기둥을 쭉 따라 올라가서 깊은 그늘을 만들어 주는 단단한 나무, 스스로의 치유 능력으로 기생 식물을 허용하지 않는 웅장한 나무. 그 깊고 든든한 그늘이 좋아서 시간도 잊고 쉬어 갔어요.”

이별의 시간이 가까워져 온 탓일까. 그의 넓은 그늘에서 벗어나기가 두려웠다.

“다른 그늘이 기다리고 있잖아. 네가 정말 원하던 그늘…….”

강준의 말에 혜원의 눈빛이 흐려졌다.

강혁의 소식은 종종 언론이나 인터넷을 통해 접하고 있었다. 그가 미국에서 몸담았던 다국적 기업 ‘U&E’와 정한그룹은 최근 합병을 통해 거대한 규모의 자동차 회사로 거듭났다. 타임스지의 표지를 장식하는 강혁을 볼 때마다, 혜원은 그가 너무 멀게 느껴졌다. 또한, 심심찮게 오르내리는 가십 기사에는 화려한 외모를 가진 여자들이 그의 연인으로 거론되었다. 부와 권력을 거머쥐고 세상 꼭대기에 우뚝 선 남자가 스무 살 계집아이와의 짧은 기억을 간직할 리 없었다.

"벌써 오 년이에요. 처음 각오와는 달리, 그 사람을 생각하면 어쩐지 두려운 마음이 앞서요."

"그렇지 않아. 전화 말미에는 네 안부 묻는 것을 잊지 않는 녀석이야."

"하지만 이곳에 오고 한 번도 저를 찾지 않았어요."

혜원의 짙은 속눈썹이 잘게 요동쳤다. 물끄러미 바라보던 강준이 희미하게 웃었다.

"그렇다면 너는 어째서 강혁이를 찾지 않았는데?"

"모르겠어요. 처음에는 마음을 다잡기 위해 피했지만, 시간이 갈수록 점점 두렵게 느껴져요. 그 사람 마음속에 겨우 남은 흔적마저, 사라져 있을까 봐."

"가까이에서 너를 지켜보았어. 남들 칠 년 하는 공부를 오 년으로 단축한 것도, 밤을 새워 악착같이 공부한 것도 강혁이에게 돌아가기 위해서라는 것을 알고 있어."

"사소한 가십에 마음이 흔들리면서 저도 모르게 그 사람의 흔적을 찾아다녀요. 그럴 때마다, 전화기를 들었다 놓았다 하면서 밤을 지새운 적이 수두룩해요."

"강혁이도 마찬가지 아닐까?"

"……."

"네가 강혁이를 몰라서 그래. 그렇게 상처를 입고도 외면하는 법이 없었어. 오로지 한 방향으로만 직진하는 녀석이야."

"하지만 변하지 않는 것은 없어요."

"혜원아. 네가 앞으로의 일을 쉽게 결정하지 못하는 것은 강혁이 때문이지? 고민하지 말고 만나서 앞으로의 일을 상의해 봐."

"상의라니, 제가 무슨 자격으로요. 그에게 저는 여전히 보잘것없는 스무 살의 계집아이인걸요."

"우리 혜원이, 자신을 몰라도 너무 모르네. 학교에서도 너 때문에 몸 달아 하는 녀석들이 꽤 많은 거로 아는데, 허울뿐인 연인이 없었으면 아마도 큰 사달이 났을걸."

같은 대학에 있는 강준은 혜원의 사정을 누구보다 잘 알았다. 강준을 연인으로 착각한 탓에 다들 눈치를 보고 있지만, 느닷없이 마음을 고백해 오는 남학생들도 제법 많았다.

물끄러미 혜원을 응시하던 강준이 뜻밖의 말을 꺼냈다.

"요즘도 꽃 배달이 계속되니?"

매달 마지막 토요일에는 기숙사로 꽃 선물이 도착했다. 꽃다발을 한 아름 들고 서 있는 꽃집 주인을 돌려보내는 것도 매번 곤혹스러운 일이었다.

"벌써 오 년째예요. 누군지 알아야 제대로 거절할 텐데."

"한 번쯤 받아 봐. 꽃 주인이 나타나면 분명히 거절하면 되잖아."

"그럴까 봐요."

마침 오늘이 시월의 마지막 토요일이었다. 혜원의 대답에 강준이 싱긋 웃었다.

느슨하다면 느슨하고 바쁘다면 바쁜 하루였다. 아침 산책 후에 강준과 간단한 아침을 먹고 대학 도서관으로 향했다. 해야 할 공부가 산더미인데, 이유도 없이 들뜨는 마음을 다잡기 힘들었다. 탁 트인 공간에 늘어선 넓은 책상에는 일찌감치 자리를 잡은 사람들이 저마다의 공부에 열중하고 있었다. 혜원이 스쳐 지나자, 낯익은 얼굴들이 가벼운 눈인사를 전했다. 구석진 책상에 자리 잡고 막 책을 펼쳐 들었을 때, 누군가 그녀의 책상에 캔 음료를 내려놓았다. 위를 올려다보니 다니엘이 이를 드러내고 장난스럽게 웃고 있었다. 뇌의학을 전공하는 그는 같은 대학에서 오 년을 함께 공부한 가까운 친구였다.

「한참 기다렸어. 여전히 사이가 좋아 보이더라.」

도서관까지 데려다주었던 강준을 먼발치에서 본 모양이었다. 강준과의 사이를 착각하지만, 말속에 남자다운 호기와 질투가 느껴졌다. 분명하게 선을 긋고 있지만, 서슴없이 부딪쳐 오는 그가 불편하여 강준을 바람막이로 세웠다. 남자로서는 싫지만, 친구로서는 놓치고 싶지 않았다. 완고한 인상의 독일인이라기보다는 프랑스 남자처럼 달콤한 분위기를 가진 남자가 말했다.

「한 남자와 오 년이라, 좀 싫증 나지 않아? 차라리 나한테 오는 게 어때?」

「다니엘, 너는 지치지도 않니? 매번 같은 소리, 이젠 듣는 것도 지겨워.」

혜원의 쌀쌀맞은 대꾸에 그가 빙긋 웃었다. 장난스럽게 다가와서 스스럼없이 물러나니, 화를 내기도 힘들었다.

「저녁 모임에 올 거지?」

「세미나 발표 준비 해야 해. 마쳐야 할 과제도 있고.」

「모처럼의 할로윈데이잖아. 이즈미도 일본에서 왔는데, 네가 빠지면 서운해할걸.」

「알았어. 시간 맞추어서 갈게.」

매년 할로윈데이에는 친구들과 가벼운 파티를 즐겼다. 이즈미에 관한 이야기가 나오자, 혜원이 어쩔 수 없다는 듯이 고개를 끄덕였다. 일본인인 그녀와는 죽이 잘 맞는 친구로 방학마다 의료봉사를 함께 다녀올 만큼 가까운 사이였다.

오후 내내 도서관에 있다가, 기숙사로 들어갔다. 가벼운 샤워를 마치고 문을 나서려 할 때, 복도를 걸어오는 누군가와 마주쳤다. 꽃집 주인인 미하엘이 혜원을 보자, 이를 드러내며 환하게 웃었다.

「오늘도 돌려보내시는 거죠?」

보라색 야생화인 아게라툼을 보자, 어쩐지 복잡한 기분이 들었다. 주인을 알 수 없는 꽃 선물은 화려하면서도 쉽게 볼 수 있는 장미와 백합 종류보다는 야생화 종류가 많았다. 철마다 종류를 달리하는 꽃을 보면 선물한 사람이 세심한 관심과 정성을 기울였다는 것을 저절로 알 수 있었다.

「아니요. 받을게요.」

혜원의 대답이 뜻밖이었는지, 미하엘의 푸른 눈동자가 크게 벌어졌다.

다니엘이 말한 술집으로 향했다. 할로윈데이를 맞이하는 쾰른 시내는 어딘가 약간 들뜬 분위기였다. 해골과 호박으로 장식한 상가를 지나, 붉은색 차양이 드리운 술집 문을 열고 들어갔다. 기다렸다는 듯 혜원을 맞이하는 여러 친구를 보자, 저절로 웃음이 나왔다. 가벼운 할로윈 분장을 하고 맥주잔을 들어 올리는 친숙한 모습들. 대부분 독일인이었지만, 유학 온 친구들도 종종 끼어 있었다. 오랜 시간 함께 지내다 보니, 국적이나 인종에 대한 편견도 자연스럽게 사라졌다.

「잘 어울려. 혜원.」

검은색 캣우먼 분장을 한 혜원을 보며 다니엘이 감탄사를 내뱉었다. 사물함에 처박아 두었다가 할로윈데이에 꺼내 입지만, 그는 볼 때마다 새롭다는 듯이 감탄사를 내뱉었다.

다니엘은 위로 살짝 올라간 눈매와 연한 갈색의 동공을 가진 혜원을 가끔 고양이 같다고 놀려 댔지만, 오늘의 그녀는 더욱 특별해 보였다. 결 좋은 긴 머리가 어깨 위로 자연스럽게 흘러내리고 스모키한 눈 화장이 고혹적인 눈매에 깊이를 더했다. 단순한 디자인의 검은색 미니 드레스 덕분에 볼륨 있는 몸매와 매끈한 다리가 더욱 부각됐다. 따라붙는 시선과 술렁이는 분위기에 혜원은 괜한 짓을 했나 하는 후회가 들었다.

「캣츠걸이 매년 업그레이드되는 거 같아.」

반가운 얼굴의 이즈미가 환하게 웃었다. 바니걸 분장이 그녀의 귀여운 외모에 잘 어울렸다.

「너까지 왜 이래. 그보다 일본 간 일은 어떻게 되었어. 남자 친구와 상의해 보았어?」

이즈미는 사귀는 남자 친구 때문에 고민이 많았다. 혜원과 마찬가지로 국경 없는 의사회에서 일하고 싶어 하지만, 떨어져 있는 기간이 길다 보니 갈등이 많았다.

「적당한 타협점을 찾고 있어. 그 사람은 평범한 의사로 살기를 원하지만, 내 생각은 다르니까.」

이즈미의 말에 혜원 역시 복잡한 기분이 들었다. 여전히 강혁에 대한 미련을 버리지 못하지만, 앞으로의 진로 또한 걱정하지 않을 수 없었다. 구호단체에 소속되면 국경과 분쟁 지역을 넘나들며 위험을 각오해야 했다. 죽음과 폭력으로부터 노출되고 언제 무슨 일이 생길지 알 수 없는 상황에 직면할 것이다. 설사 강혁과 다시 만난다 해도, 그의 이해가 절실히 필요한 일이었다.

가벼운 대화가 이어지고 술자리가 무르익어 갔다. 분위기 메이커인 다니엘이 특유의 유쾌한 농담으로 분위기를 주도했다. 최근 금붕어 뇌를 해부하며 뇌의학을 연구한 다니엘은 금붕어보다 자신의 뇌가 훨씬 뒤떨어진다고 너스레를 떨었다. 농담거리도 아니었지만, 유머러스한 다니엘의 입을 거치면 전혀 다른 이야기로 변했다.

얼마나 시간이 흘렀을까. 탈칵하는 소리와 함께 술집 출입문이 열렸다. 다니엘의 농담에 자지러지게 웃던 혜원은 문소리를 듣지 못했다. 다른 자리를 연신 힐금거리던 이즈미가 중얼거렸다.

「……혜원아. 기억나? 지난번 뮌헨에서 열린 뇌과학 콘퍼런스에서 꽤 근사한 남자를 봤다고 했잖아.」

귀여운 외모와 달리, 솔직한 성격의 이즈미는 거침없는 성격이었다. 한눈팔지는 않지만, 호감을 숨기는 법도 없었다.

「그랬었나?」

「근데 왜 그 남자가 저기에 앉아 있지? 게다가 네게서 시선을 떼지 못하고 있는데?」

혜원의 나른한 눈동자가 이즈미의 시선을 따라갔다.

순간, 그녀의 눈동자가 싸늘하게 얼어붙었다. 이즈미의 말대로 말끔한 비즈니스 정장 차림을 한 남자는 익히 잘 알고 있는 얼굴이었다. 주름 한 점 없이 단정한 슈트와 광택이 나는 수제화, 커다란 발을 지닌 자신의 연인이었다.

스물아홉의 남자는 오 년이라는 시간을 훌쩍 넘어 서른 중반에 접어들었다. 불을 뿜던 검은 눈동자가 세월의 흔적만큼이나 깊어졌지만, 그 외에는 별로 달라진 것이 없어 보였다. 반듯하고 선이 분명한 이목구비와 단정하게 넘긴 머리 스타일, 빈틈없고 꽉 짜인 모습의 강혁이 뚫어질 듯이 혜원을 바라보고 있었다. 마치 무언가로 얻어맞은 듯이 머릿속이 텅 비고 온몸이 옴짝달싹할 수 없이 얼어붙었다. 시간은 정지되고 그라는 남자에게만 뛰는 심장이 뚫고 나올 듯 박동을 빨리했다.

멍하니 그를 바라보던 혜원이 시선을 돌려서 남은 맥주를 느긋하게 들이켰다. 긴 속눈썹에 드리운 고혹적인 그림자가 어두운 조명을 받아 아슬아슬하게 흔들렸다. 한껏 분위기를 띄우던 다니엘이 혜원의 곁으로 다가오며 말했다.

「혜원. 춤추자.」

다니엘의 등 뒤로 강혁이 사라졌다. 생각을 정리해야 했다. 이 시간, 그가 이곳에 있을 이유가 없었다. 다니엘을 따라 혜원이 막 일어서려는 찰나, 자리에서 일어난 강혁이 성큼 다가와서 어두운 그림자를 만들었다.

「춤은 제게 양보하시죠. 그녀를 만나기 위해, 한나절을 날아왔습니다.」

강혁이 너무도 당연하다는 듯이 혜원의 허리를 잡아당겼다. 테이블에 앉아 있던 모두가 얼빠진 듯이 두 사람을 바라보았다. 다니엘이 아는 사람이냐는 듯이 시선을 건네 왔지만, 혜원의 눈동자는 오직 강혁에게만 향해 있었다.

스테이지 쪽으로 이끈 강혁이 틈 없이 몸을 밀착했다. 코로 스미는 익숙한 향에 무릎이 휘청거리고 숨이 가빠졌다. 혜원의 드러난 어깨에 코를 묻은 그가 깊은 한숨을 내쉬었다.

"하아…… 내 고양이……."

그의 말 한마디에 목 안쪽에서 뜨끈한 물기가 차올랐다. 강혁은 조금도 변하지 않았다. 여전히 고압적이고 여전히 제멋대로지만, 그런 그를 하나도 빠짐없이 사랑했다. 서강혁이 서강혁이기에 사랑했다.

"……어째서 이제야 왔어요."

혜원이 그의 뒷머리를 부드럽게 쓰다듬으며 속삭였다.

"네가 졸업하기를 손꼽아 기다렸어. 돌아와 줄 거라고 믿었지. 하지만……."

등을 더듬는 손길이 그의 초조한 기분을 대변하는 듯했다.

"……이렇게 진짜 고양이가 되어 버렸군. 시선을 뗄 수 없을 만큼 고혹적이고 아름다운 고양이……."

혜원의 할로윈 분장을 놀리는 것 같지만, 말속에 초조한 감정이 고스란히 드러났다.

"아무리 달라져도 당신의 고양이예요."

혜원의 말에 비로소 안심한 듯이 강혁이 씩 하며 웃었다. 드러난 송곳니를 보자, 이유도 없이 코끝이 찡해졌다. 어째서 이렇게 위화감이 없는 것일까. 오 년을 훌쩍 넘어 다시 만났지만, 마치 어제 헤어진 듯이 그가 가깝게 느껴졌다.

"……나가요. 당신과 둘만 있고 싶어요."

요동치며 흔들리는 칠흑의 눈동자가 뚫어질 듯이 혜원을 응시했다.

"아니. 친구부터 소개해 줘. 내 여자라고 분명하게 못 박아야겠어."

"단순한 친구 사이예요."

"……그러니까 소개해 달라는 거야."

달라지지 않은 듯 어딘가 달라진 모습. 예전의 그라면 앞뒤 없이 다니엘의 멱살부터 쥐고 내 여자라고 엄포를 놓았을 것이다.

혜원이 두 손을 들어 잘 짜인 얼굴을 부드럽게 어루만졌다.

"당신 이름을 불러 봐도 돼요?"

"……그래."

"강혁…… 서강혁."

"……."

"……내 남자. 내가 가진 나의 남자."

"……."

"맞지요? 그렇죠?"

"그래. 맞아."

"……나가요. 제발……."

혜원이 매달리듯이 애원하자, 그가 못 참겠다는 듯이 혜원을 끌어안고 문밖을 나섰다. 언뜻 스치는 시선에 친구들의 모습이 들어왔다. 넋 놓고 두 사람을 바라보는 시선에 흥미가 묻어났지만, 혜원은 어떤 마음의 여유도 없었다. 오직 그와 둘만 있고 싶다는 강렬한 감정에 사로잡혔기 때문이다.

19

술집에서 나온 두 사람은 택시를 타고 쾰른 도심에서 약간 벗어난 호텔로 향했다. 강혁과 둘만 있을 수 있는 곳이라면 어디라도 상관없지만, 시차로 힘들어할 그를 위해 조용하고 한적한 마을에 있는 작은 호텔을 선택했다.

강혁은 택시 안에서도 혜원의 허리를 놓지 않았다. 시선을 마주칠 때마다, 쪼아 대는 키스를 퍼붓고 목덜미 안쪽에 가쁜 숨을 쏟아 냈다.

"……후훗 ……간지러워요."

거리낌 없는 스킨십에 혜원이 룸미러로 택시기사의 눈치를 살피며 속삭였다.

"어디가? 어떻게?"

노골적인 물음에 뺨이 달아올랐다. 한국말을 모르는 독일인 택시기사와 눈이 마주쳤지만, 빙긋 웃는 모습에 저절로 안심되었다.

"……놀리지 말아요."

말과는 달리 혜원이 강혁의 뒷머리를 부드럽게 쓰다듬어 주었다. 목덜미와 귓가에 쏟아지는 뜨거운 입김에 머릿속이 빙빙 돌았다. 숨죽여 있는 감각이 일시에 끓어오르며 나른한 기분을 끌어냈다.

"……원아. ……혜원아."

그 역시 같은 기분을 느꼈는지, 탄식 같은 한숨을 쏟아 냈다.

"제길. 왜 이렇게 가도 가도 끝이 없어. 아무 곳이라도 들어가자. 응?"

아이 같은 중얼거림에 혜원이 키득대며 웃었다. 조급해하는 그의 심정이 고스란히 느껴졌기 때문이다.

"곧 도착해요. 시차 때문에 힘들 테니, 푹 쉬게 하고 싶어요. 시내보다는 조용한 마을이 나을 거예요."

"푹 쉰다고? 너를 곁에 두고 그게 가능할 거 같아?"

"시차가 일곱 시간이에요. 비행기에서도 못 잤다면 많이 피곤할 거예요."

"오후 회의 중에 그대로 뛰쳐나와서 비행기를 탔어. 시차 따위가 이제 와 무슨 상관이야."

"……이런 사람이 어떻게 오 년을 참았을까."

놀리는 혜원의 말에 강혁이 의미심장한 시선을 건넸다.

"다가올 기쁨에 비하면, 이 정도 기다림쯤이야."

어쩌면 이토록 저돌적이고 거침없을까. 무엇 하나 변하지 않은 강혁이 견딜 수 없을 만큼 사랑스러웠다.

“그래요. 지독한 기쁨을 당신에게 선물할게요. 오로지 저밖에 모르는 남자로 만들 거예요.”

서강혁을 사랑하는 강혜원이 대답했다. 그가 서강혁으로 남았듯이 자신은 가장 강혜원다운 모습으로 그를 사랑할 것이다.

“이미 오래전부터 너밖에 모르는 남자였어. 스무 살의 너와 시선이 마주쳤을 때부터.”

“……아무래도 안 되겠어요. 여기서 내려요.”

혜원의 속삭임에 강혁이 나지막하게 웃었다.

변두리 이름 모를 작은 호텔이었지만, 강혁과 둘만 있을 수 있다면 어디라도 상관없었다. 마침내 객실 문이 열리자, 부둥켜안은 두 사람이 현관문에 기대어 서로의 옷을 거칠게 벗겨 내었다.

검은색 정장 상의와 셔츠 그리고 단추를 빠르게 끌러 내렸다. 지퍼를 더듬던 남자다운 손이 혜원이 입은 짧은 드레스를 단숨에 벗겨 냈다. 살갗으로 닿는 찬 공기에 온몸이 잘게 떨려 왔다. 현관 벽에 걸린 거울 속에 강혁에게 안겨 있는 자신의 모습이 고스란히 드러났다. 근육 잡힌 등과 엉덩이에 반쯤 걸려 있는 바지를 보자, 심장이 잔뜩 조여들었다. 손톱을 세워서 척추를 쓸어내렸다. 그리고 아슬아슬하게 걸려 있는 그의 브리프를 벗겨 내었다.

“……서두르지 마. 오랜만이라, 참지 못하고 거칠어질 수 있어.”

"괜찮아요. 거칠어도……."

혜원의 달콤한 속삭임에 강혁이 자제하려는 듯이 신음을 삼켰다.

"아니. 예전처럼 너를 안지 않을 거야."

"……저는 상관없어요. 당신과 하나 될 수만 있다면……."

드러난 젖가슴에 얼굴을 묻은 채, 그가 탄식처럼 중얼거렸다.

"처음조차 제대로 배려해 주지 못했어. ……두고두고 후회했다."

알몸의 혜원이 그에게서 한 걸음 물러났다. 갑작스러운 행동에 놀란 듯이 강혁이 물끄러미 혜원을 바라보았다.

"여전히 제가 스무 살의 강혜원으로 보이세요?"

강혁의 시선이 천천히 혜원의 몸을 훑어갔다. 웨이브 진 긴 머리카락이 탄력 있게 솟은 젖가슴 위로 물결치듯이 흘러내렸다. 유난히 가는 허리를 지나 굴곡진 골반 선을 따라가니 마침내 검은 숲이 모습을 드러냈다. 지독한 기쁨을 안겨 주던 그녀의 몸을 기억한다. 삽입할 때마다, 움칠대며 경련을 하던 그곳이 떠올라서, 십 대 소년처럼 몽정하다가 자다 깨어난 밤이 수두룩했다. 몸과 마음이 둘이라고 착각했다. 그러나 혜원과 떠나보내고서야 깨달았다. 수많은 여자 가운데 오직 그녀여야 하는 이유는 본능적인 몸의 반응이 아니라, 마음의 이끌림이라는 것을. 그래서 그토록 그녀와의 섹스가 좋았다.

"아니, 스무 살의 네가 아니라, 더 초조해. 당돌하지만, 그때의 너는 어딘가 불안정해 보였지. 하지만 지금은 아니잖아. 이제는 내가 아니어도 상관없을 만큼 세상에 단단히 뿌리를 내렸으니까."

"……."

"뭐라 표현할 수 없을 만큼 아름답지만, 마치 눈을 뜨면 어디론가 사라질 것처럼 초조한 기분이 들어."

치켜뜬 혜원의 눈동자에 희미한 웃음기가 돌았다. 한 걸음 다가온 혜원이 그의 손을 붙들고 욕실로 이끌었다.

"……함께 씻어요."

김이 오르는 욕조에 마주 보고 앉은 두 사람이 서로의 얼굴을 가만히 응시했다. 물살을 따라 출렁이는 혜원의 머리카락을 한 움큼 말아 쥔 강혁이 그것을 입술에 가져다 대었다. 나른한 눈매가 녹을 듯이 부드러웠다. 가벼운 스킨십만으로도 혜원의 안이 촉촉이 젖어 들었다. 그의 앞으로 바짝 다가가서 단단한 가슴에 얼굴을 묻고 속삭였다.

"……오 년 동안, 나 말고 다른 여자를 안았죠?"

"아니."

믿기지 않는 대답이었다. 설사 거짓이라도 기쁜 마음을 감출 수 없었다. 꿈틀거리는 그의 거대한 기둥이 허벅지에 닿자, 가쁜 숨을 쏟아 내며 혜원이 다시 속삭였다.

"거짓말. 신문기사를 봤어요."

"너를 기억하는 몸이 다른 여자를 안을 수 있다고 생각해? 그게 가능할 리 없잖아."

유두의 주변을 감질나게 애무하던 혀가 달콤한 말을 쏟아 냈다. 아이처럼 가슴 안으로 파고드는 그를 감싸 안고 혜원이 욕조에 등을 기대었다. 벽과 천장의 이음새 부분에 있는 비스듬한 들창으로 푸른 달이 아련하게 떠올라 있었다. 독일의 작은 마을, 아담한 호텔에서 그와 함께 있다는 사실이 어쩐지 믿기지 않았다.

"대답해 줘. 혜원아. 이런 너를 나밖에 모르는 거지?"

허벅지 안쪽을 애무하는 손길이 찾아들었다. 그와 하나 된 순간을 기억하는 곳이 익숙한 기대감으로 잔뜩 움츠러들었다.

"당신뿐이에요. 당신밖에 모르는 곳이에요."

"……그래. 그럴 줄 알았어."

강혁이 기쁨을 감추지 못하고 부풀어 오른 젖가슴에 뺨을 비볐다. 잠시 후, 혜원을 안고 욕조에서 몸을 일으킨 그가 큰 수건으로 몸 전체를 감싸고 욕실 문을 열어젖혔다.

혜원을 침대에 눕힌 강혁이 몸을 세워서 그녀의 알몸을 천천히 더듬어 갔다. 제 것을 눈으로 확인하려는 사내다운 본능이었다. 날카로운 시선에서 남자다운 진득한 소유욕이 묻어났지만, 예전처럼 두렵지 않았다. 오히려 그런 시선이 달아오른 몸에 한껏 불을 지폈다. 자신만큼이나 뜨거운 반응을 유도하고 싶었다. 기다려 준 만큼, 천상의 기쁨을 선사하고 싶었다.

혜원이 눈꼬리를 추어올리며 입술 끝을 들어 올렸다. 잘 짜인 남자다운 가슴을 손톱을 세워 어루만졌다. 손이 가는 곳에 혜원의 부드러운 혀가 따라갔다. 작은 유두와 겨드랑이 안쪽, 장골 선이 분명한 골반을 혀로 핥아 주자, 지그시 눈을 감은 강혁이 못 참겠다는 듯이 억눌린 신음을 뱉어 냈다. 수북한 털 한가운데, 불끈 솟은 기둥이 살아 있는 듯이 꿈틀대며 애액을 뿜어냈다. 두꺼운 기둥의 귀두 부분을 혀로 핥고 입술에 머금으려는 찰나, 그가 몸을 빼며 빠르게 속삭였다.

"……아래는 안 돼. 네 안에서 사정할 거야."

"괜찮아요."

"싫어. 나 혼자 이렇게 가는 건……."

강혁이 사정감을 억누르려는 듯이 몸을 빼냈다. 그리고 반쯤 일어선 혜원을 바로 눕히고 두 손을 하나로 모아 위로 올려붙였다.

"움직이지 말고 이대로 있어. 몸을 섞기 전에 눈으로 확인하고 싶어."

"……뭘요?"

"내 것."

그의 말에 혜원이 키득거렸다.

"정말 하나도 변하지 않았어요. 성마른 표현도 못된 말투도."

"그래서 싫어?"

"싫다면요?"

"그럼 하지 않을 거야."

"아니요. 아니요. 이런 당신이 좋아요. 하나도 빠짐없이 전부 좋아요. 제가 당신의 고양이, 강혜원이듯이 당신은 저밖에 모르는 사나운 핏불테리어니까요."

가슴에서 배꼽, 골반을 따라가던 시선이 혜원의 검은 숲에서 움직임을 멈추었다. 살며시 다리를 벌려 주자, 그의 눈동자가 기다렸다는 듯이 제 것을 응시했다.

"……보세요. 당신밖에 모르는 곳이에요."

허리를 살짝 비틀며 혜원이 제 손을 그의 시선이 머무는 곳에 가져다 대었다.

"그래. 예쁘다. 정말 예뻐."

"당신을 상상하며 수음을 했어요. 하지만 커다란 당신이 채워주지 않아서 안타까웠어요. 당신이 제 몸을 이렇게 만들었어요."

누구에게 이토록 노골적인 말을 쏟아 낼 수 있을까. 세상 누구보다 가까운 사람이었다. 정복당한 남자에게 정복당한 몸이었다. 기쁜 듯이 반짝 빛나는 눈동자가 못 참겠다는 듯이 그곳에 혀를 집어넣고 애무를 시작했다.

"……하아 ……아읏."

뱀처럼 미끈한 혀의 움직임에 아래가 흠씬 녹아내렸다. 사지가 풀리고 연약한 속살이 질척한 애액으로 흠뻑 젖어 들었다. 쭉쭉 빨아 당기는 혀가 혜원의 반응을 유도하며 노골적인 움직임을 계속했다. 달콤하게 쏟아지는 한숨이 입술을 가르고 들어왔다. 성급한 혀가 입 안을 가득 채우고 목 안쪽까지 밀려왔다. 숨조차 쉴 수 없을 만큼 몰아붙이는 혀의 움직임을 감당할 새도 없이, 아래를 비비던 그의 분신이 뿌리 끝까지 단번에 밀려왔다.

"……아학."

그저 삽입만 했을 뿐인데, 거대한 기둥을 쭉 빨아 당기는 내벽이 움칠대며 경련을 반복했다.

"……아흑 ……갈 거 같아요."

혜원이 그를 더욱 깊이 받아들이기 위해 허리를 퉁기자, 강혁 역시 사정감이 몰려오는지, 단단한 기둥을 단번에 빼냈다. 퉁겨 오른 허리를 그대로 올려서 마주 보게 한 강혁이 물끄러미 혜원을 바라보았다. 채워지지 않은 욕구와 반복적으로 움칠대는 내벽의 갈증에 머릿속이 하얗게 비워졌다. 혜원이 몸을 세워서 그의 페니스에 엉덩이를 갖다 붙였다. 하지만 완고한 손이 허리를 붙잡고 감질나는 애무만 계속했다. 찰박거리며 살이 마찰하는 소리가 초조함을 부추겼다.

"……넣어 줘요. 제발……."

"뭘?"

짓궂은 말과 장난스러운 눈빛이 돌아왔다.

"당신의 그것……."

"넣으면 전부를 쏟아 넣을 거야. 그래도 괜찮아?"

의미를 알 수 없는 말에 혜원이 흐려진 눈동자로 강혁을 응시했다.

"피임도 못 하게 할 거야. 아이를 가질 생각이니까."

스무 살에도 그는 이런 말을 했었다. 당시는 덜컥 겁이 났지만, 지금은 아니었다. 그가 없는 미래를 상상할 수 없기 때문이다. 하지만 일방적인 말에 그를 놀리고 싶은 생각도 없지 않았다. 토라진 척 뒤돌아 눕자, 그가 다그치듯이 말을 이었다.

"혜원아. 나도 이제 서른 중반이야. 결혼해서 정착하고 싶은 나이라고."

그다운 프러포즈라고 생각했다. 어쩐지 웃음이 나왔지만, 모른 척하고 입술을 깨물었다.

"너 아니면 안 돼. 몸도 마음도 너뿐인데, 싫다고 하면 나보고 어쩌라고."

"……몰라요. 저는……."

"제발…… 혜원아."

이런 강혁을 알지 못한다. 그를 변화시킨 것이 자신이라는 사실을 깨닫자, 돌연 여자다운 행복감에 몸이 떨려 왔다.

"……이런 법이 어디 있어요. 한껏 사람의 몸을 달궈 놓고 아이를 가지고 싶다니."

"떨어져 있던 시간이 길다 보니, 그만큼 절박해서 그래."

자신과의 미래가 그의 사내다운 욕정마저 꺾어 놓은 것일까. 늘 불안했지만, 이제는 자신의 남자라는 확신이 들었다.

"이리 와요. 와서 안아 줘요."

그를 끌어안으며 속삭이자, 강혁이 재차 같은 말을 반복했다.

"오 년이라는 시간은 지나치게 길었어. 다시는 너와 떨어지고 싶지 않다. 결혼하자. 혜원아. 결혼해서 아이부터 가지자."

"……그래도 아이는 아직 일러요."

"내가 키울게. 세상에서 가장 좋은 아빠가 될 거야."

아래를 쿡쿡 찔러 오면서도 그는 고집을 피웠다.

"어쩜 좋을까. 떨어져 있는 동안 더 고집불통이 된 것 같아요."

혜원이 애교 섞인 웃음을 흘리자, 그제야 안심이 된 듯이 그의 눈동자에 긴장이 빠져나갔다.

"그냥 할 거야. 괜찮지?"

"괜찮지 않다고 해도 할 거면서."

젖가슴 사이를 파고들며 그가 쿡쿡 웃었다. 한 손으로 허리를 감아 당기며 그가 혜원의 움직임을 유도했다. 엉덩이를 들어서 거대한 기둥 사이에 아래를 갖다 붙였다. 바로 삽입하지 않고 허리를 흔들며 그의 분신을 희롱하자, 강혁이 못 참겠다는 듯이 인상을 찌푸렸다.

"……이런 짓은 어디서 배웠어? 이렇게 애먹이니까, 자꾸 거칠어지잖아."

혜원의 다리를 단단히 고정하고 그가 자세를 고쳐 앉았다. 우지끈하게 밀려오는 팽창한 기둥이 아래를 틈 없이 채우자, 깊은 만족감과 희열에 살이 떨렸다.

"아…… 으흑!"

아랫배 깊은 곳에서까지 그가 생생하게 느껴졌다. 그러나 그마저도 만족스럽지 못한지, 그가 허리를 돌리면서 거칠게 안을 휘저어 댔다.

"아아흑…… 좋아요."

자궁 깊숙한 곳, 성감대를 자극하는 움직임에 허리가 저절로 들리고 자지러지는 신음이 쏟아졌다.

"좋아? 내가 좋아?"

"좋아요. 좋아요. 너무너무 좋아요."

혜원이 그의 목덜미를 끌어안고 엉덩이를 흔들었다. 크게 팽창한 기둥이 연약한 속살을 헤집었다. 살과 살이 맞물린 부분을 더듬던 그가 혜원의 손을 그곳으로, 결합한 부분으로 이끌었다.

"……하아 ……혜원아. 여기 말이야. 마치 끼워 맞춘 듯이 딱 맞아. 흠뻑 젖었는데도 안에서는 쥐어짤 듯이 펌프질을 해. 뜨거운 불구덩이에 담금질당하고 살점이 녹아내리고 있어. 온몸이 오싹오싹하고 피가 끓어올라. 이런 너를 기억하며 몽정했어. 십 대에도 하지 않았던 수음까지 하며 너를 상상했어. 무려 오 년이야. 오 년 동안, 이런 순간을 꿈꿔 왔다고."

"으아앙…… 으흐흑!"

앉은 자세로 그를 받아들이기는 더 이상 무리였다. 강하게 치고 빠지는 허리 놀림을 감당하지 못한 몸이 뒤로 넘어갔다. 성난 기둥이 자궁 깊숙한 곳을 헤집고 뜨거운 입술은 젖가슴과 유두 주변을 희롱하는 것을 잊지 않았다. 희열에 들뜬 몸이 제멋대로 흔들렸다. 그러나 혜원은 기쁨이 오는 방향이 어디인지조차 알 수 없었다. 가슴을 지분거리는 입술인지, 찰박대는 소리가 나는 아래인지, 그도 아니면 제 것과 하나 된 것을 확인하며 결합한 부분을 끊임없이 지분대는 손가락인지 말이다.

"아아흣……."

정상이 눈앞에 보이자, 머릿속이 빙글빙글 돌았다. 땀으로 흠뻑 젖은 그의 등을 부여잡고 두 다리를 끌어 모았다. 거친 움직임에 이미 한계치까지 다다른 몸이 기계적으로 흔들렸다.

"……원아. 혜원아. ……내 고양이."

귓바퀴에 뜨거운 한숨이 쏟아졌다. 어째서 이런 기분이 드는 것일까. 마치 그가 말하는 고양이라는 단어가 사랑한다는 말 대신으로 들렸다.

실신할 듯이 가쁜 숨을 몰아쉬자, 그가 자세를 바꾸어 혜원을 침대에 눕혔다. 그리고 덜컹거리는 가는 다리를 겨드랑이 사이에 틈 없이 갖다 붙였다. 들고 나는 삽입이 아니라, 안으로만 파고들어서 휘저어 대는 움직임에 아래가 눅신하게 풀리며 무서우리만큼 강한 쾌감이 몰려왔다. 제 것을 뿌리 끝까지 밀어 놓고 어떤 틈조차 허락하지 않겠다는 사내다운 잔혹한 집착이었다.

"으으흑…… 하악!"

"크윽!"

팽팽하게 부푼 기둥이 자궁 깊숙한 곳에 뜨거운 액체를 쏟아냈다. 혜원이 빠져나가지 못하도록 틈 없이 제 것을 밀어 넣은 강혁이 품 안으로 무너졌다. 땀으로 흠뻑 젖은 등을 어루만져 주자, 가슴 안에 얼굴을 묻은 그가 나지막한 목소리로 중얼거렸다.

"……사랑한다. 혜원아."

대답 대신에 그의 뒷머리를 부드럽게 쓰다듬었다. 북받치는 감정을 말로 전하기에는 턱없이 부족했다.

"이런 감정은 태어나 처음이었다. 어설프고 성글었다. 그래서 나도 모르게 상처를 주었어."

"……."

"평생을 통해 갚을게. 그러니 다시는 헤어지지 말자."

미지근한 물기가 혜원의 볼을 타고 흘러내렸다. 하나 된 상태에서, 이런 고백을 듣게 하다니, 어쩐지 어이없기도 하고 우스운 기분마저 들었다.

"……정말 로맨틱과는 거리가 먼 사람이라니까."

한숨 같은 말에 강혁이 품 안으로 더욱 깊이 파고들었다. 그가 편히 쉴 수 있도록 몸을 빼내려는 순간, 무거운 눈꺼풀을 내리며 그가 중얼거렸다.

"……빼지 마. 이대로 눈을 붙일 거야. 어디로든 가지 못하게……."

몹시 피곤한지, 혜원을 끌어안은 강혁이 깊은 잠에 빠져들었다.

얼마나 시간이 흘렀을까. 혜원이 곤히 잠든 강혁의 얼굴을 물끄러미 바라보았다. 미동도 없이 잠든 얼굴이 아이처럼 천진하고 무방비해 보였다. 가끔 생각했다. 어째서 수많은 사람 가운데, 이 사람이었는지. 모멸과 수치심을 안겨 준 이 남자를 사랑할 수밖에 없었는지. 냉혹한 눈동자와 사나운 목소리로 제 속을 감추었지만, 활활 타는 듯한 눈동자에서 잔뜩 벌어진 마음의 상처를 발견했다. 자신만큼이나 깊은 그늘을 지닌 남자, 타오르는 불꽃처럼 거침없이 다가와 어린 마음을 송두리째 앗아 간 남자. 그렇게 스무 살의 불완전한 몸과 마음으로 그를 운명처럼 받아들였다.

바라보고 또 바라보아도 안타까운 마음이 사라지지 않았다. 눈이 따라가는 곳에 그녀의 손길이 따라갔다. 자신이 사랑하는 남자가 맞는지, 오감을 통해 생생하게 느끼고 싶었다. 움칠대는 속눈썹에 심장이 저절로 오그라들었다. 까슬한 털의 감촉이 손끝에 전해지자, 그녀의 눈에서 축축한 물기가 배어 나왔다.

격렬하게 올라오는 감정을 다스리기 위해 혜원이 눈을 질끈 감았다. 그리고 단단한 그의 품에 얼굴을 묻었다. 결합한 부분에서 진득한 액체가 흘러나오자, 혜원이 빠져나가지 못하도록 하체를 더욱 밀착했다.

"……그래요. 아이를 낳아요. 당신을 닮은 아이라면, 딸이든 아들이든 아무 상관 없어요."

"……."

"……영원히 놓아주지 않을 거예요. 나밖에 모르는 남자로 만들 거예요."

깊은 잠에 빠진 강혁은 대답이 없었다. 그러나 잠결에서조차 혜원을 놓아주지 않는 단단한 팔과, 아래를 쿡쿡 찔러 오는 그의 분신이 대답을 대신했다.

"……그러니까 우리 다시는 헤어지지 말아요."

애달픈 속삭임을 들은 것일까, 강혁이 잠꼬대하듯이 입술을 달싹거렸다.

"……가지 마라. 가지 마. ……원아. 미안하다. ……미안해."

중얼거리는 목소리와 어루만지는 손길에 마음속의 슬픔이 씻기듯이 사라졌다. 까무룩하게 쏟아지는 잠을 이기지 못하고 혜원이 스르르 눈을 감았다.

❈ ❈ ❈

부서지는 햇실이 창으로 새어 들었다. 아래에서 요동치는 묵직한 감각이 요란하게 잠을 깨웠다. 뚫어지게 바라보는 검은 눈동자와 시선이 마주친 순간, 혜원이 나른하게 웃으며 그의 목에 팔을 감았다.

"……언제부터 깨어 있었어요?"

"곤히 잠들어서 깨우고 싶지 않았어. 하지만 아래의 사정까지는 어떻게 할 수 없군."

크게 팽창하여 꿈틀대는 분신이 여실하게 느껴지자, 혜원이 그의 허리에 다리를 단단히 감고 허리를 튕겼다.

"……이런, 발정 난 핏불테리어 같으니라고!"

혜원이 그의 말투를 흉내 내며 귓가에 바람을 훅 하고 넣었다. 애교 부리는 것을 유난히 좋아하던 강혁이였다. 눈웃음을 살살 치자, 그가 못 참겠다는 듯이 혜원의 엉덩이를 두 손으로 감아쥐고 젖가슴에 얼굴을 비볐다.

"……하아. ……이러지 마. 자꾸 이러면 참지 못하는 거 알잖아."

성감대를 쿡쿡 찌르면서도 그는 자제심을 끌어내려 했다. 어쩐지 그답지 않아 보여서 혜원이 더욱 노골적으로 몸을 비틀었다.

"……너와 해 보지 못한 일이 너무 많아."

그의 말대로 그 흔한 데이트 한 번 해 본 적이 없었다. 하지만 자신을 억누르려는 그의 모습이 애처롭게 느껴져 다른 이유로 가슴이 아파졌다.

"온종일 데이트해요. 당신에게 보여 줄 곳이 많아요. 분위기 있는 카페테리아에서 식사하고 라인강을 함께 걸어요."

"그래. 그러자."

"하지만 아이부터 가지고 싶다면서요?"

물끄러미 혜원을 바라보던 강혁이 놀랄 만큼 환한 미소를 보였다. 그의 기쁨이 전염이라도 된 듯이 가슴 깊은 곳에서 따사로운 훈풍이 불어왔다.

"정말이지?"

대답 대신 허리를 퉁기고 그의 분신을 꽉 물자, 그가 괴로운 듯이 이맛살을 찌푸렸다.

"너 같은 여자가 세상에 또 있을까? 무엇 하나 싫은 구석이 없어. 앙칼진 성미마저 못 견디게 사랑스러워."

단번에 빠져나간 기둥이 퍽 하고 안으로 밀려들었다. 그에 응답하듯이 두 다리를 그의 허리에 감고 틈 없이 밀착했다. 미끈한 혀가 입술을 찾아들자, 기다렸다는 듯이 그의 혀를 휘감았다. 머리끝에서 발끝까지 그의 전부를 원했다. 예전에 그가 안았던 여자들의 기억 따위 깨끗하게 잊게 할 생각이다.

"아아앙…… 으흑……."

내벽을 휘젓는 움직임에 몸이 저절로 퉁겨 올랐다. 몸을 두른 시트가 거추장스러운지 강혁이 거침없이 그것을 걷어 냈다. 부서지는 눈부신 햇살이 절정에 다다른 새하얀 나신에 쏟아졌다. 자신의 절정을 확인하려는 강혁만큼이나, 그의 열락을 눈으로 확인하고 싶었다. 하나 된 기쁨에 부끄러움도 잊고 그를 올려다보았다. 근육 잡힌 가슴이 쾌락으로 들썩이며 뿌옇게 흐려진 눈동자가 넋을 잃고 혜원을 응시했다. 그리고 결합한 부분으로 옮겨 가는 나

큰한 시선이 혜원의 눈동자를 끈질기게 유인했다. 핏줄이 드러난 거무스름한 기둥이 들썩이는 곳, 팽팽하게 부푼 분홍색 음핵이 좋아서 경련하는 곳, 환한 햇살에 가감 없이 드러난 부분을 혜원이 부끄러움도 잊고 홀린 듯이 바라보았다.

"흐흐흑! 그만…… 그만……."

둘이 함께 만나 예민해진 부분을 그가 검지와 중지 사이를 벌려서 부드럽게 애무하자, 혜원의 입술에서 자지러지는 신음이 쏟아졌다.

"세상 사람이 더럽다고 손가락질해도 나는 이것만큼 좋은 게 없다. 낮이고 밤이고 너를 안을 거야. 환한 빛 속에서 너를 안을 거야. 그래야 빠짐없이 눈으로 확인할 수 있을 테니까."

혜원의 다리를 제 목에 단단하게 감은 그가 마지막 스퍼트를 가했다. 배 속까지 채워지는 충만감과 거칠고 빠른 움직임에 내벽이 끊임없이 요동쳤다.

"……하학 ……학 ……흣!"

"……으으 ……큭!"

강렬한 쾌감에 하얀 천장이 노란 색깔로 물들었다. 자궁 깊숙한 곳으로 흘러드는 액체를 한 방울이라도 놓칠세라 혜원이 다리를 한껏 오므렸다.

"……내 거예요. 내 거……."

의미를 알 수 없는 말이 저절로 흘러나왔다.

"그래. 너한테만 줄 거다. 너한테만 쏟아부을 거야."

저 스스로도 이해할 수 없는 말을 강혁은 이해한 모양이었다.

당연하게 나온 대답이 우습기도 하고 어이없기도 했다.

"……후훗 ……당신과 나, 둘 다 미쳤어요. 미치지 않고는 이럴 수 없을 거예요."

"이렇게 딱 들어맞는 몸을 세상 어디에서 발견하겠어. 다른 건 다 놓아도, 너만은 절대 놓아줄 수 없다."

탄식 같은 속삭임에 혜원이 지그시 눈을 감았다. 그와 함께 가고 싶은 곳이 너무 많았다. 그러나 한편으로는 작은 호텔에서 둘만 있고 싶은 충동이 들기도 했다. 세상과 그를 나누고 싶어 하지 않는 지독한 욕심이었다.

함께 샤워하겠다는 강혁을 떠밀듯이 욕실로 밀어 넣은 혜원이 여기저기 흩어진 옷가지를 정리했다. 거친 성격이었지만, 주변의 흐트러진 모습을 못 보는 그가 남긴 흔적에 얼핏 웃음이 나왔다. 조급하던 그의 단면을 본 듯했기 때문이다.

새하얀 셔츠와 바지를 구김이 지지 않도록 걸었다. 구두를 가지런히 정리하고 겉옷을 들어 올리려는 찰나, 주머니에 툭 하고 휴대전화가 떨어졌다. 액정 화면에 들어온 자신의 사진에 혜원의 미소가 씻긴 듯이 사라졌다. 그와 헤어져 지낸 시간은 무려 오 년이었다. 그러나 사진에는 올봄, 뮌헨 뇌과학 콘퍼런스에 참여하여 논문 발표를 하던 자신의 모습이 찍혀 있었다. 술집에서 이즈미가 했던 말이 떠올랐다. 온갖 의혹이 머릿속을 스치고 지나가는 동시에, 심장이 뚫고 나올 듯이 두근거렸다.

"설마……."

멍하니 서서 지난 일을 떠올리고 있을 때, 강혁이 욕실 문을 열고 나왔다.

"뭐예요? 당신이었어요?"

"……."

"……꽃을 보낸 것도……."

"그래. 처음에는 그저 단순한 선물이었지만, 돌려보냈다는 말을 들을 때마다 나도 모르게 안심되었어."

"못됐어요. 정말!"

기쁜 마음보다는 황당한 기분이 앞섰다. 또한, 지치지 않은 그의 집착에 숨이 탁 막혔다.

"제가 그렇게 못 미더웠어요?"

"내가 말했지? 너를 못 믿는 게 아니라, 세상을 믿지 못한다고. 오 년 동안 가슴을 졸이며 지냈어. 때로는 네가 꽃을 받기를 바랐어. 나 스스로와의 약속을 깨고 너에게 당장에라도 달려가고 싶었으니까."

"올봄에 뮌헨에 다녀갔었죠? 뇌과학 콘퍼런스가 있었다는 것은 어떻게 알았어요?"

"너에 대해서는 뭐든지 다 알아. 강준 형이 말해 주었거든."

"그래서 먼 곳까지 와서 저를 보지 않고 갔다고요? 말해 봐요. 또 언제 다녀갔어요?"

"꽃 선물을 위해 한 달에 한 번씩 이곳을 다녀갔어. 네가 꽃을 돌려보내면 안심하고 한국으로 돌아갈 수 있었지. 하지만 네가 꽃을 받았다는 말에 피가 거꾸로 솟는 기분이었어."

"제대로 거절하려 했어요. 강준 오빠가……."

불현듯 싱긋 웃던 강준의 얼굴이 떠올랐다. 아마도 모든 일을 알고 그런 말을 꺼낸 것이 틀림없었다.

"뭐야. 강준 오빠도 알고 있었어. 그렇죠?"

약이 오른 혜원이 그를 살며시 흘겨보자, 강혁이 성큼 앞으로 다가왔다.

"먼발치에서 너를 바라보았어. 도서관 기둥에 몸을 기대고 공부하는 모습, 캠퍼스 잔디밭에서 친구들과 수다 떠는 모습. 불이 켜진 기숙사 방을 물끄러미 올려다보기도 했지. 그래야 살 수 있었어. 그렇게라도 보지 않고는 견딜 수 없었으니까."

"……세상에 ……믿을 수 없어요."

강혁에게 한 걸음 다가간 혜원이 그의 볼을 두 손으로 감싸 쥐었다.

"연락하지 그랬어요. 저 역시 당신이 보고 싶어서 미치는 줄 알았어요."

"우습게 들리겠지만, 그것만이 과거의 일에 속죄하는 길이라고 생각했어. 스무 살의 너한테 몹쓸 짓을 저질렀어. 그때는 내가 어리석었다. 내 감정만으로도 주체할 수 없었으니까."

"아…… 사랑해요. 믿을 수 없을 만큼 당신이 좋아요."

혜원의 고백에 그의 턱이 단단하게 굳었다. 격양된 감정을 다스리려는 듯이 혜원의 허리를 바싹 당기며 뜨거운 입김을 목덜미에 쏟아 냈다.

"이렇게 예쁜 너를 안 보고 어떻게 살겠어. 멀리서 보는 것만으로도 행복하고 충만했던 시간이었어."

"……안아 줘요. 제발……."

그의 목덜미에 매달리며 혜원이 애원했다.

"데이트하기로 했잖아. 라인강을 보여 준다면서……."

"라인 강변을 걸어도 제 머릿속은 당신과 둘만 있는 공간을 상상할 거예요. 하나 되는 기쁨을 떠올릴 거예요. 그러니까 오늘은 온종일 이곳에 있어요. 그리고 나를 가득 채워 줘요."

강혁의 샤워 가운을 벗기며 혜원이 나른하게 속삭였다. 강혁이 기다렸다는 듯이 혜원을 번쩍 안아 올려서 침실로 옮겼다. 그의 목에 팔을 두른 혜원이 단단한 가슴에 얼굴을 비볐다. 한결같은 마음으로 곁을 지켜 준 강혁을 생각하자, 북받치는 감정이 몰려왔다.

비스듬히 열린 창틈으로 새어 드는 바람에, 연한 크림색 리넨 커튼이 부드러운 실루엣을 그렸다. 여자다운 행복감에 온몸이 잘게 떨려 왔다.

❋ ❋ ❋

"왔으면서 사흘 동안 코빼기도 보이지 않고. 도대체 어디서 뭐 하고 지낸 거야?"

"라인강을 걸었어. 차를 몰고 로렐라이 언덕까지 다녀왔지."

넉살 좋은 말에 혜원이 표정을 감추기 위해 입술을 깨물었다. 그런 혜원을 스치듯이 바라보던 강혁이 슬며시 입술을 끌어 올렸다. 능청스러운 대답만큼이나 밉살맞은 미소였다. 작은 호텔에서 사흘 동안 꼼짝하지 않고 지냈다. 식사와 가벼운 산책을 겸했지만, 대부분 침대에서만 지낸 시간이었다.

"혜원아. 녀석이 이런 놈이야. 꽃을 받았다는 말에 놀라서 나타날 줄 알았지."

파스타를 접시에 덜어 놓으며 강준이 유쾌하게 웃었다.

"강준 오빠도 나빠요. 이 사람이 매달 오는 것을 알면서도 제게 숨겼잖아요."

"그거야. 녀석 고집이 워낙 완강했으니까."

"하여튼, 못 말리는 형제라니까."

혜원이 눈을 흘기자, 곁에 앉은 강혁이 옆으로 다가왔다. 그리고 테이블에 놓인 혜원의 손을 가져다가 제 입술에 비볐다. 노골적인 스킨십에 당황한 혜원이 눈치를 주었지만, 그는 무시하는 투로 일관했다. 식사하는 내내 힐금대는 시선 역시 마찬가지였다.

가벼운 대화가 이어지고 강준이 강혁을 향해 물었다.

"그보다 이렇게 느긋하게 지내도 괜찮은 거야?"

"혜원이 학기 마칠 때까지, 독일에서 지낼 생각이야. 당분간 있을 곳이나 좀 알아봐 줘."

느닷없는 대답에 혜원은 물론 강준까지 그를 멍하니 바라보았다.

"일은 어쩌고?"

"요즘 시스템이 좋잖아. 급한 일은 오가면서 처리하면 돼."

달콤하고 격정적인 시간을 가지느라, 그에게 정작 중요한 말을 하지 못했다는 사실이 떠올랐나. 복잡한 생각이 끼어들었지만, 자신 역시 강혁과 헤어져서는 도저히 살 수 없을 것 같았다.

“어차피 졸업이 코앞인데, 서두를 필요 없잖아. 앞으로의 진로도 결정해야 하고.”

“혜원이 졸업하면 결혼부터 할 거야. 그때 생각해도 늦지 않아.”

당연하다는 듯이 강혁이 대답했다. 강준이 살피는 눈으로 혜원을 바라보았다. 충분히 상의했나를 걱정하는 눈빛이었다.

“국경 없는 의사회에서 일할 생각이에요. 이 사람도 알고 있어요. 알고 있는데도 고집을 피우는 중이고요.”

뮌헨 콘퍼런스에서 자신의 소신을 충분히 피력했다. 강혁이 그 장소까지 찾아왔다면 혜원의 생각을 모를 리 없었다.

“네가 무슨 일을 하든 상관없어. 하지만 떨어져 지내는 건 더 이상 싫어. 그리고 네가 사지를 오가는데, 내가 하루라도 편히 지낼 수 있을 것 같아? 내 곁에서 일해. 다른 건 다 양보할 테니, 그것만은 절대 안 돼.”

적당한 타협점을 찾아야 했다. 사실 강혁과 만나기 이전부터 늘 고민하던 문제였다.

“극단적으로 생각하지 말아요. 저 역시 당신과 헤어지고 싶지 않아요. 다른 방법을 모색할 생각이에요. 사무소도 있고 다방면으로 할 수 있는 일이 많아요.”

혜원의 말에 그제야 안심이 된 듯 강혁이 안도의 한숨을 내쉬었다. 혜원은 모르고 지나쳤지만, 지금의 표정을 보니 내내 마음에 걸려 했던 것이 분명했다.

“그래. 나 역시 지원을 아끼지 않을 생각이야. 네가 원하는 일이니까, 할 수 있는 모든 일을 할 거야."

열띤 두 사람의 대화에 강준이 터지는 웃음을 참으려는 듯이 주먹으로 입술을 틀어막았다. 그런 강준을 보자, 혜원 역시 민망한 기분이 들어서 입술을 깨물었다.

"이거, 괜스레 내가 끼어든 것 같다. 적당히 먹고 헤어지는 게 좋을 거 같지?"

"놀리지 말아요. 강준 오빠."

"너희 두 사람, 중간이라는 게 없구나. 정말 극성스럽고 요란하게 사랑을 한다."

결국, 웃음을 참지 못한 강준이 큰 소리로 웃었다.

강준의 말대로 요란하고 극성스럽게 사랑을 했다. 한껏 싸우고 울었다. 미친 듯이 웃고 사정없이 매달렸다. 일생에 한 번이지, 두 번은 하지 못할 사랑이었다.

"그러게요. 이 사람이기에 망정이지, 두 번 다시 이런 사랑을 하지 못할 거 같아요."

혜원의 말에 강혁이 피식하고 웃었다. 마주 잡은 손에서 느껴지는 온기가 혈관을 따라 심장을 관통하고 지났다.

라인 강변을 따라 길게 이어진 산책길을 걸었다. 보통의 연인처럼 두 손을 꼭 잡고 사소하고도 가벼운 대화를 나누었다. 깔깔대며 지나가는 아이의 웃음에 미소를 지었고 그럴 때마다 강혁이 참지 못하겠다는 듯 새털처럼 가벼운 입맞춤을 했다.

개와 고양이를 데리고 산책하는 부부가 스치고 지나가자, 갑자기 청평 별장에서 그와 함께 지내던 시절이 떠올랐다.

"청평 별장도 이맘때면 차분한 가을빛으로 물들었는데."

"봄이 좋은 곳이야. 가을은 잘 모르겠어."

"어째서요?"

"정원을 오가며 만발한 꽃을 바라보던 너를 기억해. 아카시아와 라일락 향기가 진동하던 계절이었지. 가을은 잘 모르겠어. 네가 사라지고 없었으니까."

불쑥불쑥 나오는 고백에 미처 보지 못했던 그의 마음의 단면이 드러났다. 치열했던 시절이지만, 아픔만 있었던 것은 아니었다.

"지금도 당신의 개는 잘 있어요? 그 핏불테리어 말이에요."

"벤? 아주 잘 있어. 고양이 하루와 여전히 사이가 좋지 않지만, 오랜 시간 함께 있다 보니 서로에게 익숙해진 것 같아."

"새끼 고양이도 많이 컸을 텐데."

"새끼 고양이라니, 벌써 엄마가 되었는데."

혜원이 이를 드러내며 환하게 웃자, 그가 허리를 감아 당기며 이마에 입맞춤했다.

"나와의 약속 잊지 않았지?"

"약속이라뇨?"

"피임하지 않기로 했던 거. 아이를 가지겠다고 했잖아."

"사흘이나 꼼짝없이 침대에서 지냈어요. 작정하고 달려들었으면서, 엄살은……."

"그때 가졌으면 다섯 살 아이의 아빠가 되어 있을 텐데."

혜원이 기가 막힌다는 듯이 그의 가슴팍을 밀어냈다. 송곳니를 드러내는 장난스러운 웃음에 이내 마음이 풀렸다.

"한국으로 돌아가면 별장에서 지낼까? 미국과 한국을 오가게 되겠지만, 정착할 곳으로는 그곳이 가장 좋을 거 같아."

"그래요. 그곳이 늘 그리웠어요."

"나는?"

아이 같은 말에 혜원이 까르르 웃었다.

"여전해. 그 웃음……. 하지만 다른 녀석과 있을 때, 그런 식으로 웃지 마. 지난번 술집에서 네 웃음소리를 듣고 겨우 화를 참았어."

"내 맘대로 웃지도 못해요?"

혜원이 애교 띤 목소리로 눈을 흘기자, 강혁이 못 참겠다는 듯이 목덜미에 입술을 비볐다.

"그런 말투도 눈웃음도, 나한테만이야."

"또 시작."

"아무래도 저녁 데이트는 내일로 미뤄야겠어. 호텔로 가자. 응?"

혜원을 끌어안은 강혁이 서둘러 택시를 잡아탔다.

붉은 해가 기울어 가는 라인강이었다. 발아래 바스락대는 낙엽 소리가 유난히 경쾌한 저녁이었다.

epilogue

“어디로 모실까요?”

공항 게이트를 빠져나와 택시에 올랐다. 50대 중반으로 보이는 택시 기사가 혜원을 향해 물었다.

“서울 신림동으로 가 주세요.”

코끝으로 전해 오는 공기가 좋았다. 차창으로 스치는 서해를 바라보고 있을 때, 룸미러를 통해 혜원을 보던 기사가 넌지시 말을 건넸다.

“한국은 오랜만이죠?”

“어떻게 아세요?”

“표정을 보면 알 수 있어요. 오랫동안 손님을 모시다 보니, 저절로 알게 되는 게 있더라고요.”

“출국한 게 어제 일 같은데, 어느덧 오 년이라는 시간이 흘렀어요."

"오 년이면 금방이지요. 오십 년도 순식간인데요, 뭐."

그리운 공기만큼이나, 편안한 대화가 좋았다.

얼마나 시간이 흘렀을까. 톨게이트를 지나 서울로 진입한 차가 익숙한 길로 접어들었다. 택시에서 내린 혜원이 추억의 길을 걸어 올라갔다. 어째서일까. 그토록 벗어나고 싶었는데, 공항에 도착하니 이곳이 가장 먼저 떠올랐다. 흘러간 것은 시간뿐이 아니었다. 좁고 울퉁불퉁한 길은 완만한 포장길로, 낡고 초라한 집들은 깔끔한 신축 건물로 바뀌어 있었다. 혜원이 나고 자란 낡은 판잣집 역시 세월을 비켜 갈 수는 없었다. 아담하게 지어진 2층 가옥, 어딘가에서 아이들의 웃음소리가 흘러나왔다. 쫓기듯이 도망 나온 곳에서 다른 누군가가 행복하게 살고 있다고 생각하니, 만감이 교차하며 지나갔다. 한참이나 이층집을 올려다보던 혜원이 자신의 아랫배를 가만히 쓸었다.

잠시 후, 떨어지지 않는 걸음을 옮기려 할 때, 가방에서 휴대전화가 울렸다.

— 왜 이렇게 연락이 안 돼. 지금 어디야?

"당신은요?"

— 회의가 끝나면 바로 비행기를 탈 거야. 귀국 준비는 잘하고 있지?

어딘가 들뜬 목소리에 혜원이 가만히 웃었다.

"뿌옇게 하늘이 흐려요. 당신이 보는 하늘도 그래요?"

— 서울은 눈이 올 거 같아. 하늘이 잔뜩 흐렸어.

"정말이네. 하얀 눈이 방금 손에 닿았어요."

짧은 침묵이 흐르고 강혁이 불쑥 물었다.

— 거기 어디야?

"분명 태어나고 자란 곳인데, 제가 알던 곳이 아니에요. 하지만 누군가가 이곳에서 행복하게 사는 거 같아요. 웃음소리가 끊이지 않아서 저도 따라 행복해요."

— 설마…… 신림동이야?

"네."

— 바로 출발할 거야. 추운데 어디라도 들어가서 몸 좀 녹여.

끊긴 전화기를 바라보던 혜원이 걸음을 떼지 못하고 골목 어귀를 서성였다. 떨어지지 않는 걸음을 옮겨 막 모퉁이를 돌았을 때, 눈에 익은 붉은 깃발이 시선에 들어왔다. 달라진 주변과는 달리 고집스럽게 제 모습을 지키고 있는 판잣집을 보자, 시간을 거슬러 온 듯한 착각 속에 빠져들었다.

녹슨 채, 삐걱대는 대문을 열고 안마당으로 들어갔다. 그리고 열여덟 살의 그때처럼 화옥을 불렀다.

"……보살님."

마치 기다렸다는 듯이 문이 열리고 단정한 차림새의 화옥이 얼굴을 내밀었다.

"아침 점괘에 반가운 손님이 들더니, 그 손님이 혜원이 너였구나. 어서 들어와라. 배 속 아기가 추워한다."

이제 겨우 임신 8주, 외부에 드러날 리 없지만, 화옥의 눈을 속일 수는 없었다. 이끌리듯이 방 안으로 들어간 혜원이 주변을 둘러보았다. 오래전, 법당으로 쓰던 방은 어째선지 단출한 살림과 평범한 가구로 꾸며져 있었다. 혜원의 생각을 읽기라도 한 듯이 화옥이 찻물을 올리며 말했다.

"요즘은 점사를 보지 않아. 번잡한 도시가 싫증 나서 조용하고 한적한 곳으로 살 곳을 알아보고 있단다."

"가끔 연락을 드린다는 게, 바쁘다 보니 잊고 지냈어요. 죄송해요. 보살님."

"사람 사는 게 다 그렇지. 그보다 한국에는 아주 온 거니?"

"당분간 독일을 오가겠지만, 나머지 공부는 한국에서 마치려고요."

"그래. 열심히 살았으니, 좋은 날이 기다리고 있을 거야."

따스하지만, 차분한 시선을 마주하고 있으니, 불현듯 오래전 일이 머릿속을 스치고 지났다.

화옥 역시 과거를 회상하는 듯이 찻잔을 들어 올리며 중얼거렸다.

"……참, 당차고 영민한 아이였어. ……혜원이 너 말이다."

"비뚤어지고 못된 아이였어요."

혜원의 말에 화옥이 소리 없이 웃었다.

"맞아. 욕심 많고 악착같은 구석이 있었지."

"그래서 저를 청평 별장으로 보내신 건가요?"

"왜? 후회되니?"

"아니요. 보살님께 진심으로 감사하고 있어요. 결국 제가 움직이지 않으면 제 세상은 변하지 않았을 테니까요.”

“사주팔자 여덟 자를 이기는 게 사람의 의지란다. 역리를 순리로 바꾸는 것도 사람의 의지이지.”

잠시 후, 혜원이 아쉬운 만남을 뒤로하고 낡은 판잣집을 나왔다. 문까지 따라 나온 화옥의 배웅을 받으며 골목길로 나오자, 나부끼던 눈의 굵기가 더하며 세상을 하얗게 물들였다. 길모퉁이를 지나, 완만한 경사 길을 걸어 내려가고 있을 때, 사각사각 눈 밟는 소리가 길 반대편에서 들려왔다. 큰 걸음으로 성큼성큼 다가오던 긴 그림자가 혜원 앞에서 우뚝 멈추었다.

“왔으면 연락하지 않고. 날도 추운데 왜 이러고 있어.”

내리는 눈을 맞으며 말갛게 올려다보는 눈동자가 안타까운지, 강혁이 작은 어깨를 감싸 안았다. 매번 시차로 고생하면서도 독일과 한국을 부지런히 오가던 강혁은 최근 터진 공장 화재 건으로 열흘째 발이 묶여 있었다. 떨어져 지낸 시간이 무색하게 그가 없는 지난 열흘은 지독하게 길고 지루했다.

“일은 어찌 되었어요. 다들 무사하죠?”

“그래. 다행히 사람은 다치지 않았어. 대충 마무리하고 넘어가려 했는데, 이곳에서 너를 보니 숨통이 트이는 것 같아.”

피로감이 묻어나는 안색을 보자, 안타까운 마음이 더해졌다.

“성북동으로 가요. 가서 쉬는 게 좋겠어요.”

“아니, 청평으로 가자. 앞으로 우리가 함께 지낼 곳이니까.”

신림동 판잣집이 벌어진 마음의 상처였다면 청평 별장은 상처를 덮어 준 치유의 공간이었다. 향기가 진동하는 봄의 정원과 울창한 그늘을 만들어 준 여름 숲, 그리고 가을의 들바람과 하얗게 눈 덮인 겨울 호수가 아름다운 곳. 존재 자체로 위안이 되어 준 강준이 있었고 열병처럼 사랑한 강혁이 있었고, 변치 않은 시선으로 바라봐 주던 정숙과 진성이 있었다.

차가 눈에 익은 길을 따라 산비탈로 굽어들자, 넓은 호수가 차창 밖으로 가득히 펼쳐졌다. 마음으로 그리던 풍경이 보이자, 까닭도 없이 코끝이 시큰거렸다.

혜원의 기분을 눈치라도 챈 듯이 강혁이 잡은 손에 힘을 주었다.

"내려서 좀 걷자."

겨울의 끝자락, 호수 표면으로 흩어지는 하얀 눈을 바라보고 있으니, 크고 작은 추억들이 새록새록 떠올랐다.

"이곳은 예전과 다름없네요. 기억 속 모습 그대로인 것 같아요."

"그렇지 않아. 별장에 새 식구가 늘고 있어."

"새 식구요?"

"별채는 고양이 차지가 되었고 본채는 벤의 식구들이 장악했어. 그래도 침실만은 제대로 사수하고 있으니 안심해도 좋아."

울컥하던 기분이 강혁의 말 한마디에 흔적도 없이 사라졌다.

"아마 침실도 안심할 수 없을걸요."

"안심할 수 없다니, 왜?"

"곧 새로운 가족이 생길 테니까."

"새로운 가족이라니?"

잔뜩 흥분하여 눈을 빛내는 강혁을 보니, 갑자기 어색한 기분이 들었다.

"그냥…… 뭐."

"무슨 말이 그래? 혹시 내가 모르는 좋은 소식이라도 있는 거야?"

"임신 8주라는데, 도저히 실감이 나지 않아요."

멍하니 혜원을 바라보던 강혁이 혜원을 와락 끌어안으며 속삭였다.

"……기다리던 소식인데, 기분이 좀 이상해. 내가 과연 좋은 아빠가 될 수 있을까?"

그의 기분을 이해할 수 있었다. 혜원 역시 임신 소식에 기쁨보다는 두려움이 앞섰다. 사랑과 이해보다는 채워지지 않는 결핍을 경험하며 성장했기 때문이다.

"그럼요. 당신은 분명 좋은 아빠가 될 거예요. 저처럼 못되고 이기적인 연인도 긴 시간, 말없이 기다려 준 사람이잖아요."

"그래. 세상에서 가장 좋은 아빠가 되어 줄 거야. 혜원이 너를 세상에서 가장 행복한 여자로 만들 거야. 그러니까 결혼식부터 올리자. 응? 혜원아."

뺨 여기저기에 뜨거운 입김이 쏟아졌다. 아이처럼 졸라 대는 그의 뒷머리를 쓰다듬으며 혜원이 달콤하게 속삭였다.

"……싫어요."

"싫다니, 뭐가?"

느닷없는 말에 놀랐는지, 강혁이 고개를 번쩍 들었다. 잔뜩 긴장한 얼굴을 보니, 웃음이 터져 나오려 했다. 혜원이 몸을 세우고 가방에서 무언가를 꺼냈다. 학사 학위증과 백금 반지였다.

"오래전에 사 놓은 반지예요. 이런 순간을 떠올리며 열심히 공부했어요. 당신에게 그럴싸하게 청혼하고 싶었거든요."

백금 반지를 바라보는 그의 속눈썹이 파르르 떨렸다.

"많이 부족하지만, 당신에게 어울리는 좋은 아내가 되고 싶어요. 이 반지를 받아 주겠어요?"

한 걸음 뒤로 물러난 강혁이 지그시 혜원을 쳐다보았다. 그리고 천천히 눈을 감았다 다시 떴다. 검은 눈동자 안에 가득 들어 있는 자신을 보자, 왈칵하며 눈물이 쏟아졌다.

"……고양이 키스, 맞지?"

"맞아요."

"……이리 와. 내 고양이."

와락 안기는 혜원을 끌어안으며 그가 나지막하게 속삭였다.

"……끔찍할 정도로 긴 시간이었어. 그러니 다시는 헤어지지 말자."

—The end

대숲을
흔드는
바람

1판 1쇄 찍음 2016년 9월 20일
1판 1쇄 펴냄 2016년 9월 27일

지은이 | 비니야
펴낸이 | 정 필
펴낸곳 | **(주)뿔미디어**

기획 · 편집 | 박경희

출판등록 | 2002년 9월 11일 (제1081-1-132호)
주소 | 경기도 부천시 원미구 소향로 17, 303(두성프라자)
전화 | 032)651-6513 / 팩스 032)651-6094
E-mail | scarlets2012@hanmail.net
블로그 | http://blog.naver.com/dahyangs
홈페이지 | http://bbulmedia.com

값 9,000원

ISBN 979-11-315-7370-9 03810

※파본은 구입하신 서점에서 교환하여 드립니다.

Scarlet
스칼렛
www.bbulmedia.com

Scarlet
스칼렛
www.bbulmedia.com